海外小説 永遠の本棚

魔の聖堂

ピーター・アクロイド

矢野浩三郎＝訳

白水uブックス

魔の聖堂

ジャイルズ・ゴードンに

そうしてアン女王の治世九年を経た一七一一年、ロンドンおよびウェストミンスター両市に、七堂の新しい教区教会を建立するという法令が国会を通過して制定され、その仕事はスコットランド・ヤードの王室建設局に委ねられた。この任を受けた建築家ニコラス・ダイアーは、最初の教会堂の雛形作りにとりかかった。普通の建築家であれば、そのような作業には、腕のいい指物(さしもの)師を雇ったであろう。しかし自らの手で製作することを望んだダイアーは、ミニチュアの窓を切り、白木の樅(もみ)材を削って階段をこしらえた。各部分部分は取り外しでき、分解できるように作られていたので、詮索好きの向きは、雛形の内部を覗いたり、各部の配置を見たりすることができた。ダイアーは前以て描いておいた設計図に基づいて寸法を取り、象牙の柄の小型ナイフを使った。その柄に巻かれた紐も擦り切れかかっている。木造の雛形を完成するのに三週間かかり、主塔のうえに段階的に尖塔を積みあげていった。それは今日、スピトルフィールズに聳える教会堂そのままであろう。しかし、建てるべき教会はさらに六堂あり、建築家はつづけて短い真鍮尺とコンパスを使い、彼が下図を描くのに用いていた厚紙に向かった。ウォルター・パインただ一人を助手として、ダイアーがその作業を進めていく他方で、市の外れでは石工たちが掛け声も威勢よく、粗石を切って建築家の構想を形にしていった。その造形された構想は今日も、私たちは目にすることができるが、この物語が始まる只今、耳をすませると、設計図のうえに覆いかぶさるダイアーの重苦しい息遣いと、急に燃え立って室内に濃い影を投げかける暖炉の火のはじける音が聞こえるのみである。

第一部

一章

さて、はじめようか。目の前に建物が出来上がりつつあるものと考え、全体の構造をしかと念頭に浮かべながら書き写すのだ。まずは出来うるかぎり正確に敷地を測量し、図面を引いて寸法を書き込む。おまえには恐怖と荘厳の原理を伝授してあるのだから、各部分や装飾の然るべき配置はもとより、幾つかの柱式（オーダー）の釣合いにもその原理を反映させねばならぬ。よいか、ウォルター、ペンの握り方はこうだ。それからな、天体の位置とその軌道の影響を割り出して、それを別の紙に記しておくがいい。そうすれば、どの日に作事に取り掛かりどの日に仕事を納めるべきか、頭を悩ませずに済む。建物の図は、仕切りと開口部のすべてを含め、直定規とコンパスを用いて描くのだぞ。建物の形は造営が進むにつれ変わってゆくものだから、線と線とが互いに重なるさまを写し取り、蜘蛛が室内に巣を張るごとくに示さねばならぬ。だがな、ウォルター、その際にはインクでなく石墨を使うのだぞ——私はおまえのペンをまだそこまでは信用しておらぬ。

　これを聞いてウォルター・パインは不貞腐（ふてくさ）れ、馬車の後部を歩かされ鞭打たれる罪人のごとく項垂（うなだ）れたので、こちらは込み上げる笑いを抑えられなかった。ウォルターというのは何かというとすぐに旋毛を曲げ、鬱ぎ込みがちな気質である。元気づけてやろうと、製図台の上に身を乗り出し、快くインクを渡してやり——おまえの御機嫌取りも容易な事ではないわい、と云ってやった。そら、腹の虫も治まったようだから続けてくれ。教会の正面の立面図を描き、その同じ図面に同じ物を重ね、視覚的な丸みや歪みを加えて立体的に描くのだ。これは断面図とは区別せねばならぬ。断面図というものは縁取りと輪郭だけを描き、立体的な仕上げはせぬものだからな。このように、一冊の書物が口絵からはじまり、献辞があって、序文ないしは前口上へ続くようなものだ。さて、いよいよ設計の核心に至った。おまえは影の取り扱いに精通しなければならんぞ、ウォルター。然るべく注意を払っていかに影を造り出すかを会得するのだ。吾らの作事を真の形あるものとなし、その構造に真のパースペクティヴを与えるのは、暗闇だけなのだ。暗闇無くして光はありえず、影無くして実体はありえぬ道理だ（それを私は胸の裡で敷衍する——いかなる人生も、影と幻想の詰まった旅行鞄にすぎぬ）。昼間に建築を手掛けるのは、夜と悲しみの消息を知らせるためなのだ——ここで私は、ウォルターのためを思って話を打ち切った。今はこれまでにしておこう、余談だったな。だがな、ウォルター、正面の図はしっかり正確に頼むぞ、彫刻師はこれを頼りに仕事に掛かるのだから。私の設計を忠実に写し取ってくれ。一千年の歳月に耐えうる建築物を造営しようというのだから、急いてはならぬぞ。

頭が割れるように痛む。部屋にはわずかな火があるだけなのに、異常に体が火照るので、戸外へ出てスコットランド・ヤードを歩いた。王室建設局に雇われている他の者たちにじろじろ見られるかもしれぬ。私は彼奴らの嘲りの的にされているからだ。そこで歩みを早め、波止場脇の材木置場へと向かった。職人は中食を取っているから、そこなら人の目もなく、落ち着いて散歩が出来るはず。季節は真冬で、強風に煽られる川の水位は高く、ときとしてノアの大洪水の再現かと思われるほどである。向こう岸に目を転じれば、霧に包まれたごとくに野原が霞んで見える。突如として、切れ切れに歌声とそれに入り交じる話し声が聞こえてきた。きょときょとと見回したが、どこから聞こえて来るやら見当もつかず、そのうちにリッチモンドから来る渡し船だと思い当たり、安堵したところへ当の船がようやく姿をあらわした。斯様に現実の感覚はちゃんと働いていたのだが、思考のほうは吾が七つの教会堂の事から離れず、云ってみれば異なる時間の流れを漂っていた。海原を渡る旅人さながら、身は船室に閉じ込められながら目的の地を夢見ていたわけだ。つまりは川と野原を見渡す場所に立って、両眼を手で覆い、己れの掌紋のみを見つめていたのである。

　建設局に戻ってみると、図面と模型に取り組んでいるとばかり思っていたウォルターは、炉端の腰掛けにだらしなく坐り、石炭の中に不思議な幻影でも見えるかのように炎に見入っており、その憂鬱そうな顔は、スミス・フィールドの処刑場で火炙りになろうとする女罪人のようである。足音を忍ばせて製図台に歩み寄り、インクと石墨で書きかけのままの図面を眺めた。ううむ、このろくでなしが、これでは使い物にならぬ。おまえもここへ来て見るがいい。そう云うと、面喰らったウォルターは火の傍から立ち上がり、両の目をごしごしこすった。出来るなら顔そのものをこすり落としてしまいかねない勢いである。よいか、パイン君、この部分には付柱を描くよう命じておいたのに、本物の柱が付いておるではないか。しかも、こちらの入口は三フィートばかりも外れておる。フィートとインチの違いから教えてやらねばならぬのか、この唐変木め。ウォルターはズボンに手を突っ込み、わけのわからぬ事をぶつぶつ呟いた。まともに返答も出来ぬほど、ぼんやり夢でも見ておったか。

腰掛けに掛けて考え事をしておったのです、とウォルターは答えた。

そのケツを、糞をひり出すほどこっぴどく打ち据えてくれようか。それで、その考え事から結論はひり出たのか？

サー・クリストファーの事を考えていたのです。それと、スピトル・フィールズの新しい教会の事を。

その青二才の頭で何を考えたと云うのだ？（サー・クリスの事など屁とも思わんぞ、と私は胸中密かに呟いた）。

私たちは教会を大穴の傍に建てておりますが、その大穴には夥（おびただ）しい数の屍体が埋められております。そのために信者席のあたりはいつも腐臭が低迷し湿気に悩まされる事になりましょう。これが第一の問題です。第二の問題は、サー・クリスの仰せにより、教会堂の地下はおろか教会境内にも、一切の埋葬が禁じられている事です。埋葬は建物の腐敗を早め、礼拝にやって来る信者にとって有害不健康である、との仰せです。こう云ってウォルターは顔をこすり、ほこりまみれの靴に目を落とした。

そのようなつまらぬ事に頭を悩ませる事はないぞ、ウォルター、と私は応じた。しかしウォルターは上目遣いにこちらを見つめ、納得せぬ様子なので、少し間を置いてから、云ってやった。サー・クリスが埋葬に反対しておられる事は知っておる。あの方は光明と安逸がお好きだから、ご自分の建築物に仮にも死や闇の影が射そうものなら、狼狽動顚してしまわれるのだ。そのようなことは合理的ではない、不自然である、と仰せられるだろう。だがな、ウォルター、おまえには多くの事を教えてきたが、とりわけこの事だ——私は幾何学的な美の奴隷ではなく、何よりも崇高にして荘厳なる教会堂を建てる事こそ私の務めなのだ。ここで私は話の筋道を変え、教会を建立する資金はどこから出ておるのか、と問うた。

石炭に課せられる税金から出ております、との答え。

その石炭は、煤煙を出して太陽を覆い隠してしまう、この上なく真黒な代物ではないか。

確かにこの都市に燃料を供給するのは石炭ですが。

ならば今更、光明も安逸もあったものではあるまい。抑々(そもそも)、地下の闇の世界から元手を得ておるのだ、死者の上に教会を建てたところで何の差し障りがあるものか。

隣室から、せかせかとやって来る足音が聞こえ（元々は一つであった部屋を二つに分けた造りだから、音がよく響く）、私が口を噤(つぐ)んだところへ、当のサー・クリストファー・レンがせかせかと入ってきた。〈ロンドン・ガゼット〉の使い走り小僧のごとき恰好で、帽子を小脇に抱え息を切らしているが、高齢の割には贅肉の無い体付きをしている。ウォルターが慌てて立ち上がり、その拍子にインクを図面の上へぶちまけた（さしたる損失ではない）が、サー・クリスは気に留める様子もなく、老(お)い耄(ぼ)れ山羊のごとくぜいぜい喘(あえ)ぎながらこちらへ近付いてきた。ダイアー殿、委員会は新しい教会についての報告を待ち侘(わ)びておる。まだ出来ておらぬのなら、直ちに書き上げてくれ。あちらは大層急(せ)いておるのだ

――急くのは愚か者のすること、と私は声を殺して呟いた。

スピトル・フィールズの教会だが、完成は間近だろうな？

残るは柱廊玄関(ポーチコ)の屋根に鉛を被(き)せるばかりです。

ならば材料を急いで仕入れるがよい。鉛は今なら一樽九ポンド以下だが、来月までには値が上がるはずだ。そう云うと、サー・クリスは下唇を嚙みしめ、玩具を取り上げられた小児か絞首台の下の罪人のごとく突っ立っていたが、ややあってから、その他の教会の普請は捗が行っておるかな、と尋ねた。

敷地も決まり、うち三箇所は既に普請に掛かっております。

目下の状況を正確に示す図面を渡してもらわねばならぬな。それから、指物師を急かせて他の雛形を早く造らせるよう――

雛形は私が自分で製作いたします、サー・クリストファー。

よいよい、ダイアー殿、そなたの思うようにするがよい。サー・クリスは何とも云えぬ物憂げなしぐさで私の図面のほうに手を振ると、古臭い鬘の匂いを後に残して帰っていった。私がまだ若く活力に溢れており、サー・クリストファーに仕えはじめたばかりの頃、彼についてちょっとした戯れ詩を作ったことがある。

地球こそが御身の書斎　それより狭き場所にては
探求罷まぬ御身の精神を閉じ込むること適わず
吾が鑽仰するは御身の肖像　その御姿　御形
理屈屁理屈なんでもござれの博覧強記
その顔容を仔細に眺むれば一目瞭然

これこそは糞別あふるる頭脳の持ち主なり

だがそれは昔の話。私はウォルターを呼んだ。サー・クリスが帰るまで主計室で待っていたウォルターが戻ってきたところで、かの巨匠殿の話を聞かせた事があったかな、と尋ねた。ウォルターはかぶりを振った。かの巨匠殿はな、今盛んにもてはやされておる機械力を発明したお方だ。巨匠殿はかつて優雅な形の建物を設計したのだが、これが実に精巧きわまる代物だから、自らの重みを支えるのが精一杯という程だったな。ウォルターは真顔で頷いている。それでな、パイン君、その建物はなんと崩れてしまったのだよ、天辺にレン（みそさざい）が一羽チョコンと止まっただけでな。これを聞くや、ウォルターは爆笑した。その笑いは犬の吠えるごとく、唐突にはじまって、同じく唐突に止んだ。

ウォルターは内に籠もる性格で、口数も些ないが、私自身も似たような性分だから、それは一向に構わぬ。ここでこの男の形を記してみると、不揃いのボタンのついた古コートに、革の継ぎの当たったズボンというちぐはぐな恰好。垢抜けのしない奇態な風采（と仕事場内では云われている）のお蔭で揶揄の種にされ、「ダイアー殿の腰巾着」などと呼ばれている。もっともこれは当を得た渾名と云うべく、それでこそ私は、パン屋が竈に入れる前にパン生地を捏ね回すがごとくに、この男を思うがままに捏ねる事が出来るのだ。私はウォルターに然るべき知識を授け、彼の行く手に横たわる書物の海の航海の舵取りをしてやった。エジプトのオベリスクが描かれている版画を幾つか与え、よく研究して模写するように示唆したり、私自身の蔵書――エイレット・サミズの『古代ブリタニア図説』、リチャード・バクスター氏の『霊の世界の確かさ』、コットン・マザーの『見えざる世界の驚異』など、その他多数――にも教え導いてやった。それこそ真の名匠への道を志す者に相応しい読書である。必須なる私の教えは長大であるため、ここに述べ尽くす事はとても出来ぬが、ウォルターに熟考せよと与えた四つの課題を記しておこう。(一)最初に町を造ったのは、カインであったという事。(二)この世には「スキエンティア・ウンブラルム(闇の科学)」と呼ばれる真の科学があり、これを公に教えることは禁じられているが、名匠たらんとする者は必ず修得すべき事。(三)建築は永遠を目指すものであり、永遠の力を秘めるものでなくてはならぬという事。つまり祭壇や生贄の儀式のみならず、神殿の形もまた神秘的でなければならぬ。(四)現世の悲惨、人類の蛮行、人間が永遠に未完成であるがために宿命的に堪えねばならぬ逆境と苦難、といった事柄を考えるならば、真の建築家は調和や合理的な美ではなく、それとは別の目標へと向かうはずだという事。何故に吾らは、赤子がこの世に生まれ落ちたその瞬間に、小児がまさに地獄の継承者であり悪魔の子である事に思い至らないのであろうか。私は汚濁の本性をしかと把握し、この大地という肥溜めの上に揺るぎなき教会堂を建立してみせよう。ただし一つだけ付け加えておかねばならぬ。酔っ払いの唄う歌の文句に、「やったぜ! 悪魔は死んだ!」というのがあり、仮にもそれが真実とすれば、私は人生の道を踏み誤ってきた事になる。

だが当面の話に戻ろう。サー・クリスはとにかく急げと仰有る、と私はウォルターに告げた。委員会に報告書を提出せねばならんのだ。この場で口述するから、後程清書しておいてくれ。私は咳払いをし、口中に血の味を味わった。宛て先、ロンドンおよびウェストミンスター両市の七教会建立委員会各位。日付、一七一二年一月十三日。於スコットランド・ヤード建設局。謹啓、委員会の御要請に従い、王室建築総監督サー・クリストファー・レンの下で該教会の建立に当たっております小職、謹んで御報告仕ります。申し分なき好天に恵まれましたお蔭で、スピトル・フィールズの新教会の作事は大いに捗っております。西面の石工事は全面的に仕上がり、柱廊玄関はあと屋根を鉛で葺くばかりの状態です。漆喰工事もまことに捗々しく、一月以内に階上廊および内装に関する指示を出す運びとなりましょう。塔の建築も進み、前回の御報告の時より約十五フィート高さを増しております（口述しながらも、ふっと、「塔の鐘は一個だけにしておこう。鐘の音がうるさいと、霊たちを徒らに騒がせることになる」と考えた）。小職が建築を任されておりますその他の教会に関して、以下に報告致します。ライムハウスの新教会は只今の時候に適う限りの高さにまで達しており、この上は暫く作業を中断するのが上策かと思われます。この図は建物の外観の半分を示したもので――図を入れておいてくれよ、ウォルター――大部分が切石積みの簡素な設計になっております。壁面には薄い付柱を付け加えてありますが、煉瓦に下塗りを施しておけばこれは容易な作業であります。屋根には昔ながらの様式を採り入れましたが、これは永い時代の経験から最も堅牢であると証明された形であり、これ以外であれば壁の厚みを二倍にせねば安心出来ませぬ。石工からの見積もりが届きました時点で、詳細な掛かりの費用の計算書をお送りし、設計の原図を改めてお渡し致します。職人の手に渡しておきますと、図面はたちまち破損してしまい、作事の完遂に支障を来す事にもなりかねませぬので。以上がライムハウスの教会に関する報告で御座います。次にウォッピングの新教会では、基礎が既に地表の高さまで完了しており、添付の図面にありますような建物本体に取り掛かるばかりとなっております。ウォッピングの教会に関しては以上。尚、委員会におかれましては、これらの建物の保護被覆を御指示頂き度お願い申し上げます。建築敷地を煉瓦塀にて囲うようにして頂ければ、物見高き弥次馬や無為の徒輩が立ち入り、悪さを仕掛けるのを防ぐ事が出来ましょう。それからな、ウォルター、こう付け加えてくれ。委員会の御指図に従い、他の四箇所の教会区と教会敷地を下検分致しました。当該教会区と教会敷地は以下の通りで御座います。即ち——ウォルター、ここに、セント・メアリー・ウールノス、ブルームズベリとグリニッジの各々の新教会、それからブラック・ステップ・レーンのリトル・セント・ヒュー教会のある位置を正確に記しておいてくれ。

ブラック・ステップと云いますと、あのムア・フィールズの傍の薄汚い路地の事ですね？

ただブラック・ステップ・レーンと書いておけばよい。それで、結びはこうだ——敬白頓首。スコットランド・ヤード建設局副監督ニコラス・ダイアー。

清書を済ませたら、インクの蓋はちゃんと閉めておけよ、このぼんやり者。そう云ってウォルターの首筋に手を当てたものだから、彼は身震いして横目でこちらを見上げた。今宵は寄席行きもダンスもおあずけだな、とからかってやり、胸中で呟く——ふむ、私の跡を継ぐ気があるなら、それくらいは当然だ。早や八時に近く、霧が月を朦朧と包んでスコットランド・ヤードは赤い光に沈み込み、窓からそれを眺める私の心を掻き乱した。実を云うと、心中には不安の種が渦を巻き、その重荷に引きずり倒されかねぬばかりなのだ。だが私は、出入口近くに掛けてあったカージー織のコートを取り、ウォルターに呼び掛けた。急いで書き上げるのだぞ。説教坊主の決まり文句ではないが、この世の事は定めなきものだからな。ウォルターは例の吠えるような笑い声を上げた。

ホワイトホールに出るとすぐに、辻馬車を呼び止めた。それは旧式の馬車で、窓にはガラスではなくブリキ板が嵌まり、そこに水切りの底のごとく穴を穿(うが)って空気を流通させる仕掛けになっている。穴に目を近づけて通り過ぎる町並みを眺めてみれば、こちらには吠える犬、あちらには走る子供と、町の風景が細切れになって見える。それでも町の明りと馬車の揺れが心地よく、己れの領地を巡る君主のごとき心持ちであった。馬車に運ばれてゆきながら、私の建てる教会は後世にまで残るであろう、と考える。石炭が元手になって建ったものを、灰が埋めてしまう道理はあるまい。これまでは馬車馬のごとく、ひたすら他人に仕えて生きてきたのだから、今こそ己れのために生きる時なのだ。〝時〟と呼ばれるものを変えてしまうことは出来ぬが、その流れを改めることは出来る。童(わっぱ)どもが太陽に鏡を向けて遊ぶごとくに、世間の者どもを幻惑させてくれようではないか。斯様にして吾が想いは、それを乗せて走る馬車と共にガタガタと駆け巡った。その馬車とは、吾が哀れなる肉体の謂(いい)であった。

　フェンチャーチ・ストリートに入ると、道路が馬車で混雑しあっていたため、已(や)むなくビリター・レーンで辻馬車を降り、人混みの中をレドゥン・ホール・ストリートに沿って歩いていった。どうにか二台の馬車の間をすり抜けてグレース・チャーチ・ストリートへ続いている通りを渡って、ライム・ストリートに足を踏み入れた。この辺まで来れば道がわかっているので、幾つもの道筋を抜け角を曲がり、ムア・フィールズに辿り着いた。看板に雄羊が描かれた薬剤師の店を過ぎたところに、その狭い路地がある。そこは地下の納骨所を思わせるほど暗く、腐ったニシンや糞尿の臭気が漂っている。その路地にある印のついた扉を静かに叩いた。愈々(いよいよ)、勘定を清算する時が到来したのだ。吾が目覚ましき業(わざ)を今こそ見せてくれよう。

これまで生きて来た歳月を、記憶を呼び覚まして辿り直してみる時、吾が人生の波乱に富んでいることは造化の気紛れかと思うばかりである。比類無き苦難と驚駭すべき冒険に彩られた吾が経歴（本屋なら斯様に宣伝するであろう）をここに記しても、その余りの奇っ怪さ故に世間の大部分は信じてはくれぬだろうが、それも致し方あるまい。もしも読者が、私の物語を暗黒に充ちた奇想に過ぎぬと考えるならば、今一度思い起こして頂きたい、人の生涯は光の外に在るものであり、吾らはすべて闇の世界の生き物なのだということを。

私は一六五四年にこの世に産声を上げた。父は堅パン専門のパン職人で、祖父の代からの生粋のロンドンっ子、母は実直者の両親の元に生まれついた娘であった。私が生まれた家はステプニー教会区のブラック・イーグル・ストリートにあり、モンマス・ストリートの傍で、ブリック・レーンに隣り合っていた。その木造の家は今にも倒壊しそうで、その両側に同じような木造家屋が連なっていなければ、取り壊されていたであろう。生まれ落ちたその日に高熱を発する赤子がいるが、私もその一人だった。この世の舞台への初登場からして、ありとあらゆる死の兆候に彩られていたのだ。早くも己れの将来の所業を予知していたのかと思われ、今や十二月五日の誕生日を迎えるたびに冷汗の流れる思いに駆られるのも当然であろう。母が血と小便まみれの私を産んだ（俗に「放り出した」と云うやつだ）のは、夜明け前の事であった。私は灰色の光の棒が幾条もこちらへ延びてくるのを目にし、夜の終わりを告げる風の音を耳にしていた。穢苦しい部屋の片隅には、父が項垂れて立っていた。永い出産の苦痛を堪えぬいた末に、母がこの世を去ろうとしている、と見えたからである。家の正面に朝日が昇った。燃えるような太陽が私の目に映り、その前をうろうろする父の姿が影になって見えた。

私が生まれ出た処は、まさに〝涙の谷〟と云われる〝憂き世〟に他ならぬ。恰もエデンの園で神の声を聞き、原初の恐怖に捉われて泣いたアダムのようなものである。もしも私が、この世界の凡庸な目立たぬ片隅を占めるよう運命づけられていたならば、斯様な話をくだくだしくするまでもない事だが、私がこれから成す建造物を目にする人は、私が如何にしてこの世に登場してきたのかを知りたいと思うはずである。小児の頃の性向と素質をつぶさに観察すれば、成人して後に顕著となる特質の萌芽が確かに見受けられるものなのである。

母はその後まもなく回復した。私は活発な小児に育っていき、その元気に走り回る事、旋風に舞う枯れ葉のようであった。しかしその頃から既に、私は奇っ怪な夢想に取り憑かれていたのだ。他の小児らが蝶や蜂を追い、土埃にまみれて独楽を回している時に、私は幽霊やお化けに怯えてばかりいた。スピトル・フィールズの、現在私が教会を建てている場所で、理由もわからずに泣いたりした。だが幼い時の話はこれくらいにして、私が教育を受けるようになった頃に移ろう。ロンドン塔の傍のセント・キャサリン教会の慈善学校に通い、セーラ・ワイアー、ジョン・ダケット、リチャード・ボウリー、その他多くの教師の元で学んだが、身についた事と云えば母国語の初歩のみであった。愉快な日々ではあったが、無邪気な事ばかりでもなかった。学友らと「目隠し鬼」などと云う遊びをして、「目隠ししたぞ、そら、ぐるりと三遍回すぞ」と囃したてていた頃、男の児たちの間では、主の祈りを逆さから唱えれば悪魔を喚び出せる事が知られていたが、自分ではこれを試してみた事はない。その頃は奇妙な事がいろいろと信じられていた。接吻をすれば、一回毎に寿命が一分だけ縮まるとか、動物の死骸を見たら、唾を吐きかけ、

おまえのいたところへ帰ってしまえ
おいらの名前をたずねたりするな

と、唱えなければならぬとか。学校が退けて夕闇の迫る頃ともなると、肝の太い連中は教会の墓地に忍びこみ、死者たちの亡霊を捕らえるのだ（今の私には、それがたわいない空想とは思えぬ）と云っていた。だが私はそのような戯れ事にも加わらず、独りで過ごす事が多かった。独りだけの学問に耽り、なけなしの金を書物の購入にはたいていた。学友の一人のイライアス・ビスコウは、『ファウスト博士』を貸してくれた。これがまことに面白く、殊にファウスト博士が空を飛んで世界を見て回る件は楽しめたが、悪魔が博士を捕まえにやって来る場面では胸が潰れそうになり、その恐ろしい結末の事が頭から離れず、しばしば夢でまで魘された。学校の無い木曜日の午後と土曜日には、いつもそのような書物を読んでいた。次に巡り会った書物は『修道士ベーコン』で、その後さらに『モンテリオン』、『神託の騎士』、『オーネイタス』を読んだ。読み終えた書物は人に貸し、引き替えに別の書物を借りたので、学校でペンやインクや紙などの必需品に事欠くことはあっても、書物に困ることはなかった。

　読書をしていないときは、たいがいほっつき歩いていた。方々をほっつき歩くのが癖になり、どうにも止められなくなって、使い古しの言い訳をとっかえひっかえしては学校をさぼったものだった。夜明けと共に裸身にズボンを穿き、顔を洗い髪に櫛を入れ、家を脱け出す。今でこそ私の教会の建つ辺は、路地や袋小路や抜け道が入り組み、貧乏人らの住む家が密集しているが、ロンドン大火（一六六六年）前のスピトル・フィールズの横丁はただ汚いばかりで、訪れる人とてなかった。現在スピトル・フィールズ市場ないし精肉市場と呼ばれている辺は、牛が草を食む草原（フィールズ）だった。私の教会のある場所、すなわちマーメイド・アレーとタバナクル・アレーとボールズ・アレーとが交わる処は、後に疫病の蔓延によって腐敗した屍体の山が築かれる事になったが、その前はただの空き地だったのだ。ブリック・レーンにしても、今は舗装された長い通りとなっているが、この頃は街外れに位置する泥濘（ぬかるみ）の道で、フィールズ（野原）にある煉瓦窯（かま）からホワイトチャペルまで煉瓦（ブリック）を運ぶ荷馬車の通り道だった（ブリック・レーンの名の由来はここにある）。そのような地域を少年時代の私はほっつき歩いていたのだが、時には巨大な怪物のごとき建物の建ち並ぶロンドン市内にまで足を踏み入れる事もあった。足下に都会の土を感じながら歩いていると、「今こそ預言を」とか「焼きつくす炎」とか「暴力の徒たち」などという文句が頭に浮かんでくる。そういった文句はその他の奇っ怪な思い付きと一緒に、アルファベット順に手帳に書き留めておいた。斯様にして歩き回る事もあるが、たいていはエンジェル・アレーの傍の、ニュー・キーに沿った小さな空き地に落ち着く事になったようだ。そこの年旧（ふ）りた岩によりかかって坐り、過ぎ去った日々と未来とに思いを馳せたものだった。目の前には石の台座があり、古く錆びついた日時計が据えられていた。日時計の針は途中から折れていたものの、その時を測る道具を眺めていると、得も云われぬ安らぎを覚えた。その事は、歳月の重みに埋もれることもなく、さながら昨日の事のように憶えている（もしかしたら、これまでの人生は一夜の夢であったのかとすら思う）。だが、これについては又の機会に改めて語る事として、とりあえず吾が経歴に戻るとしよう。これより先は国史家に倣い、事実ばかりでなくそれの原因についても語るつもりである。もっとも、物語りの才に欠けた私の事だから、人々が来世への懼れに目覚め、それまで莫迦にしていた俗な恐怖に戦慄するようになるというよりは、どうせまた冬の夜の怪談にすぎぬと決め付けられるだけかもしれぬ。ともかく、永たらしい前口上はこれくらいで端折り、世にもおぞましい疫病の話に移る事としよう。

　思うに、哀れな者どもは大概、世の中の流れのままに任せて暮らしている。昔から云うように、「ジャックはジョーンと結ばれ、馬も戻って、万事めでたしめでたし」というやつだ。崖っ縁を歩いておるくせに、足元にぱっくり開いた千尋の谷、暗黒の深淵のことにはまるで考え及ばぬ。だが私は違う。小児の心は未発達の肉体に似ていて、いったん刻印された痕は決して消える事がない。私が人間の極限状況に放り込まれたのは、年端もゆかぬ少年の頃であった。今でさえ、吾が記憶の大通りには様々な思いが渦を巻いて駆け抜ける。それというのも、疫病が猛威を振るったあの宿命の年に、この世の黴臭いカーテンがその奥の一枚の絵を見せるかのように引き開けられ、私は大いなる神の恐怖の素顔を見てしまったからである。

　母が忌まわしい病気に罹ったのは、私の十一歳の時だった。最初、一ペニー銀貨大の小さな痼が幾つも現れた。それが感染の兆候であった。次に全身のあちらこちらに腫れ物が出来てきた。やって来た医者は症状を診るや、少しばかり後退った。「で、どうすりゃいいんでしょう？　このまま行くと、どうなるんで？」と、父が縋るように尋ねれば、病人をムア・フィールズの傍にある疫病患者のための隔離病院へ移すよう、医者は強く勧めた。症状を見たところ、もはや望みはない、と云うのである。

だが父は何としても聞き入れない。「では、病人を寝台に括りつけるのだ」と医者は云い、強壮剤と鉱水の万能薬の瓶を幾つか父に渡した。「あんたら一家は一つの船に乗り込んだのだからな。沈むも泳ぐも皆一緒だぞ」と、医者は云った。その時、母が「ニック！ ニック！」と、私の名を呼んだ。だが父は、私を母の傍へは行かせなかった。間もなく母は酷い異臭を放ちはじめ、熱に浮かされて譫言を云うようになった。変わり果てた母の姿は、私にとっては不快極まりないものでしかなかった。あの状態ではもはや死より他に救いはなく、それが今すぐでも構わぬという気持ちであった。父は、吾が家が閉鎖されて印を付けられる前に、私にフィールズへ逃げろと云ったが、私は家に留まる決心を固めていた。どこへ行けと云うのか。この恐ろしい世の中で、独りでどうやって生きのびる事ができようか。父はまだ生きているし、私も感染を免れるかもしれぬではないか。このように考え、あのものが寝台で異臭を放っているにも拘らず、私はゆくりなくも明るい心持ちになった。母の亡骸のまわりで唄でも歌いだしかねない気分であった（その後の私の人生をまさに暗示している、と云っていいであろう）。

　将来の事はいざ知らず、私はまだ家を離れようという気はなかったので、吾が家が警吏の命令で閉鎖され、扉に赤い十字を書き、そのすぐ上に「主よ、憐れみたまえ」と記された時も、家の奥に身を隠した。戸口には監視人が配置された。ブラック・イーグル・ストリートには疫病に見舞われた家が多く、どの家に誰が住んでいるのやら、監視人には殆どわからなくなっていたが、緊急に逃げ出さねばならなくなった時の事を考え、姿を見られたくなかったのだ。ところが今度は、父が滝のように汗をかき、生肉を火で焙るときのような異様な匂いを放つようになった。父は、母が寝ている部屋の床に身を横たえ、私を呼んだが、私は近寄ろうとしなかった。戸口から父の顔を見つめると、父も私を見つめ返し、お互いの想いが火花を散らすように交叉した。父さんはもう駄目だね、と私は云い残し、胸の顫きを覚えつつそこから遠ざかった。

　ビール、パン、チーズなどの食糧を掻き集め、父の姿を見ないで済むように、両親が死の床に横たわる部屋の真上にある小部屋に閉じ籠った。蜘蛛の巣だらけの窓が一つあるだけの、まるで屋根裏のようなその小部屋で、私は両親が「永遠の家」へと旅立つのを待った。今、回想の鏡を覗いてみれば、そこに凡てがありありと映っている。夕暮れの影が窓を横切って私の顔を包みこみ、時計は時を告げてから周りの世界と同じように静まり返る。階下から父の立てる物音が聞こえ、隣家からは微かに人声が聞こえている。私は少し汗ばんでいるが、病気の兆候は現れていない。さながら地下牢の囚われ人のごとく、心の裡に思い描くのは、広々とした道、涼やかな噴水の泉、木陰の散歩道、爽やかな庭園、憩いの場所といった情景ばかり。だが、そこで私の夢想は突如として一転し、死の姿を見て私は怯え上がった。死は私自身の姿をとって現れ、恐ろしげな目を四方に向けているようであった。目を覚ましてみれば、周りは物音ひとつせずひっそりしている。もう呻き声は聞こえない、両親とも死んで冷たくなっているのだから、と私は考えた。途端に恐怖は去り、安らぎが訪れた。寓話に出て来る猫のごとくに、私はいつまでもニヤニヤしていた。

　家の中がひっそりしたため、監視人が外から声を掛けたが中からは返事ひとつ聞こえぬ。そこで監視人は、屍体運搬用の荷車を呼んだ。その声で私は吾に返った。死人と一緒にいるところを見つかれば、文字通り投獄される虞れがあるので、逃げる手立てを探した。私が居たのは三階の高さだったが、窓の前に（モンマス・ストリートに面した家の裏手だ）大きな納屋が並んでいたので、これを伝って脱兎のごとく下へ降りた。食糧の事には考え及ばず、寝床のための藁一本すら持ってはおらぬ。降り立った地面は静まり返り、荷車を待つ幾つもの屍体の傍に灯火があるだけの暗闇。それでブラック・イーグル・ストリートの方に目を向けてみると、揺らめく角燈の光に、監視人が道に横たえた両親の姿が見えた。二人の顔は汗と汚れでギトギト光っている。恐怖の余り叫び声を上げそうになったが、おいらは生きてるんだ、死人なんかどうってことないと、己れに云い聞かせて気を鎮めた。そして、人に見られぬよう気を配り（闇夜のことだから、まず見られる気遣いは無かったが）、荷車が屍体を運び去りにやって来るのを待った。

二人の屍は他の死骸の山の上に載せられた。腐乱して膨れあがった大量の死骸は群をなす芋虫を思わせた。荷車は夜回りと二人の松明持ちに曳かれて、ブラック・イーグル・ストリートを進み、コーベット・コートを経て、ブラウンズ・レーンを通り過ぎた。私はすぐ後を尾けて行った。三人がいかにも上機嫌に、「主よ、吾らを憐れみたまえ、世間の奴らは情け知らず」とか「吾が愛しき人よ、そなたは災いだ」などと歌っているのが聞こえた。三人とも滅茶苦茶酔っぱらっており、荷車はふらついて今にも誰かの家の戸口に死骸をぶちまけてしまいそうな有様だった。それでもどうにかスピトル・フィールズに到着した。驚愕してか逆上してか（どちらともわからぬ）私は荷車の傍を走っていたが、そのすぐ足元に大きな穴がぱっくり開いているのに突然気づいた。咄嗟に足を止めて覗き込み、穴の縁でふらふらっとして、急に身を投げてしまいたいという衝動に襲われた。まさにその時、荷車が穴の縁で賑やかにグルリッと方向転換し、死骸を真暗な穴の中へドッと放り込んだ。あの当時の私は涙を流す事も出来なかったが、今は建築物を造る事の出来る身だ。あの記憶の染み付いた土地に、死者が再び声を取り戻す事の出来る迷路を造り上げてみせよう。

　その夜は夜通し野原をさまよった。昂ぶった気持ちの捌け口に蛮声を張り上げて唄を歌ったりしたが、その一方で恐ろしい思いに襲われて打ち沈んだりした。私は途方に暮れていた。広い世間に放り出され、この先どうしてよいやら見当もつかぬ。もとより家に帰る気は無かったが、どのみちそれが不可能である事を間もなく知った。疫病の瘴気に満ち満ちた家は、近隣の数軒と共に取り壊されていたのである。かくして住む家を失った私は、身についたほっつき歩きの癖を発揮するよりほかはない。とは云え、これまでよりは用心深くなっている。聞くところによれば（両親がその話をしていたのを憶えていた）疫病の流行する前、人間の姿をした悪霊があちらこちらに出没し、出会った人を打ち据えたのだが、打たれた人は程なく疫病に罹ったと云うのである。そのような悪霊（〝虚人〟と呼ばれていた）の姿を見ただけでも、すっかり姿形が変わってしまうと云われた。ともかくもそれが世間の一致した噂であった。今にして思えば、この虚人というのは、街から呻きのように立ち昇る人の血の蒸気と瘴気の造り出した化身であったに相違ない。それに道に殆ど人通りが無かったのも、驚くに当たらぬ。至る処の地面に屍体が放置され、物凄い臭気を漂わせているので、私は鼻に風を当てようとして走ったものである。生きている者すら多くは歩く死者に過ぎず、死臭を吐きながら、お互いの姿を見合っては怯え上がっている。「まだ生きているか」「まだ死んでいないか」と云うのがお定まりの挨拶となり、惚けて行く先もわからずふらふら歩く者、猿のごとく喚き散らす者もいる。そして小児たちの嘆きには、死に行く者すら憐れみをもよおし、その小児らの唄は、今も尚、街のそこかしこに谺（こだま）している。

　　ねんねんころり　ねんころり
　　おれたちゃどうせ　ずっこける

　斯様に数々の証を目にした私は、人の一生というものが、いとも儚（はかな）いものである事を学んだ。吾ら人間を支配している神は、蜘蛛の巣に指を突っ込んで何の考えも無く破ってしまうような、小童（こわっぱ）のごとき者なのだ。

　浮浪児時代の体験の数々をくだくだしく語っても、読者を退屈させるだけだろうから、これくらいで止めにしておく。それよりも、こうした出来事から私が得た感想、人生の弱さと愚かさに対する私の考察の事に話を戻そう。疫病が下火になると、民衆は再び快活さを取り戻し、仮装舞踏会やら、教会の献堂祭、モリス・ダンス、精霊降臨日のエール祭、運勢占い、手品、富籤（くじ）、深夜の酒盛り、卑猥な俗謡にうつつをぬかすようになった。だが私はそういう連中とは違った。周りで起こった事を観察し理解していただけに、それを病人の夢か筋書きのない芝居として片付けてしまう事はできなかった。私から見れば、世界全体が膨大な死亡統計表のごときもので、人間たちが（その多くは死に瀕していながらも）悦楽に耽っているまさにその時に、悪霊は街を通りかかっているかもしれぬのだ。塵芥（ごみ）溜めのごときこの世に群がる蝿を目にして、蝿の王（悪魔）とはどんな恰好をしているのだろうか、と私は考えたものであった。

（だが、ここで時間の糸がほぐれて、夜が去り）私は再び建設局の事務所に坐っている。傍にはウォルター・パインが立ち、片足で床をコツコツ鳴らしている。どれくらいの間、私は回想に耽っていたのだろうか。

死者の事を考えていたのだよ、と私がすかさず云うと、ウォルターは顔をそむけ、定規を捜している振りをした。ウォルターは私がこのような話をするのを厭がる。それで彼が腰を下ろすのを見計らい、私は話題を換えた。ここの塵の非道さときたら、まるきり不精な女の食器棚の上のようではないか。見ろ、私の指を！

仕方がありませぬ、とウォルターは云う。塵というものは、払ってもじきに積もるものですので。

そこで、ウォルターをからかってやる事にする——とすると、塵は不滅なのだな、何世紀にもわたって舞い続けるわけだな？　だが、ウォルターは答えないので、彼の陰鬱な気分を破ってやろうと、さらに戯れ言を続ける。パイン君、塵とは何ぞや？

ウォルターはしばし考えて、物質の粒子でしょう、間違いなく、と答えた。

すると、吾らはみな塵であったか。

ウォルターは作り声で、「汝は塵なれば塵に返るべきなり」と、祈禱の文句を呟いた。次いで渋面を作ってみせたが、結局はぷっと吹き出した。

私は歩み寄り、彼の両方の肩に手を置いた。ウォルターは微かに身震いした。じっとしておれ、良い事を教えてやる、と私は云った。

良い事、といいますと？

おまえの意見を容れて、スピトル・フィールズの埋葬所は教会堂からやや離れた処に造るつもりだ。これはおまえのためだぞ、ウォルター。サー・クリスの忠告に従うのではなく、専らおまえのためにそうするのだ。ひとつおまえに秘密を打ち明けるとしよう（これを聞いてウォルターは首を傾げた）。埋葬所の大部分は地下に造るのだ。

私もその事を夢見ておりました、とウォルターは云った。それ以上は口をきかず、こちらに背を向けて仕事に取り掛かったが、暫くすると図面の上に屈み込んだまま低く口笛を吹くのが聞こえてきた。急がねばならん、と私はペンとインクを手にしながら云った。教会堂は今年の内に完成させなければ。

（年月の経つのは早いものですから、と云い足すウォルターの姿は掻き消え）私は再び疫病猖獗の時代に戻っている。毒の汗を滴らせている歩く屍に交じって、さまよい歩いている。最初のうちは悪意のある運命のいたずらに弄ばれ、一か八かの運試しばかりのような塩梅だったが、ある晩のこと、苦難の迷路で出口へと導いてくれる一条の糸を見つけた。七月の最後の週のある日、夜の九時頃だったろうか、レッドクロス・ストリートにある〈三樽亭〉という居酒屋の傍の帽子屋の前を通りかかった時の事だった。月夜ではあったが、月は家々の陰に隠れて月光は斜めに一条、通りの真向いの横丁からわずかに洩れてくるばかりだった。この光を見て足を止めた時、その横丁から長身でひどく痩せた男があらわれた。天鵞絨の上衣を着てベルトを締め、黒い外套を羽織っている。男に続いて二人の婦人があらわれたが、いずれも顔の下半分を白い麻のハンカチで覆っている（疫病の悪臭から鼻を護るためだろう）。男の歩みは速く、連れの婦人は遅れまいと苦労している。その男がこちらを指差したものだから、よれよれのコートにボロ靴という恰好の私は、言葉では云い表せぬほど驚いた。あそこに御手がはっきりと見える、などと男は云っている。あの少年の頭上にある御手が、あなたたちに見えるか？　妙に興奮した様子の男は、続いて私に呼び掛けた。おい、君！　君！　こちらへ来たまえ！　こちらだ！　ここで連れの婦人の片方が口を挟んだ。あの子に近寄らないでくださいな、疫病に罹っているかもしれませんわ。それに対して男は、あの子を恐れるな、と答えた。それを聞いて私は三人に近寄っていった。

君は何者かね、と男が問うた。

身寄りの無い哀れな子供です。

おや、姓はないのか。

妙な事だが、学校へ通っていた頃に読んだ書物の事がふっと頭に浮かび、ファウストです、と私は答えた。

ふむ、君なら悪魔に捕まえられることもあるまい、と男が応じると、二人の婦人はからからと笑った。それから男は一枚の硬貨を私に渡して、云った。もしも私たちと一緒に来るなら、その六ペンスを君にやろう。どうかね、小ファウスト君、今のご時世に六ペンスは大金だ。悪いようにはしないぞ。

鳥の巣を見つけた男の子が後生大事に抱きかかえるように、私は硬貨をしっかと胸に押し付けはしたが、そうたやすく靡（なび）くわけにはいかぬ。こいつらは腐臭を放つ悪霊、例の疫病の霊ではないだろうか。それとも、疫病の感染者かもしれぬ。そこで、さっき「あの子に近寄らないでくださいな」と、云った婦人の言葉が念頭に甦り、そのことから三人が人間で、未だ病に侵されていないのだと推測した。納得のいく理由を教えてくれれば、少しの道なら一緒に行ってもいいよ、と私は云った。男の顔付きが変わるのがわかった。そして男は、一緒に来るなら君を破滅から救ってやるぞ、小ファウスト君、ついてくれれば間違いない、と云った。

　かくして私は彼らと共に歩きだした。フェンチャーチ・ストリートをかなり先まで進んだ時、烈しい風が吹いてきて、その強さは、屋根から瓦が吹き飛ばされて降ってくる程であった。道は真暗となり、砂漠をさまよう巡礼者のごとく方角もわからぬ有様だったが、そのうちに狭い路地に辿り着いた(そこが即ちブラック・ステップ・レーンだったのだ)。ここで闇に包まれた長い通路へと連れ込まれ、炭鉱の地下坑道を行く坑夫のごとく手探りで進んだ。松明も無ければ監視人の角燈も無いのに、連れは足早に歩いてゆき、小さな木の扉のところに来ると、男は扉を三度敲いて「ミラビリスだ」と囁いた(後に知ったのだが、それが男の名前だった)。入る時に見回してみれば、そこは薄っぺらな安普請の家であった。壁は古く傷み放題、狭苦しい部屋はみすぼらしく、蠟燭の明りにぼんやり照らされているばかり。そこには数にして三十人は下らない男女がいたが、いずれも貧しい下層民ではなく、所謂中流階級と云われる人たちのようであった。彼らは最初、訝しげに私を見たが、ミラビリスは私の手を取って引き寄せ、この子の頭上に御印が見えた、この子は籾殻の中から選び抜かれた小麦なのだ、というような意味の事を云った。私はすっかり困惑したが、居合わせた人たちがにこやかな笑顔を見せ、抱擁してくれたので、気分が幾らか楽になった。ミラビリスは私を小さな腰掛けに坐らせ、濁った液体の入った木皿を運んできて、果実酒だから飲み干しなさい、と云った。よく確かめもせず飲んだところ、夥しい汗が吹き出し、心臓の鼓動が激しくなった。そこでミラビリスが、会いたい人がいるかと尋ねた。会いたい人が異臭を放つようになる前の母より他に会いたい人はいません、と私は答えた（この言葉の乱れは果実酒が効いてきた所為(せい)である）。するとミラビリスは部屋にあった鏡を取ってきて、私の前に置いてから、鏡を覗いてみるように云った。云われるまま覗いてみると、母の姿そのまま——いつも着ていた服を着て、針仕事をしている姿が映っているではないか。私はすっかり肝を潰した。もしも帽子を被っていたら、逆立った髪が帽子を持ち上げたに相違ない。

鏡を下ろした時、私の頭は働きを停止してしまったようだった。視線をミラビリスの方へ向けるのがやっとで、そのミラビリスはその場に居る人たちに向かって話をしているところだった。炎や、廃墟、荒廃、熱風のような雨、血潮のごとく赤い太陽、墓の中で焼かれる死者といった事柄について語っている（つまり彼は、ロンドンの大火を予言していたのだ）。そこに居た人たちは「そうだ、そうだ」とか「そう願いたい」とか「ご静聴」などと声を掛ける普通の聴衆とは違って、酩酊状態にあった私の目には、笑ったり冗談を云い合ったり戯れ言を飛ばし合っているように映った。そのうち一同は額と手首に私にはわからない香油のような物を塗り、部屋から出て行こうとする様子。私も立ち上がったが、ミラビリスが私の腕に手を掛けて、また戻って来るから、ここに坐っていなさい、と云う。独り取り残されるのかと少々怖じ気づいたが、ミラビリスはそれと察し、続けて云った——怖がる事はないぞ、小ファウスト君、君に悪い事をしたり話し掛けてきたりする者は、ここにはいないから、何か音が聞こえても、じっと坐っておればよろしい。そして蠟燭を一本取ると、他の人たちと一緒に物入れの扉のような小さな扉から別の部屋へ移って行った。殿(しんがり)のミラビリスが扉を閉めた時、四角いガラスの嵌(は)まった小さな窓に私は気づいた。一同が入っていった部屋を覗き見る窓である。覗いてみたい気持ちは山々だったが、どうしても動く勇気が出ず、そのうち、その夜相継いで身に降り懸かった驚きの連続に疲れ果て、深い眠りに陥ちていった。眠りに陥ちる直前、猫が立てるのに似た甲高い声を聞いたような気がした。

これが私の不思議な運命の始まりであった。ミラビリスの元には、それから七日間居た。その理由を読者が問われるならば、こう答えよう。第一に、私は身寄りのないほんの小児に過ぎず、鏡の中に母の姿を見ていたからだ。第二に、後述する通り、ミラビリスの教えが真実であったからだ。第三に、この疫病流行の年に、驚嘆すべき事には、ミラビリスの会衆が彼の行う祈禱と予言のお蔭で一人として病気に感染しなかったからだ。第四に、これらの事柄凡てについて知りたいという私の欲求が、飢えや渇きにも劣らぬ程強烈であったからだ。今となっては、それを知る以前の状態に喜んで戻りたいところだが、この記憶という厄介なものが無知への回帰を阻んでいる。

今度はもっと具体的な話をしてみよう。ミラビリスは時折、酔っぱらいのような千鳥足で何度も円を描いて踊る事があった。その挙句には恍惚の裡にばったり倒れ、暫くは死んだ者のごとく横たわっている。そういう時、会衆はブヨや蠅などの生き物がミラビリスの体に触れぬように、細心の気配りをする。そうこうするうち、ミラビリスは突如として起き上がり、彼らが置かれている状況の真実について語りはじめる。時には倒れ伏したまま、見えも聞こえもしない何物かに向かって囁き掛けている事もあった。その後では、会衆のほうを向き、飲物をくれ、何でもいいから急いで飲物を、と云う。またある時は、顔を壁のほうに向け、一心に壁を凝視しながら何者かと語り合っているかのように、手振り身振りをしている事もある。そのような時は滝のごとく汗をかき、露が降りたかのように衣服がぐっしょり濡れそぼり、やがて恍惚状態から醒めると、パイプを喫いたがった。夕暮れ前の一刻、ミラビリスが私の耳許で囁いたところによれば、彼によって選ばれた者（私もその一人である）は生贄によって洗礼されねばならず、吾らの聖体パンは小児の血に浸されねばならぬ、と云う話であった。だが、これらの事は紙に記すべきではなく、口移しに伝えるべき事である。いずれ読者にお目に掛かる事があれば、私もそうするであろう。

差し当たって今は、教会の建築者たるこの私が、清教徒でもなければ騎士党でもなく、宗教改革派でもカトリックでもユダヤ教徒でもなくて、ブラック・ステップ・レーンで踊る信徒たちが帰依している、遙かに古い信仰に属している事だけを述べておく。ミラビリスに教えられた信条は、以下のごときものである。この世界の創造主は同時に死の創造者でもある。悪の精霊の怒りを免れるためには、悪を為すしかない。様々な悪はこの創世主の不完全さから生まれるのである。主の恐懼から闇が生まれ、主の無知から影が生まれ、主の涙から世界の水が生まれるのである。失墜した後のアダムは神の恩寵に浴する事は二度とあり得ず、人間は凡て呪われている。罪は特性ではなく本質であり、親から子へと受け継がれるものである。人間の魂とは実体を有するものであり、増殖ないし伝播によって存在し続ける。生とは死に至る悪性の伝染病である。吾らは知られざる父の御名の元に洗礼をおこなう。それはこの父こそが知られざる神だからである。キリストはイヴを欺いた蛇であり、蛇の形をとって処女マリアの子宮に入りこんだのである。彼は死んでから復活したような振りをしてみせたが、実際に十字架に掛けられたのは悪魔だったのだ。吾らはさらに、処女マリアはキリスト生誕の後に一度結婚しており、カインは人類に少なからぬ善をなしたのだ、と教える。吾らはストア学派と同じく、人間は必然的に、もしくは已むに已まれず、罪を犯すように出来ているのだと信じる。そして占星術師と同じく、人間の営みはことごとく星の運行に左右されるものだと信じる。そして吾らはかく祈る——悲しみとは何ぞや、この世の糧なり。人間とは何ぞや、変わる事なき悪なり。肉体とは何ぞや、無知によって織られたる織物、凡ての災いの源、堕落の縛め、闇の避難所、生ける死、歩く墓場なり。時間とは何ぞや、人間の救済なり。以上が古くからの教えであるが、この場では細々と注釈を加える事はやめにしよう。これからは私の教会建築によって、その教義を当世および後世の時代の記憶に刻み込んでゆく事になるからである。それと云うのも、ミラビリスや彼の信徒らと知り合ってから、私は真の「時の音楽」を見出す事となったのである。それは太鼓の響きにも似て、耳を欹てる者ならば、遙か遠く離れていても聴く事が出来るのだ。

ともかく、もう少し先へ進もう。魔王こそがこの世の神であり、崇められて然るべき存在であるという証拠を挙げるに当たって、先ずは魔神崇拝の支配的な力について述べてみよう。イスパニョーラの住民は悪鬼を敬い、カルカッタの民は悪魔の像を礼拝する。アンモン人の神はモロクであり、カルタゴ人はサトゥルヌスの名のもとに彼らの神を崇拝したが、それは吾らがドルイド教の「藁人間」に当たる。シリア人の主神はバアルゼブブもしくはベルゼブル、即ち「蠅の王」であった。又の名はベルフェゴール、即ち「口を開けた王」もしくは「裸の王」であり、その神殿を「ベオル山」と称する。フェニキア人の間ではバアル・サマンと呼ばれるが、これは「太陽」の謂である。さらにアッシリア人の間ではアドラメレクと呼ばれ、又の名をユダの兄弟イエスとも云う。ここブリテンの諸島に於いてすら、フェニキア人の風習に倣ってバアル・サマンが崇められ、この伝統はドルイド教徒によって受け継がれた。ドルイド教徒は文書による記録を一切残さず、口伝の秘法を通じて秘儀を伝えた。ドルイド教徒は男児を生贄に捧げたが、これは彼らの見解に従えば、瀕死の重病や戦さで危険に曝された人の命は、童貞の男児による身代わりの犠牲が無ければ救うことが出来ぬからである。さらに、デモン(悪魔)の語源となったギリシア語の〃ダイモン〃は、神性を意味する語である〃テオス〃と区別せずに用いられる。ペルシア人は悪魔をデヴァと呼ぶが、これはディヴスあるいはデウス(神)に近い言葉である。また、「秘蹟による」という意味の〃エクス・サクラメンティ〃は、カルタゴの神学者テルトゥリアヌスによれば、〃エクサクラメントゥム〃即ち排泄物と解釈されている。以上の事からして、吾らは次のような詩を知っている。

プルートン、エホヴァ、サタン、ダゴン、キューピッド、
モロク、聖処女マリア、テティス、デヴィル、ユピテル、
パン、ヤハウェ、恐るべき杖持てるウルカヌス、
イエス、驚くべき藁人間、これらはなべて一人の神。

(ウォルターが顔を上げて、云っている)誰か唄を歌っているのが聞こえませんでしたか?

私の耳に聞こえるのは、おまえの声だけだが、ウォルター、とても音楽と云える声ではないな。

確かに聞こえましたよ、とウォルターは一呼吸置いてから云った。きっと職人だったのでしょう。

仕事を続けろ。耳よりも目を働かせるのだ。おまえの気紛れのお蔭で、気が散って仕事が捗らぬの

だぞ。これを聞いてウォルターはやや顔を赤らめた。

ウォルターが私の図面を筆写するペンの音が耳に付く。回想の世界から戻ってみると、私はこの世の物音の洪水に溺れてしまいそうになる。扉の蝶番が軋み、鴉が啼き、人の声がして、私は再び自分を失ってしまう。これら現在時の立てる音に逆らうのは至難の技だからだ。それは心臓の鼓動のごとく高くなり低くなりして、吾らを墓場へと追い立てるのだ。

だが、その事はさて措くとして、物事の始まりと終局とを覗いてみる事としよう。ドルイド教徒は毎年ロンドンで集会を開いた。集会所は現在のブラック・ステップ・レーンと呼ばれる場所の近くにあった。その聖なる秘儀はキリスト教徒のある種の者たちに伝えられている。キリストの亡骸に防腐処置を施した魔道師アリマタヤのヨセフは、後にブリテンへ遣わされ、ドルイド教徒の大いなる尊崇を集めた。このヨセフこそ、グラストンベリにイングランド最初のキリスト教会を建てた人物であり、そこにある石のピラミッドの下に初代修道院長の聖パトリックが葬られている。キリスト教徒がかくも速やかにブリテンに地歩を築く事が出来たのは、卓越したドルイド教徒の力と魔術の歴史があったればこそである。そして、現在バースの大聖堂が建っている場所には、モロク即ち「藁人間」を祀る神殿があった。またセント・ポール大聖堂の場所にはアシュタルテの神殿が建っていて、ブリテンの人々に篤く敬われていた。さらにウェストミンスター寺院が建っている位置には、アヌビスの神殿が建てられていた。やがてはこれらに、私の建てる教会が加わり、闇がさらなる闇を呼ぶ事となるであろう。理性と機械の時代と云われる昨今は、悪霊をお化けや怪物に過ぎぬと考える者どもがいて、そのような徒輩がホッブズ氏やグレシャム理論やその種のまやかしを信じておるのだから、どうしようもない。あの連中は反駁を許さず、何があろうと主張を曲げぬとしゃっちょこばっておる。私はあんなものより遥かに神聖な密儀に心を傾け、大地の守護霊と手を組み合って、スピトル・フィールズやライムハウスやウォッピングの地に石を積み上げてゆくのだ。

そこで凡ての部分を整理しておかなければならぬ。吾がスピトル・フィールズの教会に関する予備知識を先ず読者に与えたいと思ったのは、これが行き着く先の無い長い道程だからである。取り敢えずその取っ掛かりは、あの至高の教会の横に造るつもりでいる埋葬所あるいは迷路の事である。私の手元には、コットの穴(「地下の家」とも呼ばれている)についての記録がある。この穴は先達て、グロスターのサイレンセスターから二マイルと離れていない、俗にコルトンの原(フィールド)の名称で通っている土地で発見された。ある丘の麓(ふもと)で二人の人夫が砂利を掘っていたところ(既に四ヤードの深さまで達していた)、丘側の地盤が柔らかい事に気づき、やがて丘の内部へと通じる入口を見つけて驚いた。それは自然のものではなく、人工的に造られたもののように見えたので、二人は角燈を手にして中に入って行った。まことに狭苦しい通路で、幅は一ヤードそこそこに高さは四フィート、それも温室のごとく熱気を湛えている。そして墓場を思わせる臭気が籠り、塵芥の類に半ば埋もれかかっていた。壁面には銘板が掛かっていたが、材質を確かめようと手で触れるとたちどころに崩れて塵と化してしまった。ここで、方形の部屋へと続く通路があったので、入ってみると、部屋の向こう隅に少年か小男の骸骨があった。恐怖に囚われた二人はその暗闇の部屋から慌てて逃げ出した。そして穴の外へ這い出したその途端、丘は崩れ落ちたのである。

この記述を読んだ時、これこそミラビリスに聞かされた秘儀のおこなわれる場所に違いない、と私は悟った。生贄となるべき男児を地中の小室に閉じこめ、その入口を大岩で塞（ふさ）ぐ。斯様にして暗闇の内に放置すること七日七晩、その間に男児は確実に死の門を通過させられ、八日目に至って彼の屍体は歓喜の声と共に洞穴から引き出される。その小室は聖所とされ、そこには死の神が祀られる。ウォルターに、新たに造る地下の埋葬所あるいは密室の事を語りながらも、このように私の思念は遙かな深みに沈潜していたのである。私の造る地下の家は闇に閉ざされ、そこに入れられる者にとって真の迷路となるであろう。とは云え、コットの穴ほど空疎ではない。そこには墓石や納骨所はないが、すぐ傍に屍体を埋めた大穴がある。今でこそ覆われ忘れられているが、私の両親が投げ込まれ、その他数百（いや、数千だ）の屍体を放り込んだあの大穴である。それは死と穢れの塚であり、私の教会はそこから多大な益を得るであろう。いつぞやミラビリスが語ってくれた事だが、「ヨハネの福音書にあるように、一粒の麦が地に落ちて死に、そして腐れば、それは多くの実を結ぶのだ。従って多くの人が死に、そして地中に埋められるならば、そこには力の集合体が蓄積される」のである。大地に耳を押し当てれば、私には死者たちが地中に折り重なり合い横たわる様がわかる。その彼らのか細い声が私の教会の堂内に谺（こだま）する。それこそが私の教会の柱（ピラー）であり、基礎（いしずえ）なのである。

　ウォルター！　うたた寝しておる場合ではないぞ、目を覚ませ、ペンを取るのだ。時は限られておる。委員会に宛てて、このように書いてくれ。委員会各位に謹んで申し上げます。スピトル・フィールズの教会の境内は、当初の測量に基づく図面の示す通り至って手狭であります為、埋葬には極めて不都合な事態を生ずる事となりましょう。空間を広げるためには、尖塔の柱部分および本堂内部の円柱の土台部分を切り詰める必要がありましたが、小職としては本堂より離れた位置に地下埋葬所を設けるべく設計致しました（これはサー・クリストファー御自身の御要望でも御座います）。この地下埋葬所の建造に、四世紀のキリスト教が最も純粋であった時代の様式を採用しております事は、添付致しました図面で御覧頂ける通りで御座います。それの地上に当たる箇所には、白いピラミッドを建てました。これはグラストンベリ教会の様式に倣ったものですが、それより規模は小さく、石灰を含まない粗石を用いております。これ又、初期キリスト教の様式に従ったもので御座います。以上、恐々謹白。さあ、ウォルター、熱が冷めぬ裡に急いで書き上げるのだ。

斯様に詐欺師さながらの出任せで吾が真意を隠し、言葉で当座しのぎの足場を築いて吾が目的を偽った。地下の家それ自体については、重量を支える部分のみを頑丈にして、内部は複雑極まりない迷路となるよう工夫を凝らす。壁の厚みの中には空洞をしつらえ、そこに次のような印を置く——墓の光ネルガル、罪の印アシマ、幻像の印ニブハス、鎖に繋がれしタルタク。これら真の信条と秘儀は容易く目につく処に刻むわけには参らない。さもないと無知なる愚衆が恐怖に駆られて破棄し去るやもしれぬ。だが、そのような破壊行為を免れ、野卑なる民の目に触れることも無ければ、この迷路は千年の歳月に耐えるであろう。

そして今、吾が建築物が埋葬地の上に聳え建ち、死者が生者を呼び寄せる事となった次第を語ろう。吾が国の習わしにより、塔の最上部に当たる頂塔に最後の石を据えるのは、石工の倅の役目と決まっている。その石工ヒル氏の倅トマスは、十ないし十一歳の元気な男児で、容姿にも非の打ちようがなかった。眉目麗しい上に血色もよく、豊かな髪は肩の下まで伸びていた。塔に登る日の朝のトマスはいかにも楽しげで、己れの役目を愉快な冒険のように見做していた。彼は木材を組んだ足場によじ登り、塔の頂上へ向かって機敏に進んでいった。職人たちと父親の石工がそれを見上げながら、「どんな調子だ、トム?」「そら、もう一歩だ!」などと呼び掛ける。私は完成したばかりの吾がピラミッドの傍に無言で佇んでいた。この時、突然、一陣の風が吹き、頂塔に迫っていたトマスはすぐ頭上を走る雲に意気阻喪したように見えた。一瞬、こちらを凝視したトマスに向かって、私は「もっと行け! もっと行け!」と、叫んだ。その瞬間、足場を組んだ木材が緩んでいたか腐っていたかしていて、頂塔を目前にしたトマスの足元から崩れ、彼は足を踏み外して転落した。悲鳴は上げなかったが、その顔には驚きの表情が浮かんでいるようであった。歪んだ線は直線よりも美しい——トマスが建物から離れて落下し、私の足元で熟した果実のごとく潰れたとき、私は胸の裡でそう呟いていた。

　父親の石工が助けを求めながら、ピラミッドの傍に横たわった倅の元へ駆け寄り、仰天した職人たちもそれに続いた。だが、トマスは即死していた。屍体の上に身を踞めて見ると、頭にぱっくり開いた傷が目についた。口からは血が椀から溢れるごとくに流れ出し、大地を濡らす。周りの者たちは木偶さながら突っ立ったまま、身じろぎもせず物も云わない。その光景に私は笑みを抑えるのに一苦労したが、顔の表情は沈痛を取り繕って本心を隠し、悲嘆の余り頽れんばかりの父親に歩み寄った(実を云えば、倅の死が余程堪えたらしく、石工もじきに倅の後を追って墓場への道を急ぐ事となったのである)。わずかな人だかりが出来て「どうしたんだ?」「死んでしまったのか?」「気の毒にな」などと口々に云うので、私は手を振って彼らを遠ざけた。そしてヒル氏の傍に付き添ってやり、彼が落ち着きを取り戻すまで黙っていてやった。その後で、あの子は牢獄から解放されたのだよ、と云ってやったが、石工が妙な目でこちらを見たので止めた。石工は悲しみの余り我を忘れた。日頃は口数が少なく何事にも挫けぬこの男が、神と天国を口汚く罵(ののし)りだしたのである。私はすっかり嬉しくなった。何も云いはしなかったが、小さな屍体を見つめる私の胸中には、この子は死を懼(おそ)れなかったから死んでも美しいのだ、という考えが渦を巻いていた。そこで父親が、何を思ったか倅の靴の締め金を外そうとしたので、私は彼を脇へ引き寄せて、ともかくも慣例(しきたり)に従って、倅を落ちた場所に埋葬してやろうではないかと、優しく云い聞かせた。父親は悲嘆に暮れながらもそれに同意した。それから、盛大に嘔吐しはじめた。

　これら凡てが私の目的に適った。「教会は血を好まぬもの」という莫迦げた格言があるが、聖体はキリストの血に浸さねばならぬのだから、筋の通らぬ話である。かくして私は自ら手を下すことなく、スピトル・フィールズの為に望まれていた生贄を得たのである。これぞ俗に云う一石二鳥。私はホワイト・チャペルから辻馬車に揺られながら、この上なく大満悦であった。私は死の大穴の中に身を置いていたが、底深い暗闇にまで進んだので、真昼であっても星の光を見る事が出来るのである。

二章

真昼になって、観光客の一行はスピトルフィールズの教会に着いた。先に教会堂の階段のまえに立ち止まっていたガイドが、「はあーい、こっちですよ！」と、声をはりあげる。それから一行のほうにふりむくと、左のまぶたをピクピクさせながら説明しはじめた。「このような建築物は、想像力をはたらかせて眺めることが大切です。すっかり傷んでいるのが、おわかりでしょう？　ほんとうは、あのてっぺんの部分のように、きれいなはずなんです」漠然と尖塔のあたりを指さし、それから腰をかがめて、白いレインコートの裾についた泥かほこりを払い落とした。「あれは何だ？　あそこから何か落ちたぞ」と、一行のなかのひとりの男が、尖塔のあたりをもっとよく見ようと、右手を目のうえにかざして尋ねたが、一時途切れていた往来の騒音がまた高まって、男の声をのみこんでしまった。教会前の市場(マーケット)から吐き出されてくるトラックの唸り。すこし先のコマーシャル・ロードを掘り返すドリルの轟音。あたり一帯が地響きに震えているように感じられる。

ガイドは紙ハンカチで指をぬぐい、観光客たちを先へと案内した。一行は騒々しい場所を離れ、大通りや路地が迷路のように入り組んでいる教会の横手へと急いだ。まわりの人びとが興味もなさそうに、ぼんやりこちらを眺めているのには、ほとんど注意もはらわない。狭い舗道に入り込んだところで、ガイドが急に足を止めたので、一行は順ぐりにつんのめりそうになった。わりあい静かな場所に来たせいか、ガイドは親しげな口調になる。「みなさんのなかに、ドイツの方はいらっしゃいますか？」そして、返事を待たずにつづけた。「ドイツの偉大な詩人ハイネは、ロンドンは想像をさまたげ、心を引き裂くといいました」彼女は手元のメモに目を落とした。すぐそばの家並みから、くぐもった人声が聞こえてくる。「でも、ロンドンには荘厳で永遠に変わらないものがある、と述べた詩人たちもいるのです」彼女は腕時計に目をやった。すると、別の街の音が耳に入ってくる。人の話し声に、ラジオやテレビの音声がまじり、それに重なって、さまざまな音楽が街路にあふれ、家々の屋根や煙突を越えて立ち昇っていく。そのなかで、同じひとつの歌が、数軒の商店や人家から流れ出て、ほかの曲をひときわ圧するように舞いあがり、それも街の空へと消えていった。

「この位置から南のほうを見ますと――」ガイドはくるりと一行に背を向けた。「――あちらが昔、〝ロンドンの大疫病〟があった地域でございます」近くで子供たちが大声で呼び合っているので、彼女も負けじと声をはりあげる。「いまでは想像もつかないでしょうが、この界隈だけで七千人もの人がペストに罹って亡くなりました。おまけに亡くなった寺男と墓掘り人がなんと百十六人」このくだりは暗記していて、ここで笑いが起きるのもいつものことだ。「あのあたりの家々から」笑いをさえぎって、つづける。「最初のペスト患者が出たのです」ガイドの指さすほうを眺めるが、一行の目には最初、大きなオフィスビルの輪郭しか見えてこない。ビルの壁面のくもったミラーガラスに、教会の塔が映っている。街路はついさっきの驟雨(しゅうう)で濡れ、昼日中から点いている商店のネオンサインや、オフィスや住宅の内部から漏れる明りを反射して、光っていた。それらの建物じたいも、グレー、ライトブルー、オレンジ、ダークグリーンと、色とりどりに塗られていて、なかにはスローガンや絵の落書きのある建物も見えた。

遠くの列車の音が、ガイドの耳にとどいた。「わたしたちがいま立っておりますこの場所も、昔は空き地で、死人や死にかけている人がここに運ばれてきたかもしれません」疫病猖獗の跡地をながめわたしても、目に入ってくるのは周囲の広告板の絵ばかり。現代都市の夜景写真の暗い空に「お帰りの前にもう一杯」の文字が描かれたもの。昔の版本の挿絵ににせて、色褪せたセピア色で描かれた歴史上の場面。男の巨大な笑顔（もっとも向かいのビルの黒い影で、顔の右半分は隠れている）。「このあたりは、昔からとても貧しい地区でした」ガイドが説明しているところへ、さっきから叫び声や口笛を響かせていた四人の子供が、観光客のあいだを悠々と通りぬけていった。よそものの観光客たちには目もくれず、まっすぐ前を見ながら、歌っていく。

穴のなかでなにさがす
石さがす
石つかってなにをする
ナイフ研ぐ
ナイフつかってなにをする
おまえの首をちょん切る！

そのまま行進してから、子供たちはくるりとふりむき、ガイドが一行を先へ案内していくのを眺めた。ガイドはこの界隈にまつわる話をもっと思い出そうとしているが、もはやさっきの熱意は薄らいでいた。いいわ、思い出せなかったら、お話をこしらえればいいんだから、と考えている。

まもなく、スピトルフィールズ教会の周辺は、学校からどっと溢れてきた子供たちでいっぱいになった。笑いさんざめき、ふざけ合い、投げつけ合うたわいないことばが、いつしかひとつになって「輪になろう！　輪になろう！」という呼び掛けに変わる。それから、「鬼はだれだ？」という問いが、ひとしきりくりかえされた後、「おまえが鬼だ！」という答えとともに、小さな少年が輪の中心に押し出された。少年は古靴下で目隠しをされ、その場で三回くるくる回された。息をつめて、口のなかで数をかぞえている少年を囲んで、ほかの子供たちが踊りながら「死人よ、生き返れ！　死人よ、生き返れ！」と、囃したてた。と、少年がいきなり、両腕を前につきだして突進し、ほかの子供たちはわっと叫んで、逃げ散った。教会のほうへ走って逃げるものもいるが、境内にまで踏み込む勇気のあるものは一人もいない。

境内では、トマスという少年が、教会そのものと同時代に建てられたピラミッドの陰に隠れ、中腰の姿勢で子供たちのようすを窺っていた。夕暮れにちかい陽射しが、色褪せたピラミッドの粗い石面に、少年の影を投げかけている。トマスは石面のくぼみや筋を指でなぞっていた。子供たちのほうをまともに見るのは怖いが、かれらの動きは一つとして見逃したくない。トラックが唸りをあげ、ほこりを巻き上げてコマーシャル・ロードへ出ていくと、ピラミッドが震動する。いつだったか、焚火をすると炎のうえのほうの空気が震えることに気づき、驚いたことがあり、それ以来、物が震えるのは熱いからだと考えるようになった。だから、彼には感じられなくても、ピラミッドはいま、ひどく熱くなっているのだ。トマスはピラミッドから跳びのいて、教会のほうへ駆けだした。教会の石の壁に近づくにしたがって、外界の騒音は教会の建物に吸収されるかのように、しだいに小さくなっていく。

　近づくにつれて、教会はその姿を変えた。遠くから見れば、それはブリック・レーンと市場（マーケット）の周辺にもつれあった道路や路地のなかに聳える壮大な建築物にちがいない。その巨大な姿はいくつもの道を塞いで峙立（じりつ）するように見える。その塔と尖塔は二マイル先からでも見えるから、それを目にとめた人は、指さして「あそこがスピトルフィールズで、その隣がホワイトチャペルだよ」と、連れに教えることになる。しかし、いまトマスが近づくにつれて、教会は一塊の大きな建物ではなくなり、いくつもの場所の寄せ集めに変わっていった。ある場所は暖かく、ある場所は冷たく湿っていて、ある場所はまったく陽が射さず影のなかにある。トマスは教会の外面をすべて知りつくしていた。傷んで崩れかけている控え壁（バットレス）の一つ一つから、苔むした角々まですべて知っている。それは毎日のようにここに来て、坐りこんでいるからだった。

　十五段の階段をのぼって、教会のなかに入ったことも、なんどかあった。小さな付属の祭壇のまえにひざまずき、祈るときのように両手で目を覆ってから、頭のなかで自分だけの教会堂を建ててみたりした。ポーチ、身廊（ネイヴ）、祭壇、塔と、順に作っていくのだが、付属室や階段や礼拝所（チャペル）をつなげるところでゴチャゴチャしてしまい、また最初からやりなおすことになる。しかしながら、そうして教会内にまで足を踏み入れることは稀だった。いつも独りきりでいられるとはかぎらないからだ。教会堂の奥で、薄闇に足音がこだまするのを聞くと、恐ろしさに震えあがった。いちどは、おなじ文句をいっせいに唱える人びとの声に、空想を破られたこともある——「汝の疫病をわが身から取り去りたまえ……汝の手の重きにこの身ははや拉がれて……ああ、落ちていく、落ちていく……」思いもかけずすぐそばに出現した人たちのほうを見る勇気もなく、トマスは一目散に教会から逃げ出した。だが、いったん外に出てしまうと、またしても独りきりになり、安心がもどってきた。

教会の南側にある地所は、もともとの設計では墓地として予定されたものだったらしいが、いまでは立木と萎れかけた草と、そのそばにピラミッドがあるばかりだった。東には、古い地下道の入口へとつづく砂利道があるだけ。ほかに見るべきものは、なにもない。地下道は現在は板でふさがれていて、入口に使われている大きな灰色火山岩からすると、かなり古い時代に掘られたもの（あるいは教会堂の建造と同時期ということもありうる）らしいが、この前の戦争中には「防空壕」として使われ、それ以後は教会と同様に荒れ果てるままになっている。近所の子供たちはこれを「地下の家」と呼んでいて、それにまつわる噂話は山ほどある。地下道は迷路へと通じていて、その迷路は地中深く何マイルにも達しているのだ、という。子供たちのあいだでは、地下道のどこかに、いまも死骸がよこたわり、幽霊が潜んでいるのだと、ささやかれている。トマスはそういう話を信じてはいたが、それでも教会の石壁にもたれてしゃがみこんでいると、いつも安全だという気がするのだった。いまも、ピラミッドから離れ、遊んでいる子供たちから遠ざかり、ここにこうして避難している。そして、その日の厭な記憶から逃れようとしていた。

トマスは地元のセント・キャサリンズ校に通っている。どんよりした灰色の朝、机について、教室にみなぎるチョークと消毒薬のいい匂いを嗅ぐのが好きだった。インクと教科書の放つ独特な匂いもいい。たとえば歴史の時間（子供たちは「ふしぎ発見」の勉強と呼んでいる）に、人名や年号をノートに書き入れながら、ノートの紙のまっ白い部分にインクが流れだすのを眺めるのも楽しかった。だが、ベルが鳴ると、アスファルトの校庭に出ることになり、そこでは独りぼっちで、心細い想いをしなければならない。かんだかい奇声やどなり声の飛び交うなかを、こそこそとこちらのグループからあちらのグループへ渡り歩いてみたり、あるいは、ほかの子供たちから離れて、壁や手摺のところでおもしろいものを見つけたふりをするのだった。それでも、ほかの子供たちの話していることには、できるかぎり聴き耳を立てる。そのおかげで、主の祈りを逆さから唱えると、悪魔を呼び出せるということを知った。そのほかにも、動物の死骸を見たら、唾を吐きかけて「熱よ、熱よ、近寄るな、今日はベッドに入ってくるな」と、くりかえさなければならないことや、キスを一回することに寿命が一分縮まるのだということとか、ゴキブリが靴のうえを這っていったら、友達が死ぬしるしだということも、そうやって知った。そういうことをひとつひとつ、頭のなかにしまっておいた。ほかの子供たちと同じようになるためには、そういう知識が必要なのだという気がしたからだ。みんなはなんということもなく、自然にそういう知識を身につけていたが、トマスは自分から求めてそれを獲得し、大事にしまっておかなければならないのだった。

それというのも、やはりほかの子供たちといっしょにいたいからだし、みんなと話をしたいとすら思っていたからだ。そういう気持ちを表にあらわすことにも、ためらいはなかった。この日の午後、五機の飛行機が編隊をくんで上空を通過していくと、子供たちは飛行機を指さして、「戦争だ！　戦争だ！」と、歌うように叫んだ。トマスもそれにくわわり、いっしょになって騒いだ。ぴょんぴょん跳びあがりながら、恐れはなく、むしろ安心感のようなものをおぼえ、遠くへ飛び去っていく飛行機にむかって手をふり、見えなくなってもまだ、みんなといっしょに叫んでいた。そこへ一人の少年が寄ってきて、薄笑いをうかべながらトマスの腕を背中にまわし、彼が痛さに泣き声をあげるまで、ねじりあげた。そうやって少年は、トマスの耳元に得意げにささやいた。「火焙りか、生き埋めか。どっちがいいか答えろ！　火焙りか、生き埋めか」それでとうとう、トマスは「生き埋め」と、つぶやいて、うなだれた。

「でっかい声でいえ！」

トマスが「生き埋めがいい！」と叫ぶと、少年はやっと手を放した。トマスがいじめられるのを熱心に見守っていた子供たちが、彼のまわりを囲んで、歌いだした。

トマス・ヒルは悪いやつ
刻んで薪にしてしまえ
死んだら頭をよく煮込み
しょうが入りケーキにしてしまえ

泣くもんか、と思いながらも、校庭のまんなかに立って涙をぽろぽろ流していた。それを見た子供たちが、「泣き虫あっち行け！」と囃したてる。そこへ、ふたたび飛行機が頭上に飛んできて、トマスのすすり泣く声はその轟音に掻き消された。

そしていま、トマスは教会の壁ぎわにうずくまっている。こうしていれば、いいぐあいに通りからは姿が見えない。まわりの雑草や樹木を見ていると、木の枝を離れた一枚の葉が、ゆらりゆらり舞い降りてきて、今日味わった苦痛と屈辱の光景は目のまえから消え去っていった。鳩の群が彼のまわりを取り巻き、複雑な隊形をつくって飛んでいる。一羽一羽の形が見極められないほど、翼と翼が重なり合い、その羽音がまた耳に心地よい。太陽に顔を向けると、雲が彼の体にまだら模様の影を着せかける。目で追いかけると、雲は教会のなかへと消えていくように見える。そこでトマスは、その雲に向かって登っていく。雲が彼の体を包みこむまで、塔を登っていく。塔を上へ上へと登っていく彼に、声が聞こえてくる——もっと行け！　もっと行け！

風が吹いて、夏の終わりを告げる匂いをはこんできた。トマスが目を覚ますと、草地から、急に目を閉じるように陽の光がすっと消えていくのが見えた。彼は立ちあがった。教会から遠ざかるにつれて、世間の騒音がもどってくる。冷えてきたので、通りに出たところで駆けだしたが、走りながら自分の体を意識しているような、妙にぎごちない走り方になった。ブリック・レーンのはずれのイーグル・ストリートの家へ急ぐ、そんなトマスを見て、かわいそうな子だ、と心につぶやく人もいる。

この日、教会にやってきたのは、トマスだけではなかった。三本の道路（マーメイド・アレーとタバナクル・クロースとボールズ・ストリート）が交わる地点に、二人の少年が立って、古びて崩れかけた壁のモルタルを、黙々と指でほじくっていた。一人のほうが、タバナクル・クロースの端に聳える教会の横のほうを見やって、もう一人の肩をこづいた。

「おまえ、あそこの地下道に入ってみたいか？」

「おまえは？」

「おまえがだよ」

「おまえこそ」

「おまえはどうなのさ？」

儀式の呪文のようにやりとりしながら、二人は境内の入口にある錠のおりた門のまえまでやってきた。そこから板でふさがれた地下道の入口が見える。板はすでに腐っていて、庇の丸い屋根にまではびこった葉っぱになかば隠れている。二人は門扉の格子のあいだを抜けて入りこみ、たがいに身を寄せ合ったまま、打ち棄てられた地下道に近づいていった。この界隈の数多くの言い伝えや噂話の源となってきた古い地下道。二人は入口に膝をついて、よその家のドアをノックするように、板をコンコンと敲いた。それから二人して板に手をかけると、ひっぱりはじめた。はじめはおずおずだったが、すぐにむきになり、力をこめてひっぱった。板の一枚が剝がれ、もう一枚が剝がれたところで、もぐりこめるくらいの穴があいた。少年たちは地面にすわりこんで、顔を見合わせた。

「おまえ、先に行くか？」

「おまえは？」

「だから、おまえがだよ」

「だから、おまえこそ」

そのうち一人のほうが、「年上だろ、おまえが先に行きなよ」と、言った。これには返すことばがない。少年たちは禁厭（まじない）のため手に唾をつけ、拇指（おやゆび）を触れ合わせた。年上のほうが身をかがめ、こじあけた穴から入り、もう一人もそれにつづいた。

地下道への下り口で、二人は背をのばし、あたかも転げ落ちかけたかのように、たがいの体にしがみつき合った。それから最初に入ったほうが、そろそろと階段を下りはじめ、そうしながら手をのばしてもう一人の手をつかむ。あたりは物音ひとつせず、自分たちのせわしい息遣いだけが、やけに大きく聞こえる。階段の下に達し、そこで暗闇に目が馴れるまでじっとしていた。二人のまえに地下道が延びているのが見えてきたが、どれくらい奥までつづいているのかはわからない。頭上の石には、文字だか絵だか、なにか書かれているらしい。年上のほうが地下道に足を踏み入れた。石壁は湿っていて冷たく、気持ち悪かったが、彼は右の手の平をぴったり横の壁におしつけて進んだ。六、七歩行くと、右側に部屋があった。いっそう深い暗闇にたじろぎながらも、二人してのぞきこんでみると、部屋の隅のほうに、ぼろ布の塊のようなものの輪郭が、すこしずつ浮かびあがってきた。年上のほうがその小さな部屋に入ろうとしたとたん、ぼろ布の塊がむっくりと動いたように見えた。なにものかが寝返りをうったのだと思った少年は、悲鳴をあげ、恐ろしさに跳びすさったので、すぐうしろにいた小さいほうは地面に押し倒された。つづいて、部屋内からなにかの声が響いてきたようだったが、少年のあげた悲鳴のこだまだったかもしれない。どっちにしても少年たちは、早くも階段を駆けあがっていて、さっきこしらえた穴から這い出すところだった。転げるように地下道入口から出、教会堂が影を落とす地上で立ちあがり、相手の顔をうかがって、そこに自分の感じているのと同じ恐怖の表情を見てとると、砂利道をいっさんに教会の門へ駆けだし、外の通りへと走り出た。やっと自分たちの世界にもどったところで、年下のほうが、「転んだじゃないか。膝をすりむいたぞ、ほら！」と、言った。彼は道端にしゃがみこみ、そこの溝に吐いた。「赤チンでもつけとけ」年上のほうはそう言い捨てると、相棒が当然ついてくるものときめて、歩きだした。夕闇が、木が枝葉を生い茂らせるように、密度を増していった。

トマスはベッドに寝ころがっていた。二人の少年が地下道から逃げ出したころ、彼は手を使って壁に影絵をつくっていた。「これが教会――」独りでぶつぶつつぶやく。「これが尖塔。扉を開けると、人間はどこにいる？」やがて遊びに飽きると、本のページをめくる。

トマスは母とふたり、イーグル・ストリートの古い二階家の階上と屋根裏部屋に住んでいた。一階には、インド人の一家が営む婦人服縫製店がある。パン屋の職人だったトマスの父は、六年前に亡くなった。台所のテーブルに坐っていた父の姿を、トマスはおぼえている。父は肉を切ろうとナイフを手にして、顔に微笑を張りつかせたまま、横ざまに倒れた――手で口をおさえる母の姿。そのとき、階下の入口のドアが開き、階段を上ってくる母の足音が聞こえてきた。「トマス！」という母の声。「いるの、トミー？」二度めの呼び掛けの声がふるえた。返事がないと、息子の身になにかあったのではと心配になるのだ。夫を亡くしてから、彼女はすっかり臆病になっていた。彼女が立っている大地はこのうえなく薄いガラスでできていて、足下の深淵が透けて見えている。彼女のこの臆病心は息子にも伝染し、彼は狭い屋根裏部屋にこもってばかりいるようになっていた。

日の長い夏の夕暮れどき、トマスはいつもベッドに横になって、本を読んでいる。ときには薄い木綿のシーツを頭からかぶり、生地をとおしてくる柔らかい薄明りで読む。母が階段を上ってきたとき、彼は『ファウスト博士とエリザベス女王』という児童向けの歴史物語を読んでいた。ちょうど読み終えたばかりの章では、ファウスト博士の魔術の力のことを耳にした〝処女王〟エリザベスが、使者を送って博士を呼び寄せる。ストーンヘンジの謎を解くことができれば、子宝に恵まれるだろうと、占い師に告げられたからである。かくしてファウストは、険悪な嵐をついて、ちゃちな帆船もろとも海の藻屑となりそうになりながら、かろうじてイングランドにたどり着いた。そしていま、二人は巨石群にむかって歩みを進めているところだ。「あの石に秘められた謎を知りたいものだの」と、女王が悲しげな笑みをうかべて声をあげると、「お気づかいはご無用でございます、陛下」と、ファウストは自信たっぷりに答える。「かならず謎を解いてしんぜましょう」そこで女王が、「解けなかったら、そなたなど悪魔にさらわれてしまえ」と、居丈高に応じる。トマスは急いで読み進んだ。悪魔がファウストをともなって空を飛翔し、世界中の王国を見せてやるくだりに、早くたどり着きたくてたまらない。彼はそばに、もう一冊、『英国の殉教者たち』と題する本を置いていた。教会の裏に捨てられていたのを拾ったのだ。彼がこの本で読んだ最初の話は、聖少年ヒュー(リトル・セント)の物語だった。それによると、聖少年ヒュー(リトル・セント)は「十歳の子供で、母親は寡婦であった。コピンという異教徒が少年を誘惑して、祭儀をおこなう地下の家へつれこみ、そこで少年は拷問をうけ、鞭打たれ、あげくには絞殺された。だれにも知られることのないままに、少年の死体は七日七晩そこに放置されたままだった。死体が地下の家から引き揚げられた直後、盲目の女が死体を手で触って、無残に殺された少年のために祈ったところ、女の目は見えるようになった。その後も、奇蹟はつづいた」。トマスはしばしば、この本に載っている殉教者たちの絵に見入った。男たちが笑いながら切り刻んでいる殉教者の肉体。その体はきまって痩せ細り、黄色く塗られているが、内臓(はらわた)だけは真っ赤だった。それぞれの挿絵のしたには、「今こそ預言を」とか「暴力の徒たち」とか「焼きつくす炎」とか、ゴティック体で書かれている。

トマスの名を呼ぶ母の声はやみ、母はいま、彼の部屋へ上がる二つめの階段をのぼってきている。ベッドに寝そべっているのを見られるのが、なぜか厭だったので、トマスは床に跳び下り、窓ぎわの椅子に腰かけた。

「あたしのトミーちゃん、元気？」そう言いながら、母は急いでそばに寄ってくると、彼のひたいにキスした。トマスは身を引いて、顔をそむけ、その自分の態度をとりつくろうために、窓外の通りを眺めているふりをした。

「なにを考えてるの、トミー？」

「べつに」

ちょっと間があってから、母は語をついだ。「えらく寒いわね、この部屋」

だが、トマスはほとんど寒さを感じなかった。母が夕食の支度のために階下に下りていった後も、彼はひっそりと腰掛けたまま、夕闇が顔を包みこんでいくのもかまわずじっとしていた。近所の家々から、かすかに人声が聞こえている。時計のチャイムが鳴った。さらに、よその家の台所で皿やカップのぶつかりあう音が聞こえてくると、階下から母が、下りてきなさい、とトマスを呼んだ。

ゆっくり階段を下りていきながら、まるで悪態をついているかのような大声で、段の数をかぞえる。階段を下りきってしまうと、こんどは怒鳴ることばを変えて、台所に入っていったが、とたんにその場に立ちすくんでしまった。母が世の中をあいての、いつもの勝ちめのない闘いの真最中だったからだ。目下の世の中の代表は、彼女の足元に倒れている木の椅子と、いっこうに火が点かないガス・オーブンのコンロと、彼女の指に火傷をおわせたヤカンであった。この狭い台所内に、母の怒りが膨れあがっている。だが、その怒りは、彼女が不当に閉じ込められていると思っている、この家と近隣にたいする怒りなのだ。床に落としたバターを凝視しながら、テーブルを指で撫でていたが、戸口に立っている息子に気がついて、「なんでもないのよ。ママはちょっと疲れているだけ」と、言い訳した。トマスはバターを拾おうと腰をかがめて、母の靴とくるぶしに目をやった。「見てよ、このほこり」母の言うのが聞こえた。「なんてほこりっぽいの!」急に母の声音が腹立たしげになったのに不安をおぼえたが、トマスは身を起こし、どうでもいいような口調で訊いた。「ほこりはどこから来るのかな」

「知らないわよ、そんなこと。地面から飛んでくるんでしょ、きっと」嫌悪感を募らせて狭い台所を見まわしていたが、そこで息子が、傷ついたように唇を嚙みしめ、こちらを見つめているのに気がついた。「ほこりがどこから来るのかは知らないけど、どこへ行ってしまうかなら知ってるわよ」そう言うと、彼女はテーブルのうえのほこりを吹き飛ばした。母子は大笑いして、それから食事にとりかかった。まるで競争でもしているように、二人ともただガツガツと食べ、おたがいに視線をかわすことも、口をきくこともないまま、あっというまに食べ終えた。トマスは空になった皿を、無言で流しへ運び、蛇口をひねって洗いはじめた。母はなんの遠慮もなしに小さなゲップをし、そこではじめて、今日はなにをしたかと尋ねた。

「べつに」

「なにかしたでしょ、トミー。学校ではどうだったの？」

「いっただろ、べつになにもしなかったよ」教会のことは話したくなかった。あの界隈を嫌っている母には、息子も嫌っているのだと思わせておきたかった。そのとき、教会の鐘が鳴って、七時を告げた。

「またあの教会なのね」トマスは母に背を向けたまま、答えない。「なんどもいったでしょ」トマスは流れ出る水を指で受けている。「あんな地下道やなにかのあるところに行かないでちょうだい。陥没でもしたら、どうなると思ってるのよ」彼女の目に映る教会は、あの界隈の不吉なもの、どうしようもなく汚らしいもののすべてを象徴している。その教会に息子の心が魅せられているらしいのに腹が立つ。「ちょっと、聴いてるの？」

トマスはふりむいて、母の顔を見た。「あのピラミッドのなかに、なにか入ってるみたいだよ。今日、触ったら熱かったんだ」

「こんどあそこに近づいたら、あんたのほっぺのほうが熱くなるようにしてやるから」息子の怯えた表情を見て、厳しく言いすぎたことを後悔した。「そういつも独りっきりでいると、あんたのためによくないのよ」煙草に火をつけ、天井にむけて煙を吐き出した。「もっとほかの子と仲良くすればいいのにねえ」トマスはもう自分の部屋にひきあげたくなったが、母の沈んだようすを見ると、打ち捨てていくわけにもいかない。「ママがあんたぐらいの齢頃には、お友達が何人もいたわよ」

「知ってるよ。写真で見たから」少女時代の母が友達と腕をくんでいる写真を思い出した。二人とも白いワンピースを着ていて、トマスには、遠い遠い昔の絵のように思えた。トマスなど、まだ影も形もない昔。

「それじゃ――」母の声がまたもや気掛かりそうな調子を帯びる。「あんたには、いっしょに遊びたい子、だれかいないの?」

「わかんない。考えてみなきゃ」テーブルをしげしげと眺め、ほこりの謎を解きあかそうと、考えた。

「あんたは考えすぎるのよ、トミー。考えすぎるのはよくないわ」そこで母はにっこり笑いかけた。「お遊戯しましょうか」すばやく煙草の火をもみ消し、トマスをひざに抱きあげ、前後に揺すりながら、トマスもよく知っている童謡を歌いだした。

バビロンまではなんマイル?
二十を三つに、もひとつ十(とお)
灯ともすころまでに行けるかな?
行ってかえってこられるさ

揺する速度がだんだん速くなり、トマスはめまいを起こしそうになって、やめて、と母に頼んだ。いまに腕が抜けてしまうか、床に激突してつぶれ、死んでしまう、と思った。ちょうどゲームが最高潮に達したとき、母はトマスをそっと降ろし、思いもかけず太い溜息をついて、立ちあがって電灯をつけた。そのとたんに、トマスは外がすっかり暗くなっているのに気がついた。「じゃあ、階上にあがるよ」母は窓から人通りのない街路を見下ろしている。「おやすみなさい。ぐっすり眠るのよ」と、つぶやいて、ふりむくと、トマスをひしと抱きしめた。その腕のあまりの強さに、トマスはもがいて、身をふりほどかなければならなかった。街灯の琥珀色の明りのしたでは、近所の子供たちがおたがいの影を追い駆けあって遊んでいた。

その夜、トマスは寝つかれなかった。スピトルフィールズの教会の一個だけの鐘が、三十分たち、一時間たったことを告げるにつれ、いっそう胸騒ぎが募ってくる。校庭であったことを、もういちどよく考えてみて、それ以前にあった、いじめられ、辱められたときの数々の場面を、暗闇に思い描いてみる。隠れて待ち伏せているのは、いつもおなじ悪童たちだ。トマスが通りかかると、そいつらが襲いかかってきて、蹴りつける。トマスは抵抗せず、しまいにはその連中の足元に倒れて、じっと横たわるのだった。その連中の名前を、そっとつぶやいてみる——ジョン・ビスコウ、ピーター・ダケット、フィリップ・ワイアー——まるで神々の怒りを鎮めるために、その名前を呼ぶように。それから、ベッドをぬけだし、開いたままの窓から身をのりだした。ここから教会の屋根のシルエットと、その上空に七つか八つの星が光っているのが見える。その星々を想像上の線で結び、そこにどんな形が浮かびあがってくるかと眺めていると、頬がむずむずしてきて、そこに虫が這っているような感覚が襲ってきた。彼はモンマス・ストリートを上からのぞきこんだ。石炭の貯蔵されている納屋のむこうに目をやると、黒いコートに身を包んだ人影らしいものが、じっとこちらを見上げているように思えた。

冬が訪れ、十月も終わりに近づくと、スピトルフィールズの子供たちは古着や新聞紙を集めて、祭りの夜に焼く人形をこしらえた。だがトマスは、毎夕自分の部屋にとじこもって、ベニヤ板とボール紙で家の模型をつくっていた。小型の折りたたみナイフで、家の側面に窓を切り、木の定規をつかって間取りしていった。その熱意のあまり、いまや小さな家の内部は迷路のようになっていた。そんなある日の昼下がり、教会をめざして歩いていきながら、模型の家に地下室をつけくわえたものかどうか考えていた。地下室がなくても完成したことになるだろうか、ならないだろうか。教会の南壁に着くと、控え壁（バットレス）の角に背をもたせてほこりのなかに坐りこみ、その問題を考えつづけた。

そのうち、前方に動くものの気配があった。ぎょっとして顔をあげ、教会の壁に身を寄せて見ると、強くなってきた風に揺れる木立の下を、男と女が歩いている。二人は足を止めた。男が手にした壜からラッパ飲みし、二人は地面に腰をおろし、並んで横になった。二人がキスしはじめるのをトマスは軽蔑の目で睨んでいたが、男の手が女のスカートにのびると、いよいよ目が離せなくなった。そろそろと立って控え壁のそばを離れ、二人に近づいて地面に伏せた。すでに男は女の淡い鹿毛色のジャケットを押しのけ、乳房をひっぱりだして愛撫している。トマスは固唾（かたず）をのみ、男の手が上下するのに合わせて、おなじリズムで身を揺すりだした。地面に伏せているので、腹部に大きな石ころがくいこむのを感じたが、男が女の乳房に口をつけるのを見れば、不快感など感じているどころではない。男はそのままじっとしている。トマスののどはカラカラだった。なんども唾をのみこんで、高まってくる興奮を抑えようとする。手足がどんどん伸びていって、巨人にでもなっていくような気がする。いまにも体内で何かが破裂して、噴き出しそうだ。そうなると、気分が悪くなるか、叫び声をあげるかしそうだった。彼は動揺して立ちあがった。男は石壁を背にして立ったトマスの姿に気がつくと、女のそばに転がっていた壜をつかみ、投げつけた。壜が弧をえがいて飛んでくるのを見て、トマスはキョロキョロと逃げ場を探す。教会の裏へと走って、地下道の入口を過ぎたところで、そこにじっと立っていたらしい一人の男にぶつかった。トマスは顔をあげようともせず、そのまま走って逃げた。

その日の夜は、疲れたことを口実にして、早くからベッドに入った。暗い部屋で横になっていると、近所の街路で打ち上げる花火の音が聞こえてきた。あんなものなんかどうでもいい、とは思うものの、彼はベッドに俯せになり、頭から枕をかぶってその音を聞くまいとした。そうしていると、木立のしたを歩く男女の姿がよみがえってくる。キスを交わし、男が女の乳房を口にふくむ。その男はいまやトマスでもある。彼は狭いベッドのうえで身を揺すり、体がどんどん膨らんで大きくなるのを感じ、恐ろしさに両手をひろげると、疼痛のようなものが奔流となって彼をのみこみ、と同時に傷口から血が流れ出すように流れ去っていった。ようやく動きを止めて、ぼんやりと壁をみつめた。体から血が流れ出てベッドを汚すかもしれないので、動く気になれず、そのまま闇につつまれて横たわり、もしかして死ぬのだろうかと考えていた。そのとき、打ち上げ花火が窓外の空に炸裂し、一瞬の白い閃光に、ベニヤ板の家の模型が床に濃い影をつくった。トマスはハッとわれにかえって起き上がり、自分の体を眺めまわした。

次の日の朝、スピトルフィールズの街路を歩きながら、すれちがう人がみな、妙な目つきでジロジロ見るような気がして、自分のしたことか、あるいは感じたことが、そのしるしを残しているのにちがいないと思った。いつもなら、こういうときこそ教会に行って、壁にもたれて坐りこむのだが、あそこでみた男女のおかげでこんな想いをさせられているのだから、その場所へまた足を運ぶ勇気が出ない。教会の門のまえを二度三度と行き来してはみたものの、気持ちが昂ぶるのをおぼえながら、急いでイーグル・ストリートのわが家へもどった。自分の部屋に入って、ベッドに倒れ込んだときは、口中がカラカラに渇いていた。自分の心臓の鼓動に耳を傾けながら、しばらく静かに伏していてから、激しいリズムで体を上下に動かしはじめた。

その後しばらくして、母からストーヴに石炭をくべるよう言われたので、二階に下りていった。新しい石炭が中心部に落ちるようにするため、火搔き棒で回転させる。石炭が熱気のなかでうごめくさまを見ていると、そこに地獄の通路や洞窟が見えるような気がしてくる。そこで焼かれている人間は、炎とおなじ色をしている。あれがスピトルフィールルズの教会で、熱を発し、赤々と燃えさかっているのだ——そのうちトマスは、疲れをおぼえ、眠りこんでしまった。母の声に起こされ、目を覚ましたが、しばらくはなにがなんだか、ぼんやりしていた。

明るく晴れ渡った日がつづいたが、トマスの気分は冴えなかった。明るさはうとましく、冬の陽射しが投げかける影ばかりを本能的に求めた。安らぎをおぼえるのは、夜明け前のひとときだけ。闇がゆるゆると朝靄(もや)へと移ろっていく時刻である。そんな時間に目を覚まし、窓辺に坐りこんでいる。また、街をうろつきまわるようになった。ときには、ロンドンのあちこちの通りを歩きながら、低声(こごえ)でいくつかのことばや語句をつぶやいている。そしてテムズ河畔に、日時計のある旧い広場を見つけていた。週末とか夕暮れ時に、その広場に腰をおろし、自分の人生に訪れた変化のことに想いをめぐらせ、暗澹たる気持ちで、過ぎ去ったことやこれから先のことを考えたりもした。

ある寒い朝、目を覚ましざま、猫の鋭い鳴き声を耳にした。あるいは人間の悲鳴だったかもしれない。のろのろとベッドから起きあがり、窓辺に寄ってみたが、なにも見えない。急いで服を着、髪をとかして、母の寝室のまえをそっと通りすぎた。今日は土曜日なので、母は朝寝坊をきめこんでいる。かつては、母の眠っているベッドにもぐりこみ、部屋に射しこむ陽光のなかで、ほこりが舞うさまを眺めた頃もあったが、いまの彼は忍び足で、そっと階段を下りていった。ドアを開け、外に踏み出す。イーグル・ストリートを歩きだすと、凍りついた舗道を踏む靴音が、まわりの家並みに反響した。さらにモンマス・ストリートに入り、教会のそばを通る。前方に歩いていく人の姿がある。こういう地域では、早朝から起きて仕事にでかける人は珍しくないが、トマスは歩みを緩めて、あまり近づきすぎないようにした。ところが、コマーシャル・ロードに曲がるあたりで、黒いトップコートだかオーバーコートだかを着た、その前方の人も歩みを緩めたようだった。もっとも、後ろから十歳の少年がくるのに気がついているようなそぶりは見られなかった。

トマスは急に足を止め、レコード店のウィンドーを眺めるふりをした。ネオンの光に照らされた、色あざやかなポスターや光沢のある写真が、海底からダイヴァーが引き揚げてきた品物のように、見馴れない異様なものに見える。息をつめてじっとディスプレーに見入った後、ようやくウィンドーのまえを離れて歩きだしたが、前方の人との距離はすこしも開いてはいないように思えた。トマスは一歩一歩を測るように、ゆっくりと進んだ。まるで、舗石の割れ目を踏まないように歩く遊び（踏むと、母親の背骨が折れる、と童謡に歌われている）をしているようだが、トマスの目は前を行く人の黒いコートに釘づけになっている。

スピトルフィールズの家々のうえに、爬虫類の目玉のような鈍い赤色の太陽が昇った。前方の男はずっと歩きつづけているように見えるのに、同時に近寄ってきているようにも思える。いまでは、男の白い髪が黒いコートの襟にかかって渦を巻いているのまで、はっきりと見えた。そのとき、男がゆっくりとふりかえり、その顔がにたりと笑った。トマスは悲鳴をあげ、いま見たものから逃げようと、駆けだして通りを斜めに横切った。それからいま来た道を引き返し、ふたたび教会をめざして走る。走るトマスの耳に、うしろから追ってくる足音が聞こえた（本当のところは、自分の足音の反響かもしれなかったが）。コマーシャル・ロードの角を曲がり、後ろも見ずにタバナクル・クロースを走りぬけて、突き当たりの教会境内の門にたどり着いた。門扉の格子のすきまを、彼なら通り抜けられるが、大人にはできないことはわかっている。さっきの男は、まだコマーシャル・ロードの角を曲がっていないかもしれないので、それならばトマスが境内に入り込むところも見られずにすむだろう。彼は格子の間に身を押し込んで通り抜け、地下道の入口のほうに目をやって、そこを塞いでいた板が剝がされたままになっているのを見た。彼は逃げ場を求めてそこに駆け寄った。腰をかがめ、息を切らしながら、やっとこさ濡れた入口にもぐりこんだ。そこで、またしても背後に足音が聞こえたような気がした。トマスは恐怖に駆られ、目が闇に馴れるのも待たずに、ダッと駆けだした。前方に階段があるとは知らず、彼は転落した。転がり落ちたはずみに脚を捻ってしまい、階段のしたに大の字になったときは、地下道入口から漏れ入る光がチラリと目に入ったが、それもたちまち闇に包まれた。

彼を正気づかせたのは、地下道の臭気だった。臭気が口中に入りこんできて、そこに澱みをつくっている。トマスは転落した場所に、片脚を折り敷いたかっこうで横たわっていた。地下道の地面は冷え冷えとして、その冷たさが体じゅうに伝わってくるのを感じる。深い静寂の世界に入ってしまったような気がしたが、まわりの情況をもっとよく把握しようと、頭をもたげて耳をすませ、あらゆる感覚を研ぎすませてみると、風のささやきとも人のつぶやきともつかぬ音が幽かに聞こえてきた。あれは外の通りから聞こえてくるのか、それとも地下道内からだろうか。立ちあがろうとしたが、また脚に痛みが走って、地面に倒れた。痛む脚にさわってみるのが怖く、どうにもできずにただ脚を見つめ、じめじめする壁にもたれかかって、目を閉じた。なにも考えず、ぶつぶつとおなじ文句をなんどもつぶやく。それはある少年が、授業の休憩時間に黒板に書きつけていた文句だった――「石炭の塊でも『なにもない』よりいい。神様よりいいものは『なにもない』。故に、石炭の塊でも神様よりいい」それから、ひび割れた地面に、指で自分の名前を書いた。子供たちのあいだでささやかれている「地下の家」の話は知っていたが、いまはとくに恐怖を感じはしなかった。ずっと自分自身の暗い不安の世界に生きてきたので、現実世界にそれより恐ろしいものがあるとは思えなかった。

薄ぼんやりした光のなかに、前方に延びる地下道の輪郭が見えてきた。湾曲した天井に、なにやら文字が刻まれているようだ。痛むのを堪えて首をめぐらせてみたが、彼が通ってきた入口は消えてしまったらしく、自分がいまどこにいるのか、もはやわからなくなった。彼は前へ進もうとした。近所の子供だけでなく大人からも聞かされた話によると、この迷路のなかには、一本だけ教会堂にまっすぐ通じている道がある、ということだった。だからその道を行けばいいのだ。彼は這って通路のまんなかへもどり、両腕を支えにして上体を起こした。前がちゃんと見えるように顔をあげたまま、ひじで地面を掻くようにしながら、体を前方へ進めていく。そうやってのろのろと這い進んでいると、音が聞こえた。いま進んできた方向の通路の突き当たりから、引っ掻くような音がしたように思えたのだ。ぎょっとしてふりかえって見たが、なにもいないようだ。空気は冷たいのに、体が熱くなってきた。ひたいを汗が流れ落ち、鼻梁のわきをつたって唇のうえで玉になったのを、舌で嘗めとった。脚の痛みが心臓の鼓動に合わせて脈打っているような気がしたので、その数を声にだして数えはじめたが、自分の声を聞いたら悲しくなって、泣きだしてしまった。這い進むうち、いくつか小さな部屋のようなもののまえを通り過ぎ、まっすぐ前を向いているトマスにその内部までは見えないが、そこにだれかいないともかぎらないので、なるべく音をたてないように、静かに進んでいった。苦しくて口を大きくあけ、空気を求めて喘いでいたが、もはや前進しているという意識すら無くなってきている。

そのとき、変化が起きた。脚の痛みが消え、顔の汗がひいていくのを感じた。彼は進むのをやめ、壁のほうに移動してそこによりかかった。そして、澄んだ静かな声で、ずっと以前におぼえたロンドン橋の歌を歌いだした。

レンガとモルタルでつくろうよ
つくるのだったら　レンガとモルタル
レンガとモルタルでつくろうよ
ねえ　きれいな奥さん

レンガとモルタルはくずれるよ
くずれるよ　ながれるよ
レンガとモルタルはくずれるよ
ねえ　きれいな奥さん（マイ・フェア・レディ）

三回くりかえして歌った。彼の声は通路と小部屋にこだまして、石のあちこちの窪みに吸い込まれていった。両手を見ると、奮闘のために汚れていたので、唾をつけ、ズボンでゴシゴシこすって、汚れを落とそうとした。が、そのうちに手のことなどどうでもよくなり、周囲を見渡して地下道のようすをじっくりと検分した。その顔には、子供が人から見られていることを意識したときにうかべる、熱心な好奇の表情があらわれている。両側の壁を手でなでまわし、頭のすぐうえの天井に触れて、そこに走る割れめや継ぎめにさわってみた。こぶしを固めて壁を敲くと、内部に中空になった部分があるのか、うつろな音が返ってくる。そこでトマスは、太い溜息をつくと、頭を垂れて眠りこんだ。彼はいま、歩いて地下道から出ていくところだ。上のほうにある扉を抜けると、目のまえに白い塔がある。彼はいま、塔のうえに立って、湖に飛び込もうとしている。だが、彼は恐怖をおぼえ、その恐怖が女の人に変わる。「どうして、こんなところに来たの？」と、その女の人が訊く。トマスは彼女に背を向け、靴についたほこりを見つめながら、叫ぶ。「ぼくは大地の子供だ！」そして、落ちていく。

　お茶の時間になっても息子が帰ってこないので、ミセス・ヒルは心配になってきた。なんどかトマスの部屋に上がってみたが、からっぽの部屋を目にするたびに、いっそう胸騒ぎが募った。椅子のうえにあった本を手にとってみた。扉ページに息子の名前がていねいに書き込まれているのを眺める。つづいて、彼が組み立てている家の模型を見た。ミニチュアの迷路に顔を寄せてのぞきこんでみる。それから、立ち去りがたい気持ちで部屋を出、静かにドアを閉めた。のろのろと階段を下り、ストーヴのまえに腰をおろして、体を前後に揺すりながら、息子の身に起こったかもしれない災厄のあれこれを思い浮かべた。見知らぬ人に車に連れ込まれたか、道路でトラックに撥ねられたか、テムズ川に落ちて波にさらわれたか。そういう場面を細部にいたるまでしっかり心に描けば、それが実際に起こるのを防ぐことができるというのが、彼女の本能的な信念だった。彼女にとって、心を煩わせるのは、祈りの一つの形なのだ。さらに彼女は、トマスの名前を声にだして唱えた。唱えることで、彼を呼び寄せることができるかのように。

しかし、七時を告げる教会の鐘の音が聞こえてくると、彼女はコートを取り、警察署へ行く支度をした。ずっと恐れていた悪夢が、とうとう降りかかってきた。表の通りに出たところで、あやうくコートを取り落としそうになり、急に引き返してきて、一階の婦人服縫製店に入っていった。

「トミーがいないんだけど、見かけなかった?」と、カウンターの向こうに立っている、ほっそりした神経質そうなインド人の少女にたずねた。「男の子よ、うちの息子」

少女はかぶりを振った。初めて店に入ってきたイギリス人の女が、取り乱しているようすに、彼女は目を丸くしている。「男の子いません、ごめんなさい」と、答える。

ミセス・ヒルはイーグル・ストリートに跳び出した。そこで、最初に出会ったのは隣に住む女だった。「トミーが見当たらないの!」と、叫ぶ。「トミーがいないのよ!」先を急ぐミセス・ヒルのあとから、隣の女も同情と好奇心にかられてついてきた。「ヒルさんとこの子がいないんだって！」家の戸口に立っている若い女に呼びかける。「消えちまったんだってよ！」

若い女はさっと家のなかをふりむいてから、呼びかけた女のあとについてきた。さらにほかの女たちもくわわり、ミセス・ヒルを先頭にした行列が、ブリック・レーンを行進していく。

「この場所のせいよ！」ミセス・ヒルが女たちにわめいた。「こんな場所、昔から嫌いだったんだよ！」

彼女は失神しかけている。隣人のうちの二人が駆け寄って、彼女を支えてやり、歩きつづけるのを助けた。彼女は一度だけふりむいて、教会の塔を睨みつけたが、女たちの小グループが警察署に近づくころには、あたりはすっかり暗くなっていた。

目が覚めたとき、トマスはもはや動くことができなくなっていた。脚が体のしたになったまま、体全体が固まってしまったようで、ちょっとでも動くとひどく痛んだ。目のまえの壁を見ているうち、石の欠落している部分ほど、闇が濃くなって見えるのに気がつき、さらに地下道は湿ったボール紙の匂いがすることに気がついた。彼が組み立てていた模型とおなじ匂いだ。その模型を粗み立てていた手は、いまや冷えきって、血の気をうしなっている。独り言をいうのは頭がおかしくなりかけている証拠だと、つねづね母から聞かされていたので、声をだしてしゃべるのは厭だったが、自分がまだ生きていることを確かめたかった。激しい痛みを堪えて左のポケットをおずおず探ると、乾いて丸くなったチューインガムと、バスの切符が出てきた。切符に印刷された文字を声にだして読みあげる。

「ロンドン交通局２１５４９。上記番号の停留所より有効。提示を求める場合あり。途中下車前途無効」切符の数字を足して二十一になれば、その月いっぱい幸運に恵まれる、ということは知っていたが、いまはとても計算できそうにない。「ぼくの名前はトマス・ヒル。住所はスピトルフィールズ地区イーグル・レーン六番地です」そう言ってから、ひざのうえに顔を伏せ、ポロポロ涙を流した。

彼は家に帰っていた。父のあとについて階段を下りていく。父がささやく。「切符は持ったか？切符がいるんだぞ。遠くまで行くんだから」「パパは死んだと思ってたのに」「パパなんて人は、ほんとうはいないんだよ」父がそう言ったとき、トマスは目を覚ました。すると、脚の痛みは消えており、悲しい気分も消えている。固くなったガムは、まだ握りしめた手のなかにあったが、それを口に入れたら、胃液がどっと溢れて吐いた。「ゲロの匂いなんか気にするな」と、父が言っている。「もう寝なさい。ずいぶん遅くまで起きてるじゃないか」地下道には煌々（こうこう）と明りが輝き、通路の両脇には人びとが寝たり坐ったりしている。みんな声を合わせて歌っているが、トマスには折り返し句（リフレイン）である最後の一節しか聞きとれない。

もしもあらゆることが永遠に
なにがあっても終わらずに
もしも続くとすれば　この歌を
どうして終わらせることができようか

かれらはトマスに頬笑みかけている。トマスは両腕をひろげて歩み寄る。きっと暖めてくれるだろう。ところが、だれかの「もっと行け！　もっと行け！」と、叫ぶ声がして、彼は塔から落ちていき、そのまま闇につつまれた。目を開けてみると、上からのぞきこむ顔が見えた。

三　章

上からのぞきこむ顔、それが声を発した。「やけに暗い朝ですよ、親方。月のいい晩の翌日は大降りと申しますからね」ああ神様、私はどうなるのでしょう、と思った途端、目が覚めた。寝台の足の方のカーテンを開けて空気を入れてくれ、ナット（シーツに染みついた吾が息の臭さに閉口して、私は命じた）。それから、急いで蠟燭を灯してくれ。昨夜は暗い処に閉じ込められた夢を見ていたのでな。

窓を開けるなら、扉は閉めましょうか？　ナイトキャップを脱がせた私の頭部を、再び寝台に横たえさせながらも、ナットは喋り続けている。炉格子の内側で小鼠が暖を取っていましたので、ミルクを与えてやりました。

この小童（こわっぱ）め、私が砕く石材にまで同情しかねぬ奴だ。たわけめ、鼠なぞ殺してしまえ！　そう云ってやると、弱々しい声の囀（さえず）りがはたと止んだ。

しばし黙っていてから、お云い付けの通りに致します、と答えた。

ナット・エリオットは、私が憐憫から使ってやっている召使いであり、さもなければ身寄りの無い浮浪児に過ぎない。疱瘡(ほうそう)を患ってから気の弱い性格となり、今では小児や犬と目が合っても怯(おび)え上がる。人前に出れば顔を赤らめ、誰かに目を止められでもしようものなら、蒼褪(あおざ)め狼狽(うろた)える始末である。云ってみれば世の片隅で生きねばならぬ身の私には、好都合な下僕であった。私の元にやって来た当初は、途方もない吃音に悩まされ、ただの一言を発するにも顔と口と舌とが激しく引き攣(つ)るありさまであった。だが、私の術を用いて顔を撫でてやったところ吃音は快癒した。今では私と二人でいる時など、口を閉ざして居られぬくらいである。かくして今朝、全身の痛みを堪えながらナットに頭を剃らせていると、私が身動きできぬのを幸いに、ナットの奴あれこれぐちゃぐちゃと云い立てる。昨晩は何も召し上がりませんでしたね、親方、息でわかりますよ。おいらの鼠の方がよっぽど食っておりますよ（ここで鼠について云い付けられた事を思い出し、言葉に詰まった）。親方は母上様にこんな唄を教わりませんでしたか——

お昼は牛肉
晩には玉子
お月様にニコニコと
だから元気いっぱい

では、お返しに別の唄を教えてやろう、と私は応じた。

鰻のパイを食べちゃった、母さん、早く寝かせてよ
こんなに胸が苦しくちゃ、お昼までに死んじゃうよ

ナットはこの陽気な唄についてしばし考えた後、またもや勢い込んで喋りだした。人は誰でも食べなきゃ駄目ですよ、親方。ゆうべ、親方がお部屋に閉じ籠ってらした理由など、おいらにはわかりませんし訊く気もありませんが、その頃おいらは、通りの向かいの〈煮炊き料理亭（ボイリング・クックス）〉で牛肉二ペニー分とプディング一ペニー分を頂いていたのですよ。自分で貯めたお金で食べたのですから、おいらもそれほど子供ではないのです。もう一皿食べさせようと料理人が無理強いしてきた時だって、ちゃんと断ってやりました、押しつけないでくれよってね。

ナット、べらべらと無駄口を叩くのはいい加減にせい。このトンチキ頭め。

本当にそうですね、仰有る通りです。そう答えると、ナットは幾らか萎（しお）れた様子で引き下がった。

往来で痛風の激痛に襲われ、立つも歩くもままならぬ状態になって二週間、ずっと寝台に寝たきりになっている。椅子駕籠（セダン・チエア）の人足に助けられて下宿へ戻ってからというもの、売女のごとく己れの汗にまみれて横たわっている。左膝の下にできた結節腫が腫れあがっていて、このての症例に漏れず、その内には被包性腫瘍と化すであろう。また、左足拇指の付け根には黒い斑が現れている。六ペンス硬貨大もあり、色は真黒。無論、治療法などは無い。いずれも私の体液の状態が引き起こす症状であるからだ。血液中の塩分、硫黄分、アルコール分の濃度が高まれば、自然とある種の燐に火がつき、それが痛風の症状を伴って燃え尽きる事となる道理である。それにしても、犬に咬みつかれ、同時に炎

に焼かれているかのような苦しみである。その火が血管を駆け巡り、壊死した肉体を喰らい尽くしてゆくのかと思えば、誰しも戦慄せずにはおられまい。

先週、チャンスリー・レーンとフリート・ストリートの角の、ロジャーズとかいう薬剤師を呼んだ。だが部屋に招き入れてみれば、この男、猿並みの頭脳の持ち主と知れた。確かに言葉は習ったかもしれぬが、それを意味もわからずに喋っている。牡蠣の殻を四枚用意し、林檎酒で熱く煮立ててさしあげなさい、と鹿爪らしくナットに云い付けた。当のナットは、帽子の穴から星辰の運行を読めと命じられたかのように、当惑して薬剤師の顔を見つめるばかり。寝台脇に腰を下ろした猿医者めは、首と足に斑猫の発疱剤を塗布し、皮膚に水膨れを起こさせねばなりませぬ、と云った。これを聞いたナットが、水夫のごとく体をボリボリ掻き毟る。猿めはなおも続けた。これにより毛孔から蒸気が直に吸収され、体液と同化致します。つまるところ、病の源となる有害物質を四肢へと散らす訳です。これ即ち、一部を痛めつける事によって全体を生き返らせるという術ですな。ナットが腰を抜かしてへたり込むのを見て、私は可笑しくなった。

処方の薬を服用した後は、楽に尿が出るようになり、毎日の便通も快調となった。どちらも悪臭を放って、殊に小水は濁りが酷く臭気も強烈である。猿めは私の食する物をも指図し、芽キャベツ、ブロッコリー、菠薐草、パセリ、蕪、砂糖人参、セロリ、レタス、胡瓜等を勧めた。これに従ったところ、三日ばかりは気分も良く、やっと地獄から這い上がれたかと思ったのは束の間だけで、四日目には恰も倒懸の苦しみに襲われ、寝台から身を起こす事も出来なくなった。かくして今なお、昼間はひたすら臥せったきり、夜間は身もだえ譫言を口走るという為体である。絶える間のない街のざわめきが、私を休ませてくれぬのだ。疲弊しきった精神が狂気と錯乱という蒸気を立ち昇らせるのと同様に、街の喧噪はこの部屋にまで立ち昇ってきて、「包丁を研ぎましょう」「鼠取りはいかが」などと喚く声が私をのたうち廻らせる。昨夜は眠りの影に入りかけたところで、ほろ酔い気分の街の夜警が扉をドンドンと叩き、「三時過ぎだよ」だの「今朝は雨だよ」などと呼ばわる。漸く眠りに落ちて現実の病の事を忘れた途端に、それよりなお非道い状況に陥った。夢の中で、私は地下の狭い場所、恰も墓のごとき場所に横たわっていた。体全体がボロボロに傷つき、周りの人びとが歌っている。そして目の前に顔が現れ、その余りの恐ろしさに、このまま夢の中で息絶えてしまうかと思った程であった。いや、その話はこれだけにしておこう。

　病のために部屋から出る事すらままならぬので、ウォルター・パインに宛てて手紙を認め、早急に処理すべき各教会についての指示を書き加えた。即ち、来週火曜日ないし水曜日にはサー・クリスがお出ましになる故、一切の支出報告書を取り揃え、万事に於いてサー・クリスに手抜かりをお目に掛けぬよう心してくれ。それから、ライムハウスに建てる第二の教会の総平面図を写し取り、直ちに委員会へ届けるように。縮尺は十フィートを一インチとし、間違いの無いよう注意してインクで書く事だ。そして図面の下部に次のように記す――東西即ちAからCに至る奥行百十三と二分の一フィート、南北即ちEからFに至る幅百五十四フィート。終わりしだい報告してくれ。こちらは首を長くして待っている。尚、鉛職人が樋をしかと取り付けるよう気を配っていてくれ。以上、匆々不一。

　残りは省略する。苦い薬もたいがいは金に包めば嚥み下せる道理だからである。もとより私の教会の各々に印を置く事を一切口外する気はないが、教会堂を見る者は、表面の建物と同時に、それが象徴する真実の形の影を見ている事になるのである。斯様にしてライムハウスの教会では、側廊に並ぶ十九の柱がバアル・ベリトを象徴し、礼拝所の七つの柱はその契約の各章を意味する事となる。それについてさらに知りたいと望む人は、『ソロモンの鍵』、線と距離に関するニケロンの『視線の魔術師』、コルネリウス・アグリッパの『オカルト哲学論』、ジョルダーノ・ブルーノが象形文字と悪魔召喚に就いて述べた『魔術に就いて』と『種属の結び付き』を参照されるとよい。

おい、ナットよ（ウォルター宛ての手紙を書いている間に、ナットが部屋に入って来ていた）、窓際に鉄の櫃があるのが見えるな。錠が三つ付いておる大きな箱だ。この鍵で開けてみろ。何が入っているのですか、親方？ 錠と閂まで掛かっているなんて、とナットが云い、キョロキョロ見回すものだから、こちらはプディングの煮え立つごとくに笑い出してしまった。謂れ無き恐怖に戦くナットの様々な狂態は、これを想像するだけでも大いに笑えるというもの。この手紙を包む紙が入っておるだけだ、と私は云ってやった。これを私の仕事場まで届けて貰わねばならん。大急ぎだぞ。よいか、小僧、すぐ近くだから、直ちに戻って来るものと思っているからな。

吾が下宿は、仕立て屋の後家であるベスト夫人の家で、レスター・フィールズの外れのベア・レーンにある。古びて朽ちかけたところは女家主と同様で、家賃は二、三階の上階二階分で週十シリング。書斎と食堂と寝室の三間で、眠る時には人を近づけたくないため、ナットの寝台は下の階の方にある。女家主はいかにも田舎丸出しの後家で、塗りたくった化粧の厚みたるや骨格の周りの肉の厚みを上回る。飾り立てても中身は死臭を放っておる、まさしく霊廟そのもの。彼女の関心事と云えば、鋏に爪楊枝、毛抜きに香水、髪油に口紅、練り白粉に化粧水。顔に染み斑点が矢鱈とあるところなど、ニューゲイト監獄の死刑囚と同じく、あの世へ旅立つ日が迫っているかのようにも見える。私が病に倒れた日のこと、途方に暮れたナットはこの女家主を私の部屋へ連れてきた。

まあまあ、ダイアー様、痛風にお苦しみの御様子、懐かしいうちの亭主を思い出しますですよ。あなたの御存知ない事ですがね、うちのベストを付きっ切りで看病、それこそ苦労は数知れず、夜もおちおち眠れない毎日だったので御座いますよ。そのような事を云うと、枕元で忙しく立ち働いてから、彼女の飛び切りの一言「あたくしに出来る事なら、何なりと仰有ってくださいな」と、囁いたのである。腰を上げて立ち去りかけたが、戸口まで行かぬうちに風に舞う枯れ葉よろしく身を翻した。嫌でも目に入ってしまったものですから。ダイアー様は古い書物がお好きでいらっしゃるのね。ということは、お楽しみに詩人を招かれる事もおありなのでは？（こちらが痛さに仰け反(のぞ)ったのを、どうやら肯定の所作と受け取ったらしい）夫人は急に馴れ馴れしい口調になり、あたくしの手慰みの作品を御覧に入れようかしらね、と云うなり階下の居間に降りて行って、自作の碑文調の詩や哀歌を持って引き返してきた。あんたも聞きたいかい、ナット・エリオットや？　夫人はこちらに恥じらう素振りを見せ、あんぐり口を開けたナットを尻目に、朗読がはじまった。

ああ、幸多き文よ、過ぎ去りし日々を
一束に結び文、すべてをひとつに生かす文。
過ぎ逝きし人びとと斯(か)く語らいの文。
生き返りし死者をも招くよ、文！

最後の一行の意味が、どうもね、などと呟いて、すぐに先を続ける。

　手紙ありてこそ、次の世に生まれ来る者に知らしめよ
　今の世の感じたること、われらが世に降り懸かりしこと

いかが？　深い溜息をつきながら女家主が問うと、ナットは良い酒を切らしてしまった居酒屋の給仕人のごとく、涙にむせんでいる。まったくその通り、本当にその通りです、とナットが呟けば、後家の顔に満足げな笑みが掠めた。こちらも一つ返歌を投げ付けてやりたい気分である。

　そはミューズ（詩神）にあらず、ビール（酔心）なり
　栓を閉めたる口に穴あけ、言葉の雫の漏れ出たるなり

だが、止めておいた。下宿人となって日が浅いため、まだ私の流儀で女家主を面白がらせるという訳には参らぬ。

彼女が立ち去ると、ナットが云った。あんなお仲間が出来るなんて、運がよろしいですね。人は詩人に教わらなけりゃ何ひとつ知りゃしません。それにあの方の詩はまるで流れるようじゃありませんか。あの詩に記憶を揺さぶられるように感じるのは、どうしてでしょうかね。

あんなものに揺さぶられるでない。さもないと、碌な事にはならんぞ。

だがナットの想いは、既に夢の中である。親方、おいらの生まれる前、おいらがまだ影も形も無い頃、親方はどこに居たんですか、と訊く。

あちらこちらにな、と答え、窓の外に目をやる。

でも、このロンドン市では、どこに？

まことに色々な場所で暮らしてきたのだよ、ナット。だから、この街の事なら、街を彷徨く乞食よりも詳しいくらいだ。死と疫病の巣窟であるこの街に生まれ育ち、果てには人がよく云う「住めば都」という境地に達しているのだ。サー・クリスに仕えて間もない頃は、セント・ジャイルズとトッテナム・フィールズに近い、ホッグ・レーンを外れたフィーニクス・ストリートに住んでいたが、その後クイーン・ストリートとテムズ・ストリートとの角に移った。チープサイドの〈青柱亭〉のすぐ隣だったな（今もありますよ！　ナットが椅子から尻を浮かせて喚いた。前を通った事があります！）。大火前ではな、ナット、ロンドンの建物の大半は木材と漆喰で造られておって、石はまことに安かった。六、七ペンスも出せば、荷車一杯の石が手に入ったものだ。ところが今はどうだ、誰もがエジプト人のごとく石を求めておる（おいらも石が好きです、とナットが口を挟む）。世間の平民らは驚くべき速さで進む都市の建設に目玉を白黒させ、「ロンドンは最早別の街になってしまった」だの「昨日迄はあんな家はなかったぞ」だの「通りの様子がすっかり変わってしまった」だのと云い合っておる有様だ（そういう奴らは軽蔑してやります、とナットの合いの手が入る）。だが、苦悩の世界の都であるこの都市は、同時に闇の神殿であり、人の欲望の地下牢でもあるのだぞ。そして、その中心に在るのは、見栄えのよい大通りや家並みなどではない。常に崩壊や焼失に見舞われ、ごちゃごちゃと建ち並ぶ薄汚い小屋、曲がりくねった裏小路、泥濘の水溜まり、悪臭芬々（ふんぷん）たる汚泥の流れ――これらこそが街の中心であり、霧に包まれたモロクの棲む森に相応しいのだ（そのモロクとかいう旦那の事は、おいらも聞いたことがあります、と云ってナットは身を震わせた）。吾らが「街の外側（アウト・パーツ）」と呼んでおる地域には、今や確かに、数え切れぬ程の新築の建物が棟を成しておる。吾が懐かしのブラック・イーグル・ストリートにも、数々の住居が建てられ、かつて私の両親がそれと知らぬまま破滅をもたらす者（死神のことですね！）と睨み合っておった場所には、新しい賃貸長屋が建って住人が賑やかに犇（ひしめ）いておる。それにしても、何たる無秩序、何たる混乱ぶりか。草だけの野っ原だった処には入り組んだ路地が造られ、静かだった横丁には煙を吐く工場が建てられる。これら新築の家々はたいがいロンドンの職人の手で建てられておるが、これがまたよく燃え、しょっちゅう崩壊する（おいらも見ました！　家が崩れるのを見ましたよ！）。斯様にしてロンドンは途方もなく膨張し、醜悪になり、怪物のごとき四肢を延ばしてゆくのだ。いいか、ナット、この喧噪と無知蒙昧の都市に生きる吾らは、まだ意識のある死人に括り付けられるごとくに世間に縛り付けられておるようなもので、腐臭を放つ屍体に出会っては、「近頃どうです？」「今、何時ですか？」などと声を掛け合っておるのだ。だから私は、人間とは関わらぬようにして日々を過ごしておるのだ。傍観者になるというのではないが、世間の人に交じって歩む気はない（親方は気が乱れておられるのですよ、と云うと、ナットが傍に寄ってきた）。何という世の中だろう。騙（だま）しと交易、売りと買い、貸しと借り、支払いと受け取り。糞と小便にまみれた街路を歩いておれば、方々から聞こえてくるのは、「金は古女房をも走らせる」だとか、「馬が進むも金次第」といった言い草ばかり（「言葉で成らぬ事も金で成る」とか云います、とナット）。奴らの神とは黄金色に輝く石塊に過ぎず、その神に祈りを捧げるために集まって来るのは、ウェストミンスター・ホールの売女、チャリング・クロスの売女、ホワイトホールの売女、チャネル・ロウの売女、ストランドの売女、フリート・ストリートの売女、テンプル・バーの売女ども。同じ文句を唱えて後に続くは、飾り紐職人、銀モール職人、椅子張り職人、指物職人、船頭、御者、人夫、左官、点燈夫、馬丁、小売り商人、日雇い人足……私の声は苦痛のカーテンに閉ざされて弱々しくなっていった。

病に臥した最初の日、このような事をナットに語り聞かせたわけだが、その際に並べたてた職人や商人の事を思うと、吾が記憶の往来を通り過ぎてゆく彼らの姿が目に浮かぶ。リチャード・ヴァイニング、ジョナサン・ペニー、ジェフリー・ストロード、ウォルター・メリク、ジョン・デューク、トマス・スタイル、ジョー・クラッグ。これらの名を呟いてみれば、何故かはわからぬが涙が頬を伝う。そして今は、あらゆる思考が中断してしまい、私は照りつける太陽の輝きに方向を見失った巡礼者に似て、時の荒野を徒らに彷徨っている。

この深刻な問題に没入していると、ウォルターの元に手紙を持たせてやったナットが戻ってきた。「パンとバターに、お茶ですか、それともエールにしますか？」いきなりそう問われ、頭が混乱してしまい、ナットの尻を蹴りつけて追い出してしまいたいくらいだったが、四散した記憶の断片を何とか掻き集め、己れを取り戻した。

さて、脇道はこれくらいにして本筋に立ち返り、吾が真の遍歴を語り続ける事にしよう。読者諸賢には、ミラビリスと奇妙な会話を交わした後の浮浪児暮らしの事を数頁前に語っておくべき筋合いであったのだから、ここで先に筆を擱いた時点にまで戻る。「君を破滅から救ってやるぞ、小ファウスト君」と、彼は云った。それに続いてミラビリスの会衆が集うブラック・ステップ・レーンに留まった理由に就いては、既に語った通りである。当時の私は文無しの寄る辺無い小童ではあったが、ミラビリスの世界の扉を開ける鍵は、俗に云う〝悪銭〟の如くいっこうに身に付かず、馴染むまでに時日を要した。放浪癖は治まらなかったが、それでも気が向いた時にミラビリスの元で学ぶのは喜びであった。ミラビリスは決して無理強いをせず、引き留めるような気振りすら見せなかったので、夕暮れ時に会衆が集いはじめると、早速にも街頭に飛び出し、街の悪童に立ち戻るのであった。ムアフィールズには月影の下に集う浮浪児の一団があり、一時期は私も仲間に入って徘徊した。多くは疫病に親を奪われた孤児であり、警吏や夜警の姿が見えない処で、「どうか一ペニーお恵みを」とか「半ペニー下さい」などと道行く人に呼び掛けたものである。今でも人混みに交じって歩いていると、彼らの声が聞こえるような気がして、時には己れが未だに彼らの同類であるかのような錯覚に襲われ身震いする事がある。

当時の私は、ガラス瓶工場の小僧よろしく、道端の泥土と付き合って暮らしていた。冬の訪れる前は、顔見知りの店先や軒下を塒としていた（ミラビリスの家では物音が恐ろしくて眠れなかったのだ）が、冬が来て疫病が下火になり、再び街灯が灯されるようになると、塵芥溜めに潜り込んで寝るようになり、その浅ましく惨めな姿は乞食小僧そのものであった。ぬくぬくと心地よい寝室で眠る人々は、夜の恐怖を故なき不安に過ぎぬと片付けるであろうが、彼らは定めなく彷徨う者らの知るこの世の恐ろしさに気付いておらぬのだ。だからこそ、当時の恵まれぬ日々の私を目の当たりにしながら、首を振り振り「かわいそうな子だ！」「何と不憫な！」と口々に嘆いてみせはするものの、救いの手を差し伸べようとはせず、ただ見過ごすばかりだったのである。こちらは苦情一つ云うでもなく、これらの事を胸の奥に刻み付け、書物を読み解くが如くに人の心を読み解く術に通じようとした。私の纏った襤褸をしげしげ見ながら、ミラビリスは云ったものである。まことに、君は難破してマン島に打ち上げられたような姿をしておるが、気を落とすでないぞ。これらの書物を読んでしっかと学び、私の教えを会得すれば、君から顔を背けるキリスト教徒の紳士方などは、君の足で踏みつける塵と同じ物でしかなくなるだろう。連中がいずれ炎に焼き尽くされる時も、この地上の主らが君に災いを齎す事はないであろう。斯様にして私は　慰めを得てはいたが、いずれは牢獄に雁字搦めとなるのが吾が運命であるようにも思われていた。

　このような暮らしが八月から十二月まで続き、疫病がほぼ終熄すると、疫病を逃れてロンドンの北西部のウォトフォードの町へ疎開していた叔母、即ち母の妹が戻って来た。叔母がスピトル・フィールズ近辺で私の消息を尋ね回ったところ、当人は幼少の砌に遊び場にしていた地域を彷徨いていたので、日ならずして叔母はこちらの哀れな境遇を知るに至り、コールマン・ストリートの家に引き取る事にした。私はまもなく十四歳になろうとしており、その私をいかに扱ったらよいか、叔母は途方に暮れている様子。外見は晴朗にしてはいるものの、その実は文字通りのお天気屋で、一方の道へ足を踏み出すや否や身を翻して別の道を選ぶという有様である。ニックや、そこの書物を取って欲しいのだけど、矢張りその儘(まま)にしておいて頂戴。でもまあ、見せて貰おうかと思うのだけれど、いえ、大した事ではないの、という按配。叔母の頭を栗鼠(りす)の籠に擬(なぞら)えるなら、彼女の考えはまさに籠の中の仕掛けを回す栗鼠であった。私を徒弟奉公に出そうと考え付いたのはいいが、奉公に出す先は本屋がいいか、それとも玩具屋か、はたまた馬車大工かと頭を悩ます始末。吾が運命は既に定まっているとミラビリスに教えられていたので、私は終始落ち着いていたが、こちらが黙っておればそれだけ、栗鼠の仕掛けは果てしなく回り続ける仕儀となる。考えてみりゃ、また田舎へ戻るのも悪くないけれど、お付き合いする人がいないのはあんまりいい事とは云えないし、それでもあたしは静かな暮らしが好きなんだけどねえ。

　しかしながら、叔母の思案投げ首の日々は程無く終わりを告げる事となった。というのは、私が叔母の家に身を寄せてようやく二月(ふたつき)になる頃、ロンドンが大竈(かまど)に投げ込まれ、大火が市を焼き尽くしてしまったからである。あの「嘆かわしき天罰」や「恐ろしき神の声」(と云われたものである)に就いて書き連ねても読者を退屈させるだけであろうが、血のごとく紅い太陽が黒煙の合間から顔を覗かせ、天を仰いで泣き叫ぶ人々、腐った心根の糞尿を掻き集め、内心の汚穢(おわい)の限りを声にしてぶちまける人々の姿は、私の記憶の底にしっかと焼き付けてある。街の家々が轟音と共に崩れ落ち、人々は「もうお終(しま)いだ！　俺たちゃ大罪人なんだ！」などと喚き散らしたものだったが、にも拘らず、危険が過ぎ去ってしまえば途端に元気を取り戻し、例によって歌いだす始末——

　やったぜ！　悪魔は死んだ！

飲み食い、陽気にお床入りだ！

病に感染した者は常に死を道連れに生きているにも拘らず、彼らがその感染を認めるのは愈々死に瀕した時のみである。私が見かけたある婦人は、炎に焼かれて恰も死ぬ運命の象徴のごとく成り果てていた。顔も足も燃え殻と化し、胴の多くも焼けているというのに、彼女の心臓、その汚れた心臓だけは、体の中心に石炭のごとく吊されていた。

叔母は最後の優柔不断に立ち往生している。うちも焼かれてしまうに違いないわ、とは云うものの、家財を運んで野原へ逃れる決心がつかない。表の通りに駆け出していったかと思うと引き返して来て、ニックや、熱風が吹いているよ、と叫ぶ。こっちへ吹いてくるのかねえ？　きっとそうだわね、と私の返事も待たずに喋り続ける。でも、もうすぐ治まるのかもね。物凄い音がしてるけれど、あれも弱まるのではないかしらね？　洗濯物でも干しなよ、風でよく乾くよ、と私は云ってやった。炎など一向に恐ろしくなかった。ミラビリスの予言の通り、火は私の処までは遣って来ず、コールマン・ストリートの南の端で止まった。叔母は大喜びし、己れの決断を大いに自慢した。

ブレッド・ストリートとビショップゲート・ストリートの一部、レドゥンホール・ストリートの全部、アルゲートとクレチェット・フライアーズ周辺の小路を除いて、ロンドンの市街は殆ど壊滅に等しい有様であった。木造の古い家並みが姿を消したため、新しい建築のための基礎を据える事が出来るようになった――これが私が軈て独り立ちするに至った理由である。私は石工になりたいと願った。その経緯は以下に述べるような次第である。大火の後、ブラック・ステップ・レーンの火災を免れたミラビリスの家を訪れ、吾が師に会った。そして灰燼に帰したこの街で為すべき事に就いて、教えを乞うた。君が新たに建てるのだよ、とミラビリスは答えた。この紙細工の家（集会所の事をそう云った）を不朽の金字塔に変えるのだ、石をして君の神とすれば、その石の中に神が見つかる筈だ。そう云い残すなり、ミラビリスは黒い外套を取り、夕闇の中へと去っていった。爾来、私は彼の姿を見かけたことはない。

ともあれ、この部分は手短かに語る。叔母には何ら異存はなく、大火後には新しい人手が必要とされていたため、私はリチャード・クリードなる石工の元に徒弟として預けられる事となった。私を仕込む親方として人に薦められたこの男は、確かに実直かつ誠実な人柄であった。弟子入りのための前払い金を叔母に出して貰う事は望むべくもなかったので、当分の間はラドゲイト・ストリートとセント・ポール大聖堂の傍の、エイヴ・メアリー・レーンにある親方の家で召使いとして働く事を条件に、特別に弟子入り料は免除して貰える事となった。親方は石工の「技術と手工」を授けると約束したが、その約束は果たされた。従って私がこの道に入った時は、十四年の人生を経ていた訳だ。当時の事が今日に至るまで私を悩ませるのは記憶というものの力である。不安で満たされた夢の中で、未だにあの親方の元に縛り付けられ、吾が独立の時は永久に訪れぬのだと思う事もしばしばである。尤もその〝時〟に関して云えば、意味こそ異なれども正しくそれに間違いはない。

クリード氏はなかなかの教養人であり、私が徒弟というよりは使用人として仕えた二年間、彼の私室の蔵書を漁る事を快く許してくれた。私は翻訳されたばかりの古代ローマ時代の建築家ウィトルウィウスの『建築十書』を読み、その第九巻に、頂点に小室のある石のピラミッドを見つけた時はいたく感銘を受けたものである。その頁の下部には、「嗚呼（ああ）、矮小なるかな人間。石に比し何と儚き！」という文句が記されていた。また、イーヴリン氏の翻訳になるローラン・フレアルの『建築の対比』には、幾つかのピラミッドを背景とし、未開墾の荒地に埋もれていた太古の地下墳墓を描いた版画が載せられていた。その図像は私の心に深く刻み付けられ、謂わば私はこれまでずっとそれを目指して歩き続けてきたのだとも云える。さらに、ヴェンデル・ディーターリンの『建築術』を覗いて見た事から、私は古代建築の様々の柱式（オーダー）を知った。今や私自身が採用するに至っているローマ時代のトスカナ式は、その奇異さと荘厳さで私の心底を揺さぶった。明瞭を欠いた形と影、そして重量感のある開口部に魅せられ、図版を眺めるうちに、吾が身が暗い閉じられた場所に封じ込められているところを想像した。伸（の）し懸かる石の重量に圧し潰されそうになりながら、彫り師の残した線を辿って見ていると、そこに悪魔の脇腹、崩壊した壁、半人半獣の怪物が塵の中から立ち現れて来るように思える。既に廃墟の中に潜む何物かが、私を待ち受けていた。

斯様にして建築を学ぶうち、当節は職人でも建築家の地位まで進むことができると聞かされ、私は己れの仕事場を持てる身になりたいと切望するようになった。イーヴリン氏の云う、「建築の第一人者（ストルクトルム・プリンケプス）」、即ち幾何学、哲学、光学はおろか、天文学、算術、音楽、さらには歴史や法律にまで通暁した、建築術の名匠となろうと目標を定めたのである。しかし書物を読んで建てる事が出来るのは、たかだか空中の楼閣が関の山、知識を広める為には巷（ちまた）に足を踏み出さねばならぬと判断した。親方の作業場（当時彼が仕事をしていたセント・ポール大聖堂の隣にあった）で職人同士の話に耳を傾けたり、作事の実際に就いて直接に話を聞いたりもした。また、折りを見てはホワイトチャペルの煉瓦焼き場に足を運び、このロンドンの地の土壌に就いて学んだ。そうした知識は、いつ、どのように役立つかわからぬ故、頭の中に蓄えておく事にした。

既に述べた通り、親方は大火後のセント・ポール大聖堂再建の仕事に雇われていたが、私が初めてサー・クリストファー・レンに会ったのは、十七歳になった年である。大聖堂の中庭で働いていたところ、サー・クリスが入ってきた。当時、サー・クリスはロンドン全市再建の重責を担う測量建築総監督の地位にある重要人物であったのだが、私は彼の顔を知らなかった。サー・クリスは注文していた新しい石が入荷したかどうか様子を尋ねに来たのだが、親方が生憎(あいにく)不在だったため、お供の書記と雑談をしていた。彼はそこにあった石を指さし、これはいかんな、ただの粗硬岩(ラグ)ではないか。これぞ需要が質を低下させるという法則の見本例だな、などと云っている。

それはもっと軟い石で、倉庫にしまうところです、と私は口を出した。粗硬岩なんかではありません。ほら、表面近くに燧石(すいせき)層や粘土穴が無いじゃありませんか。

サー・クリスは鋭い眼差しで私を見ると、ライゲート石はどこにあるのか、と尋ねた(それがサー・クリスの注文した石であった)。

どうしてライゲート石を望まれるのかわかりませんね、と私は答えた(サー・クリスを普通の市民だと思っていたのである)。確かにあれは木材のように切り易いですが、水を吸収してしまいます。堅い外殻で水を通さない石がいい石なんですよ。オックスフォードシャーから出る石の方がいいですね。バーフォード辺の採石場から川を下って運んで来るんです。でも、親方の帰りを待たれるのなら

――

——これほどの徒弟がいれば、親方など不要であるな、とサー・クリスは書記に頰笑みかけながら云った。次いで私のほうへ向き直り、石の名前を挙げられるかと尋ね、この仕事でどれほど使い込まれているかを見るために、私の手にちらりと目を遣った。

私は丸暗記している名前を得々として披露した——軟岩、煉瓦、粗硬石、燧石、白鉄鉱、玉石、粘板岩、瓦、砥石、黒大理石、軽石、金剛砂、雪花石膏——

——待て！　ウィトルウィウスにも優る分類法ではないか。

ディーターリンから学んだのです。

そなたの云う書物が英語に翻訳されたと聞いた覚えはないが、と云いながらサー・クリスはじりっと後退(あとずさ)った。

はい。こちらは稍々(やや)赤面しながら答える。図版を見ましただけで。

この時、親方が中庭に戻ってきた。サー・クリス（とは知らぬ儘であったが）は気易く声を掛けた。やあ、ディック・クリード、この若者はそなたに何か新しい手法を教えてくれそうだぞ。親方は、こいつは一介の徒弟に過ぎませぬので、と答えた。するとサー・クリスは、いやいや、かのイタリアの名匠パッラーディオとて元は石工で、建築家(アルキテツト)として知られる以前は、長いこと石屋と呼ばれておったのだ、と云ってこちらに向き直り、私の顎先を抓(つま)んだ。さて、若き建築家殿、屋根材に関しての御意見は？

屋根材でしたら、良質の楢(なら)が一番。楢に次ぐものは良質の樅(もみ)の類でしょう。

サー・クリスは笑い、中庭の作業現場を一巡りしてから、再び吾らの傍で足を止めた。そして私を指差し、彼は読み書きが出来るかね、ディック、と尋ねた。そりゃ学者はだしで、と親方は答える。なるほど「天性と技量」を兼ね備えておる訳か、とサー・クリスが声を上げれば、それがシェイクスピアの芝居の台詞のもじりであると悟った書記は、ニタリと笑った。

一言で云うと、サー・クリスは私をいたく気に入り、私を引き取りたいと熱心に親方を口説きに懸かったという事である。親方の方も、サー・クリスに対する敬意の印として、快く同意する事にした（無論見返りの金銭を期待しての事であるのは疑いを容れぬが）。かくして私はサー・クリスの従者となり、その後は書記を経て、ずっと後に作事場の監督を務めた末、今は建設局副監督の職にある。尤もここへ来るまでには、平坦な道を歩んできた訳ではない。なにしろ許多（あまた）の仕事の渦巻く真只中へ放り込まれたも同然だったのである。この計算に目を通し、私の代わりに承認しておいてくれ、とサー・クリスは命じる。一つの技能をマスターすると、今度は次の技能を教え込まれる。務めの上でも次第に重く用いられるようになり、サー・クリスの代理人として派遣される事が私の主たる仕事となった。建築総監督殿の御要望により、ダイアー殿はケントの採石場へ赴き、原材料の相場に関する報告書を提出し、さらに煉瓦と羽目板と材木とその他の材料の値段を調べ、総監督殿の指示に従って病院建物の見取り図を描き、下水溝掘りに直ちに取り掛かり、平面図製版の仕上げを急ぐべき事——といった按配。

右の羅列からおわかりのごとく、新たに予定されている建物の下絵を彫ったり設計図を紙に写し取ったりすることも、私に課せられた役目であったが、その方面の訓練を受けていなかったので、自信も何も無いままに取り組んだ。だが厳しい言葉を覚悟し、震える手で恐る恐る図面をサー・クリスの机上に置いたところ、サー・クリスは一瞥をくれただけで、「本設計図を承認する　ナイト爵クリス・レン」と記したのである。最初のうち、サー・クリスは自ら正確な測量を行っていたのだが、仕舞いには己れ自身の思想の多様さとその重みに打ち負かされてしまった。些しずつ情熱が冷めてゆき、嫌気を募らせてゆくのが見て取れたものである（日が暮れてから酒に酔い、呆然と坐っているサー・クリスを家まで連れ帰ったこともある）。サー・クリスが他の仕事に忙殺され、建設局の方の仕事にまで手が回らぬ時は、私が代わりを務めサー・クリスが任されているロンドン市再建のための大建築物設計に精を出す事となった。一本の線を引くにも心血のありったけを注ぎ込み、サー・クリスに出来映えを尋ねると、一見したところよいようだが、私も仕事で手一杯なのでとっくりと見てやれる時間はない、という素っ気無い答えが返ってきた。その後でサー・クリスは己れの冷淡な態度を悔いて、私が一人前の親方となるまで指導してくれる事となったのである。

その最初の数年間は、サー・クリスが焼け落ちたばかりのセント・ポール大聖堂の再建に全力を傾けていた時期であった。その壮大な作事普請の間、サー・クリスは据えられた石組みの上を余すところなく歩き回り、私は図面の束を小脇に抱えてその後に従った。ほら見ろ、ニック、注意をせぬと、このように半円アーチの各石に均等な力が加わらなくなるのだぞ。そういう時のサー・クリスは苦虫を嚙み潰したような顔になったが、一方、気に入った箇所が見つかった時は、ほほう！　と声をあげ、私の肩を叩くのである。彼はいつも足場の最上部分まで登り、高所から下を見おろすのが恐ろしくて尻込みする私を手招きして、笑うのであった。そして尚元気一杯、地上へ降りるや、今度は地下の基礎の中へ飛び降り、御者のごとく埃まみれになって上がってきたものだった。

彼は常々、職人に対しては愛想がよく、私にも勉強のために職人らの仕事をよく観察しておくようにと注意した。そこで私は、大工が足場を組み上げ、小屋や塀を建て、木挽き職人が材木を切り、下働きの人夫らが石や瓦礫を片づけ、袋詰めの石灰を手押し車でモルタルの山まで運び、石工が石材を切り、削り、積み上げ、鉛職人が導管を据え付ける様子の一部始終を見物する事となった。軈(やが)ては、サー・クリスに連れられずとも、一人で現場に頻繁に出入りするようになった。己れの独断で職人らに指示を出し、石工の仕事の一切を吟味検分した（元の親方であるクリード氏は、そういう私を皮肉たっぷりに迎えたものである）。そして、倉庫係の元へ運び込まれた資材を記録し、日雇いの大工や人夫が指示通りに働き、持ち場を離れることのないように気を配った。それというのも、十人が片隅に固まって二人分の仕事に取り組み、各人で然るべく作業を分担してさも忙しそうに働いているという事がしじゅうあったからである。

その極め付きの仕事で、総掛かりで取り組んでやるのが、目方三百ポンドばかりの石材を円天井(キューポラ)の繰型(モールディング)の上まで引き揚げる作業である。それでも私は声を荒らげぬように心した。イングランドの職人の落ち度を咎めようものなら、それがいかにもっともな叱責であろうと、必ず口答えが返ってくる。あっしの仕事に口出しして貰いたくねえな。こちとら徒弟として年季を勤めあげた身だ、以前に働かせてもらった旦那方もあっしの仕事には満足しておられたんですぜ。もしもここで宥(なだ)めなければ、職人は道具を放りだして喚き散らすに至る。こちらがそれを、怒りの冷めぬ紅潮した顔のままサー・クリスに訴えると、サー・クリスの方は、まあ、よいよい、万事うまく行くさ、と答えるのみである。今や痛風も治まった事であるから、これからは万事うまく行くだろう。再び建設局に戻って仕事をしていた私に、ウォルターが、何故溜息をつかれるのですか、と訊いた。溜息などついてはおらぬ、と答えたものの、もしかしたら己れではそれと気づかぬままに、声を発しているのではあるまいか、という疑問がふと涌いた。過ぎ去った夢のような歳月を振り返っている時、知らずに溜息をついているのだろうか。

　サー・クリスに引き取られた最初の頃、私は一介の物乞いの浮浪児の身から突拍子も無い変貌を遂げた吾が人生を思い、驚嘆の念を禁じ得なかった。凡てミラビリスの予言の通りに運んでおり、これにはミラビリスが何らかの形で関与している事を、私は些かも疑わなかった。それ故、ミラビリスを欠いた集会は最早見る影も無かったにも拘らず、ブラック・ステップ・レーンを訪れる事だけは欠かさず、ミラビリスの蔵書を読み解く事を心懸けた。既に成人の仲間入りをしていた（自分ではそのつもりであった）ので、己れ自身の意思でその道を選んだという事である。だがサー・クリスにはその事は話さなかった。話せば、必ずや痛罵され、唯の道化者扱いされる事は間違いなかった。サー・クリスは好んで古い物を葬り去った。哀れな廃れし物と呼び、人類は古代の遺物に飽き飽きしておるぞ、などと云っていた。彼はその人類の代弁者として、有意義なる知識、実験的学問、現実的真理を説いたのであった。だが私はそれを軽薄な屁理屈としか見ていなかった。現代こそは吾らの時であるから、吾らの手でその礎を据えねばならんのだ、とサー・クリスは云うのだが、そのような言辞を聞かされる度に、私は、いつが吾らの時であるとか、いかにして定める事ができるのかという疑問にとらわれるのである。

　そのうちに、サー・クリスは己れの信条を己れ自身に投げつける成り行きとなった。彼の手になるセント・ポール大聖堂は古代の遺跡の上に建てられている事が明らかとなったからである。北側の柱廊玄関(ポーチコ)のすぐ傍の敷地を掘り起こした時、いくつかの石が出てきたので、さらに充分な深さまで掘り進み、途中の土を取り除いて検分したところ、それらの石が古い神殿の壁と敷石に使われていたものと判明したのである。近くに小祭壇が発見されたと聞くと、サー・クリスは笑い声をあげ、私に囁いたものだ、その穴詣でに赴くとしようじゃないか、と。

現場に着くと、サー・クリスは基礎部分に降りてゆき、沢山の古代の石の中から土製のランプを見つけ出した——なんともお粗末な代物だな、そう云うなり、彼はそのランプを瓦礫の中に投げ捨てたものだ。その翌朝、一体の神像が土中より掘り出された。胴に一匹の蛇が巻き付き、手に杖を握った神像(頭部と足は欠けていた)である。それを見てサー・クリスは、エラスムスの記述を思い出すな、と私に云った。あれに依ると、かつてのロンドンでは、聖パウロの回心の日に人々が行列をなし、巧みに蛇をあしらった木の杖を携えて大聖堂に向かう習慣があったとある。どう思うかな、ニック。そなたはいつも古い書物に鼻を突っこんでおるが? そう訊かれたが、私は黙っていた。「蛇の迷宮」について、そこに迷い込んでもいない身に語っても仕方がないではないか。しかしながら、他の者らがまったく気がつかずにおる事を洞察している人があるという事は、本屋街パター・ノスター・ロウの〈ちびくろ亭(ブラック・ボーイ)〉にある部屋のベッドから一歩も離れようとしなかったジョン・バーバー氏の例に見られる通りである。この大地は透明なこの上なく薄いガラスで出来ており、その下には無数の蛇が蠢(うごめ)いている、と彼は考えていた。そして、この世の礎の真実の姿を見る事の出来ない人々の無知と蒙昧を笑いながら死んでいったのだ。そこで私もまた、サー・クリスと共に新たなる学問の復興を唱えておる同時代の偏狭な著述家らの思想を斥ける。彼らは、新たな実証哲学について愚劣極まりない駄弁を弄するが、あのようなものは吹けば飛ぶような塵にすぎず、それで蛇を埋め尽くす事など出来はせぬ。

　斯様に、他の連中が口角泡を飛ばして世迷い言にうつつを抜かしておるのを尻目に、私は専ら往昔の建築家たちの事を勉強していた。古代の偉大さの現代に優る事、まさに無限大と云ってよいからだ。サー・クリスの集めた膨大な書物が用済みとなって書庫に収められていた事は、私にとっては幸運であった。そこから私は、ウィリアム・カムデンの『遺文集』、ライルの『サクソンの歴史記念物』、ニコラ・コーサンの『エジプトの象徴哲学論』や、博学の徒キルヒャーがオベリスクを秘教の教義を刻んだ石碑だと結論づけている『エジプトのオイディプス』等を選び出して読み耽った（私がこれを書いている傍で、ウォルター・パインは私の指示に従って、ライムハウスの教会堂の傍に立てる記念柱に記す文句を、一字一句間違えないように書き留めている。そら、ペンの擦れる音が聞こえるだろう）。キルヒャーの書物に、私はピラミッドの配置図も見つけた。それにはオベリスクが砂漠にどのように影を落とすかが示されていた（ウォルターが紙の上にインクを落とした）。かくして私の頭の中は、この驚異的なメンフィスのピラミッドの事で占められるに至った。それはエジプト人が、彼らの王でもあった神々を記念すべく造り上げた建造物である。この人工の山々の頂きは仰ぎ見る高みにあり、それは恰も虞れ多き王の玉座のごとくになって、歴代王の死後も永遠に君臨しているかのように人民の目に映ったのである（図面がインクの染みで台無しになってしまいました、とウォルターが云ったが、私は答えない）。私はサー・クリスの書庫にあり、これらの壮麗ともいえる巨大建造物と、その石に刻まれた奇妙な印について思いを巡らせた。崩壊した柱の影を見詰めていると、己れの精神も廃墟そのものと化すかと思われ、私はさらに書物を読む事で、己れ自身について何がしかの事を学び取っていったのは確実である。(ウォルターが部屋を出て行く。何やらぶつぶつ呟き、頭を冷やすために川の方へ向かう彼を見守りながら、私は再び)若かりし頃に戻り、書庫に籠っている私をサー・クリスが見つけた時の事を思い出している。焦って脳みそに詰め込みすぎると、才能が化膿して脳たりんになると云うぞ、と私の顔を覗き込んでダジャレで揶揄(からか)う。ふわっふわっと笑いながら去ってゆくサー・クリスの後ろ姿を見送り、私は声を潜めて、さっさと便所へ行って糞でも垂れてろと毒づいたものである。

　吾ら二人の事に関わる、ある著しい出来事について語るのを、つい忘れるところだった。それはストーン・ヘンジの傍で交わされた吾らの会話についてである。既に述べたように、サー・クリスはアンティーク(古いもの)をアンティック(狂いもの)とごっちゃにしているような御仁で、わざわざ骨の折れる旅をする(ストーン・ヘンジまでは、ロンドンから八十五マイルを超える道程になる)のは乗り気でなかったのだが、私はその石(ストーン)の話で彼の気を引いたのである。伝えられるところによると、ストーン・ヘンジの石の中には、鉱物(ミネラル)を含むかのような明るい青色をしたものやら、濃緑の斑紋の入った灰色をしたものがあるという話であった。そのような石をセント・ポール大聖堂の建造に使えたら、というのがサー・クリスの夢であったのだが、ストーン・ヘンジのあるソールズベリ平原に近接してハッセルバラとチルマークとの二箇所の採石場があり、エイベリの大採石場もさほど離れていないのを理由に、私はストーン・ヘンジと同じ種類の石がそこら辺で見つかるかもしれませんよと、サー・クリスの耳に吹き込んでやった。私自身、旅らしい旅をした事はなく、それまでロンドンを三マイルと離れた事はなかったが、あの崇高な礼拝の聖所をこの目で見なければ収まらぬ思いだった。エイレット・サミズはそれをフェニキア人のものと信じていたし、カムデンはマルコリス崇拝に属するものと考え、ジョーンズ氏はローマ人が天の神カエルスに捧げるために築いたものと判断していた。私はその像をいわば心の中に抱いていた、と云っていい。真の神を祀るには、人の目から隠された形で、近寄りがたい場所でこそ崇むべきである。斯様なわけで吾らの祖先は、悪魔を巨石群の形にし礼拝したのである。

　旅立ちの日、私は建設局近くのサー・クリスの邸宅で、吾が主人のお出ましを待っていた。今すぐ行くぞ、襟（えり）飾りを探しておるところだ、とサー・クリスが階段の上から呼ばわり、寝室を慌しく行き来する足音が聞こえた。程なく風のごとく駆け降りて来たサー・クリス、鬘（かつら）の具合を直しながら玄関を抜け、ホワイトホールへと飛び出した。そこから馬車でコーンヒルの停車場へ乗りつける。停車場にはランズ・エンド・ロード行きのロンドン市の乗合馬車が待っていた。サー・クリスは、乗合馬車の相客はどういう人たちかな、と宿場の使用人に尋ねた。

　お二人だけで、どちらも男の方です、という返事。

　それは喜ばしい、とサー・クリスは私ら二人に云ったが、実のところはさほど喜んでいるわけでもない。サー・クリスがロンドンで馬車に乗る時は、片腕を片方の窓から、もう一方の腕をもう一方の窓から突き出して坐るのが常であるから、今度の旅で左様な広い空間を占められたら窮屈この上ない。彼は御者台に面する側に陣取り、衣装鞄を足元に押し込み、丁重な笑みを見せて相客に話しかけた。

ところで、どちら様もタバコを控えて頂けますかな。ここにいるわしの秘書はタバコの煙を吸うと黒胆汁が殖えて鬱病を起こす質(たち)でな、と云う。私は敢えて否定はしなかった。それが嘘か真か、誰にもわかりはしないのだから。

　乗合馬車はコーンヒルを過ぎ、チープサイド、セント・ポールズ・チャーチヤード（ここでサー・クリスは窓から身を乗り出し、鋭い眼差しを向けた）、ラドゲイト・ヒル、フリート・ストリート、ザ・ストランド、ヘイ・マーケット、ピカディリー（ここでサー・クリスはハンカチを出し、青洟(あおばな)をかんだ）を経て郊外へ出、ナイツブリッジ、ケンジントン、ハマースミス、ターナム・グリーン、ハウンズロウを通過した。御者は例によって全速力で飛ばしていたが、サー・クリスはいたく御満悦の体(てい)で、ニックよ、そなたも馬車の動きに合わせる術(すべ)を会得せねばな、などと云い、再び相客の方に笑顔を向けた。この時、馬車は右手に火薬工場、左手に刀剣工場を見ながら、ベイカー橋を渡りはじめていたが、至る所に大穴があって馬車の揺れは凄まじいばかりになった。わしらを放り出さぬように頼むぞ、とサー・クリスは御者に声を掛け、手帳を取り出して独りで計算をはじめたが、軈(やが)てそのまま眠り込んでしまった。馬車はステインズを進み、テムズ川の木橋を渡ってエガムに至り、吾らは道の左手のニュー・イングランド亭で下車して小用を足した後、バグショット・ヒースを横切り、ビュー・ウッドからバグショットに達した。

　サー・クリスはうたた寝から覚め、相客の一人と親しげに話していた。鬘を脱いで膝上に置き、話をしながら鵞鳥の羽毛を毟るごとくに毛を引き抜いている。専門知識の無い素人と見ると、教師の役を買って出るのが好きなサー・クリスの事、こちらには目もくれずに話に熱中しているお蔭で、こちらは居眠りする事が出来た。が、そのうちに、ニック！　ニック！　停まったぞ！　馬車が停まったぞ！　と呼ぶサー・クリスの声に起こされた。

馬車はブラックウォーターという小さな村に着いていた。旅籠（はたご）の傍で一息入れ、便意を催していた私は手洗いを使った。その晩はその旅籠に泊まることになった。サー・クリスはこのまま道中を続ける事を望んでいたが、私が旅の途中で微熱を出した事を知り（私はずっと汗をかき通しだったのだ）、旅は急を要するが、そなたは休養を要するようだな、などと冗談を云って高笑いした。サー・クリスは食事の席でも、二人の相客相手にすこぶる陽気であった。漸く部屋に上がり、私は疲れ果てていたが、サー・クリスは壁に貼られた「御宿泊客御心得」を仔細に眺め、端から莫迦にするように節をつけて読み上げたものである。謹白。誰しも暫し留まった後に去りゆく事、この世は旅籠のようなもので御座います。夜、宿に着かれましたならば、神の御加護に感謝なされ、翌朝は道中の無事をお祈りなさいます事、お忘れなきよう。おい、ニックよ、吾らも跪（ひざまず）かねばなるまいぞ、とサー・クリスは云ったが、私は道中の事よりも寝台の虱（しらみ）の方を恐れていた。では、虱の神にでもお祈りください、と私は応じて、急いで庭へ駆け降り、夕食で食べたものを反吐（もど）した。

翌日は、ハートリー・ロウを通過し、ベイジングストークへと下った。馬車がチャーチ・オークリーに達した時、サー・クリスが馬車の中で磁石（マグネット）の実験をしてみようと云いだした。二人の相客も彼の技術を見物できる事を喜び、床を広く空けるために、足を折り曲げて座席の上に載せた。サー・クリスは衣装鞄から球形の磁石（コンパス）を取り出し、手品師よろしく一枚の板を手に取った。板の穴に磁石を嵌め込み、平面上に極がある地球儀のようなものを作る。続いて、やおら鋼鉄の屑を取り出そうとした

（他の者たちは一心に見守る）その時、突如として馬車が激しく動揺した。ホワイトチャーチ近くの橋を全速で渡りかけたところで、御者が急カーブを切ったため、二頭の前馬が橋を飛び越えてしまったのである。宙吊りになって絶命した後馬のお蔭で馬車は転落を免れたが、吾らはこぞって馬車の床に投げ出された。サー・クリスは敏捷なところを見せようと窓から脱出して川に飛び込んだが、失敗して地面に落ちた。だいぶ酷い落ち方だったように見えたが、サー・クリスはいとも身軽に起き上がり、戸惑いの目で地面を見詰めている。と、どうやら尿意を催したらしく、吾らの目の前でズボンの前を開いた。吾らも同じ窓から一人ずつ順に脱出したが、新たな馬がホワイトチャーチから到着するまで、寒さの中に坐って待つしかなかった。その晩は見窄らしい宿屋に泊まり、作り笑いを浮かべた女主人に迎えられる仕儀となった。昨夜は、例の「御心得」に背いて、お祈りを怠ったのではありませんか、とサー・クリスに尋ねてみたら、確かに祈らなかった、その罰が当たったか磁石を失くしてしまったぞ、という返事。

　旅の後半は、ウィルトシャーに入り、そこからソールズベリへと至る道程であったが、地面の穴ぼこは数知れず、中には深い穴もあって、馬車の揺れは殊の外甚だしく、まことに厳しい道中だった。ソールズベリで馬車を降り、二頭の馬を借りた時は心底安堵を覚えたものである。そこからは馬に跨ってエイヴォン川を渡り、ソールズベリ平原のストーン・ヘンジへと向かった。聖なる地のはずれに達したところで、備え付けの柱に馬を繋ぎ、中空に太陽を仰ぎながら歩きだせば、ちびた草（羊の群に絶えず食まれている所為）が吾らの足を弾ませ巨石群へと急かせるように思える。サー・クリスは歩き続けたが、私はしばしば歩みを止め、石の建造物を見つめた。視界を遮るものは何一つ無い。私は目を凝らし、叫びを発しようとして口を開いたが、それは無音の叫びとなった。私は忘我状態となって幻想に浸っていた。周りのもの全てが石と化している。空も石に変じ、私自身も石となって、天空を飛び抜ける一個の石である地球の上に立っている。そのように立ち尽くしているうち、鴉の啼き声に我に返ったが、その黒い鳥の声も恐怖を呼び覚ました。それが現実の時間に属さぬものであったからだ。どれほどの間己れの心中を彷徨っていたのかはわからぬが、目の前の霧が晴れた時、まだサー・クリスの姿はほんの目と鼻の先にあった。巨石群目指してせっせと歩いて行く。私は猛然と駆けだした。是が非でもサー・クリスより先に列石環（サークル）の内へ足を踏み入れたかったのである。私は声を発してサー・クリスを呼び止め、走って追いつくと、ぜいぜい息を切らしながら、鴉の啼く声が激しいので雨になるのかもしれませぬ、と話し掛けた。ふん、とサー・クリスが小莫迦にしたように鼻を鳴らし、身を踞（かが）めて靴紐を結び直しだしたので私は一気に追い抜き、一足先に生贄の場である列石環（サークル）内に辿り着いた。そして、頭を垂れた。

ジョーンズによれば、これは体積度量法に基づいて建てられているのだそうだ（後から来たサー・クリスが、手帳を出しながらそう云った。）この造りの美しい均整を見よ。

途方も無い巨大さですね、と私は姿勢を伸ばして応じた。悪魔の建造物と呼ばれていたのですね。サー・クリスは私の言葉など耳に入らぬ様子。梃子（てこ）には余程高い木を用いたのに違いない、などと云いながら、眼を細くして石柱を見上げている。さもなければ、動力を用いて重量のある物を持ち揚げる技術を発明したのだろう。

魔術師マーリンが生みの親だという説もありますね。魔法の秘術を用いて巨石を持ち揚げたと云われております。

サー・クリスはそれを笑い飛ばし、内側の環（イナー・サークル）にある石に腰を降ろした。ひとつ古い歌を聞かせてやろう、

　伝説の語るマーリンに粗（あら）はなし
　されどマーリンの伝説は法螺（ほら）ばなし

サー・クリスはニタニタしながら身を乗り出した。

師匠の坐っておられるのは祭壇石（オールタ・ストーン）のようですが、と云ってやると、サー・クリスは嚙みつかれでもしたごとく、慌てて飛び上がった。私は続けて、ほら御覧なさい、その石は炎に耐えるように硬石で出来ています、と云った。

炎に焼かれた跡は見当たらぬが。そう云うと、サー・クリスは他の列石の間を巡りはじめた。そこで私の頭に別の愉快な歌が浮かんだ。

　目を覚まさせてやろうかね
　いやいや、まっぴら
　目を覚まさせたら
　泣きだすことは必定だね

お互いに離れている時には、私は思うままを口にする事が出来る――実を申せば、ここそは生贄の場所、これらの石は恐怖に捧げられた神の像だからなのです！

すると、サー・クリスが大声で答える――人の心はとかく悪い事のみ予測しがちなものだ！

そこで私は、イタリアの旅行家ピエトロ・デラ・ヴァレが晩年にインドを旅した時の事を話して聞かせた。デラ・ヴァレがアーメダバードの名高い寺院について記していますが、それによりますと、その寺院には小さな石の柱があるだけで、その石柱はマハーデーヴァと呼ばれており、それは彼地の言葉で偉大なる神シヴァを意味するのだといいます。さらにアフリカにも似たような建物があり、それはモロクを祀った寺院ですし、オベリスクというエジプト語の名詞もまた、聖なる石を意味するのです。

それに対し、サー・クリスは答えた。ダイアー殿、預言者ヨエルの云う通り、「老いたる人は夢を見、若き人は異象（まぼろし）を見る」。そなたはまだ若い。

空は美事（みごと）に暗くなり、強い風が巨石群のまわりに渦巻いていた。御覧なさい、立石の上に渡された横石の奇妙な事、まるで宙に浮かんでいるようではありませんか、と云ったが、私の言葉は風に運び去られ、定規とクレヨンを持ってしゃがみ込んだサー・クリスの耳には届かぬ。サー・クリスは声を張りあげ、幾何学がこの荘厳さの鍵なのだ、と叫んだ。わしの計算によると、この比率が正確ならば、内側の部分は四個の正三角形の土台の上に載せられた六角形を成しておるはずだ！　私は彼の傍に近づき、それが石に変えられた人の像であると信じている人もあります、と話し掛けたが、サー・クリスは耳を貸さず、頭を反り返らせて続ける。ニック、これらの石の配置は天体に正確に一致しておるのだ。惑星と恒星の位置を計測出来るように並べられておる。この事から、当時の人々は磁石の箱を持っておったと考えられるぞ。

その時、大粒の雨が降りだしたので、とりわけ大きな横石の下に雨宿りした。これを支える立石が水に濡れるにつれて、灰色から見る見る青と緑に変わってゆく。その石に背を凭せかけると、これを建てた人々の労苦と苦痛が、彼らの心を虜にした存在者の力が、そこに刻まれた永遠の印が、石の内部から伝わってきた。遙かな昔に死んだ者らの声や叫びも聞こえたが、私は耳を塞ぎ、心の乱れを遠ざけるために石の表面に生じた苔を凝視していた。それから、サー・クリスに話しかけた。メンフィスのピラミッドが築かれたのは三千二百年程前ですが、それの建設に要した歳月は二十年、それも三十六万の人夫が休みなく働いた結果だと云われています。それから考えて、この巨石群ではどれほどの人が、どれほどの期間働いたのでしょう。ところで、ピラミッドの基部は、その大きさ形いずれも、リンカン法学院のあるロンドン最大の広場リンカンズ・イン・フィールズに等しいのです。私は時々、悪臭を放つロンドンの街に聳え立ったピラミッドを思い浮かべてみる事があります。斯様な話をするうちに雨は上がり、雲は流れ去って、陽光が大地を照らした。サー・クリスの方に目をやると、彼の様子に只ならぬものが見られた。私の話などまるきり聴いてはいなかったのだが、背後の石に頭を凭せかけ、敷布のごとく白い顔に異様な鬱然とした表情を浮かべている。そして、おもむろに云った

――夢などというものには何の重きも置かぬが、たった今、わしは息子が死ぬところを見た。

夕暮れ時となり、斜陽の光が巨石の彼方の大地に当たると、周囲に数限りなく立つ墓のごとき塚が

見分け易くなった。それを眺めているうちに、シェイクスピアのもじりで「野生の時（ワイルド・タイム）の咲き乱れる堤」という文句が思い浮かんだ。ちびた草に映るストーン・ヘンジの影を見て、サー・クリスは晴れやかな表情を取り戻した。ほほう、見るがよい、ニック、これらの影が伸びる角度をあらかじめ知っておれば、日々一定の時刻がわかるわけだ。毎日同じ時（タイム）に影が戻ってくるよう柱を配置するのは易しい事だ。対数（ロガリズム）が紛れもなく英国人の発明であるのは喜ばしい。ここで再びお得意の手帳が現れ出て、吾らは大人しく草を食んでいる二頭の馬の処へ引き返して行った。序（ついで）ながら、先の一件の結末として、異国の地にあったサー・クリスの子息が痙攣の発作に見舞われて死去した事を付け加えておこう。その知らせが届いたのは、ここに述べた出来事より数箇月後の事であった。

今、この建設局の仕事場に居ながら時を遡り、あの時の事を思い返すと、ストーン・ヘンジの影に覆われていたサー・クリスの顔が今の事のようにありありと浮かぶ。時とはまさしく、広い仕事場を一杯に満たすほどの恐怖であり、その周囲に巻きつく蛇は、一巡りして己れの尾に嚙みついている。今とは即ち、その場その場の時、毎時間、その時間の一部分、各一瞬の謂である。終わりが常に始まりであり、終わる事は決して終わらず、始まりは連続しつつ、常に終わり続けるのである。

手紙の文章を書き終わりました、とウォルターがこちらを向いて告げた。

私は顔を上げて目を擦（こす）った。ならば、さっさと読んで聞かせぬか、この、この——

それをウォルターの朗読が遮る——ライムハウスの教会堂西正面の主塔の建設は進捗しておりますが、石工の使うポートランド石が不足し、作事に幾分かの支障を来しております。

私はウォルターに頰笑みを見せ、よく書けておるぞ、と褒めた。だが、ちょっとばかり付け加えてくれ——目下の作業は、地下納骨堂の土と瓦礫を運び出す事以外、何もありませぬ。匆々頓首。ニコラス・ダイアー。

それだけですか。

それだけだ。

この件について述べるため、時の流れを早めて現在の時点に戻るとしよう。ライムハウスの吾が教会の近辺は、その往昔（むかし）、広大な沼地ないし湿地であり、サクソン時代の埋葬の場であった。しかも、石灰石の立ち並ぶ墓場の下には、さらに古い時代の墓が埋もれていたのだ。ここを掘り返した人夫らは、幾多の骨壺や、木皮の屍衣に留められていた象牙の飾りを掘り出し、その他、遺骸や頭蓋骨を見つけた。ここは広大な古代墓地（ネクロポリス）であるが、古代の死者はある種の物質の力を発散し、その力は今尚この地に温存されているのである。それを新たに建てる教会堂に取り入れねばならぬ。昼間は、吾が石灰石（ライム）の堂（ハウス）が近寄る者を捉らえ巻き込み、夜には、有史以前の時代の影響によって、それは影と霧との巨大な塚と化すであろう。しかしながら、この場所を清めるための生贄を未だに得られず、事は急を要する事態となっていたのである。先にも述べたが、儀式に就いてのミラビリスの教えは、この事に関わるものであったのだが、これはただの余談。

吾が教会堂はハング・マンズ・エーカーにある。そこはロープ・メイカーズ・フィールドとヴァージン・ヤードの傍で、周辺一帯には破落戸（ごろつき）や宿無しが屯（たむろ）していた。いずれもテムズ川へ注ぐ下水道の近くに住む者たちである。これら無頼（ぶらい）の乞食ないし放浪者（その着衣はニューゲイト監獄やタイバーン処刑場の匂いがし、その面相は頽廃と疾病を表している）の屯する場所は、私には安心感を与えてくれる。これら偽エジプト人（と呼ばれている）は復讐と不運との現実例であり、教会は連中の劇場である。そこでは彼らが吾らの瞑想の対象となって登場する。連中と話をしてみれば、〝正直者〟の称号を授けたくなるのも珍しくない。彼らこそは真性の神々の子らであり、連中の口にする歌は、

悲しみも苦労も捨てっちまえ
俺たちゃ悪魔に捕まるさだめ

悲惨や貧乏には馴れきっているので、決して他の暮らしを求めない。それは物乞いから盗みへ、さらには盗みから絞首台へ進む人生。己れの賤しい生業（なりわい）の術を心得、人の憐れみを誘うような作り声で呼び掛ける――「旦那様に神の祝福を」「旦那様が天に報われますよう」「のたれ死にかけている哀れな男に、半ペニーか、四分の一ペニーか、パンの皮でも、どうかお恵みを」と、涙声にて訴える。かつて浮浪児として街角や穴の中で眠っていた頃、私はこうしたどん底暮らしの仕組みに通暁するようになった。この大ロンドン市で、浮浪者らの全団体が共存していられるのは、これら寄る辺なき貧窮者らの間にも、一種の秩序と規律が在るからである。それはイングランドのいかなる組合にも引けを取らぬ完璧な共同体であり、一人が一つの通りのみを漁（あさ）り、別の者はまた別の通りのみを漁り、自分のものではない地域、つまり彼らの云うところの他人の縄張りへは決して立ち入る事をしない。それは社会の縮小版であり、乞食の次世代へ、さらに次世代へと、この世の終わりまで継承されてゆくものである。その連中が吾が教会のすぐ傍にいるのだ。誰しもほんの一歩で彼らと同じ境遇になるやも

知れぬのだから、彼らは人生の見本と云うべく、生きとし生けるものの始まりと終わりは苦痛と影に過ぎぬ事を証明しているのである。彼らはまた地獄にあって己れの顔に似た神の真の素顔を目の当たりにしている。

この間の午後、湿気が非道くて傷みが現れているという基礎の南西部分を検分のため、私はライムハウスへ足を運んだ。思案を巡らせながら川へ向かう小道を歩いていて、乞食らの集落の近くを通りかかったが、そこにはこれまで見たことも無い程大勢の襤褸(ぼろ)の集団がいた。悪臭を避けるため些かの距離をとって歩いてゆくと、泥濘(どぶ)の溝の際に痩せさらばえた男が、胸に頭を埋めて坐っているのに出会(でくわ)した。立ち止まった私の影が男の顔に懸かると、彼は面を上げ、諳(そらん)じた文句を繰り返すがごとくに、落ちぶれた哀れな職人に、旦那様の慈悲のお眼差しを、と呟いた。悲惨を極めたこの男、身に着けているものと云えば、継ぎ合わせた襤褸ばかり。さながら古着市の屋台のようである。

おまえの職業は何だったのかね、と私は訊いてみた。

ブリストルで印刷屋をやっとりました。

それで、借金をこしらえ、破産に追いこまれたのか。

ああ、手前を苦しめる病は、旦那の考えてらっしゃるようなのとは大違いで。人の目には見えないものでございますよ。罪悪感とかいうおっそろしい奴に取り憑かれております。

吾が石灰石(ライム)の堂(ハウス)に小鳥のごとく飛び込んできたこの男の言葉に、私は大いに興味をそそられ、男の傍に腰をおろした。半ペニーいただけましたら、手前の身の上話をして差し上げますが、と男。私は承諾した。男は小柄で、甲高い震える声をしている。眼はこちらを正視出来ず、きょときょと落ち着きなく動くが、私の顔だけは見ようとしない。彼がかいつまんで語る身の上話を、私は頰杖をついた姿勢で聴いた。これまでの数々の不幸が男を小児に返してしまったかのように、彼はたどたどしい言葉で語った（その話に耳を傾けるうち、ふっと私は考えた——生贄は小児でなければならぬのか？　小児のようになった大人でも、同じ事では？）。

男の語った彼の浮浪の人生は、このようなものであった。南西部の港町ブリストルで商売をはじめて間もなく、彼はブランディーなど強い酒の虜となり、仕事の方は次第に疎（おろそ）かになっていった。酒場に入り浸り、酔い痴れてはお決まりの喧嘩に明け暮れ、商売は女房に任せっきりだったが、事業は女房の手には負えなかった。かくして倒産。それを聴き知った債権者らが厳しく返済を迫るので、男は上級法廷弁護士によって王座裁判所（キングズ・ベンチ）へと引き出されるのではないかと非道（ひど）く恐れるようになった。彼を逮捕せよという令状が出されたという話は聞かなかったが、男は逃げようと思った（罪悪感がいかに大いなる不安を生むかという見本であろう）。彼は妻子を捨てて逃亡の道を選んだので、置き去りにされた妻子はたちまち困窮する羽目に追いやられた。その後、家族に会った事はあるか、と問うてみると、男は、いいえ、と答えた。心の中で会うだけで、その姿が頭にこびり付いております、と。

まことに哀れな男であった。まさしく貧窮するという事は、人を闇雲に危険の道へ走らせ、奇妙な思い込みを抱かせ、自暴自棄の決意をさせるものであり、その行き着く先は乱脈と恥辱と破滅しか無い。身分の高い者がより高き栄誉への階段を登りつめてゆくがごとく、貧窮者は次から次へと災厄に見舞われ続けて、悲惨のどん底へと堕ちてゆくのである。たいがいの人の場合、その教養は富あればこそであり、然（しか）のみならずその人の美徳や廉直らしきものすら、満ち足りた暮らしのお蔭で備わるのだと云える。他人との付き合いに於いて誠実で公明正大であるとの評判の人物が、一旦窮地に陥るや、たちまち豹変して下司の悪党と化す例が世の中にいかに多いことか。にも拘らず、人は貧困を罪であるかのごとく罰し、富を美徳であるかのごとく称える。かくして因果の連環は巡り、貧困は罪を齎し、罪は罰を齎す事となるのである。歌にもあるように、
　おんぼろ家がまさに壊れ始むれば
　重さの奴めが寄って集って圧し潰す

私の目の前にいる、木に繋がれるのを待っている病める猿が、まさにその通りであった。悲惨な身の上話が終わると、私は男に顔を向け、囁いた。

おまえの名前は？

ネッドです。

そうか、ではネッド、話の先を続けるがよい。

その後はご覧の通りで。哀れなボロクズに成り果てちまった。

どうしてここへ来たのかね。

どうして来たのやら、わかりませんのです。ひょっとして、あそこの新しい教会に磁石でも付いてるんですかね。バースじゃ、あの世の一歩手前まで行きましたし、ソールズベリじゃ、骨と皮だけの骸骨みたいになり、ギルフォードじゃ、死んじまったものと思われた事もありました。このライムハ

ウスに来る前は、あの貧しいアイル・オブ・ドッグズにおりました。

今はどんな具合だね？

とっても疲れてます。足が痛んでね。なろうことなら、この土の下に呑み込まれてしまいたい程で。

この後、どこかへ行くつもりかね、土の下は別として？

どこへ行けるって云うんです？　どこかへ行ったたって、どうせ戻って来るだろうしね。

何故そのような怯えた目で私を見るのだ？

めまいがするんです。ゆうべは、馬に乗ってクリームを食べる夢を見ました。

まるで小児のようだな。

そうなっちまったんで。

望みは無いということか。

はい、望みなどありませんです。今さら悔んでも手遅れですが。これ以上、とてもやって行けません。

では、終わりにするつもりか。

絞首台で終わるしかないでしょう。

ふむ、私がおまえなら、縛り首よりも自殺を選ぶがね。

途端に、ネッドはハッとなって、まさかそんな、と口走った。だが彼の頬に指を当て、その震えを鎮めてやると、彼の動揺はすぐに治まった。彼はもはや吾が掌中にある。吾が目が爛々と輝きを増してくるのを覚えながら、私は言葉を続けた。

己れの運命は己れで選ぶほうがましだろうが。凶運の綱に打たれる独楽(こま)となるよりはな。

云われる事はわかります。旦那が手前に何をやらせようとしてるのかも、わかるつもりですが。

私は何も云わぬぞ。おまえの口から云ってみろ。

さあてね。旦那が手前に教えてくださるんでしょう。だけど、そいつばかりはとても。

死の苦しみが恐ろしい筈はあるまい。これまで幾度も、死を上回る苦しみを堪えてきたのではないか。

でも、来世はどうなるのでしょう？

坊主や説教師の語る迷信など、信じるようなおまえではない筈。おまえの肉体がおまえの凡てだ。肉体が滅びれば一巻の終わりなのだぞ。

この厭な人生を終わりにするのが手前の望み。手前はもはやこの世にいないも同然、おさらばです。

日没まで余すところ小半刻足らず。黄昏（たそが）れる光の中で、私はネッドにナイフを渡した。冷え込んできましたね、と彼が云うので、じきにこの世を去る身に寒いも何もなかろう、と私は云ってやった。吾らは教会堂へと向かった。職人らは早くも引き揚げ、帰宅している。途中、ネッドが泣きながら倒れ、私は彼の尻を叩くようにして先へ急かせた。今や哀れな人間の形骸と化しているネッドは足取りも小幅で蹌踉（よろけ）がちだったが、私に導かれ、漸くにして建築現場の際までやって来た。そこで目を大きく見開き、腕組みをし（その片方の手にはナイフがある）、陽光が斜めに長く伸びて石の色が鈍くなってゆく中、ネッドは半分完成した教会堂を見上げた。次いで大地に凝然と目を当てたまま一向に顔を上げようとせぬ。この世を去る決心がつかぬと見えた。陰気の虫に取り憑かれそうになるのを、こちらは短気に無視してナイフを突き立ててやれば、ネッドはそのまま倒れ伏した。

「哀れな」と、私は声を漏らして跪き、教会堂の下の暗がりに横たわるネッドを確かめ、汗にまみれて立ち上がれば、高笑いが口をついて出た。この男の死を惜しむ者などあろうはずはなく、死を悼む祈りも無い。だが夜警に姿を見られてはまずいので、私はすぐにその場を離れ、ロープ・メイカーズ・フィールドを足早に横切って川岸の方へ向かった。それには嫌でも乞食の群の傍を通らねばならない。彼らは三々五々小さな焚火を囲んで坐り、得体の知れぬ喰い物を炒めていた。醜悪な人間ども。揺らめく炎の薄明りでも、乱れきった蓬髪、汚れた顔、襤褸着にまとわる伸び放題の褐色の髪などが見て取れる。糸の解れた帽子をかぶる者、古靴下を頭にかぶる者、その着る物は色とりどりで、さながら古代ブリトン人そのものの姿である。湯気を立てる糞の山と小便溜まりの放つ悪臭に襲われつつ、私は外套の前を掻き合わせて足を速めた。

フィールドの片隅で、数人の異様に昂揚した乞食らがチロチロ燃える炎の周りで踊っている。足を踏み鳴らし、唸り声を発するその様子は、ブライドウェル監獄の公開鞭打ち刑で打たれる囚人の姿を思わせたが、ここでの鞭の役目を果たしているのは強い酒と忘却である。川から一陣の風が吹きつけ、彼らの唄う歌が切れ切れに聞こえてきた。

車輪はまわる、まわるよまわる、いつまでも
車輪はまわる、どこまでまわる、果てまでも

歌に耳を傾けながら、奇妙な姿勢で佇んでいたに相違ない。宿無しの一団が私に気付くや、騒々し

く喚きだし、お互いに怒鳴り合いだしたからである。私は夢でしばしば経験するように、頭の中が混乱し、眩暈（めまい）に襲われた。両腕を広げ、駆けだしながら、私は叫んでいた――私を憶えているか？　忘れるな、私はおまえを見捨てぬぞ！　絶対に、絶対に、見捨てぬぞ！

四章

叫び声が消えていくと、往来の騒音がふたたびはっきり聞こえてきた。浮浪者たちの一団は、汚れ果てた場所の一角にかたまって立っていた。このあたりには、街が排出する不用品が、長年にわたって捨てられてきている。割れた壜や得体のしれない金属の破片が、そこらじゅうに散らばり、這いつくばったメヒシバや丈の高いブタクサのたぐいの陰から、乗り捨てられた廃車が姿をのぞかせていたり、朽ちかけたマットレスがなかば泥に埋まっていたりする。川岸には広告板が立っている。黒ずんだ赤の色彩だが、広告の図柄ははっきりとわからない。ただ、「お帰りの前にもう一杯」という文字だけが読めた。初夏に入ったいま、この忘れ去られた場所には、甘ったるい、めまいを誘うような腐臭がたちこめている、浮浪者たちはそこらにあったぼろ布や新聞紙を集めて、それで焚火をはじめ、そのまわりで踊っている――というか、揺らめく火をとりかこんで、前に後ろによろめいている。なにやら宙にむかってわめいているが、アルコールや覚醒剤にすっかり浸りきり、自分のいる場所も時間もわかっていない。ぐるぐる回る大地から空をあおぐかれらの顔に、雨粒がパラパラと落ちてきた。

かれらからすこし離れた、テムズ川岸に近いところで、一人の浮浪者が、黒いコートを着た人影が歩き過ぎるのをじっと見ていた。浮浪者はどなった。「おれをおぼえてるかい？　あんただろ？　会ったことあるよ！　おれ、あんたのこと見たんだよ！」人影はちょっとだけ足を止めたが、すぐにまた足早に歩き過ぎた。浮浪者のほうもすぐに関心を失った。川岸まで歩いていって、街に背を向けて立っている人影のことなどすっかり忘れ、またもやしゃがみこみ、濡れた土を両手で掘りつづけた。うしろをふりかえると、ライムハウスの教会堂が暮れてゆく空を背景に、その輪郭を浮かびあがらせている。堂々としてはいるが、いまや朽ちかけ色褪せた石造りの建築物を見あげながら、彼は右手で首をさすった。「冷えこんできやがった。もうやめた。うんざりだ。寒いや」

日没まであと半時間ほど。ほかの浮浪者たちは火のそばで、そのうちに地面にへたりこんで眠ってしまうだろうが、彼はその場を離れ、ナロウ・ストリートとロープ・メイカーズ・フィールドとの角にある廃屋（外見は初期ジョージ王朝風の家）へとむかった。この付近はそのての、窓とドアを板切れでふさがれた家屋が多かったが、この廃屋だけは何年も前から使われていて、警察もそれをいわば黙認しているかたちだった。この空き家を使わせることで、浮浪者たちが休息の場をもとめて、教会堂や地下埋葬所に入りこむのを防げるだろう、という理屈である。もっとも、セント・アン教会に入りこもうとする者など、一人もいないだろうが。

ナロウ・ストリートまで来たところで、浮浪者はふっと足を止めた。突然、川にむかって歩き去っていった男の後ろ姿が、まざまざと脳裏によみがえったからだ。だが、あれはいつのことだったのか、正確には思い出せない。彼はさっとふりかえったが、だれもいない。そこでゆっくりした足取りで、空き家に入っていった。玄関に入ったとたん、いっしょに雨が吹きこんできた。彼は立ち止まり、裂けてパックリ口を開いた自分の靴をながめた。手が濡れているのをじっくり見て、壁にこすりつける。それから、一階の部屋をのぞいてまわり、〝厄介の種〟がいないかどうかたしかめた。そばに寄ると相手かまわず喧嘩をふっかける奴とか、夜中に悲鳴を発したりわめいたりする奴がいるのだ。ここのような浮浪者のねぐらでは、真夜中に突然起きだした奴が、べつの奴を殺してまた眠りこむということすらあるのだ。

空き家には、すでに三人の浮浪者が腰を落ち着けていた。いちばん大きい部屋の奥に、男女の一組が古物のマットレスによりかかっている。二人とも年寄りに見えたが、浮浪者にとっては時の流れは速く、かれらは老けこむのが早いのだ。部屋のまんなかでは、若い男がひび割れた床石のうえで火を焚き、潰れたようなシチュー鍋でなにか炙(あぶ)っている。

「やあ、ネッド、こいつはいけるぜ」その若い男は、部屋に入ってきた浮浪者に声をかけた。「ぜったいいけるぜ、ネッドちゃんよ」

ネッドが鍋のなかをのぞいてみると、オリーヴ色のものが脂を滲み出させながらジュージューいっている。その匂いにネッドは落ち着かない気分になった。「おれは出てくぞ！」相手がすぐ目のまえにいるのに、彼は大声でどなった。

「外は雨だぜ、ネッド」

「ここにいてもしょうがない。おれは出ていく」

とはいったものの、外へは行かずに、便所代わりに使われている隣の部屋へ行った。その片隅で用を足し、もとの部屋にもどってくると、火のうえにかがみこんでいる若い男をにらみつけた。年寄りのカップルは、二人にはまるで注意を払わない。女のほうが褐色の壜を片手にもち、それをふりまわしながら、途切れていたらしい会話をつづけている。「ほこりっぽいね。見てよ、このほこり。ほこりがどこから来るのか、あんた知ってるだろ？　知ってるよね」首をねじって、男を見た。男のほうは背をまるめて、両膝のあいだに顔を埋めている。女は低い声で歌いだした。

宵闇がひそやかに
忍び寄る空に……

ここで歌詞があやふやになり、「空に……」か「夜に……」か、なんべんかくりかえしたあげくに、歌いやめてしまった。窓の割れたガラスの外に目をやる。

「ほら、あの雲をごらんよ。あのなかに顔があって、あたしのことを見てるんだよ、きっと」

女は壜を男に渡したが、男のほうはそれを手に持ったまま、口をつけようとはしない。そこで女は壜をひったくった。

「ごちそうさん」男はもごもご言った。

「あんた、それで楽しいの？」

「さっきまで楽しかったけど、楽しくなくなった」そう言うと、女に背を向けてごろりと横になった。

ネッドも片隅に腰を落ち着けて、ふといい溜息をついた。夏の暑い盛りにも脱いだことのない、だぶだぶのコートの右ポケットに手を入れ、封筒をとりだし、なかから一葉の写真を出してじっと見入った。どこから見つけてきた写真なのか、ずっと自分が持っていたのか、いまではもう思い出せない。しわだらけになって、写っているものも判別がむずかしいほどだが、石壁を背にして立っている子供の写真のようだ。子供の右手後方には木立があり、彼は腕を両脇につけてまっすぐのばし、手の平を外側に向け、首をわずかに左へ傾けている。表情はよくわからないが、ネッドはこれを自分の幼いころの写真だと思い込んでいた。

ライムハウスの教会の鐘が鳴り、この家の四人はそれぞれ眠りに落ちていった――まるで、一日の冒険に疲れはて、あっというまに眠りこむ幼児期へいっきにもどってしまったかのように。仮にたまたまここを訪れる人があったとしたら、眠りこける浮浪者たちをながめ、かれらがここに至った事情に想いを馳せ、その道中にどんなことがあったのか、あれこれ想像してみることだろう。この男が独りごとをつぶやくようになり、そのことを意識しなくなったのは、いつからだろうか。この女が他人を避けて、人目につかない場所ばかり求めるようになったのは、いつからか。かれらが希望を持つことのバカらしさに気づき、人生とは耐え忍ぶことでしかない、と悟ったのは？　浮浪する者はいつも怪しまれ、ときには恐れられさえする。そうやって教会のそばの空き家に落ち着いたこの四人は、もはや引き返すことの不可能な場所――あるいは時間、と言い替えてもいい――に踏み込んでしまったのだ。火のうえに身をかがめていた若い男は、すでにさまざまな施設での暮らしを経験してきている――最初は孤児院、それから少年院、最近は刑務所だ。褐色の壜をいまも握りしめている老女は、アルコール中毒で、夫と二人の子供をとうの昔に捨てている。年寄りの男は、火事で妻を亡くしてから放浪するようになった。自分さえ注意していれば火事は防げたはずだ、とそのときは思ったのだ。それから、ネッドは？　ぶつぶつ寝言をつぶやいているネッドは？

彼は、南西部の港市ブリストルで、さまざまな文房具を製造している小さな会社の、印刷工として働いていたのだ。仕事は楽しかったが、ひっこみ思案の質で、職場仲間と話をするのが苦手だった。勤務時間にやむなく口をきかざるをえないときは、たいてい自分の手や床に目を落として話した。それは子供のときから変わっていない。両親が齢をとっていたせいで、自分とのあいだに距離が感じられ、めったに胸のうちを打ち明けることもなかった。だから彼がベッドで泣きじゃくっていても、両親はなすすべもなく見守っているだけだった。学校の運動場でも、ネッドはみんなの遊びにはくわわらず、まるで怪我をするのを恐れてでもいるように、隅にひっこんで見ているだけだった。それで、みんなから〝ご隠居さん〟という渾名をつけられた。職場仲間たちは態度にこそみせないようにしていたが、そんなネッドを哀れに思って、なるべく独りで片づけられる仕事を彼に割り振るよう気をつかっていた。インクの匂い、印刷機の安定したリズム、それがネッドに、心の安らぎのようなものをあたえた。それは朝一番に出社して、ただ独り、積み上げられた製品を縫って射しこむ朝の光をながめ、石造りの古い建物に響く自分の足音に耳をすますときにおぼえる、あの安らぎと同じものだ。そんなときは自分のことも、当然他人のことも忘れているが、そのうちに大声で言い合ったり挨拶をしたりする声が耳に入ってくると、ふたたび自分の殻に閉じこもってしまうのだった。ときにはリラックスした姿勢をとり、仲間の冗談にのって笑ってみることもあったが、話題がセックスのことになると、落ち着きを失い、黙り込んでしまう。セックスは彼には恐ろしいもののように思えた。かつて校庭で女の子たちが歌っていた歌が、いまも耳にこびりついている。

できるものならキスしてごらんよ
うちのお鍋に押し込んでやるよ
そんなにいうならキスしてごらんよ
死ぬまでお鍋で炒めてやるよ

そのせいで、セックスのことを考えると、自分の四肢をバラバラにもぎ取られるような気がしていた。子供のころに読んだ本で、森に行くと、そこには待ち伏せている生き物がいるとあったが、あれとおなじことのように彼には思えていた。

仕事が終わると、たいていはさっさと退社して、ブリストルの街を抜け、狭いベッドとひび割れた鏡のある自分の部屋へ帰った。部屋には両親のものだった家具が雑然と置かれていたが、どれもほこりと死の匂いを放っているだけで、彼にはまったく興味がわかなかった。ただ、マントルピースのうえで輝きを放っている種々の品だけは別だ。彼には蒐集癖があって、週末になると郊外の小道や野原を歩きまわっては、古いコインや小物をさがして拾い集めた。値打ち物が見つかるわけではないが、忘れられた物や捨てられた物に惹かれるのである。たとえば最近拾ったものに、古い球形の磁石(コンパス)があり、コレクションの中心に置かれている。夕方のひととき、その磁石(コンパス)に眺め入りながら、かつてこれを使って進む方向を見定めた人のことを思いやるのだった。

そんな生活が二十四歳になるまでつづいた。その年の三月のある晩、職場仲間たちと近くのパブへくりだすことになった。その日は一日、仕事が手につかなかった。どういうわけか妙に気持ちが騒いでしかたがなかった。喉が渇き、腹がきりきり痛み、ものを言うと舌がもつれた。パブのサルーン・バーに入ると、すぐにもビールを流し込みたい気分だった。早く飲みたい。一瞬、体が炎と化しているような気さえした。「きみはなにを飲む？ きみはなに？」と、せっかちに訊くネッドに、仲間たちは目を丸くしていた。だが、ネッドはたんに親愛の情を表明していたにすぎない。カウンターで注文の飲み物を待ちながら、ふと見ると、まだ飲み残しのウィスキーが入ったグラスが置きっぱなしになっている。彼はこっそりそれを飲み干すと、ニタニタ笑いながら、仲間たちのほうへもどっていった。

その晩は、飲むほどに、よくしゃべった。どんな話もひどく真剣にうけとめ、ひっきりなしに人の話に割り込んだ。「おれに言わせてくれよ」とか「そいつは、こんなふうに考えてみたらどうかな」と口を出す。それまでは、ふっと思いついた考えやことばがあっても、それは自分の胸の裡だけにしまっていたものだが、それがいまや現実の重みを帯びたものとなり、自分でもびっくりしながら大声でまくしたてているのだった。後になったら、自分のふるまいが信じられず、消え入ってしまいたい気持ちになるにちがいない、という思いが頭をかすめた。しかし、ついに仲間たちに強烈な印象を植えつける時が来たのだと思えば、それもたいしたことではない。みんなの顔の見分けがつかなくなり、それが彼の周囲をめぐる数個の月でしかなくなったころには、その欲求はますます切実になっていた。彼は自分の体から離脱し、距離をおいた高みからみんなを威嚇するようにしゃべった。「おれはこんなことしてちゃいられない身なんだよ。こんな話をしちゃいけないいんだけど、じつはおれ、金を盗んだんだ。会社の金をさ。会計の彼女が給料を袋に入れ分けるときを狙ってね。たんまり頂戴したけど、ぜんぜんばれなかったな。前にも窃盗罪で刑務所に入ったことがあるんだよね」追われてでもいるかのように、まわりを見まわす。「ひどいところだよ、刑務所ってさ。おれはこんなことしちゃいられないんだ。なにしろ、筋金入りの泥棒だからさ」つかんだグラスが手をすり抜け、床に落ちて砕けた。ネッドはストゥールから下りると、泳ぐようにドアへむかった。

翌朝早く目を覚ましたときは、服を着たままベッドに横たわり、腕を両脇にぴったりつけて、天井をにらんでいた。初めのうちは穏やかな気分に浸されていた。窓の桟できちんと四角に仕切られて押し寄せる灰色の光に乗せられ、まるで宙をたゆたうような感覚を味わっていた。それから前夜の記憶がいきなり襲ってきて、がばと身を起こすと、あたりをキョロキョロ見まわした。右手の甲を噛みながら、ひとつひとつ順序立てて思い起こそうとしたが、思い出せるのは、まっかに紅潮した自分の顔、激して歪んだ自分の顔、右に左に揺れ動く自分の姿、それにやけに大きい自分の声ばかり。まるで真っ暗な部屋にずっと独りきりで坐っていたかのような按配なのだ。その暗闇に目を凝らしていると、仲間たちの顔が見えてきたが、どの顔にも反感や嫌悪の色がはっきりとあらわれている。それで、盗みや刑務所について自分がしゃべったことを思い出した。ネッドは立って鏡をのぞきこみ、眉間に太い毛が二本はえていることを、初めて知った。そして小さな洗面台に吐いた。昨夜しゃべりまくっていた、あれはいったい誰なんだ？

ぐるぐるぐるぐる輪をえがいて歩きまわった。古家具の匂いが急に強く感じられる。手に握っていた新聞に目をやり、見出しに特に注意して読んでいると、その見出しの群が浮かびあがってくるように見え、黒い活字が帯をなして彼のひたいをぐるぐる巻きにする。ベッドに横になり、膝を抱いて体を丸めていると、次の恐怖が襲いかかってきた。昨夜彼の話を聴いた連中は、盗みの件を報告するだろうから、雇い主は警察に通報するにちがいない。警察署で電話に出る警官の姿が目にうかんだ。ネッドの名前と住所が声高に読みあげられる。目を伏せて連行されていく自分の姿。裁判にかけられ、尋問にむりやり答えさせられ、監房に入れられて、身体の自由を失ってしまっている。窓の外を流れる雲をながめていると、雇い主に手紙を書くことを思いついた。泥酔していたことを説明し、盗みの件は作り話だったと告白するのだ。だが、はたして信じてくれるだろうか。酔ったときこそ真実があらわれるとは、よく言われることだし、ひょっとしたら自分はほんとうに泥棒だったのかもしれないではないか。彼は歌いだした。

ある晴れた日の夜更け過ぎ
二人の死者が起きて闘った

そこでネッドは、狂気ということの意味するものを知った。
そして、恐怖がはじまった。窓の外の通りから物音が聞こえてきたが、ネッドは立ちあがると、壁のほうに顔を向けた。これまでの人生のすべてが、今朝のこの時へと彼を導いてきたように思えた。これまで行く手に一定の形が描かれつつあることに気がつかなかった自分がバカだったのだ。彼は衣装だんすを開け、まるで他人の持ち物を点検するように、自分の衣類にしげしげと眺め入った。古い肘掛け椅子にすわり、母が身をかがめて愛撫してくれたときのようすを思い出そうとしながら、もう会社の時間に間に合わないということに気がついた。もっとも、二度と会社に行けないことは、わかりきっているが。（実際は、会社の仲間たちは前夜、ネッドがひどく酔っぱらっていることに気がついていて、彼の話にはまるで注意を払ってはいなかったのだ。盗みや刑務所のことも、彼がそれまで見せたことのなかった、独特のユーモアのセンスの一例だろうぐらいに思われていた。）時計のアラームが鳴りだし、ネッドはギョッとして怯えたまなざしを向けた。「どうしよう！」と、声に出して叫ぶ。「ああ、どうしよう、どうしよう！」そうやって一日目が過ぎていった。

二日目、窓を開けて、好奇の目であたりを見渡した。それまで一度も、外の通りをちゃんと眺めたことがなかったのに気づき、ほんとうはどんなようすか、確かめたくなったのだ。だが、格別どうということもない。外を通る人びとの顔が、こちらを見あげた。ネッドは窓を静かに閉めて、心の動揺が鎮まるのを待った。ゆうべは睡眠中に、自分の心の混乱状態にぴったりの表現を見つけ、寝言にそれを口走ったのだが、本人はそれを知るよしもない。こうして二日目が過ぎた。三日目、ドアのしたから一通の手紙が押し込まれているのに気がついた。初めはそちらを見ないようにしていたが、苛立ちがつのってきて、手紙を拾うとベッドのマットレスのしたに押し込んだ。ついでに、カーテンを閉めきってしまうことを考えついた。こうしておけば、彼が在室しているとは思われないですむだろう。その後、部屋の外で揉み合うような物音が聞こえ、ネッドは恐怖に襲われて縮みあがった。大きな犬かなにかが、押し入ろうとしているのだと思った。だが、そのうちに物音はやんだ。四日目、目を覚ましたネッドは、自分がすっかり忘れ去られているのだと悟った。世の中全体から自由になったのだと思うと、その解放感に頭がくらくらした。手早く着替えをすませ、外に出た。外の通りに立って、自分の部屋の窓をながめてから、パブへと足を運んだ。パブでは、髪がもじゃもじゃの老浮浪者に、じろじろ見られた。どぎまぎして新聞を手にとったが、気がつくと、強盗事件の記事を読んでいる。あわてて立ちあがり、その拍子に小さなテーブルをひっくりかえして、外に出た。それから狭い自分の部屋へ帰って、いまや両親のような匂いを発している家具に話しかけた。こうして四日目が過ぎた。その夜、なにも見えない暗闇を凝視していると、この部屋全体がなじみの家具類もろとも消滅してしまったような気がした。暗闇には始まりもなければ終わりもない。まるで死のようだな――眠りに落ちながら、彼は考えていた――だけど、おれにとりついているのは、目に見えない病気なんだ。

　恐怖心は彼の伴侶となった。恐怖心が薄れかけたり、それほど耐えがたくもなくなったときは、自分のしたこと、言ったことを思い返せば、恐怖心はよみがえってき、いっそう強まるのだった。恐怖心のなかった以前の生活が、いまでは夢幻（ゆめまぼろし）としか思えない。恐怖心のうちにこそ真実がある、と信じるようになったからである。眠りから覚めて不安を感じないと、どうしたんだ？　なにか欠けているのか？　と自問した。すると、ドアがゆるやかに開き、子供が顔をのぞかせ、ぐるりと見まわして、ネッドをみつめた。エゼキエルの預言にあった幻の車輪だ、「車輪のなかの車輪」だ、とネッドは思った。いまではカーテンを四六時中閉めっぱなしにしている。太陽が恐ろしいのだ。いつか観た映画を思い出すからだった。その映画では、溺れかけた男が必死にもがいている水面に、真昼の太陽がカッと照りつけていた。

ときには、真夜中に服を着て、夕方に服を脱ぐこともある。左右ちぐはぐの靴を履いたり、シャツを着ずに上衣を着たりしても、自分ではそれと気がついていない。ある日の朝早く部屋を出たときなど、警察の目を避けるため(彼は警察に見張られていると思いこんでいた)、アパートの裏口から忍び出た。通りをいくつか隔てた店で、小さな腕時計を買い、アパートにもどろうとしたら、道に迷ってしまった。やっとアパートのある通りにたどり着いたのは偶然の結果で、部屋に入るなり、彼は「楽しい時間は矢のごとし」と叫んだ。彼には、あらゆるものが変わってしまったように思えた。それまでは思いもかけなかった方角からアパートに帰り着くことになって、ようやく気がついたのだが、この部屋はいまや独立した存在であり、もはやネッドのものではないのだ。彼は買ってきた腕時計をマントルピースに注意ぶかく置いて、球形の磁石(コンパス)を手にとった。そしてドアを開け、外に出ていった。

部屋を出て戸外へ歩きだすや、もう二度とアパートにはもどらないだろうと悟り、そこで初めて恐怖心から解放された。春の朝だった。セヴァンデール公園を歩いていると、微風が遠い昔の記憶を運んでくるように感じられ、心がなごんだ。木の根方に腰をおろし、頭上に茂る木の葉を見あげて驚嘆した。かつては茂った枝葉を見ると、自分の頭が混乱しているのを感じるだけだったが、いま見ると、一枚一枚の葉がはっきりと識別でき、わずかに色の濃くなった葉脈すら見えていて、その葉脈を水分と生命が運ばれていくのがわかるのだ。思わず自分の手に目をやると、輝くような緑の芝生におかれた手が、まるで透き通るように見えた。頭痛はいつのまにか治まり、ネッドは大地に寝そべって、その暖かみを背中に感じた。

午後、叫び声で目が覚めた。すこし離れたところで、子供が二人遊んでいて、こちらにむかってなにやらわめいているようだ。おしまいのところは、「――ずっこける」と言っているようだったが、はっきり聞き取ろうとして、ネッドが起きあがり、そちらに近づいていくと、子供たちは逃げだし、笑いながら叫んだ。

やーい、やーい、ばっちい奴
フライパンで顔を洗った!

ネッドは急に暑さをおぼえ、アパートを出るとき、黒のオーバーコートを着てきたことに気がついた。脱ごうとして、見ると、オーバーのしたはパジャマ姿だった。ぎくしゃくと木のベンチまで歩いていって腰をおろし、通りがかる人びとの不安そうな視線にさらされつつ、午後の残りの時間をそこで過ごした。日が暮れると立ちあがり、子供のころから知っている街並みを後にして、郊外の野原へとつづいている湾曲した長い道を歩いていった。こうして、彼の浮浪生活がはじまった。

それは、どん底まで沈んでいく一瞬一瞬を、見定め、味わいたいがために、目を大きく見開き、口をぽっかり開けたまま水中に潜っていくようなものである。初めのうちは、ひもじい思いをした。物乞いのやり方がわからなかったし、恵んでもらった食べ物を食べることができなかったからだ。だが、ロンドンへと向かうまでには、哀れっぽい物乞いの口舌(くぜつ)をいくつも覚えた。ケインシャムでは、道端で眠るのをくりかえすうち、その夜のねぐらは暗くなる前に探しておくべきだと学んだ。バースでは、煙草の吸い殻や、そのほか人の捨てた物を、オーバーコートの大きなポケットにせっせと拾い集めるようになった。他の浮浪者たちのやり方を教わりながら、ソールズベリまで来たころには、継ぎ接ぎのぼろをまとったその姿も、ようやく仲間たちに似てきていた。その姿でネッドは、ストーンヘンジにむかって、ちびた草地を這うように進んでいった。

夜が明けたばかりで、巨石群に近づいていく彼の頭上に弱々しい陽光が射していた。近くに車が二台駐まっていたので、彼は用心しいしい進んでいった。都市では無関心な態度しかみせない人びとも、解放的な田舎にくると、怒りや敵意を剝き出しにしかねないことを、彼は知っていた。二人の男の声が聞こえていた――なにか言い争っているように声をはりあげている――ようだったが、遺跡まで来てみると、人の姿は見当たらなかった。ホッとして、泥のついた靴を草の露のなかに進めて、うしろをふりかえると、自分の歩いてきた足跡が早朝の光にきらめいているのが見えた。だが、二度めにふりかえったときは、足跡は消えていた。空のどこかで鴉が啼いた。痩せこけた彼の体は、巻き起こった突風にストーン・サークルのほうへ吹き飛ばされそうだ――と思うまもなく、目をあげると、すでに巨石柱のしたにいて、いまにも巨石が頭上に落ちてきそうに見えた。目を覆って身をかがめると、まわりに幾人もの人声が渦巻き、そのなかには父の声もまじっていて、「わしは息子が死ぬところを見た」と言っている。ネッドはその場に倒れて石柱にもたれ、夢のなかで、ピラミッドの石段を登っていた。ピラミッドのてっぺんから、煙っている都市を眺めていると、雨が顔に降りかかってきて目が覚めた。地面に横たわっていた彼のうえにナメクジがよじ登り、コートに銀色の条を引いて這っている。ネッドは濡れた石にすがって立ちあがり、暗い空の下を、ふたたび浮浪の旅に出た。

彼の肉体は、いつ彼のもとを離れていくかしれない道連れのような存在となっていた。肉体にはそれ自体だけの痛みがあり、そういうときネッドは肉体に憐れみをおぼえる。あるいは肉体がかってな動きをすると、ネッドはそれについていくのに苦労しなければならない。そのために彼は、常に道路に目を当てて歩くようになり、おかげで他人の姿を見ないですむようになった。また、けっして後をふりかえらない、ということがいかに大切かを悟った——それでもときどきは、昔のことを思い出して悲嘆に襲われ、芝生に顔を伏せて横たわり、大地の甘い腐臭にやがてわれに返ることもある。しかし、自分がどこから来たのか、なにから逃げているのか、すこしずつ、すこしずつ忘れていった。

ハートリー・ロウで、寝る場所が見つからないまま、街の明りから逃れるために橋を渡っていたとき、一台の車がネッドを避けようとして急カーブを切った。ネッドはうしろによろけ、鉄の欄干にぶつかって、あやうく川へ転落しそうになったが、どうにか体のバランスをとりもどした。土埃がおさまると、彼はズボンの前ボタンをはずし、笑いながら道端で小便をした。この突発事に興奮してしまったネッドは、ポケットから球形の磁石を出すなり、衝動的に放り投げた。磁石は大きく弧を描いて飛んでいった。だが、彼はほんの数ヤード進んだだけで、すぐに道を引き返して、投げ捨てた磁石を探しだした。チャーチ・オークリーでは、微熱を出し、古小屋に横たわって汗をかいていたとき、体温の上昇した体を虱（しらみ）が動きまわるのを感じた。ブラックウォーターでは、パブに入ろうとしたが断られ、悪罵をあびせ掛けられた。女の子がパンをもってきてくれたが、体が弱っていたネッドは、食べたものを庭に吐いてしまった。エガムでは、木橋に佇んで川面を見つめていたら、背後から声をかけられた。「旅のかたですな。私は旅をする人に会うのが好きでしてね」ギクッとして顔をあげると、小型のスーツケースを提げた老齢の男が、すぐそばに立っている。「人はみな旅人。そして、神がその案内役です」と、男が言った。手の平を外側にむけて両腕をさしのべ、笑みをうかべると、入れ歯が突き出た。「ですから、望みを捨ててはいけません。絶望してはいけません」男は物想わしげに川面に目を落とした。「そのようなことをしてはなりませんよ」そして路上に膝をつき、スーツケースを開けて、パンフレットをよこした。ネッドはそれを受け取り、あとで火を起こすときのためにポケットにねじこんだ。「神があなたを愛しておられるのだから、あなたは目的地に着かれますよ」顔をしかめて立ちあがった。「あなたのために、神は太陽を逆行させ、時間をもどしてくださるでしょう」ズボンに目を落とし、ほこりを払った。「つまり、神がそうお望みになれば、ですがね」ネッドがなおも黙っていると、男は街のほうに目をやった。「泊まる当てがおありなのですか?」そう言うと、返事を待たずに歩きだした。ネッドも歩きだし、バグショットへと引き返してベイカー・ブリッジを通り、ロンドンの郊外に達した。

それから数日後、ロンドンに入り、貧しいアイル・オブ・ドッグズ地区を通ってテムズ川の北岸へと入っていった。スピトルフィールズに宿泊施設があると聞いていたので、右も左もわからないながら、とにかくそちらの方角をめざすことにした。なんといっても、ポケットには球形の磁石が入っているのだ。そのうちに気がつくと、コマーシャル・ロードを歩いていた。男の子がひどく怯えて逃げていったところをみると、どうやらぶつぶつ独り言をつぶやいていたらしい。脚は棒のようになり、足の裏が痛んだ。そのまま地面にへたりこみたいところだが、前方に見えている教会に惹き寄せられて、歩きつづけた。放浪生活をつづけるうちに、教会は彼のような男女を保護してくれることがわかっていたからである。それなのに、教会の入口の階段にたどりついて、そこに坐りこんだとたん、またしても無気力におちいり、なにをするのすらも考えるのすらも厭になってしまった。うなだれて、足元の石段を見つめていると、頭上で教会の鐘が鳴り響いた。知らずに通りがかって、たまたまネッドを目にした人がいたら、石に変身してしまったのだと信じこんだかもしれない。それほど、ネッドはひっそりと、身動きひとつしなかった。

しかし、左手のほうで衣ずれのような音がすると、ネッドは顔をあげ、木立のしたに男女が寝ているのを見た。あるとき野原を歩いていて、犬がしつこく掛かってくるのに腹を立て、なんども大きな石で殴りつけると、犬は血まみれになり、キャンキャン鳴いて逃げだしたことがあった。あのときとおなじ怒りに駆られ、ネッドはそのカップルに支離滅裂なことばを喚きちらした。男女は身を起こしはしたものの、立ちあがるけはいはなく、ただじっとネッドを見ている。上空を飛行機が飛んでいき、それでネッドの憤慨はたちまち治まった。そのままなら、石の割れ目とくぼみを、またもや黙って眺めつづけるところだったが、あいにく突然の喚き声に不審をいだいた人が、通りのほうから近づいてきた。夕日がネッドの顔に当たっているので、はっきりとは見えなかったが、たぶん警察官だろうと思って、いつもの問答に備えた。

その人はゆっくりした足取りで近づいてくると、階段のしたに立ち止まって、ネッドのほうを見あげた。その影がのびてネッドを覆い、その人は名前をたずねた。

「ネッドです」

「では、ネッド、どこから来たのかね」

「ブリストルから」

「ブリストル？　ほう、そうかね」

「そのようです」

「いまは貧乏しているようだね」

「いまはね。でもあっちでは、職業に就いてましたよ」

「それなら、どうしてロンドンに来たのかね」男は近寄ってくると、指先でネッドの右頬を撫でた。

「ほんとのことというと、どうして来たのか、わからないんです」

「では、いまがどんなぐあいか、わかっているのか」

「疲れてますよ、とっても疲れて」

「で、これからどこへ行くのかね、ネッド」

宿泊施設を探していたことなど、すっぽり頭から抜け落ちていた。「さあ、どこへでも。ぶらぶらしていれば、どこでもおんなじなんですよ。行こうと戻ろうと、勝手気ままでね」

「まるで子供だな」

「そうかもしれませんがね、ほんとうは、この世にいないのとおんなじなんですよ」

「それは情けないな。情けないとしかいいようがないよ」

「情けないですね、とてもじゃないけど」ネッドは暗くなりかけた空を見あげた。

「そろそろ時間じゃないかね」

「そう、そろそろですね」

「いや、もう先へ行く時間ではないか、ということだよ。きみの居場所はここではない」

ネッドはしばし沈黙した。「じゃあ、どこへ行けと?」

「教会はほかにもある。きみの教会はここではない。川のほうへ行きなさい」

南の方向を指さしてから、男はゆっくりした足取りで去っていった。ネッドは急に寒気をおぼえて立ちあがった。歩きだして教会を離れると、疲労がすっと消えるのが感じられ、さっき来た道をひきかえしていった。コマーシャル・ロードを歩いていき、ホワイトチャペル・ハイ・ストリートを横切って、テムズ川に近いライムハウスのほうへ向かいながら、道々ずっとポケットのなかの磁石を撫でていた。ライムハウスのあたりには、他の浮浪者たちの姿が見られたが、たいていは猜疑心が強く、単独で行動している。かれらと擦れ違うとき、ネッドは浮浪者どうしがおたがいを確認する退廃のしるしを探し求めた。彼もまた、この大都会に入ったからには、どこまで落ちなければならないのか、この目でたしかめておきたかったのだ。

ウォッピングに着き、スウェデンボルグ・コートの角で足を止めると、川のそばに教会が建っているのが目に入った。あの男が「教会はほかにもある」と言って指さしたのは、あれのことだろうか。その晩方にひどい目に遭って、すでに傷つき、用心ぶかくなっていたネッドは、恐る恐るあたりを見まわした。泥地のうえを流れる川の水の溜息が聞こえ、背後の街の混沌としたつぶやきが耳に入ってくる。空を見あげると、雲のなかに人の顔が見え、地上に目を移せば、テムズ川のほうから人声を運んでくる微風に巻きあげられたほこりが、小さな竜巻をつくっている。それらもろもろのことが、果てしなく彼のまわりに渦巻き、いつしかそれらを見聞きしているのが、自分ではなく、だれか他の人間であるかのような気がしてきた。

いつのまにか、ウォッピングの教会の裏手へ行き、そこに隣接した公園へと足を運んでいた。ここにも身を寄せる場所があるのではと期待し、黒ずんだ石造の教会堂のそばを急ぎ足で過ぎると、公園の奥に小さなれんが造りの建物が目に留まった。一見して廃屋であることは明らかだが、近寄ってみると、張り出し玄関の上方に彫られた「　博　館」という文字が見える（文字の欠けた部分は歳月に削り取られたものにちがいない）、用心しいしいのぞきこみ、他の浮浪者がねぐらに使っていないことを確かめてから、内部に入りこみ、壁にもたれて坐りこんだ。坐るなり、ポケットからパンとチーズを出して食べはじめ、食べながらも、しきりにあたりを警戒している。食べ終わると、そこに捨てられているガラクタの検分にとりかかった。ありふれたものばかりだが、片隅に白い表紙の本が捨てられているのが目についた。手を出しかけて、思わずひっこめた。表紙に粘着性の蠟がべっとりついているように見えたのだ。あらためて手に取ってみると、長い歳月に、ページはめくれあがり、くっつき合って離れない。それで本を振ってみると、一葉の写真が地面に落ちた。しばらく眺めてから、子供の姿が写っているのがわかると、それをポケットにしまった。それから苦心惨憺、本のページを引きはがし、一ページずつ手で皺をのばしてから、判読にかかった。そこに書かれたことばや記号を一心ににらんでみたが、もはや印刷がぼやけ、滲（にじ）んでしまっていて、大部分はよく読み取れない。三角形と太陽の象徴が描かれているのはわかるが、そのしたの文字は見たことのないものだった。そこでネッドは戸外に視線を移し、なにかを考えるでもなく、ぼんやり教会を眺めた。

　出入口のところに、女がいた。身につけているのは、ネッドとおなじ継ぎ接ぎのぼろ着。右の手の平で髪を撫でつけながら、声をかけてきた。「したい？　したかったら、こっちにおいでよ」じっとこちらをうかがったが、ネッドが返事をしないので、出入口のそばの床に膝をついた。

「したくない」ネッドは目をこすりながら言った。「なんにもしたくない」

「男はみんな、したがるもんだよ。あたしは、どんなタイプの男だって知ってんだから」頭をのけぞらせて笑い、首筋のまわりの皺が見えた。

「したくないって」もっと声を大きくしてくりかえす。

「みんな相手してやったんだよ」女は寂れた建物のなかを見まわした。「たいていはここでね。いいとこだろう、ここ？　落ち着くしさ」ネッドは二本の指で髪の毛をつまみ、針金のようにピンと固くなるまで捩(ねじ)った。「見せてごらんよ」女が首をのばしてくると、ネッドは壁に背をおしつけた。

「見せるって、なにを？」

「わかってるくせに。男が一つずつ持ってるものさ。おしゃぶりだよ」

「おれは持ってない。あんたに見せるものなんて持ってないよ」

女はにじり寄ってきて、なにかを掘り出そうとでもするように、湿った地面に両手をついた。ネッドは背中を壁におしつけたまま、そろそろと立ちあがりながらも、女の顔から目を離さない。

「さあ」と、女がささやく。「あたしにちょうだい」いきなりネッドのズボンに跳びついてきた。ネッドは泡を食って、足で女を防ごうとするが、彼女はその足をつかんで、ネッドを引きずり倒そうとした。「あんた、力が強いのね。でも、捕まえたよ！」

そのとき、ネッドはありったけの力をこめて、女の頭に本を叩きつけた。これには意表をつかれたか、女は手を放し、頭上を見あげた。本が天から降ってきたとでも思ったようだった。それから、警戒するように、しかも威厳を見せながら立ちあがると、出入口まで後退してネッドをにらみつけた。「何様だと思ってんだい」腕で口元をぐいとぬぐった。「手前のなりを見てごらんよ、しょぼくれが！　人があんたに恵んでくれるのは、同情するからじゃなくて、あんたが怖いからなんだよ」ネッドは目を丸くして、女を見つめた。「人が心配してくれるとでも思ってんのかい、いかれ乞食！　みんな、あんたについてこられるのが厭なだけだよ。自分らの肥えた顔を映す鏡に、あんたの顔までが映ってちゃ困るのさ」

「そんなことは知らない」

「ぶつぶつ独り言ばっかりいってるから、頭がおかしいと思われてんだよ。うるさくつきまとってみな、あの連中、すぐに怒りだすんだから。ああ、そうともさ」女はかんだかい震え声をつくってみせる。「お憐れみを、どうかお憐れみを。お茶の一杯分でけっこうですから。どうかお恵みを」ネッドは思わず自分の身なりに目を落とした。女はつづけた。「手荒なことはしないで。じゅうぶんに傷めつけられた身でございます。見苦しいのも、臭いのも、わかっております。どうぞお隣れみください」どうだ、と言わんばかりにネッドを見据えた。それから、なにか別のことを言いかけて、ネッドが食べたパンとチーズの屑に気がついた。彼女はスカートをまくりあげ、脚を撥ねあげながら歌いだした。

あたしが独りもんの女の子だったとき
パンもチーズも棚のうえにおきっぱなし

女はちょっとだけネッドに憐憫を示しそうになったが、結局は笑いだし、スカートのほこりを払って、なにも言わずに立ち去った。さっきの取っ組み合いで、まだ息を荒らげているネッドは、本の綴じが切れてばらばらになっているのに気がついた。ちぎれたページが風に運ばれて公園を舞いながら、教会のほうへ飛ばされていく。

それから数日後の夕暮れ時、赤れんがのねぐらで食事の支度にかかっていると、外がなにやら騒々しくなった。ギョッとして、片隅に身を縮めてうずくまったが、すこしたってから、外の騒ぎが自分に向けられたものではなく、公園の向こう端のほうでなにやら喚き叫んでいるらしいことがわかった。出入口からようすを窺ってみると、子供たちが輪になって、跳んだり金切り声をあげたりしている。なかの二、三人が手にした棒切れを、輪の中心にいるものめがけて投げつけると、子供たちの歓声が教会の壁に反響する。そこで、子供たちに取り囲まれている猫の姿が、ネッドの目に入ってきた。怯えた猫は一人の少年に体当たりし、別の少年に跳びかかりして、なんとか血路を開こうとするが、そのたびに捕らえられ、輪の中心に投げもどされた。引っ掻かれたり咬みつかれたりしたものもいるが、自分たちの血を見ていっそう昂奮をかきたてられ、狂喜したように痩せ猫に棒切れを叩きつけている。激情に取り憑かれた子供たちの顔つきは、ネッドには恐ろしいものに見えた。その形相が彼自身の少年時代の追憶をふいに蘇らせたのだ。彼にはわかっていた。彼がここから眺めていることに子供たちが気づいたら、かれらの激情はたちまちこちらに向けられるにちがいない。子供らが徒党を組んで浮浪者を襲い、気を失うまで叩きのめし、「子攫い鬼（ブギーマン）、子攫い鬼（ブギーマン）！」と叫びながら、蹴りつけたり唾を吐きかけたりするのは、よくあることだった。

ネッドはねぐらから逃げ出した。ウォッピング・ウォールへつづく路地を急ぎ、子供たちの注意を惹いてはと恐れて、うしろをふりかえってみる勇気もない。川岸にそってライムハウスへ向かいながら、湿った川風に不安をかきたてられていた。ショルダー・オブ・マトン・アレーに達したところで、使われていない倉庫が行く手に見え、そちらへ早く行こうと焦るあまり、転倒し、荒れ地に捨てられていた金属の破片で足を切ってしまった。もうくたくただったが、ようやく倉庫のなかに身を横たえたものの、眠れそうにない。彼は自分の風体を見まわし、そのようすに急に嫌悪をおぼえて、「手前で手前の墓穴を掘ったんだ。そのなかに納まるしかないさ」と、声にだして言った。そして目を閉じ、朽ちた木材に頭をもたせると、この世というものが冷たく、重苦しく、がまんのならないところだと思えた——思うように動かない彼自身の肉体とおなじように。やがて、彼は眠りに陥ちた。

歳月が過ぎ、ネッドはテムズ川のほとりにある同じ倉庫で目を覚ました——昨夜は夢でブリストルへもどり、子供のころの自分に会ってきた。歳月が過ぎ、そのあいだずっとロンドン暮らしをつづけてきた。そのため、いまやくたびれ果て、髪には白いものが混じるようになっている。前屈みの姿勢で街をうろつく姿は、土埃のなかの落とし物を探しているように見える。彼は街の忘れられた地域を、その地域にさす影までよく知っている——荒廃した建物の地下室、二本の大通りにはさまれた小さな草地や空き地、彼が静けさを求めた路地、雨風を避けて這いこみ一夜の宿りにする建築現場。ときには犬につきまとわれる。犬どもは彼の匂いを好んだ。捨てられたものや忘れられたものの匂いがするからだ。彼が隅っこで眠っていると、犬どもは彼の顔をなめたり、ぼろ着のなかに鼻面をつっこんできた。ネッドのほうも、かつてのように追い払うことはなく、ごく自然に受け容れていた。それは、犬どもの街も彼の街によく似ているからだ。ネッドはいつも街に寄り添い、街の匂いをたどり、ときには街の建物に顔を押し当ててその温味(ぬくみ)を感じ取ることもあれば、そのれんがや石の表面に怒りの牙や爪をたてることもある。

彼が足を踏み入れる気にもなれない場所や通りもある。他の連中がそこの縄張りの権利をもっている、とわかっているような場所や通りである。それは、特定の場所や時間には縁のない覚醒剤中毒の連中とか、街から街へ落ち着きなく動きまわる、最近数を増している若い連中などではない。ネッドと同じく、世間からあたえられた呼び名に反して、浮浪することをやめ、特定の〝縄張り〟に住み着いた〝浮浪者〟である。いずれも単独で生活し、建物や通りのごみごみした縄張りからめったに離れることがない。自分でその地域を選んだのか、その地域に呼び寄せられ、取り込まれたのか、いずれとも知れないが、かれらはそれぞれの地域の（いってみれば）守護霊となっていた。そのうちの何人かの名前を、ネッドは知っている。セント・メアリー・ウールノス教会近くの通りに出没する〝クレソン(ウオータークレス)〟ジョー。ホワイトチャペルとライムハウスを結ぶコマーシャル・ロード沿いで寝起きする〝黒の(ブラック)〟サム。スピトルフィールズとアーティラリー・レーン周辺にしか姿を見せない〝小鬼(ゴブリン)〟ハリー。ブルームズベリ界隈を始終歩いている〝癇癪玉(マッド)〟ブランク。いつもウォッピングの波止場近辺にいる〝イタリア女(イタリアン)〟オードリー（何年か前、ネッドのねぐらに姿を見せた、あの彼女だ）。それと、グリニッジをけっして離れない〝アリゲーター〟。

かれらもネッドと同じく、自分だけが見ることのできる世界に住んでいたのだ。ひとつところに何時間も坐りつづけ、その場所の輪郭と影が、そこを通る人たちよりも現実味のあるものに見えてくるまで、じっとしていることがよくある。不幸を背負った人がやってくる場所も知っているし、ある三叉路ではなんども、絶望の群像——彼の目のまえで大の字に倒れた男と、その男の首にすがって哭く女——を目撃していた。きまってセックスのために利用される場所も知っている。その後では、石にその匂いが残っているのだ。死が訪れる場所も、やはり石にそのしるしが残っているので、それとわかった。目のまえを通る人びとは、彼がそこにいることすらほとんど気がつかないが、なかには「哀れだな」とか「かわいそう！」とか、ささやき合うものもいる。ただ一度だけ、ロンドン・ウォールを歩いていたとき、一人の男がネッドのまえにあらわれて、頬笑みかけてきた。

「いまでもつらいかね」と、男はネッドに訊いた。

「つらい？　それは質問ですかね」

「そうだ、質問だ。いまでも、ひどいのか」

「まあ、そうですね、それほどでもないですよ」

「それほどでもないか」

「なにしろ、もっとひどいときもありましたから」

「あれはいつだったかな、ネッド、私たちが前に会ったのは？」そう言って、男は黒い織地のコートが目に入るように、そばに歩み寄った。（ネッドは相手の顔を見ようとしないのだ）。

「いまはいつですか」

「こんどは、そちらから質問か」男が笑い、ネッドは舗道の割れめに目を落とした。

「さてと」どことなく見覚えのある未知の相手に、ネッドは言った。「もう先へ行く時間だから」

「さっさと行くんだな、ネッド、遅くならないうちに」

ネッドはその場を離れた。ふりかえることもなく、記憶にとどめることもなかった。

ロンドンで齢をとっていくにつれ、体調が悪化していった。疲労と無気力にとりつかれ、あらゆる期待はすこしずつ萎えていった。鳥籠に布をかぶせられて、小鳥が歌うのをやめるのに似ている。ある夜、家電製品のショールームのまえに立って、ずらりと並んだテレビ受像機に、そろって同じ画像が映しだされているのを眺めていた。子供向けの番組らしく、漫画アニメーションの動物たちが、野原から庭園から谷間を駆けぬけていた。その怯えた表情から、動物たちがなにものかから逃げようとしていることは、ネッドにもよくわかった。目をつぶり、また開いてみると、こんどは狼がちっぽけな家の煙突を吹き飛ばそうとしているところだった。ネッドはウィンドーのガラスに顔を押し当て、狼の台詞を口移しにまねした。「ひと吹き、ふた吹き、おまえらの家を吹き飛ばす！」その画像が夜通し彼の頭のなかを駆けめぐり、どんどん大きく、どんどん鮮明になっていって、しまいには眠りながらそのなかに埋没していった。翌朝目を覚ましてからは、猛り狂わんばかりの気分に、われながら戸惑った。街なかを歩きまわり、「消え失せろ！　とっとと消えちまえ！　失せやがれ！」とわめきちらしたが、その声はおおむね往来の騒音に掻き消された。

その数日後から、通行人を一人一人じっくり眺めるようになった。彼を知っている人や憶えている人がいるかもしれず、もしかしたら、助けに来てくれる人があらわれるかもしれない、と思った。時計修理店のウィンドーを物憂げにのぞきこんでいる若い女を見掛けたときは、彼女の顔にちらりとあらわれた温かみと憐憫が、昔だったら、彼を包みこんでくれたかもしれない、という気がした。ネッドは彼女のあとについてレドゥンホール・ストリートを歩きだした。そのままコーンヒル、ポウルトリー、チープサイドと進んで、セント・ポール大聖堂へと至る。声をかけようとしたが、彼女はエイヴ・マリア・レーンの角を曲がって、老朽化した家並みの取り壊し作業を見物している人だかりにくわわった。ネッドは女のあとを追いながら、足元の地面が揺れ動いているのを感じ、思わず顔をあげて、家々の剝き出しにされた内部を見あげた。台所の流しや居間の暖炉が外から丸見えになり、巨大な鉄の玉がおおきく揺れて外壁に叩きつけられる。見物人が歓声をあげ、もうもうたる粉塵が舞いあがって、ネッドの口中に酸っぱい後味を残した。その瞬間、彼は女を見失った。彼女を呼びながら大聖堂のほうへ急ぐネッドの背後で、古い家並みがほこりを噴きあげた。

このことがあってから、彼は俗に〝プッツン状態〟と言われる時期に入った。疲労と栄養失調で体が衰弱し、自分の唾液の味にも吐き気をもよおした。寒さと湿気が身にしみこんで、熱がいっこうに下がらず、全身ががたがた震えた。ほとんど一日じゅう、独り言をつぶやきつづけ、「そうだ、時は過ぎていく。時は確実に過ぎているんだ」などとぼやいた。そして、むっくり立ちあがっては、きょろきょろ見まわし、また坐りこんだ。歩く足取りはおかしなぐあいに縺れ、ふらついて、数歩後退しては立ち止まり、また前へ進むというぐあいだった。囲い地のまんなかにじっと突っ立っていたとき、「ここはゴミ捨て場じゃないぞ」と、警官に言われたことがある。もっと声をかけてもらいたくて、待っていたら、乱暴に大通りのほうへ押しやられた。その大通りで、近ごろは、妙に気になることばを聞くようになった。気になるのは、それがどうやら一定のパターンでくりかえされているらしいからで、ある日は「火」という語をたびたび耳にし、その翌日は「ガラス」という語を聞いた。自分が離れた位置から自分自身の姿を眺めている幻影もたびたび見るようになった。それで、当惑して独りで坐っていたりすると、他の人びとの幽霊のような影像がちらついて、へんなふうに——ネッド流に言うと「本のなかでのように」——動いたりしゃべったりする。ときにはその影像が、ネッドを知っているかのように、ぐるっと歩いてきて彼に視線を投げることもある。そういうとき、ネッドは呼び掛ける、「お憐れみを。四分の一ペニーかパンの皮でも、どうか」。

川岸の木材の床から立ちあがると、のどが渇いてひりひりした。まるで同じことばを、なんどもなんども叫びつづけていたような按配だった。「だれも憐れみなんか掛けてくれるもんか」そう考えながら、川のそばを離れた。寒い灰色の朝だった。右手に位置するタワー・ハムレッツ・エステートのほうから、ゴミかなにかの燃えるような匂いが漂ってくる。コマーシャル・ロードに入り、腕を高くあげて顔に薄い影をつくりながら歩いていると、私設馬券売り場の出入口に、〝黒の〟サムが寝ているのが目に入った。厚い毛布を頭からひっかぶっていたが、靴を履いていない素足が路上に突き出ている。ネッドは歩み寄り、そのそばに腰をおろした。半分空になった壜がころがっていたので、手をのばして取ろうとした。「さわるな」毛布のしたで〝黒の〟サムがつぶやいた。「さわるんじゃねえ!」そして、毛布を撥ねのけた。二人は敵意のない目で見合った。ネッドののどは、まだひりついていて、しゃべると口のなかに血の味がする。「煙臭くないか、サム。どっかで、なんか燃えてるぜ」「お天道さまだろ。太陽が燃えてんじゃねえか」サムは壜に手をのばした。

「なるほどね。もっともだな」

「ほんとはな、ネッド、今朝は寒くて曇ってる。お天道さまなんか出てねえよ」

「出るさ」と、ネッドはつぶやいた。「いまに出る」二人の前方に煙の柱がたちのぼり、ネッドは不安げな視線を向けた。「おれは逃げないぞ。なんもしちゃいないからな」

〝黒の〟サムはなにか独り言をつぶやいた。ネッドは身をのりだして、一心に耳を傾けた。「まわるよまわる」そう言っている。「果てまでまわりつづける」

見ると、毛布のしたからツーッと小便が流れ出し、舗道をつたって溝に流れこんでいった。顔をあげると、いままさに、空を覆っていた雲が消え去るところだった。ただ、鼻をつく煙の柱のせいで、太陽は血のような赤色に見える。

「いつまでここにいることになるのかな」と、ネッドはサムに言った。「もう行くぜ。またもどってくるだろうがな」そして立ちあがり、足元をたしかめながら、浮浪者たちが焚火をかこんで踊っている川のそばの荒れ地へと歩きだしたのだった。

ライムハウスの教会の鐘が鳴り、ネッドは古い空き家で目を覚ました。ほかの連中（年老いた男女と若い男）は眠っている。静かな夜だった。彼は音をたてないようにそっと身を起こした。なにを考えるでもなく、部屋から出ると、表のドアを開け、ロープ・メイカーズ・フィールドと呼ばれる通りへ足を踏み出した。晴れあがった穏やかな夜。彼は輝く星空を見あげて、深い吐息をもらした。教会へ歩きだしたが、体が弱り、食べるものを食べていないので、足取りは小幅で、よろけがちだった。教会のまえで足を止めると、腕組みをして、自分の人生の虚しかったことを考えた。それから、地下聖堂へと下りる階段の入口まで来た。そこから冷気が蒸気のように立ちのぼってくるのを感じていると、ささやく声が聞こえてきた。「あれ」とも「我」とも聞き取れるささやき声。そして、影が落ちてきた。

五章

川面には自然の影が落ちている。それは雲の影なのだ。雲とは天高く浮かぶ霧に過ぎぬのだが、それを石によって斯様な陰影に作り成す術を学ばねばならんぞ、ウォルター。川の水の動く様を見よ。傍目には静止しているように見えようとも、万物は置時計の針や日時計の影と同じように、移ろいながれておるのだ。そう云う私の話をよそに、ウォルターはズボンに両手を突っ込み、地面を見つめている。二人してテムズ川の岸辺に立っていたが、建設局の仕事場は目の届く距離にあり、ウォルターの落ち着かなげな眼差しはそちらへ向けられていた。どうしたのかと尋ねると、どうかお気遣いなく、と答える。

どういう事か話してもらおうか。

話す事などありませせぬ。あるわけが御座いませせぬ。

甚だ気になるぞ、ウォルター・パイン。

何でもないのです。鼻にも懸からない事でして。

そのような言い草ではぐらかすな。

この男から真実を聞き出すのは一苦労である。無理矢理にでも喋らせようと強い態度に出なければ、決して口を割ろうとはしなかったであろう。仕事場の方で親方の噂をしているのです、とウォルターは云った（私は蒼褪めた）。親方は黴（かび）の生えた妄想や支離滅裂な方式を私の頭に詰め込んでいるのだと、私に云います（私の額に汗が滲んでくる）。親方の頭に在るのは古代の廃墟の事ばかりだと云うのです（私は川の彼方を眺めやった）。私が身を立てるつもりならば、他の親方に付かねば駄目だ、と云われました（口の内側を嚙み、口中に血の味がひろがったが、私は微動もせず立ち尽くしていた）。

頭の中が空洞と化した。まるで白紙同然である。ウォルターの方は見ずに、私は漸く口を開き、そのような事を吹きこむ者は誰だ、と質問した。

私に友として好意を持っていればこそ云って聞かせるのだと、みんながそう云います。

私はウォルターに目を向けた。誰であろうと人を友と考えるは痴（し）れ者のする事、誰にも心を許してはならぬ。己れの利益に反してまでも、おまえに嘘をつき裏切る程の者ならばともかく、そのような者はおるわけがないのだ。そういうものなのだ。これを聞いてウォルターは少々後退った。私はその彼を笑ってやった。良き友と称する徒輩（やから）なぞは、糞にも蜜壺にも見境い無くたかる蠅に過ぎぬ。そのような奴らにこちらの行いを云々されるぐらいなら、人目につかず暮らす方がどれ程ましか。奴らに軽んじられれば、それだけこちらは自由に振舞えるというもの。だが、ここで私は言葉を抑えた。迂（う）闊（かつ）に舌を緩めたら、凡てをぶちまけて己れの首を絞める事になりかねぬ。ウォルターの方はひたすら渡し船を見詰めていた。船上では品卑しい男が、笑いながら猿のようなおどけた仕草をして見せている。私はウォルターの気分を引き立てようと、陽気な男だな、と云ってみた。

いいえ、さほど陽気でもありませぬ、との答え。

建設局に戻る途中、吾らの喋る言葉は、向かい風に押し戻されて跳ね返ってくる。私は改めて尋ねた。おまえに私の事を話したというのは誰なのだ。

親方も御存知ですよ。

そいつらが卑劣漢である事なら、御存知だがな。そう応じたものの、それ以上問い詰めるのは止めた。なれど私は盲目ではない。楯突く連中の事は見通している。会計検査官の書記であるリー氏（老耄れ高利貸しのごとき薄野呂）。測量技師のヘイズ氏（財産の無い後家のごとく移り気にして尻軽で、騒々しさを疫病のように撒き散らす奴）。大工の棟梁のコルトハウス氏（自惚ればかり大きくして器の小さい、愚かで陰気な虚けの最たる奴）。主計官のニューカム氏（取り柄は無いが、余りに愚かな言い草の故に死人をも笑わせかねない奴）。細工師（策士）ヴァンブラ氏（この男の作る物は、病人の夢のごとく衰弱し消化不良である）。いずれ劣らず口ばかり達者な気取り屋勢だ。彼奴らに取り入って愛嬌を振り撒くくらいなら、定食屋の不味いスープを啜る方がまだましというもの。私が彼奴らの思い通りにならず、好き勝手にしているというので、私を目の仇にしているのである。

ウォルターが喋っている――褒め言葉を求めるのは莫迦げた事です。

秀でたものほど称賛者は少ないものだ、と私は応じた。世の中には才ある者より痴れ者の方が多いのだからな。大層もて離されておるヴァンブラ氏の仕事を見てみろ。リポンに小教会を建てようとしたはいいが、軒蛇腹が小さすぎたため水切りを取り付ける事もままならず、雨避けにもならなかったというではないか。

　その時、この生の重みがずっしりと伸し掛かってきて、それ以上口を利くのも大儀な有様となった。ほどなく私は、スコットランド・ヤードからホワイトホールへ出て行った。そこからチャンドレリーまで歩き、胸騒ぎを鎮めるためにウェストミンスター寺院傍の教会墓地へ足を踏み入れた。この閑寂の地を独りで歩くと心が和む。時は傷であるというのが真実ならば、それを癒し得るのは死者のみであろうからだ。墓石に頭をもたせかけると、死者らが互いに言葉を交わすのが聞こえる。「上には草が青々と茂っているが、それが何故今も見えるのだろうかね」「どうして地中から出してもらえぬのかな」これら死して久しい者たちの囁きは、クリップルゲイトでも、ファリンドンでも、コードウェイナーズ・ストリートでも、クラッチド・フライアーズでも聞かれる。モルタルで塗り込められた石材のごとくに、びっしり犇き合った死者らは、彼らの上に伸し掛かるロンドンの市街について語ってくれるのだ。だが、私の心中は先程のウォルターの話を思い出して煮え返り、ふと、このような事を思った——こうして死者の間に居るのに、何故生きた者の事をいつまでも思い煩わねばならぬのか？

　己れ自身に苛立ちを覚えつつ、教会墓地を後にし、チャリング・クロスへ出た。ミューズ・ヤードを通り、ダーティ・レーンを抜け、カースル・ストリートを進めば、そこは吾が下宿である。中に入ると、ナット・エリオットが台所で皿洗いの最中だった。親方、お早いお帰りですね、と叫び、腰掛けから跳び降りて、私の長靴を脱がせにかかる。そうしながらも、言葉でお手玉遊びでもする要領で喋りまくった。先程客人が見えまして、おれがここに訪ね来たる事を親方に伝えては貰えまいかとの御所望で、もしも迷惑なかりせば、親方殿にお目通り叶うよう切にお願い申し上げたいという事でした。

そのような平易な言葉で話したのか。

だが、ナットは私の揶揄など馬耳東風とばかりに続ける。親方はお留守で御座います、行き先もわかりません、と伝えておきました。ごく普通の平民でして、親方殿は何の御用事でお出掛けか、と尋ねるので、探りを入れても無駄ですよ、相手が悪うござんしたね、と云ってやりましたです。手袋をはめ、毛皮の帽子をかぶった男でしたよ、親方。

そうか、そうか、そのうちに会う事になるだろう、と応じつつ部屋へ向かう。

後に付いてきたナットは、私の帽子を取り、目の前に立った。今朝の事ですが、おいらは新しいものを買いに行ったんですよ（私の帽子は古く傷んでいたのだ）。それでゴールデン・スクェアの帽子屋を覗いていたら、店の小僧が出て来ましてね、親方、おめえのポケットには穴があいてるだけで、金なんか入ってないみたいな面相だけど、なんか欲しい物でもあるのかい、とこう云うんです。だから云い返してやりましたよ。大きなお世話だ、こちとら何だって欲しい物を買うだけのお宝を持ってるんだってね。見てるだけなのにゴチャゴチャとケチを付けられる筋合いはねえぞ、光るもの凡て金ならずって諺を知ってるか？　それから、おまけに――

――もうよい、と私は遮った。もっとも、舌を押さえておけと云っても、おまえのことだ、指を啣えてしゃぶるだけだろうが。

ナットは目を伏せた。うるさくて申し訳ありませんでした、と引き下がる。だが後で呼ぶと、忍び足で戻って来て、私が眠るまで書物を読んでくれた。

事情が明白になったのは翌日の事である。下宿近くのコヴェント・ガーデンを歩いていて、そこのピアザ（市場）からジェイムズ・ストリートへ抜ける右手へ曲がったところで、肘を小突く者がある。見ると、ブラック・ステップ・レーンの会衆の一人であった。ジョーゼフという名前の平民で、布地の外套と染みのついたズボンという恰好。あんたの処へ行ったんだが、小僧に門前払いを食わされてね、と囁く。

留守にしていたのだ。それにしても、なんで訪ねて来たりしたのだ？　私はジョーゼフを睨みつけた。

まだ聞いてねえのかい。

何のことだ、と訊き返しながらも身震いが出た。

無教養な男の事、要領を得ない喋り口ではあったが、彼の話を繋ぎ合わせれば次のようになる。二日前、吾らのおこなっている事が外部に漏れてしまい、集会の家の周辺で暴動が起こり、人々が騒ぎ立てた。家の内には信者が六人いたが、騒ぎを聞きつけるや、まず表の扉に閂（かんぬき）を懸け、裏口のガラス戸の錠を下ろし、さらに鎧戸を閉めようとした。この時、暴徒が窓を目がけて石を投げた。その中には、大きくて重く固い燧石（すいせき）も混じっており、当たれば命を落としかねぬ（それこそ暴徒の狙いだった）程のものである。彼らはブラック・ステップ・レーンの通行人を捕らえては、帽子を脱がせ、鬘（かつら）を毟り取り、狂信者（というのが彼らの付けた呼称である）の疑いありとして叩きのめした模様である。ジョーゼフも同じ目に遭い、命からがら逃げ出したのだ。暴徒は今や集会の家の表と裏両方の小路に群がり、膿（うみ）となって流れ広がる病さながら、両方の扉を押し破った。屋内にいた人々は暴徒の慈悲に縋るしか為す術はなかったが、彼奴らに慈悲など微塵もあるわけがなく、容赦なく襲い掛かり、生命の片鱗すらも消え果てるまで、殴り、蹴り、切り刻んだ。家そのものすら徹底的に打ち壊されたという。

私はこの話に動顛してしまい、云うべき言葉も失って、ただ片手で顔を覆った。ジョーゼフは、安心してくれ、と続けて云った。あんたのこた露見しちゃいないし、死人に口無しだ。おれたち残りの者の事は知られちゃいないよ。その言葉に私は幾らか気を取り直し、ジョーゼフをセヴン・ダイアルズ傍の酒亭〈赤門亭〉へ誘った。そこで六時から十時を十五分ばかり回る頃まで、その出来事について語り合ううち、私は次第に落ち着きを取り戻した。禍いを転じて何とやら、斯様なのっぴきならぬ状態にありながらも、凡ての秩序を回復し吾が身を守るための新たな計画を練る気になってきた。これまでも、スピトル・フィールズとライムハウスの職人らに不審の念を持たれているかもしれぬと考え、早々に露見する事なく危険な仕事をいかにして遂行すべきか、途方に暮れていたのである。私はジョーゼフを利用する事にした。そして、こう言い聞かせた。吾らの務めを暴徒の怒りなどに挫かれてはならぬ。一堂でも多くの教会を建立するのが私の使命であるが、それにも増してブラック・ステップ・レーンに至高の神殿を建てる事こそ、私が変わらず決意している事である、と。

それで、生贄を捧げなけりゃならんが、そいつはどうするんで？　ジョーゼフは居酒屋の酔客らに愛想笑いをしてみせながら、そう尋ねた。

私の代わりに、そっちがやってくれ。因みに、古代ローマの大プリニウスは「nullum frequentius votum」と云っておる。すなわち、人の願望の最も繁きものは死への願望なり、という意味だ。ところで、人は神を見て、なお生きる事ができようか？　そこで、入用な相手は、ムア・フィールズの掏摸(すり)の男児の中から見付け出すのがいいだろう。

それじゃ、首尾よく運ぶように乾杯だ、とビールのジョッキを上げた。

よかろう、乾杯、と私も応じた。

ジョーゼフと別れた時は夜も更け、それも非道く暗い夜だった。だが私は気晴らしにヘイ・マーケットまで足を伸ばし、そこで俗謡(バラッド)の歌い手を取り巻いている人だかりに加わった。角燈(ランタン)の明りに照らされ、二人の歌い手が浮かれた唄を歌っている――

あいつぁ盗っ人、地獄からきた鬼だよ
あっちじゃ高慢の罪でまっかな火責め
いまはいずこで何しているのやら
夢にでた淫魔があいつに似てたよな

歌い手二人がこちらに顔を向けたように見えたが、二人とも盲人であった。私は夜の闇へと歩み去った。

ウォッピングの教会建築現場にそれまで雇われていた職人らを厄介払いしようと、私は心に固く決めていた。愚鈍な奴らではあるが、妙な目で私を眺めてはこそこそ陰口を叩いているように思える。

そこで委員会に宛て手紙を書いた。即ち、「ステプニー地区ウォッピングの新教会堂セント・ジョージ・イン・ジ・イーストに於きましては、然るべき考察を欠いたまま基礎工事を始めたため、今一度これを掘り返し直さねば、当初の計画の遂行は到底望むべくも無いものと思われます。職人らに何ら偏見を持たぬものの、私の目から見て彼らは全く物を知りませぬ。取り決めの通りに作事を進めるよう口を極めて諭（さと）しましたにも拘らず、モルタルは充分に固着せず、大量の屑石を煉瓦に交えて使用し、しかも委員会によって許容されたる以上を超えておらぬと言い張りおります。斯様な事情にて、ウォッピングの該教会建立に当たりては、小職の選んだ職人を使う事をお認め頂き度、伏してお願い申し上げる次第であります。職人らの者の能力に就きましては、小職自ら試験し面接した上で、適切なる作事分担を決めております。手当てはこれまで通り一日二シリングと致しました。以上、恐々謹言。ニコラス・ダイアー」。

　その後まもなく、一件は私の思い通りに落着した。職人らがお払い箱となり、作事現場に人がいなくなった隙を見澄まし、ジョーゼフが為すべき務めを果たした。生贄の血が然るべき時刻に流され、云うなれば、吾が船が漕ぎ出る為の波を提供した。しかしながら、先ずは屍体を隠さねばならず、出来損ないの基礎部分を早急に取り除く必要があったため、私もジョーゼフと一緒になり事を急ぐ仕儀となった。差し渡し二フィートばかりの穴を掘り、きっかり九ポンドの火薬を詰めた樅材の箱をその穴に収める。この箱に砲手らの用いる〝速燃導火線（クイックマッチ）〟にて籐を繋ぎ、その先端を地上まで届かせる。その地上に火薬で一条の線を引き、石とモルタルで丹念に穴を塞いだ後、火薬に火を点じ、爆発の効果を見守ったという次第。少量の火薬は基礎部分を造っている粗石を持ち上げた。それも一見して緩やかに爆発が起こり、基礎全体が九インチ程浮き上がったかに見えたが、次の瞬間にはどっと落ちて瓦礫の山と化し、その中に屍体を埋め尽くしてしまった。生贄はあどけなき幼児であった。背丈はせいぜい私の膝まで、街に出て物乞いをはじめたばかりで、私はその小童（こわっぱ）にこのような童謡を歌ってやった。

　みんなで遊ぼうよ出ておいで
　お月様は明るいひるまのようだ

これに応える小童の今際（いまわ）の科白は、旦那、もう御勘弁ください、であった。憐れみは私の性に合わぬ。それ程弱くはないからだ。とは云え、ナイフや縄を握る者には苦痛が無い、と信じてはならない。

　インクの具合が悪い。底の方が濃く淀み、上の方は水のごとく薄いため、絶えずペンを浸しながら書かねば濃淡が出来てしまう。記憶は切れ切れの短い文となり、初めは色濃く、終わりに近づくにつれ薄くなり、それぞれが脈絡を欠いてばらばら、総体として纏まったものにならぬ。私の傍には透視技法を用いる時に使う凸面鏡が置いてある。書く事に倦（う）んじて私はそこに映った己れの姿を覗き込む。鏡を手に取ってみれば、右手は頭より大きく見え、両の目はガラス玉のごとく膨らむ。鏡の縁辺の部分では物体が浮遊しているように見える。窓の下の衣装箪笥、その上に揺れる青いダマスク織のカーテン、壁際のマホガニーの書き物机、毛布と長枕のある寝台の端の部分。鏡を支え持っている私の映像の下では、肘掛け椅子が湾曲した像を作っており、その隣の食器棚付きテーブルには薬罐（やかん）とランプ

とランプ台の載っているのが見える。私の視線が凸面で湾曲する光を捉らえ、これらの現実の物体が夢の水面を漂うように見えてくる。吾が目が己れの目と出会うが、それは吾が目ではない。口が叫び声を発する時のように大きく開いているのが見える。今や辺りは暗くなりつつあり、鏡に映った己れが顔面の左側のみに夕暮れの光が当たっている。階下の台所でナットの声がして私は吾に返り、角燈(ランタン)に蠟燭を入れた。

　蠟燭の火の小さな光の元で、凡てをありのままに書き留める事にした。このような気の滅入(めい)る夜こそ、常軌を逸した出来事を記すのに相応しい。暗黒の力を頼りに、私はラトクリフ波止場(ドック)の近くに教会を建てたのだ。吾が第三の教会は、ウォッピングのごみごみした長屋が軒を並べる汚濁の小路や路地を見下ろして建つ。ウォッピングは堕落と頽廃の中心である。そこのロープ・ウォークは、メアリー・クロンプトンという血に飢えた産婆がかつて住んでいた処で、彼女は様々な年齢の六人の小児の骸骨を家の地下室に隠していた（その骸骨はセント・ライズ教会の傍の酒亭〈ベン・ジョンソンの首亭(ヘッド)〉で、今でも見る事ができる筈である）。その地下室で、夜警は他にも二人の小児の屍骸が手籠に横たえられているのを発見した。屍骸は蛆虫に喰い散らされ、恰(あたか)も犬猫の屍骸のようであったという。メアリー・クロンプトンの告白によれば、オールド・グランヴィル・レーンを通っていたら、人の姿をした悪魔が現れ、彼女を誘惑し誑(たぶらか)したのであるという。そのオールド・グランヴィル・レーンに隣接するクラブ・コートは、エイブラハム・ソーントンが殺人と拷問を重ねた場所である。二人の幼い男児を殺害した件に就き、ソーントンは神に誓って、悪魔が出現して自分を唆(そその)かしたのだと述べた。レッドメイド・レーンの〈ちびくろ亭(ブラック・ボーイ)〉も運の巡り合わせの悪い酒場で、数々の殺人がここで出来(しゅったい)し、爾来（じらい）下宿人が居付かなくなったという。最後の下宿人となった老婆は、炉端で物思いに耽っている時、何気なく後ろを振り返り、屍体らしきものが床に横たわっているのを見た。片膝を立てて寝ている（私が今、そうしている）かのように、片方の足の裏を床につけてはいたが、どう見ても死人に間違いないと見えたという。彼女が暫く目を凝らしていると、その不吉なものは不意に掻き消えた。巷では、それを殺された男の亡霊だと噂しているが、かつての殺人者が昔の栄光の場に舞い戻ったのだと、私は信じている。

さらにラドクリフ街道（ハイウェイ）に隣り合うエンジェル・レンツでは、バーウィック氏なる人物が惨殺された。彼は喉を切られ、右側頭部を裂かれ、頭蓋を砕かれていた。凶器は鉄槌のような物だろう。その界隈の人家にエールやビールを配達している酒屋の女房が、犠牲者と下手人の怒鳴り合う声を耳にしていた。その通りを歩けば、今でもそれらしき声が聞こえてくる――「病人を殴ろうってのか」「手前なんざ死人も同じだ」「やめてくれ」「おのれ、まだ死なぬか」などという遣り取りが川岸に谺（こだま）する。下手人は犯行現場の近くで鎖による縛り首の刑に処された――そのため、吾が教会に向かい合った縛り首波止場が、〝血染めの岸壁（レッド・クリフ）〟即ち〝ラトクリフ〟と呼ばれるようになったのであり、ここで吊された死刑囚の屍体は、時が経ってボロボロになるまで川の水に洗われる事になる。死の間際に、「イエス様、マリア様、イエス様、マリア様」と泣き喚く連中の多い中で、ベッツ・ストリートで己れの家族を皆殺しにし、縛り首のため鎖に繋がれて波止場まで引き立てられてきた男児は、処刑台を見て大笑いし、続いて罰当たりの雑言を喚き散らしたものである。見物衆はその男児を踏み殺してやらねば気が収まらぬ態（てい）であったが、罪人が処刑される石段に足を踏み入れれば、自分らも同じ苦痛を味わわねばならぬ事を心得ているので抑えていた。だが崩壊は丘を転げ下る雪玉のごとく、転落とともに速度を増せばその嵩も増大し、いよいよ混乱は広がってゆくばかり。而して同じ場所でマゴットという女が処刑された際、見物に押しかけた群衆が騒動を起こし、百人もの人が圧死した。従って、デカルト学派や新哲学派の連中が彼らの実験について語り、それが人生に静穏と平安を齎すものであると主張しているが、それは真赤な嘘である。かつてこの地に静穏のあった例しはなく、平安の訪れる気配すらもない。彼らの歩く往来では、毎日毎日小児が命を落とし、六ペンスを盗んだために縛り首にされているではないか。彼らは山なす実験のための原理原則となる基礎を築く事を望んでいるが、その基礎となる土壌には腐った屍体がひしめき、それが他の屍体をも腐らせるのである。

　この善良な住み心地よき教会区には、同様にはったり屋、かたり、いかさま師など、これを引っ括めて〝詐欺師〟と呼ばれる連中もまた、住み着いているのである。更には遊び女、浮かれ女、淫売、娼婦、夜鷹、売女らのうじゃうじゃ集まる様は、便所、手水場、厠、雪隠、排泄、糞便の山なす光景を連想させる程。ラトクリフ街道の春の女どもは、絶えず船乗りの下穿き相手に商売しているので、防水布と鱈の臭味が染みついている。その他、このうらぶれた小路に住む敗残者らは嘆かわしき害毒の実際例を提供する。彼らが特定の地域にしがみついて離れようとせず、逮捕されるまで同じ犯罪を繰り返すのはどういう訳かと、不思議がる向きもあろうが、それには及ばぬ。この街こそが彼らの劇場だからである。彼らの魂の窓そのものからは、盗み、売春、殺人が直に顔を覗かせており、吾が教会の落とす影の中を歩く彼らの面相には、嘘、偽り、欺瞞、破廉恥、卑賤が刻印されている。

　うっかり忘れるところであった。この頽廃の世界の街道沿いの一角に、倒錯者の集う家があり、そこでは謹厳なる紳士が女の衣装を身に纏い、顔に付け黒子や化粧を施している。彼らは姿形ばかりか物言いまでも女人に倣い、その言い草たるや件のごとし――お止し遊ばせ、あたくしのようなか弱い女にこのような手荒い真似を（首に紐が巻きつけられ、体は縄で吊されているのである）、御挨拶にお寄りしただけなのに、どうして紐や枷でこんな非道い恰好に（背中の白い肌に鞭が振り下ろされる）、どうか、どうか優しくして、あたくしも皆様と同じ女なのよ（と云いつつ、太い溜息と共に頂点に達し、精を迸らせる仕儀となる）。

それで思い出す話がある。ホワイト・チャペルとライムハウスを結ぶ途中の旅籠に、風の強いある晩、一人の紳士が馬で乗りつけ宿を求めた。彼は他の旅人らと夕食を共にしたのだが、件の紳士の上品な物腰と、その何より巧みな話術には、誰もが舌を巻いた。雄弁家、詩人、画家、音楽家、法律家、聖職者、その凡てを兼ねたごとき人物の語りの魔術は、眠気を催していた人々を魅了し、常よりも遙かに遅い時刻まで引き留める事となった。とは云え、自然の疲労には魔術の効き目にも限界があり、聴き手の疲労の様子に気づいた件の紳士、目に見えて落ち着きの色を失いはじめた。そこで尚一段と気合を入れてはみたものの、聴き手が席を立つのをこれ以上遅らせる事は出来ぬと見て、紳士は終に部屋へと引き上げた。残りの人々も同じく退散したが、床に就いて目をつぶったかつぶらぬうちに、かつて聞いた事のないほどに凄まじい絶叫が旅籠全体を震撼させた。怯えた客らは呼び鈴を鳴らし、駆けつけた宿の番頭に、恐ろしき絶叫は例の紳士の部屋から聞こえるのだと告げる。中には即座に起きて、異妖の叫びの真相を明らかにせんと身支度をする者もあったが、その間にも絶望の呻きは一層高まり、苦痛の悲鳴は鋭さを増す一方であり、誰もが驚愕を新たにし、恐ろしさに震え上がった。彼らが紳士の部屋の扉をしばらく叩き続けるうち、紳士がようやく眠りから覚めたという顔で現れ、叫び声など何も聞こえなかったと答え、二度と起こさないで欲しいと懇望する。一同は各々の部屋へ引き上げたが、この件に就きお互いの感想を述べ合う間もなく、またしても怒号、絶叫、悲鳴に遮られた。再度紳士の部屋へ取って返し、ただちに扉を打ち破ると、紳士は今しも寝台上に跪き、己れの体を凄絶な勢いで鞭打っており、全身血だらけである。跳びかかって鞭打つ手を押さえると、紳士は苦しい息の下から、これ以上騒がせる事はせぬので、どうかお引き取り願いたいと頼むのだった。そして翌朝、数人で部屋に行ってみれば、当の紳士の姿はなかった。寝台を調べたところ、大量の血が付着している。宿の番頭の話によれば、紳士は長靴を履き拍車を付けて厩(うまや)に現れ、馬に鞍を着けさせ、大急ぎでロンドン市内の方角へ馳(はし)り去ったという事であった。私はその場に居合わせたとは一言も述べていないので、どうして見ていたかのように語る事が出来るのか、読者は疑問に思われるかもしれぬが、今しばらく辛抱頂ければ、その点に就いて満足のゆく答えが得られる筈である。

　夜の寒さが厳しい。寝台の上で外套を着て身を暖め、これから記す夢のごとき話に就いて考えてみる。あれは夢ではなかったのか。両手を手根骨(しゅこんこつ)まで血に浸し、その手で頭を掻き鬘に血をつけているサー・クリスの姿。彼が人の屍体を弄(いじ)り回し、鬘を血で汚すに至ったのは、神経の一本一本、動脈と静脈の隠微なる領域までをも探り出そうとする忌まわしい好奇心からであった。かの旅の紳士の話の後にこの一件を語れば、寝台の上で己れを鞭打ち血を流す人間の心理と共に、血と腐敗に好奇の眼を注ぐ者の心理をも、理解頂けるのではないだろうか。

　サー・クリスは検屍官に任ぜられている人々の間では、人体解剖術を幾何学および力学的推論によって理解している人物としてよく知られていた。彼が死後いくらも経っていない"新鮮な屍体"を切り裂く事に殊の外の情熱を示していた事もあって、検屍局の仕事にしばしば助力を求められる事があった。ある日、私がサー・クリスと共に、ある教会堂西面の排水溝の作業に当たっていた折、使者が封書を携えてやって来て、その場で返事を頂きたいと云った。その書面には、女人の屍体が川から引き揚げられ、今現在まだサザック・リーチの水門小屋に横たえてあります故、サー・クリスには道具持参で御足労頂ければ幸甚です、とあった。ほほう、新しい屍体か、是非欲しいと思っていたところだ、とサー・クリスは云うと、何が死因かねと、使者に尋ねた。

テムズ川に身を投げた――もののようです。

よろしい、よろしい、とは云うものの相手の言葉など碌に聞いてはいない。支度をしておる時間も無いな、ニック、そなたも腹を決めて一緒に来るか？

貴方が気にしておられるのは、その女の腹のほうでございましょう、と私が答えると、サー・クリスは高らかに笑い、それを見ていた使者は戸惑いの様子を見せた。

それでは来るがよい、川を渡って、検分に参ろうか、とサー・クリス。斯してホワイトホールの船着き場へ直行し、川を下って対岸へ向かうために、船頭を雇った。舟がビリングズゲイトに近付くと、川の男たち特有の野卑な悪態と罵声が岸辺から舟へと投げつけられたが、己れの仕事への期待で頭が一杯のサー・クリスは、岸辺と船頭との嘲罵の応酬のなかで、それをものともせずに私に話しかけてくる――解剖はな、高貴なる技術なのだぞ――この頭てかてかのロクデナシが、俺様の面にツバキかけやがって、てめえなんざオカマの落とし子、娼売宿で尻の穴から御誕生だろうが――ニック、人体そのものはな、碩学の建築家の手になる完璧な作品のようなものなのだ――てめえこそガミガミ淫売の倅だろうが、この酔っ払いの赤っ面野郎――サー・クリスは船方たちの罵声にしばし聴き入ってから、再び口を開いた。知っておるかな、わしは櫂（オール）の幾何的力学を解明し――ヘン、尻でも喰らえ、この変態畜生――それが支点の前進および後退に基づく梃子（てこ）の運動であると明らかにしたのだよ――てめえなんざ、お袋とナニするたんびに、毛虱をたんと孕ませてやるのがせいぜいよ――サー・クリスは悪態をわめく吾らが船頭を見やって頬笑み、あの男は立派な紳士だな、と云った。これを聞きつけた船頭が、ところで、旦那方、あっしのかける謎々が解けるかね？　と大声で問い掛けてきた。

ああ、解けるとも、それは俗謡かな？　とサー・クリスが応じる。

船頭が歌いだした。

なぞなぞなあに、これなあに
おいらのなぞなぞ解いてみな
長くて、白くて、すんなりで
娘っ子の弱いとこっつっついて
毛のあるところにスッポリと
頭にゃ割れ目の入ってるやつ

すかさず、サー・クリスが叫んだ――それは女の髪に挿すピンだな！　すると船頭の奴、苦虫を嚙み潰した顔でサー・クリスを見つめ、御名答で、と答えた。サー・クリスはニタリとして後ろにふんぞり返り、舟が岸に着くまで、水中に指を浸していた。

　馬車を走らせて、たちまち水門小屋に着き（吾らが上陸した場所から僅か一マイルほどであった）、検屍官の案内で小さな部屋に入ると、裸の女体が横たえられていた。サー・クリスは素早く屍体を検分し、服を着ていた時にはさぞかし美人であっただろうな、などと呟きながら、外科道具を使い始めた。ローマ時代は、内臓を直に調べる事は法律で禁じられておったが、今や解剖はごくごく普通に行われておる、と云いつつ、屍体の皮膚を切り裂いてゆく。そら、ニック（と、屍体の内部を私に示し）、大腸の入口に弁があろう、こちらは乳腺と淋巴管だ（サー・クリスが血まみれの両手をだらりと垂らし、顔を上げたとき、私は耳鳴りを覚えた）。そのお蔭で生きておる動物間の輸血という技術が発見されたのだ。輸血は、胸膜炎、癌、癩病、潰瘍、疱瘡、痴呆症といった凡ての疾患の治療に有効なのだ。

　サー・クリスが言葉を切ったので、私は口を挟んだ。ある婦人が、豚やその他の獣が腹を切り裂かれ、臓腑を取り出されるのを見て、己れの体内にもそのような腥く穢い物――これは当人の言い草です――が詰まっているのかと考え、悩み苦しんだといいます。それで急に己れの肉体が嫌で堪らなくなり、いかにして汚穢物を取り除くべきか途方に暮れたほどだそうで。

　世迷い言だな、とサー・クリスは答えた。これを見ろ、死後いくらも経っていないこの屍体の〝新鮮な〟事を。そして、そなたの考える腐敗というのも、微小なる粒子の結合と融解にすぎぬのだぞ、ニック。そんな判断もつかぬのか？　わしは黙って聴いておったが、内心では、単純な放蕩者ですら、これよりはましな哲学を持っておるわい、と思ったぞ。

　外気を吸うために外に出ていた検屍官が、室内に戻り、このなんとも哀れな娘（と、彼は云った）に就いてのサー・クリスの判定を求めた。自殺ではないね、とサー・クリスは答える。この部分に多量の血液の沈澱した箇処がある（と、小槌で頭部の一箇処を示した）から、左耳の上を強打されたのではないかな。殴られて倒れた後、力の強い者の手で首を絞められたとも考えられる。それは首の両脇、ちょうど両耳の下あたりに鬱血が見られるからだ。さらに乳房に血液の沈澱箇処があるところからすると、この女の首を絞めた下手人は一層強く絞めるために、女の胸に片腕を突いておったのではなかろうか。ただ、死後たいして経ってはおらんよ。テムズ川に浮かんでいるところを発見されたにも拘らず、胃にも腸にも、腹腔、肺臓、胸郭のいずれにも水が浸入しておらぬのでな。恥辱のために身を投げたのでない証拠に、子宮はすっからかんの空っけつだ。

　女の死顔を眺めているうちに、私は女の受けた殴打を吾が身に感じた如くに緊張し、やがて女の見たものが私の目に映じてきた。下手人の声が聞こえてくる。マダム、ちょっとばかり、わたしの散歩に付き合ってもらえませんかね。わたしゃいつもこの辺を散歩するんですよ。そこで、最初の一撃が見え、女の受けた最初の痛みを私は味わった。男はズボンから白い布を取り出し、それを眺めてから地面に投げ捨てると、私の喉に手を掛ける。怖がる事はないよ、あんたもお望みのものを手に入れるはずだから、と、囁く。そして私は、血が奔流のように頭に昇るのを感じた。

　さて、そなたの第一回解剖学講義は終わりだな、とサー・クリスが私に云った。だが、わしが手を洗うまで待っていてくれ。

サー・クリスは常に新たなる驚異を求めてあちらこちらを飛び回り、その頭は物珍しきものの詰まった戸棚と化していた。ある日のこと、仕事が終わってから、サー・クリスが私を誘った。ある若者の体内から出てきたという体長十六フィートの條虫（サナダムシ）が、瓶詰めにしてムーア氏邸に置いてあるという事だが、ひとつ見学に行ってみるかね？　それとも、ベドラムに収容された新たな患者を見物に参ろうか？　私は二日前に條虫を見に行っていたので、実物は噂程大きくはありませんよ、とサー・クリスに教えてやった。それより狂人どもを眺めて愉快に過ごすほうが、最良の暇潰しとなるので、通称を「ベドラム」というベスレヘム王立精神病院へ足を運んだ。鉄の門を通り、見物料の六ペンスを払い、さらに防柵を通り抜けて男子病棟の通路へ踏み込めば、鎖が鳴り響き、扉を打ち鳴らす音のけたたましいことは、頭痛を覚えるほどである。騒音と唸り声、悪態と怒号、悪臭と汚穢、苦悶と敗残の群れ、それらすべてが寄り集まって一丸となり、この場所をさながら地獄の象徴そのもの、いわば地獄への入口に化しているかと見えた。

　手巾（ハンカチ）を鼻にあてがって進みながらも、サー・クリスは目を輝かせて四囲に目をやり、精神に異常を来たした者たちを眺めた。格子の間から覗いている狂人たちのうちの幾人かは、サー・クリスが以前から見知っている者たちで、彼の手帳にはその記録が書き留められている。一人の狂人が「旦那方！旦那方！」と呼び掛けてくると、サー・クリスが「振り返らずにこのまま進んで、成り行きを見守るのだ」と、囁いた。他の見物客たちが狂人の呼び掛けに応え、彼の云わんとする事を聞こうと引き返し、格子窓に近寄ると、男は椀一杯に湛えた小便を浴びせかけた。ものの見事に浴びせておいて、「食い物はないが飲み物なら出せる。よくぞ来られた、紳士方」と、歌ったものである。サー・クリスは、愉快な男だな、と笑った。さらに通路を先へ進むと、街の女どもと出会（でくわ）した。女どもはこちらに色目を使う。ベドラムのあちらこちらの隅や便所に屯（たむろ）して、客を待っているのである。ここは好色漢や暇人らが確実に引っ掛かる場所、独りでやって来た者が、出るときは二人連れで帰る処として知られている。さながら売春婦の見本市ですな、と私は云った。

　理性を喪った者たちの溢れる場所ほど、肉欲に相応しい処はあるまいな、とサー・クリスが応じる。歌声や喚き声が騒がしくなってきたので、サー・クリスはもはや何も云わずに、女子病棟の通路へと続く門を指で示しただけだった。そこでも吾らは不幸な患者たちを目にした。一人の女が壁を背にして立ち、ジョン、おいで、ジョン、おいで、と呼び掛けている（たぶん死んだ息子の事だろう、とサー・クリスは云った）かと思えば、別の女は麦藁を引きちぎりながら、神を罵ることばを吐き、鉄格子に噛みついている。また、覗き穴に陽気に話し掛けている女がいたが、そばに近寄ってみると、女が云っているのは、パンはチーズとお仲良し、チーズはパンとお仲良し、パンとチーズはお仲良し、というのだった。サー・クリスは腰をかがめ、そうだ、そうだ、まったくだと相槌を打ってやっていたが、ついには余りの悪臭に堪えかね、吾らは女の病房から逃げ出した。男子病棟へ戻ってみれば、こちらでは、空を飛ぶらしい船とか、月に住むらしい銀色に光る生物について、譫言を喋りまくっている連中がいる。サー・クリスの云うには、彼奴らの話には頭も尻尾（しっぽ）も無いように聞こえるが、然るべき糸口を見付ける事さえできれば、それなりの筋道があるのだよ、と。

　今は狂気の時代なのです、と私は応じた。瘋癲院（ベドラム）に相応しい奴輩（やつばら）は、ここにこうして鎖に繋がれ、暗い病房に閉じ込められておる者より、もっともっと大勢おりますよ、と。

悲しい考え方をするものだな、ニック。

こうも脳がてもなく錯乱するものならば、理性を称えたところで一体何になりますか。

ああ、そうかも知れぬ、そうかもな。それはそうと、新入りの狂人はどこだ？　と、サー・クリスは早口で呟く。彼は顔見知りの看護手に歩み寄り、話し掛けた。それから私に手招きする。そばに行くと、サー・クリスが、新入りは見物客から隔離して閉じ込められておるそうだが、吾らが望むならば見せてもらえる、と云う。こちらは些かの恐怖と当惑を覚え、顔から血の気が引いたか、不安が態度に表れたかしたらしく、サー・クリスは私の肩を叩き、安心するがよいと云った。鎖に繋がれておるのだからな、ニック、危害を加えることはあり得ぬ。さあ、ほんのちょっと見物するだけだ。そのようなわけで、看護手に案内されて裏階段を昇り、見世物には適さない患者を監禁しておく隔離室へ向かった。この中におります、と看護手が陰気な声で云う。ですが、ご安心ください、安全なように繋いで御座いますから。

室内へ歩を進め、薄明りに目が馴染んでくると、男が床に横たわっているのが見えてきた。看護手が目玉をぐるぐる動かしながら解説する。発作が襲った時は、部屋中を暴れ回り、椅子から急に飛び上がる始末で、数人掛かりで両手両足を押さえ込まなかったら、逃げ出してしまった事でしょう。それを聞いてサー・クリスはニヤリとしたが、看護手にはその顔を見せなかった。看護手は話を続けている。その後は、今と同じように死人の如く床に横たわったのですがね、手足を押さえ込まれたまま、それこそ口では云い表せぬ程、体を反らせ跳ね上げ、それは凄まじい暴れようでした。サー・クリスは狂人を見つめたが、黙っている。看護手の話はなおも続いた。此奴(こやつ)の発する物凄い声には驚くばかりでして――時には豚の鳴き声の如く、あるいは水車の音か、熊の咆哮かと思われ、それがいっしょくたになって響き渡り、それから――

――もうよい、もうやめろ、と床の上の男が呟いた。その声の低音に私は戦慄した。

ほら、唇がぜんぜん動かなかったでしょう！　と看護手が叫んだ。

もうやめろ、と云うただろうが！　狂人がむっくりと起き上がった。サー・クリスと私が一歩退くと、男はからからと笑った。その後は、吾らには目もくれようとはせぬ。床には狂人の骨折を防ぐために藺草が敷き詰められていたが、男はこれを拾い上げ、恰もトランプででもあるかの如く、賭博師も顔負けの手捌きを見せた。続いて藺草を骰子さながらにきちんと並べ、今度はローンボウルズに興じている如く、ボウラーの様々なポーズを取ってみせた。

黙って見守っていたサー・クリスが、やおら手帳を取り出すと、途端に狂人がぺっと青痰を吐きかけた。それから、男は喋りだした。先達て、閣下の御誕生星について調べましたところ、磁石の矩象にあり、双子宮の六分位に位置し、その常態は影の中にあり。虻の害から身を護りなされ。これによって御貴殿の学問をまったき混乱に陥れたわけです。これを聞いて私が笑ったら、狂人はこちらに向き直り、喚いた。まだまだ死は続くか、ニック、ニック、ニック、おまえは吾が掌中にあるぞ！　私は仰天した。この男が私の名を知り得るはずがないからだ。狂乱した男はなおも私に呼び掛ける。よく聴け、おい坊主！　今日この日に、ホークスムアなる者がおまえに取り憑き、動揺させる事になるであろう！　そう云うなり、男の舌は内へと捲れ上がり、目玉は裏返って白目だけになった。看護手が合図して、吾らはその場から去った。

ホークスムアとは何者かね、とサー・クリスが、精神病院からムア・フィールズへと出たところで尋ねた。

知りません、そのような知人はおりませぬ、と私は答えた。だが、サー・クリスと別れた後、すぐさま居酒屋に駆け込み、酔い痴れるまでエールをがぶ飲みしたのだった。

サー・クリスに劣らず、私もまた私なりの驚異集を作っていたが、これらの話が真実であるとサー・クリスが知ったならば、猿猴（えんこう）が鞭に怯える以上に、懼（おそ）れ戦（おのの）くにちがいない。そのような訳だから、私が聞いてきた、アイルランド人のお摩（さす）り師の噂話を、サー・クリスは嘲弄せんばかりであった。そのグレイトラック氏の手に摩られると、痛みは不思議に消え去り、目の霞みは晴れ、聞こえぬ耳は聞こえるようになり、腫れ物の膿（うみ）は乾き、閉塞も障害も取り除かれ、乳癌の痼（しこり）は溶解したという事であった。それから、メアリー・ダンカンという女児の話がある。彼女が人の頸部、頭、手首、腕、爪先等を指差しただけで、その箇所に血に染まった棘が出現したという事である。その他、私の覚書には、イズリントンに住まうある婦人が妊娠中、寝床に潜りこんできた物に甚（いた）く怯え、その結果、猫の頭を持った赤児を産んだ、という記録がある。それから、スペインの将軍アルバ公が遠征先のアントワープにて一時に三百人の市民を処刑した際、その光景を見た婦人が首のない子を産んだといわれる。この理性の時代にも尚、想像の力は生きている。かつて巷の噂となったテッドワースの治安判事ジョン・モンペッソン氏の話にも、目に見えぬ霊が椅子を動かしたり、髪の毛や寝間着を引っ張ったり、温度が異常に高くなったり、煙突内から歌声が聞こえてきたり、引っ掻く音や喘ぎ声がした事が語られている。斯様な霊の類を見たいと望まれる向きにことわっておくが、霊が見えても永くは続かず、（私がしたように）目を凝らしている間だけしか見えぬ事が多い。それ故、一目見ただけで震えだす臆病者にはチラリと垣間見えるだけだから、確信をもってしかと見据えるがよい。尚、悪霊の姿を見た者は、己れの指で瞼（まぶた）を閉じねばならぬ事を申し添えておく。

この「ムンドゥス・テネブロスス」、即ちこの人間の闇の世界は、夜の中に沈潜している。霊の棲まぬ野はなく、悪霊の潜まぬ都市はない。狂人は予言を語り、賢者は陥穽（かんせい）に落ちる。吾らは皆、多かれ少なかれ暗闇の中にある。紙上に落ちたインクが徐々に広がり、仕舞にはそこに書かれた文字を塗り潰すにいたる如く、闇と犯罪は伝染病の如く空間に蔓延し、凡てを弁別し難くしてしまう。異端裁判で魔女が水中に投げ込まれ、泳ぎ方によって判決を下されたのは、さほど昔の事ではない。一旦訴追が始められるや、狂乱した女どもが我勝ちに名乗り出るのを押し留めるのは不可能となった。病に冒され、告発された女の数は増加するばかり。尋問が進められるや、嫌疑を掛けられた人数を上回る女どもが有罪を告白した。かくして邪悪の暴かれる事は歯止めを知らず、あわや大騒擾を来す懼れが生じるまでになったのである。

然るに、ロンドンやその他の地にて持て囃されている例の哲学には、サー・クリスのような信奉者らがおり、何が合理的で、何が明示されたものであるかを語り、妥当なるもの、明白なるものについて論じている。「神秘的でない宗教」というのが、彼らにとっての金言であるが、もしも神に理性的である事を欲するのならば、楽園に於いて神の声を聞いたアダムが、恐ろしさのあまりあわや死にそうになったのを、一体どう説明するのか。凡ての玄義は平明でなければならぬ、と云われる。その故に、今や甚だしきは道徳に数学的計算を持ち込まんとする者まで現れ、例えばある人物の公益への貢献の量は、その者の慈善心とその能力との積に比例する、といった類いの戯言を云う。斯様な手合いは空中に基礎を置いて、〝体系〟と称する建築物を建てるに等しく、当人らが強固な地盤を得た気でいるうちに、肝腎要の建物は消え失せ、建築家どもは雲の高みから転落する事になるのが落ちである。「物質」、「実験」、「第二原因」にのみ固執する徒輩は、目に見えず、触れられず、測る事の不可能な物があることを忘れている。その懸崖に彼らは必ずや転落するであろう。

　そのようなものは単なる夢であり、真の関係ではない、と主張する連中もいるが、それに対して私はこう答えよう。スピトル・フィールズ、ライムハウス、そして今やウォッピング・ステプニーの教会区に建ちつつある、吾が教会堂を見よ。それらが汝を闇の世界へと誘うのは何故かと、疑いを抱くのではないか？　よくよく考えてみれば、それこそ汝自身の世界であると知れるはず。これらの教会堂の周辺の土地は、余す処なく心気症様の病に冒されているのだ。教会堂の凡ての石材には、焼け焦げの跡があり、それが真の神の道へと汝を導くであろう。さて、これら理性の人々は、そのような徴は重度の鬱病患者かペテン師の妄想に過ぎぬ、と云い張るだろうが、かの「死者の書」である「聖書」にすら、枚挙しきれぬ程の実例が記されているのである。禍害の使いがエジプト人たちの許へ送られ（詩篇第七十八篇四十九節）、神がサタンに対し、汝、何処より来たりしや、と問い（約百記第一章七節）、サタンが大風を吹き起こした（同十九節）。また、悪鬼どもが豚に入り（ルカ傳福音書第八章三十三節）、穢れた悪鬼の霊が人に取り憑いた（同第四章三十三節）。そして、霊に取り憑かれた狂人については、誰もこれを鎖で繋ぐ事はできなかった（マルコ傳福音書第五章）と記されている。その他の幾つかの節でも、口寄せをするエンドルの魔女が（ヨセフスの書にも記されてあるように）サウルの求めに応じて死せるサムエルを呼び出す（撒母耳前書第二十八章）が、その時のサムエルの姿は「一人の老翁のぼる、其人明衣を衣る」（同十四節）と、記されている。そして、その魔女が云うには、「我、神の地よりのぼるを見たり」（同十三節）である。

然るに、当節の善良な紳士方は、その証拠はどこにあるのか、と問うかもしれぬ。そこで、私は答えよう。吾が教会堂と、それの影が地上に落ちる様をしかと見てみよ。次いで教会堂を見上げ、汝の考えが混乱を来さぬかどうか試してみるがよい。更に云えば、学問のある者が満足な説明を見出す事のできぬ物事をことごとく、まやかしであり虚偽であると片付けるならば、この世界そのものが単なる一篇の空想物語のように見えるであろう。最後に付け加えておく。霊の存在は数学的証明によって見出す事はできぬ。従って、過去の凡ての歴史を葬り去り、無効とするのでない限り、人の話や記録に頼らざるを得ないのである。だが、「神は存在せぬ！」と、敢えて云う勇気はない癖に、悪霊は架空のお化けの類に過ぎぬと称して、お茶を濁す者がいる。そのような徒輩と議論する気はない。近視眼者は驚異や奇蹟のさなかにあっても、それを見る事ができず、己れの理性の灯を真昼の太陽と見間違える。彼の目に見えるのは、拡大、割り切れる物、確固たる物、可動な物のみである。己れの命の儚い事は忘れて、暗闇を手探りで進むのだ。

ああ、まだ暗闇同然ではないか——ぐっすりとお寝みになられましたね、というナットの声がする。親方、雑用は残らず片付けました。床は唾を吐く場所もないくらい磨き上げました。おいらが革桶の傍にいた間ずっと、親方はぶつぶつ寝言を呟いていましたよ——

――ナットか。今しがた蠟燭に火を灯し、少しの間、横になったばかりだと思っておったが。

いいえ、親方、もう七時ですよ。

では、夜は過ぎ去ったのか。

過ぎ去る事は矢の如し、ですよ。でも、どうも不吉な朝でしてね。おいらの嫌いな郵便局長の倅がこれを持ってきました。


ナットが置いた小さな郵便物を見ると、上書きに「ダイアー殿　レスタ・フィルズの郵便局にて投函」とある。ナットが傍に立って覗き込んでいたが、私は異様な身震いを覚えた。これ、エリオット殿、御苦労だが、牛肉と玉子を持ってきてくれないか、と云うと、ナットは部屋を出ていった。そこで郵便物を開けてみれば、見知らぬ筆跡で書かれた手紙が入っていた。大きく見易い文字で書かれている。「お主の行いしかと見届けたぞ。ここには二週間滞在するが、ホワイトヒルに行き次第、改めて連絡する。小生はお主の心よりの友であるが、頂くものを頂き、この口を封じる事になれば、この上無き最上の友となるだろう」脅迫と思える文面を読むうち、内臓が蠢きだしたので、寝台から降りて急いで便器に駆け寄った。そこに尻を据え、恐る恐る周りを見回せば、四周の壁そのものがこちらを脅かす如くに思われ、糞もろとも己れの命まで垂れ流してしまいそうになった。階段を昇ってくるナットの足音が聞こえたが、私は今用を足しているところだ、牛肉は戸口の傍に置いておけ！　と呼び掛けると、ナットはその通りにし、台所へと下りていった。

さほど巧みに書かれた手紙ではないだけに、その意味するところは読み取れた。ブラック・ステップ・レーンの集いに加わっていた事が、運悪く露見してしまい、それと共に教会堂に関する私の重大な所業の事も知られてしまったのであろう。こいつは身動きもならぬ厄介な事になったと思うと、私は再び、塵芥溜めに潜り込んで、世間に対して吐き尽くせぬほどの瞋恚（しんい）を心の裡に抱いていた、あの乞食小僧の時代に戻った。便器から立ち上がり、寝台に身を横たえる。ズボンよりは屍衣を着けたほうが似合いの気分である。法という法凡てが私に敵対するだろう。エリザベス女王の御世に定められた「三十九箇条法令」第四条によれば、怪しげな技を用いる者、および占いや予言を行う者は捕らえられ、ならず者、破落戸（ごろつき）、度し難き物乞い等の同類と見做（みな）され、上半身を裸に剝かれて血が出るまで鞭打たれる事と定められている。だが、これなどはまだ児戯に等しい。ジェイムズ一世制定法第十二章に基づいて起訴される恐れもあるのだ。即ち、悪しき霊を養い、あるいはこれを使い、あるいはこれに報いたる場合は、重罪とされる——かくして私は、かつて「悪霊と交渉を持ったる者（クオンダム・マルム・スピリトゥム・ネゴティアレ）」という事になろう。更には、魔法や妖術を用いた者、それを手助けした者、使嗾（そそのか）したる者、助言したる者も、凡て同じ重罪を犯したとされ、国教会の承認を得るまでもなく死刑に処せられるのである。その事が（平たく云うならば）頭にへばりつき、身は寝台に横たわりながらも、起き上がってニューゲイト監獄の石牢に入ってゆき、枷を嵌められ床に繋ぎ止められる仕儀となった。今や私は王座裁判所（キングズ・ベンチ）の法廷へ引き出され、そこへサー・クリスがやってきて、私にたいし不利な証言を述べ立てる。かくして護送馬車へと引き立てられた私は、周りの弥次馬に向かって嘲笑を投げつける。両手を後ろ手に縛られ、顔には頭巾が被せられる。そして死に際には、寄ってたかって弥次馬に両脚を持って引っ張られるのだ。恐怖の念が感覚器官を経巡り、映像となって眼前に立ち現れ、音声にまとわり付き、臭気を発生させ、味覚に侵入してきた。（嗚呼（ああ）、これこそが私の受ける判決なのだ）と、私は独り呟いた。

だが、やがて本来の楽天的な気性が戻ってきて、己れの手を血が出るまで嚙み、独りごちた。私に力が備わっておる事は、これまでの試練で既に証明済みではないか。嵐の前兆を目にしたならば、これを阻止すべきであるのは当然。何故に無知強欲の悪党を前に、こちらが委縮せねばならぬのか。この手紙を書いたのが何者か知れたら、徹底的に叩き潰してくれるぞ。

その考えがアリアドネの糸となって、不安の迷宮にある私を導いてくれた。この愛想も味気も無い手紙は、私の推理を過たせるために、殊更に拙い書き方をしている。その為に、赤児に毛の生えた程度の者でも「ホワイトホール」という町名を知っているのに、わざと「ホワイトヒル」などと間違えて書いているのだ。建設局の仕事場の連中のほかに、私の身辺を窺い、私に不利な言辞を弄する奴がいるだろうか。私の計画について知っているとすれば、それは私の部屋に忍び込むか、私の仕事振りをウォルター・パインから聴き齧るかした奴に相異あるまい。ウォルターを私に楯突かせ、恐らくは私を尾行した奴、それは一体誰か。ああ、そうだ。一人いたぞ。ウォルターに付きまとい、彼をけしかけそうな奴――測量技師のヨリック・ヘイズ。私が建設局を辞める事にでもなれば、その後釜に坐るのは己れだと自惚れている男。手紙を書いたのは彼奴に違いあるまい。それならば、彼奴に目を光らせ、後をつけ、その上で毛虱の如く捻り潰してくれよう。いかにしてあの男を退治するかを考えていると、血が騒ぐ程の歓喜が漲ってきて、室内をうろうろと歩き回った。

歩き回るうちに、この蛆虫、この雑魚を釣り上げる餌を思い付いた。そこで返事を認める――お手紙の趣意がわかりかねますので、次の便で小生にもわかるよう御説明を願います。署名はせず、表書きに「ヘイズ殿」とした。その手紙を下穿きの帯に挟み、ナットを呼ぶ。すかさずやって来るなり、減らず口をたたく。
牛肉は手付かずのままだし、なんにも飲んでおられませんね。ベスト夫人にも話しているのですが、どうしたらいいものやら、親方はまるきり、お伽話に出てくるあの縮む男みたい――

――うるさいぞ、ナット。

はい、仰有る通りで、とナットは答え、欠伸をする。

ナット、この界隈を、妙にしつこく人相の悪い奴がうろついておったり、何か不審な挙動の者を見掛けたならば、そいつから目を離さず、私に知らせるのだぞ。

ナットは驚いた様子で私の顔を見つめたが、それ以上は何も云わずに、また欠伸をした。そこで私は、口笛まじりに服を着替えた。吾ながら大胆不敵というべきであるが、建設局へ向けて歩いてゆくうちに、またしても不安が甦ってきた。道行く人々の視線を感じるたびに、新たな恐怖に襲われる。全く自分という人間が理解できぬ。いかにも雑多な情感に翻弄され、己れがいずれへ向けて航行しているものやら、とんと見当がつかぬのである。まるきり罪人であるかの如く、スコットランド・ヤードにこそこそと入り込むや、辺りを窺って人目のないのを確かめ、ヘイズ氏宛ての手紙を廊下に落とした。必ずやあの悪党の目に留まる筈である。

そして、吾が仕事部屋に戻り、散乱する図面や書類に囲まれて気を引き締め、仕事に取り掛かった。委員会宛ての報告書を手早く書き上げる。「ウォッピング・ステプニーの教会堂は建築進行中であります。壁はいずれも十五ないし十六フィートの高さにまで達しました。石工は充分な量のポートランド石を得ておりますが、作事は期待される程には進捗しておりませぬ。十一月初旬に積み上げました煉瓦が、霜による可成りの損傷を蒙っておりますので、一部を取り崩し、新たに積み直さねばなりませぬ。なれども概ね満足すべき情況であります。尚、教会堂の西側正面を飾る、極めて宏大かつ特異なる壁画のための素描を同封いたします――〝時〟が翼を広げた像で、その足元には全長八フィートばかりの骸骨像が横たわり、その下に〝栄光〟を表す、正三角形を宏大な円が囲む三位一体図が描かれております。これこそキリスト教教会に最も相応しい象徴であり、初期キリスト教時代より用いられ来った絵図であります。敬白頓首。ニコラス・ダイアー」。

委員会連中の目に触れるのはこの絵図のみで、私の意図が明らかにされる事はあり得ない。吾が第三の教会堂には、これの他に、剣を手にし白衣を纏った、紅い目に黒い肌の巨大な人物像と、黒い亜麻布の頭巾を被り、諸手を挙げた人物像と、黄金の玉を携えた朱色の衣の人物像とが、描き込まれる事になるからである。吾が師ミラビリスに斯様なる存在を初めて教えられた時、何やら幼少の砌に聞かされた物語を思い出しますと、私は彼に告げた。するとミラビリスは、吾らの悲嘆は幼い頃に始まるのだから、それは当然ではないか、と答えたものである。そして私は今、あの建築現場に横たわる屍体の事を忘れる事ができないでいる。

廊下で物音がしたので、偶然を装って戸口の外へ出てみた。思った通り、ヘイズが入って来るところである。私は彼奴を引っ掛ける罠として落としておいた手紙の方へ目を向ける勇気が出ない。お互い礼儀正しく一礼を交わし、こちらは忘れ物でもしたかの如き振りをして、踵を返した。だが室内へ戻る前にちょっと足を止め、わずかに首を巡らせ、横目に窺うと、道化者のヘイズ奴、手紙を拾って開封し、さっと目を通したと思うと、私には一瞥もくれず、手紙を放り捨てるのが見えた。（私を患弄する気か。それならば、貴様には死んでもらうとしよう）と、私は心中で呟いた。

と、奸物が口を開いた——ダイアーさん、私はウォッピングの教会の敷地を検分してきました。

説教師の教えの通りに、塵を眺めて来られたのか。

私の戯れ言にちらりと笑みを浮かべて、ヘイズは続けた——あそこに下水渠を造るのは、相当の費用が掛かり、困難でしょう。

それでも造らねばならぬぞ、ヘイズ殿。他に場所はない。

だとすれば、凡ての柱の基礎が据えられるまで待たなければなりますまい。いつ造る事になる予定か、教えてくださいませぬか。

設計図は見られたのか、と私は尋ね、歯を出して笑ってみせた。

見ました。私の箱に入っております。

それを私に返してもらえないかね、ヘイズ殿。写しがないのでな。

私に付け入る隙のない事を悟ったか、ヘイズは自室へ入るためにこちらに背を向け、その姿勢で宙に話し掛けるごとく云う——ダイアーさん、あの教会は三件目のお仕事でしたね？

云うまでもないだろう、このチンコロ野郎め、と胸中に呟きながら、こちらはヘイズに着せる屍衣の寸法を目で測っていた。そして答えてやった——そうだ、三件目だが。

第二部

六　章

「これで三件目か」

「はい、三件目です。スピトルフィールズの少年、ライムハウスの浮浪者、つづいてまた少年。三件目です」

「で、こんどはウォッピングだな」

「そうです」

ホークスムアは窓から眼下の通りを見下ろした。街並みの喧噪もここまではとどかない。ついで窓そのものに移った目が、大きく見開かれた。街から巻きあげられるほこりが、窓ガラスに薄くこびりついている。さらに目の焦点を移し、窓に映った自分の姿を――というか、ロンドンの建物群の上空に幻のように浮かぶ顔の輪郭を、見つめた。しまいには頭痛がしてきて、目をつぶり、指先でこめかみを軽くおさえた。

「それで、どうしてその三件には関連があるというのかね」

背後にいた若い男は、小さなオフィス・チェアに坐ろうとしかけていたが、またぎごちなく立ちあがった。服の袖が、エアコンの風に震えている観葉植物をかすった。

「はい、被害者は三人とも絞殺であり、どれも同じ地域で、現場が教会である点も共通しているからです」

「ふむ、まるでミステリーみたいじゃないか。ミステリーは好きか、ウォルター？」

「これは案外単純なミステリーかもしれません」

ホークスムアは自分の目でたしかめたくなった。廊下の棒状蛍光灯はブーンという心地よい音を発していたが、見あげると、剝き出しのコードはほこりだらけだった。廊下には影になった部分があり、その薄暗がりでエレベーターを待った。まもなくエレベーターのドアが開いた。部下と二人で車に乗り込んだホークスムアは、ロンドン警視庁（ニュー・スコットランド・ヤード）を出ながら、外の通りを指さして、「外はジャングルだぞ、ウォルター」と言った。ウォルターは笑った。この上司には、同僚の科白（せりふ）をもじってみせる癖があることを知っているからだ。ホークスムアの脳裏には、童謡のもじり歌がかすめていた――「ひーとりめは悲しみで、ふーたりめは喜びで、さんにんめはなんのため？」

セント・ジョージ・イン・ジ・イースト教会の見える川岸に車を停めた。教会の奇妙な形をした塔は、たんに屋根のうえに聳えているというより、屋根を突き破って生えているように見える。現在はたんにザ・ハイウェイと呼ばれている昔のラトクリフ・ハイウェイを横断して教会へ向かいながら、ホークスムアは口の内側を嚙んでしまい、口中に血の味がひろがった。このての事件では、いつも思うことだが、もしかして誤捜査をやらかすのではという予感のようなものがあった。教会の境内はすでに立ち入り禁止処置がとられ、張られた白いテープのまえにちょっとした人だかりがしていた。子供の殺された現場を見たくて集まってきた、大部分がこの近所の連中だ。「お、来たぞ！」「だれだ、あれは？」と口々にささやき合う人垣を、ホークスムアは足早にかきわけて進み、テープをくぐって教会堂の横手を通り、裏の小さな公園に向かった。地区警察署の犯罪捜査課の警部補と、数人の警官が、地べたにしゃがみこんで調べている。そのそばに、なかば崩れかけた建物があり、張り出し玄関の上方に、「　博　館」という欠けた文字が読み取れた。警部補は現場の状況をテープレコーダーに吹き込んでいた。大股で近づいてくるホークスムアをみとめると、すぐにスイッチを切って立ちあがったが、腰が痛むらしく顔をしかめた。それには気がつかなかったふりをして、ホークスムアはすぐそばまで近寄った。

「私は刑事部のホークスムア警視正だ。こちらは部下のペイン巡査部長。私が捜査することは、おたくの署長から話があったと思うが？」

「はい、聞いております」

ちゃんと話が通っていると得心し、ホークスムアはふりむいて、教会の裏壁を見やった。あれを建てるのには、どれくらいの年月を要したのだろう、とふと思った。公園の柵のすきまから、子供たちがこちらをのぞいている。鉄柵が黒いせいで、子供たちの顔は青白く見える。

「今朝がた未明に、オカマが発見したんです」警部補が説明していたが、ホークスムアが返事をしないので、つけくわえた。「オカマが殺ったのかもしれませんな」

「時刻を知りたい」

「朝の四時ごろです」

「被害者の身元は？」

「父親が――」

警部補が視線を向けたほうに、二つの人影があった。オークの木のしたのベンチに男が坐り、そのそばに婦人警官が立ち、男の肩に手をおいて見守っている。どこか遠くで、サイレンが鳴っているようだ。ホークスムアは上衣のポケットからメガネを出して、男を観察した。ショック状態にある人の顔はなんどとなく見ているが、あれがまさにそのようだ。と思いきや、男が顔をあげて、こちらの視線をとらえた。ホークスムアは息を詰め、むこうが目を伏せるまで待ってから、ふいに警部補のほうを向いた。

「死体はどこだね」

「死体ですか。死体は運びましたが」

ホークスムアは警部補の制服をじろじろ見た。「教わっているとは思うが、警部補、捜査主任が到着するまで死体はうごかしてはならんのだぞ」

「ですが、父親が来ましたので――」

「死体は動かすな！」それから訊いた。「どこに運んだんだ？」

「検屍にまわしました。検屍医のところです」

殺人現場の雰囲気はもはや損なわれてしまった、ということだ。ホークスムアは父親に歩み寄った。ベンチから腰をうかしかけたのを、手をふって押しとどめた。「いやいや、そのままで。掛けていてください」

父親はすまなさそうな笑みを見せた。悲嘆のあまり紅潮したその顔は、形のくずれた赤剝けの生肉のように見える。ホークスムアはその皮膚と肉の層を剝がしていって、最後は口と両目の穴だけになるところを想像した。

「人なつっこい子でした」父親が話している。「ほんとに人なつっこい子で」ホークスムアはうなずいてみせる。「息子の持ち物をもってくるようにいわれたんですが。犬に嗅がせるんで？　着ていた物はもってくる気になれなくて。どうしてもできなくてね。代わりにこれを」そう言って、児童向けの本をさしだした。その色の鮮やかな表紙に、ホークスムアはさわってみたかったが、父親はすでにページをめくりながら溜息をついている。「息子はこの本をなんども読んでいました。飽きもせずにくりかえし」父親の手がページをめくるのを見ていると、一枚の挿絵が目にとまった。杖をついた老人のそばで、子供がヴァイオリンを弾いている凹版印刷の絵である。その絵を見ながらも、自分が昔持っていた本に似たような挿絵があったのを思い出していた。例えば、墓地でウサギが墓石の墓碑銘を読んでいる絵や、山積みになった小石のそばにうずくまった猫の絵。挿絵のしたには、詩が書かれていた。一行一行、ことばが連なって、延々とつづくような詩だったが、そのことばを思い出せない。彼は父親の手から本をうけとって、婦人警官に渡し、やさしい口調でたずねた。

「お子さんを最後に見られたのは、いつでしたか」

「時間ですか？」

「そう、時間を憶えておられますか」

眉根を寄せて、懸命に思い出そうとしている。まるで子供の死という事実が生じる前までは、真の意味ではなにごとも存在してはいなかったかのように見える。このまま放っておけば、このセント・ジョージ・イン・ジ・イースト教会の影に、いつまでもずっと坐りつづけているのではないか、とすら思えた。

「たしか、昨日の夕方六時ごろでしたか。ええ、そうです、時計が鳴りましたから」

「それで、息子さんは――」

「ダンです。名前はダンというんです」

「それで、ダン君はどこへ行くかいいましたか」

「出かけてくるといって、出ていきました。それっきりでした」

ホークスムアは腰をあげた。「われわれは最善を尽くしています。なにかありしだい、お知らせしますので」父親も立ちあがり、格式ばったともいえる仕草で、握手をもとめてきた。公園のまんなかで、ウォルターは一部始終を見守っていたが、ホークスムアが近づいてくるのを見ると、咳ばらいをした。

「さて、ご対面といくか」と、ホークスムアは彼に言った。

二人が着いたとき、子供の死体はすでに検屍室に横たえられていた。左足首と両方の手首に札が括りつけてある。頭部は木枕に載せられ、その盛り上がった部分に首筋が支えられた形である。ちょうど手を洗い終えたばかりの検屍医は、笑顔で二人を迎えた。ホークスムアも如才なく微笑を返したが、ほんの目と鼻の先に寝かされている死体には、どちらも目もくれない。

「時間をむだにしない人たちだな」検屍医はポケットからテープレコーダーを出しながら、そう言った。

「『〝時〟はわれわれの味方』ではないんでね」と、グラッドストンをもじってみせる。

検屍医はそれにはとりあわず、死体のうえに屈みこみ、低声でテープレコーダーに吹き込みはじめた。「これより死体の外部表面をしらべる。顔面は鬱血して青黒く変色している。両眼がとび出し、眼瞼と結膜にみられる点状出血が、窒息死であることを示している。舌が歯のあいだから突出している。耳の血管が破れて少量の出血がみられるが、鼻からの出血はない。膀胱と直腸から排泄があったもよう。性的暴行の形跡はない。これより喉頭あたりの首の両側に、指か爪の圧痕がないかしらべる――」急にことばが途切れ、ややあってつづけた。「――ぜんぜんない。首に何カ所かひっかき傷があるが、加害者の手をひきはがそうとして、被害者自身がつけたのだろう。外傷から判断して、被害者は地面に横たわった恰好で首を絞められ、加害者は彼のうえに膝をついていたか、あるいは馬乗りになっていた、と思われる。その部分にはっきりした皮膚変色がみられる。頭皮のしたと背骨に沿って軽い挫傷が見られるのは、被害者が絞殺されたとき、背中を地面に強くおしつけられていたことを示唆する。紐による絞痕はないし、噛み傷もない。唇の裏側に歯を強くおしつけた跡がある」検屍医がしゃべっているあいだ、ホークスムアは死体の足を見つめ、その足が走っていたときのようすを想像していたが、検屍医がテープレコーダーのスイッチを切ったので、肩の力をぬいた。

検屍医助手が進みでてきて、死体の両手の手首から先を切り落とし、検査のためにべつの台へ持っていった。検屍医は死体の咽頭から恥骨付近まで、臍のところでわずかに半回転し、いっきに切開した。ついで肋骨から組織片を剝ぎとる。舌、大動脈、食道、心臓、肺がまとめて取り除かれ、解剖台のうえの内臓を抜かれた死体のわきに置かれた。胃の内容物はガラス瓶に収められた。検屍医はふたたびテープレコーダーのスイッチを入れた。ホークスムアはあくびを嚙み殺している。

「喉頭の後部に挫傷があり、舌骨が折れていることから、犯人はそうとうな腕力の持ち主と思われる――」最後の部分では声をやや大きくし、ホークスムアのほうをチラリと見やった。「これらのことから、扼喉による窒息死であることが明らかである」

死体のうえにさしのべられた検屍医の手は真っ赤で、血がしたたっている。彼は頭を搔こうとして、途中でやめた。助手のほうは、切断された手の指一本一本の爪を、つぶさに調べている。いっさいを見守っていたホークスムアは、左目が小刻みに痙攣するのを感じ、人に気づかれないように、顔をそむけた。

「死亡時刻を知りたい」と、ホークスムアは言った。「本件では、犯行の方法よりも、時間のほうが重要だ。時間の経過を明らかにできますかね」

犯行の断片的なイメージは思い浮かべることができる。被害者の死体の各部が、追跡と暴行から逃走までをそれぞれ表わしてはいる。が、まるで密室から聞こえてくる争いの声のように、ばらばらで判然としないのだ。明確にすることができるのは、時間の区切りだけだ。喉をつかまれた最初のショックで、呼吸が速く激しくなる。首を絞める力が強まり、意識が混濁していくにつれ、顔面が鬱血し、呼吸が困難になる。呼吸断絶、痙攣、意識喪失、そして最期の嘔吐と死。それぞれの段階を区切って考察するのが、ホークスムアのお得意である。建築家が建物の設計図を吟味するように、その一つ一つを計測する。意識不明までに要する時間は三、四分、死亡までは四、五分、というぐあいに。

「それで、時間の経過は明らかにできますかね」

「ちょっと難しいだろうね」

「難しいとは、どう難しいのかな」

「窒息状態にあると、体温が急上昇することは知っているね」ホークスムアはうなずき、両手をポケットにつっこんだ。「それじゃ、体熱損失の度合いがさまざまだということは？」

「だから、なんなのかね」

「時間は特定できない、ということだよ。死亡時に体温が三度上昇したと仮定して、毎時わずか一度の割合で冷えていったとしても、現在の体温でいえば、殺害されてから六時間しかたっていない勘定になる」いっしんに聴き入っていたホークスムアは、またも痙攣をおぼえ、手で目をこすった。

「ところが、皮膚変色のぐあいからすると、挫傷ができたのはすくなくとも二十四時間前――通常なら、こんな状態になるまで二、三日はかかるね」ホークスムアはなにも言わず、相手の顔を凝視している。「時間の問題が重要だと警視正はおっしゃるが、本件の場合、時間に関してはまったくわからない、としか答えようがないね」検屍医はようやく血まみれの手に視線を落とし、洗い落とすためにスチール張りの流しに向かった。「それだけじゃない」水の流れる音を圧する声をはりあげる。「圧痕もなければ、指紋もない。首を手で絞めれば、指がくいこんで、丸い爪先が痕をのこすはずなんだ。ところが、挫傷しか見当たらない」

「なるほど」ホークスムアは、ウォルターがだしぬけに部屋からとび出していくのを目で追う。

「もっと検査をしなくちゃならないが、指紋がないのはほぼ確実だろう」

「犯人が手を冷やしていたということは?」

「もちろん、ありうる。もともと、ひどく冷たい手の持ち主かもしれない」

「子供が抵抗したとすれば、犯人の指をひき剝がそうとして、それが指紋を消す結果になったのでは?」

問いかける口調だったものの、検屍医はそれには答えなかった。切り開かれた死体に、ホークスムアは初めて目を向けた。まだ完全には冷えきっていないのだと思うと、その熱が彼の顔に吹きよせてきて、温波が絹布のように彼を包んでひだひだをつくり、気がつくと、解剖台に横たわっているのは彼自身なのだった。

ようやく廊下に出てみると、ウォルターは腰掛けて、力なくうなだれていた。ホークスムアはそばに寄っていき、この若者の肩に手をおいた。

「どうだ、ウォルター、あの時間の問題、どう思う?」

ウォルターは臆したような目で彼を見た。ホークスムアは一瞬、目をそらした。「とても考えられませんね」

「考えられないことはない。どんなことでも考えられないことはないんだ。また新たに死人が出さえすれば、最初から出直して、結末に到達することができる」

「結末といいますと?」

「それがわかっていれば、とっくに始められるだろうが。始まりも結末も、どちらか一方が欠けていたら、どちらも立たんのだ」当惑の色あらわなウォルターに、ホークスムアは笑いかけた。「心配するな、何をいってるかちゃんとわかっている。とにかく時間だよ。時間さえあればいいんだ」

「心配なんかしてません」

「よろしい。それだけ元気になったのなら、子供の父親のところに行ってきてくれ。これまでわかったことを知らせるんだ。ただし、よけいなことはいうなよ」

ウォルターは吐息をもらした。「ありがとうございます。お心遣いを感謝しますよ」

ホークスムアはまた、同僚の口癖をまねてみせた。「人生ってのは悲しいものだぞ、ウォルター、悲しいものなんだ」


ふたたびセント・ジョージ・イン・ジ・イースト教会に歩いてもどった。ホークスムアの頭のなかで、教会堂はいまや数々の外面だけの集合体と化している。その外面の壁に、殺人犯人がもたれかかって、悲しみや絶望や、もしかしたら喜びを噛みしめていたかもしれないのだ。だからこそ、黒ずんだ石壁をしらべてみる価値があるのだが、いっぽうでは、そこに残された痕跡が何世代にもわたる男女のものであることも、彼にはわかっている。いかなる場所であろうとも、人がそこに留まったり移動したりすれば、かならずその個人の手掛かりなり痕跡なりがあとに残されるということは、警察捜査の常識である。しかし、このウォッピングの教会堂を発光分光器で分析してみたら、どんなにたくさんの部分スペクトルや剰余スペクトルが検出されることだろう。そこに封じ込められて、解放してくれと叫んでいる無数の人びとの幻影を想像しながら、レッドメイドゥン・レーンから、クラブ・コート、ロープ・ウォークにひしめく家並みのうえに峙立している塔にむかって歩いていった。右手のほうからは街の人びとの低いざわめきが、左手からは川音が聞こえてくる。やがて正面に、昼下がりの明るさのなかに、ひときわ白い光の溢れている箇所が見えてきた。少年の殺害現場を囲むように、アーク灯が立てられているのだ。現場には、警官が二人残っているだけだった。弥次馬どもが殺人事件現場の記念品にと、そのあたりの石や木片を持ち去らないように見張るのが、かれらの主な役目である。ホークスムアは立ち止まって、しばらく現場を眺めていたが、時を告げる鐘の音にわれにかえった。彼は教会を見あげ（遠近感が狂ったか、いまにもこちらに倒れてきそうに見えた）、その場を離れて、テムズ川のほうへ歩いていった。

人目につきにくい波止場や、泥濘の川岸の陰鬱なふんいきには、いつもながら心を魅かれる。ウォッピング・リーチまでやってくると、彼は川面をすばやく移動していく雲の影を眺めた。だがメガネを外し、あらためて眺めてみると、川そのものが絶えずうねり渦巻いているように見えた。いったいどこへ流れていこうとしているのか。一瞬だが、ホークスムアはその黒い流れに呑みこまれるような気がした。二人の男を乗せた小船が通り過ぎていく。一人のほうが笑っているのか、顔をしかめているのか、ホークスムアのほうを指さしているようだが、その声はこの川岸まではとどかない。この無言劇じみた小船の通過を見守るうち、小船はタワー・ブリッジのほうへ曲がっていって、出現したときとおなじく唐突に姿を消した。

雨が降りだしていた。ホークスムアはウォッピングをあとにし、川岸沿いにライムハウスのほうへ歩きだした。やがてライムハウスのセント・アン教会の塔が見えてきたので、左折してブッチャー・ロウに入った。このあたりでは廃屋の建ちならぶ荒れ地が、街並みと川とを隔てている。ホークスムアははたと足を止めた。石を覆い、金網のあいだから伸びてはびこる青々とした雑草が、雨に濡れてむせかえるような匂いを発している場所で、一人の浮浪者が地べたに坐りこみ、空を仰いで雨を顔に受けていたのだ。そこで、ホークスムアは荒れ地に背を向け、道を渡ってショルダー・オブ・マトン・アレーに入り、セント・アン教会の正面にやってきた。あたりは静寂に包まれている。

ウォッピングとライムハウスの両教会にはさまれた地域について、なんなら虱つぶしの地取り捜査をやらせることもできるし、その界隈に潜んでいる犯罪の一々を正確に言い当てることだってできる。ホークスムアは殺人課に転属になる前の何年間か、犯罪捜査課のこの地域を管轄する班に所属していたことがあるので、このあたりのことは熟知している。泥棒がどのへんに住んでいて、売春婦がどこを溜まり場にし、浮浪者がどのあたりに現れるか、よく知っている。犯罪者はたいてい同一地域にとどまる性向があり、逮捕されるまでその地域で犯行をくりかえす、ということもわかっていた。まるで何世紀にもわたって、同じ地域が同じ目的に利用されてきたのではないか、と思われるほどである。急速にホークスムアの専門になった殺人事件の犯人たちですら、特定の場所からめったに離れようとせず、露見するまで殺しを重ねている。以前に殺しがあった場所が殺人者を引き寄せるのだろうか、と思うこともあった。彼が担当していたころのレッド・メイドゥン・レーンには、八年間に三度も殺人事件の舞台になった家があったが、さすがに三度目の事件以後は住む人もなく、ずっと空き家になっている。スウェデンボルグ・ガーデンズのロバート・ヘインズが妻子を殺害した事件では、床板のしたから死体が発見されたとき、連絡を受けたのはホークスムアだった。コマーシャル・ロードでは、キャサリン・ヘイズという女性がある儀式の犠牲になっている。つい昨年には、セント・ジョージ・

イン・ジ・イースト教会そばの路地で、トマス・ベリーという男が刺殺されて、死体をばらばらに切り刻まれる事件があった。たしか、一八一一年のかのマー一家殺し事件があったのも、この地域である。ホークスムアが貪るように読んだド・クインシーの『藝術の一分野として見た殺人』によれば、犯人とされたジョン・ウィリアムズは「すべてのカインの末裔をしのぐ至高性を主張した」ということになる。彼は、昔のラトクリフ・ハイウェイ沿いに住んでいた一家四人――若夫婦、赤ん坊、徒弟――の頭蓋を大槌でめった打ちにしたうえ、ごていねいに死にかかっている被害者らののどを切り裂いた。そして、その十二日後、同じ地域に住む別の一家を惨殺している。ふたたびド・クインシーによれば、彼はそれによって「大殺人鬼」へと変貌し、ウォッピングの教会の影に住む人びとを恐れおののかせたが、ついには捕らえられ、獄中で自殺した。ジョン・ウィリアムズの遺体は馬車に乗せられ、遺体を引き裂こうとつめかけた群衆の見守るなか、埋葬場所である教会のまえの四つ辻まで運ばれていった。遺体はそこに掘られていた穴のなかで、心臓に杭を打ちこまれ、埋葬された。ホークスムアの知るかぎり、いまもそこに眠っているはずである。今朝、警察が張った白いテープのまえに弥次馬がつめかけていたのが、ちょうどその場所だった。スピトルフィールズのクライスト教会周辺の通りや路地裏で起こっている、もっと有名だといってもいいホワイトチャペル地区の数々の殺人事件のことをなにも知らなくても、ホークスムアとおなじように、特定の通りや場所が一見動機がないように見える犯罪を誘発するということは理解できるだろう。未解決のままの殺人がいかにたくさんあり、いまだ見つかっていない犯人がどれほど多いか、ホークスムアはよく知っている。

これまで彼が捜査にあたった事件では、かならずといっていい強い宿命のようなものを感じ取った。

あたかも殺人犯人と被害者とが、ともにみずから破滅への道を求めているような気すらしたものである。ホークスムアの仕事は、犯人があらかじめ敷いた道筋に追いたててやるだけ――いってみれば、手助け役をしているだけにすぎない。死にかけた人びとの最期のことばが、あの独特の響きを感じさせるのも、この宿命感があればこそである。ライムハウスからスピトルフィールズへと向かいながら、ホークスムアは幾度もそのようなことばがつぶやかれた部屋や街角を通り過ぎていった――「うちの台所にへんなものがいる」「こんど会うときには、私だとわかるだろう」「手紙を書き上げてしまいたい」「じきに仕合わせになるよ」ホワイトチャペル・ハイストリートを渡り、鎖につながれた罪人の絞首刑が最後におこなわれた場所を通る。あのときの殺人犯の最期のことばは、たしか「神様なんていない。おれはどんな神の存在も信じない。もしいたとしても、信じてなんかやらんぞ」というものだった。すでに行く手に、スピトルフィールズのクライスト教会が見えてきた。

殺人のさまざまなパターンや、犯人の多様な習性を学ぶ機会を、彼はけっして逃さなかった。たとえば十八世紀には、絞殺された被害者の鼻が食いちぎられていることがよくあったが、その習慣はホークスムアの知るかぎり、まったく無くなっている。また、殺人の手口の流行(はや)り廃(すた)りを会得しておくことも大切である。例をあげると、刺殺と絞殺が一般的だったのは十八世紀末のことで、のどを切り裂いたり棍棒で撲り殺すのは、十九世紀前半に多く見られ、後半に入ると、毒殺とばらばら事件が多くなる。そのことからすると、ウォッピングで三人目の犠牲者が出た、最近の連続絞殺事件は、ホークスムアの目には異常と映るのである――まったくの時代錯誤としか思えない。しかし、この話を同僚たちに聞かせる気はない。どうせ理解してはもらえないからだ。

彼はブリック・レーンのはずれにある警察署に入っていった。九カ月ばかり前、教会裏の地下道でトマス・ヒルという少年の死体が発見されてから、事件の捜査本部がここに設けられていた。二、三人の警官が興味もなさそうにこちらに目を向けた。ホークスムアは名乗ってやる気もない。そこかしこで相前後して電話が鳴り、一人が猛烈に煙草をふかしながら、背を丸めてタイプライターを打っている。その警官を眺めやってから、ホークスムアは奥の隅のほうに静かに腰をおろした。開いたままのファイル。床にころがっているプラスティックのカップ。コルクの掲示板に無造作にピンで留められた署内通達。あちこちに散らばった新聞。あまりの乱雑さにうんざりさせられる。若い警官がしゃべっている。「ま、あんたがやれるって思うんなら、やりゃいいじゃないの。それがいいよ。うん、そうだよ」すると、相手が答える。「だけど雨が降ってたんだぜ」ホークスムアは並んで立っているその二人を見て、いまの二つの科白のあいだには関連があるのだろうか、と思った。二人は前後に体を揺すりながら話している。ホークスムアはじっくりと考えこみ、なんの関連もないという結論に達した。あらためて耳を傾けていると、「眠りこんだ」「夢を見てね」「目が覚めたんだ」ということばが切れぎれに聞こえてくる。ホークスムアも口のなかで、「眠った」「夢を見た」「目が覚めた」と、反復してみた。それぞれのことばの形や響きが、かれらの会話の流れのなかで占める位置に関係するのかどうか。いや、そこに論理的なつながりはない。自分自身がしゃべるときも、論理的なつながりがあってことばを使っているのではなく、ただ吐瀉物のように吐き出しているだけで、音韻や意味に関係なく先へ進んでいくだけだ。彼はこの二人のことばの奔流にのどを絞めあげられ、椅子に縛りつけられたようになった。そのとき、かれらより年輩の制服警官がそばにやってきた。

「おいでになるだろうと思っておりました」

とっさに跳びあがりそうになる自分を抑える。「そうだろう。だから、出向いてきたんだよ」

「はい、あなたが担当されることは聞きました」

警察官も齢をくってくると、日々に出会う現実に対処できなくなるのか、反応力が鈍くなりがちだということに、ホークスムアは気がついている。そこで、すこしばかり試してみることにした。「捜査のほうは、定石どおりに進んでいるのかね」

「はい、定石どおりに。順調に進んでおりますよ」

「しかし、本件には、定石は通用しないのじゃないかね、警部補」

「そうですな、そのとおりです」

「わかっておればよろしい」話しながら頬をひっかく。ホークスムアは役を演じている。自分でそれはわかっている。わかっていることが、自分の強みだとも思っていた。ほかの連中は、自分の役がすでに台本に書かれている、ということに気がついていない。かれらの行動は舞台のうえにチョークで引かれた線に沿って定められ、衣装も所作もあらかじめ決められているのだ。だが彼はそのことを知っているので、自分からそれを選択した気分になれる。警部補はホークスムアの最後のことばを聞いていなかったらしく、ぼんやりと彼の顔を見ている。そこでホークスムアはつづけた。「時間のことが知りたい」

「時間、ですか。といいますと、今の時間――」

「いやいや、犯行の時間だよ。時間がわからないし、私には時間がない」

「それが問題ですな、たしかに。よくわかりますよ――」煙草を出して口にくわえたが、そのまま火をつけようとはしない。「たしかに問題です」

「どんな問題にも答えがあるはずだが。警部補、そうじゃないかね」

「いやあ、おっしゃるとおりでしょうな。まったくです」

ホークスムアはしげしげと相手の顔を見つめた。降参して、なにもわかっていませんと白状するか、殺人事件に手を焼いていますと取り乱すか、してほしかった。なんでもいいから、こちらの気持ちが楽になるようにしてもらいたい。だが、警部補はすでに別の机のほうへ行って、若い警官ととりとめもない話をはじめている。若い警官は話しながら、左右の足に交互に重心を移していた。ホークスムアは椅子から立って、そこを辞した。

夕暮れの灰色に染まるなかを、警察車を走らせ、グレイプ・ストリートの角で車を降りた。すぐ近くに日時計の石柱セヴン・ダイアルズが建っている。ホークスムアはその近くの古いフラットに、小さな部屋を借りていた。考えにふけりながら、〈赤門亭(レッド・ゲイツ)〉というパブのまえを過ぎ、その隣にあるフラットの階段をのぼりながら、セント・ジョージ・イン・ジ・イースト教会の塔の石段のことを考えていた。自分の部屋のドアまであと一息のところで、下から彼を呼ぶ声がした。

「ちょっとおーー！　あたしですよお、ホークスムアさーん。ちょっと、よろしいかしら？」ホークスムアは足を止めて、開いた戸口に立っている婦人を見おろした。部屋のなかからの明りが、踊り場に彼女の影を投げかけている。「ホークスムアさん、あなたですの？　メガネがないと、なんにも見えないものでね」一心にこちらに目を凝らしているらしい。「男の方が訪ねてみえたんですよ」豊かな胸をおおう役にはあまり立っていない、カーディガンの端をいじくっている。「どうやって玄関のドアを入ってきたのかしら。ちょっと心配ですわね、ホークスムアさん——」

「そうですね、ミセス・ウェスト。ま、だいじょうぶでしょう」ほこりの積もった階段の手摺を右手でつかんだ。「用件をいっていましたか」

「あたしから尋ねるのもどうかと思ってねえ。あたしはホークスムアさんと同じフラットに住んでいますけど、あの方の家政婦じゃありませんっていっておきました。あたしの知ってるホークスムアさんは、こんな家政婦じゃご迷惑でしょってね」

おれのことを、どれほど知っているというのだろう。ホークスムアは、笑っているミセス・ウェストの黒ずんだ舌が盛り上がっているのを見ていた。彼女のほうも、笑いながらこちらを見つめている。彼女の言うには、その男は長身で、夏の盛りだというのに黒いコートを着ていて、頭髪は薄くなりかけていたが、齢のわりには黒々とした口髭を生やしていたそうだ。

「ホークスムアさんは戻られますか、と訊かれたので、わかりません、そんなに規則正しい生活の方じゃありませんから、とお答えしたんです。そしたら、私もそうですよ、ですって」

ホークスムアは最後の数段をのぼった。「わかりました。どうもありがとう」夫人は踊り場に足を踏み出してきた。彼が階段をのぼりきって、姿が見えなくなるまで見送る気らしい。「いいんですよ。あたしはいつも部屋にいるんですもの。どこにも行く気になれなくてね、こんな脚じゃ」

ホークスムアはドアをわずかに、身を滑り込ませるぶんだけ開いた。たとえ彼女が伸びあがって首をのばし、部屋をのぞこうとしても、見えないように。なかに入って、ドアを閉める前に呼びかける。

「どうもありがとう。おやすみなさい。どうも」
居間に入って窓辺に立ち、向かいの建物を眺めた。そこに何かの形が見えたが、よく見るとなんのことはない、こちらのフラットが向こうに映っているのだった。そうなると、こちらは外を見ていることになるのか、なかをのぞいていることになるのか。ミセス・ウェストの部屋の台所から料理の匂いが立ちのぼってきたので、夫人が皿のうえに屈んでいるところを想像していると、〈赤門亭〉から笑いさざめく声がかすかに聞こえてくる。その瞬間、現実感がもどってきた。これがいつもの生活なのだ。

ハッとふりむいた。部屋の隅でふいに動くものの気配を感じたからだ。そこの隅に立てかけてある凸面鏡（商店で万引きを防ぐために使われている例のやつだ）を持ちあげ、その後ろになにか潜り込んでいないかたしかめた。なにもいない。鏡を部屋のまんなかまで運ぶと、縁に積もっていたほこりが指についた。鏡を高く掲げ、窓の明りを受けて、気を落ち着けて映像を眺めようとしたとたん、大きく膨張した自分の顔に見返され、落ち着きを失ってしまった。顔のまわりには、背景の世界が引き歪んで映っている。じっと見返している顔は、いつもと変わらぬ自分――老けこむことはないが、いつも用心怠りない人物――だった。自分に笑いかけてみたが、笑顔は長くはつづかなかった。しかたがないので、ひたすらじっとして、自分の顔が鏡に映っている他の物体とおなじ物体と化してしまうまで待った――彼の視界の内側を漂う肘掛け椅子や、グレーの絨毯や、色の濃い木のテーブルや、そのうえの電気スタンドとトランジスター・ラジオや、それらを取り囲む白壁とおなじ物体に。それから、鏡を下に置いた。両腕をぐっと頭上にのばし、こぶしを握りしめた。そろそろ出掛ける時間だ。

帰ってきたときとおなじように、静かにフラットを出るつもりだったが、とっさの衝動でドアを叩きつける勢いで閉めた。夕暮れの街に歩きだしながら、靴のかかとが舗道を打つ音を楽しんだ。セント・ジャイルズ・ストリートを歩いていくと、二人組のストリート・ミュージシャンに出会った。片方が物悲しいポップソングを歌い、もう片方が施しを求めている。どこで聴いたか思い出せないが、聴いたことのあるリフレインだ。

なんど落ちても落ちても
おれはただ登りに登る

歌い手にじっと見つめられ、落ち着かない気持ちになった。ポケットを探ったが小銭がないので、もう片方が両手を開いて彼のまわりを跳ねまわるのを、ただ黙って見ているしかない。そこを行き過ぎてしばらくしてから、さっきの歌い手が盲人だったことにやっと気づいた。

父が入っている養護ホームに着いたころには、すでに肌寒くなっていた。遅くなったことは確実だった。砂利敷きの道を急ぎ足に歩いていくと、れんが造りの大きな建物内で食器の触れあう音が聞こえ、裏庭から犬の吠え声がして、かつての苦痛がよみがえってくるのをおぼえた。

「お待ちになってらっしゃいますよ」と、看護婦は言った。彼女はホークスムアの顔を見るときだけ微笑した。「会いたがっていらしたんですよ、ほんとうに」

看護婦といっしょに、老いの匂いが漂っている廊下を歩いていった。離れたところでドアが勢いよく閉められると、低迷していた老人の臭気が一陣の風となって吹き過ぎる。すれちがうときに、ホークスムアを睨みつけるもの。あるいは、切れ目なくしゃべりつづけながら近寄ってきて、彼の上衣をいじくるもの——彼のことを知人と思い込み、ついさっき中断したばかりの会話を再開しているつもりなのかもしれない。寝間着を着た老女が壁を背にして立ち、「ジョン、おいで。ジョン、おいで。ジョン、おいで」と、宙にむかって呼びかけていたが、やさしく腕を取られ、呟きをつづけながら連れ去られていった。ここには静寂が漲っているが、老人たちが静かにしているのは、たんに薬のおかげなのだということを、ホークスムアは知っている。

「あ、おまえか」ホークスムアが近づいていくと、父はそうつぶやいた。それから、自分の手に視線を落とし、それが他人のものであるかのようにまさぐった。

これから先ずっと、背を丸めて自分の体を眺めている、そんな父の姿を見ることになるのだろうな、とホークスムアは思う。「ようすを見に寄っただけだよ」と、声を大きくする。

「ああ、好きにすればいい。おまえはいつも好きにしていたからな」

「元気にやってるかい?」

「だれの世話にもなっとらん」父はホークスムアを睨みつけた。「私はだいじょうぶだ」また間をおいて、つけくわえる。「老いぼれ犬だって、生きとるんだ」

「よく食べてるかい?」

「そりゃどうかな。なんともいえんよ」ベッドの端に腰を掛けたまま身じろぎもしない。その目のまえを、看護婦がワゴンを押しながら通っていく。

「元気そうだね」

「ああ。まあ、寄生虫は飼っとらんよ」突然、父の両手がぶるぶる震えだした。「ニック」と、言う。

「ニック、まだつづくのか？　あの手紙はどうなったんだ？　おまえのことを嗅ぎつけられたのか？」

ホークスムアは茫然と父を見つめた。「どの手紙だい、父さん？　父さんが書いた手紙か？」ふいに、この建物の地下室で燃やされている郵便物のイメージが、頭に浮かんだ。

「いや、わしじゃない。ウォルターが書いたんだ。おまえも知ってる手紙だ」父は窓の外へ目を向けた。手の震えは治まったが、その手で宙に何かの形を描きながら、低い声でつぶやいている。聴き取ろうとして、ホークスムアが腰をかがめ、耳を近づけると、またしても肌と汗の臭いがぷんと鼻をついた。


ずいぶん昔の話だが、母が亡くなった後、酔いつぶれた父が肘掛け椅子で鼾（いびき）をかき、酒臭い息をまきちらしていた頃のことが、いまも記憶に残っている。あるときホークスムアがトイレットのドアを開けると、父がしなびた一物を握って目のまえに坐っていた。「入る前にノックぐらいしたらどうだ」と、父は言った。それからというもの、父のこしらえる料理を口にするたびに、胸がむかついた。だがその後、その嫌悪が自分を清浄にしてくれると感じるようになり、家内の静けさ、憎しみの純粋な清らかさを快く感じるようになっていった。そしてまた、すこしずつ、他人とは距離を置いて接することをおぼえるようになった。かれらの笑い声やセックスに関する話を軽蔑していたが、いっぽうで、そういったことに魅かれていたこともたしかだった。それは流行歌の類もおなじで、ふだんは神経にさわるのに、ときにはすっかり心を奪われ、気がつくと恍惚状態に陥っていたということもあった。

十三歳の誕生日に、彼は映画を観た。画家が主役で、自作の絵を売ろうと足を棒にして歩きまわるが売れず、そのうちに寒さと飢えにさいなまれ、ついには浮浪者となって、かつては希望を胸に闊歩（かっぽ）した街の道端で眠る身となる。ホークスムアは深刻な不安感に浸されて映画館を出た。そのとき以来、過ぎ行く時というものをひしひしと感じるようになり、その時間の岸辺に取り残されるのではないかという恐れをいだくようになった。いまでもその恐れは消えていないが、それがどこから生じたのか、もはや思い出すことができない。自分の過去そのものにはどうも興味を感じないので、昔のことをほじくり返す気にもなれないし、将来に目を向ければ、着実に目標を達成していく自分が見えるが、そのことになんらの喜びも伴わない。彼にとって、幸福とは、たんに苦しみがない状態にすぎず、求めるものがあるとすれば、それは忘却であった。

腰をかがめ、父の声に耳を傾けたものの、聴き取れたのは「そら、ろうそくだ！」の一言だけで、父は息子の顔を見るなり、小児じみた笑いを浮かべて唾を吐きかけた。ホークスムアは身を引き、嫌悪の目で父を見つめると、レインコートの袖で頬についた唾をぬぐった。「遅くなった。もう帰るからな！」そうどなって、病室を出ていった。病棟全体に、嘆き悲しむ声とざわめきが満ちていた。

呼び鈴を聞いたミセス・ウェストは、グレイプ・ストリートを見おろした。

「また、あなたなの？」

「まだ、もどられませんか？」

「もどられたけど、また出掛けられましたよ。しょっちゅう飛びまわってる人だから」

彼女は夏の夕べを独りで過ごすことに退屈していた。

「こっちに上がってきて、待ってみたら」穏やかにつけくわえる。「じきもどられるでしょうから」

「じゃあ、少しだけ。長居はできませんので」ウォルター・ペインは階段を上っていった。

夫人は戸口で待っていた。急いでブラウスのうえにカーディガンを羽織りなおしていたが、ブラウスの胸元が大きく開いているのまでは隠せない。「一足違いだったのよ。ドアをバーンと閉めていったんだけど、聞こえなかった？　ドキッとするのよね、あれは」平静をうしなって、ビスケットの皿とティーポットのほうに屈んだ拍子に、ウォルターにもたれかかってしまった。「なにがお好き？　さあ、しょうが入りケーキをどうぞ。遠慮しないで」ウォルターが溜息をついて腰をおろすと、夫人は訊いた。「大事なご用なんでしょうね」

「あの方とは同じ職場で――」

夫人がさえぎった。「ああ、あの方のこと。あの方のことは訊かないで。なんにも教えてあげられないんだから、あたしは。こうやって両手を縛られているも同然なの」両手を前に出し、手首のところで重ねて、縛られている恰好をしてみせた。ウォルターはギクリとして目を伏せた。夫人は皺だらけでつやのない肌を眺め、そこに茶色の斑点が浮いているのに気づいた。「さっぱりわからないわ、あの方のことは」独り言のように言うと、しょうが入りケーキの皿に目をやり、もう一つつまんだ。

ウォルターはこの話題をつづけてもらいたかったが、夫人は食べながら話を変えた。「でもねえ、こういう古い家に住んでると、なにが聞こえてくるかわかったもんじゃないわよ。あたしが住む前はどうだったのかしら、なんて思うこともあるけど、わかりっこないわよねえ……」語尾を引きのばしたと思うと、またケーキを口に放りこむ。「あなたのお名前、うかがってなかったわね」

「ウォルターです」

「じゃあ、ウォルター、ご自分のことをもすこし話してちょうだい」

「えーと、さっきいいかけましたが、階上のあの方とは同じ職場で組んで仕事をしているんですよ」

二人はそろって天井を見あげた。まるでホークスムアが床にへばりついて聞き耳を立てている、とでもいうように。「その前はコンピュータを扱っていました」

夫人は楽な姿勢に坐りなおす。「コンピュータなんて、あたしにはチンプンカンプン。うちのサーモスタットもおんなじ」

「簡単ですよ。情報を入れてやれば、答えが出てくるんです」この話題になると、ウォルターは飽きることを知らないが、彼が熱を入れればそれだけ、ミセス・ウェストを辟易させるようだった。

「あのですね、ロンドン全体をコンピュータ一台に入れてしまうことができますから、コンピュータに任せれば、犯罪もぐんと減りますよ。なにしろ、これから起こる犯罪の場所を予測することだってできるんですからね！」

「ふーん、そんな話は初めて聞いたわね。どうして、コンピュータには、自分がなにをしたらいいかわかるの？」

「記憶装置があるからですよ」

「記憶装置ねえ。そんなものがあるなんて初耳だわ」夫人はもじもじ尻を動かした。「どんな記憶？」

「ありとあらゆることに関する記憶ですよ」
「その記憶はなにをするの？」
「世界を安全な場所にするんですよ」
「よくいうわねえ！」呆れた、というような仕草。好奇心を満たされた夫人は、立っていって、テレビのスイッチを入れた。二人は親しげな沈黙のうちに、マンガをやっている画面に注目した。狼と小動物たちとの滑稽な追い駆けっこに、夫人はキャッキャッと笑い興じた。ウォルターすら、この無邪気な世界の住人たちを、いつしか楽しんで眺めている。マンガが終わると、夫人は窓の外に目を向けた。

ウォルターは腰をあげた。「もどられそうにもありませんね」

ミセス・ウェストもうなずいた。「そうねえ、あたしの知ってるとおりだとすると、夜通し帰られないかもね」どういう意味だろう、とウォルターは思った。「またいらしてもいいのよ」彼女は別れ際にそう言った。それから窓辺に寄り、笑いすぎて痛くなった脇腹をたたきながら、去っていくウォルターの後ろ姿を見送った。

ホークスムアが帰ってきたのは、それからまもなくのことだった。部屋のドアを開けると、その晩の疲れがどっと出た。早くベッドに入りたい。彼の内部で叫んでいるものを休ませなければならない。暗い室内には、グレイプ・ストリートの明りが反射している。足を踏み入れたとたん、ホークスムアはギョッとしてあとずさった。部屋の隅に何かがいる。坐っているのか、かがみこんでいるのか。急いで電灯をつけたところ、それはただの上衣だった。そこに自分で放り投げたのだろう。「わが第二の皮膚」ということばが、ふっと胸に浮かんだ。そのことばを低声でくりかえしながら、寝る支度をととのえる。眠ってからは人並みに夢を見ても、見た夢を忘れるすべを彼は心得ていた。

翌朝、オフィスで陽光を背にして坐っていると、ウォルターが口笛を吹きながら入ってきた。

「入る前にノックぐらいしたらどうだ」と、ホークスムアは言った。

ウォルターは怯(ひる)んだが、すぐに上司が微笑しているのに気づいた。「お知らせすることがあったので、昨晩お宅に行ったんですよ」なぜかホークスムアは顔を赤らめたが、なにも言わなかった。ウォルターは先をつづけた――こんどはややためらいがちの口調。「予想どおりでした」ホークスムアの机上に数枚の書類を置く。「血液も組織もすべて、被害者のものでした。べつの者、つまり加害者のものは、なにひとつありません」

「その『べつの者』は、指紋もその他の痕跡も残していないのか?」

「ですから、なにもありませんでした」

「おかしいとは思わんか」

「ふつうではありませんね」

「りっぱな判断だな、ウォルター」ホークスムアはメガネを掛けると、ウォルターがもってきた書類に目を通すふりをした。「報告書をタイプで打ってくれ。そいつを副総監に提出するんだ。いつもどおり細大漏らさず書き込むんだぞ――発見の日時、担当者のリスト、その他もろもろ」背もたれに寄りかかり、メガネをはずす。「さてと、私の目から見た事実を話してやろう」

だれの目から見ようと、現時点ではそれがまさに事実なのだ。昨年の十一月十七日の夕刻、スピトルフィールズのクライスト教会裏の、いまは使われていない地下道内の通路で、少年の死体が発見され、それが一週間前から行方不明になっていたイーグル・ストリートのトマス・ヒルだと確認された。死因は絞殺だったが、首のまわりに紐で絞めた痕がないため、素手によるものと思われている。また、肋骨が何本か折れていて、内出血があったことから、三十フィート以上の高さから転落したと見られている。しかし、徹底的な捜査のかいもなく、いまだに犯人の手がかりは見つかっていない——現場周辺でも、指紋はおろか、犯人の着衣の繊維すら発見されていないのだ。地上と地下道をくまなく捜索した結果、バスの切符が一枚と、教会内で売られている宗教パンフレットから破り取られた数ページが拾得されたにすぎない。いずれも重要なものとは思われない。家毎の聞き込みもおなじく不首尾に終わった。何人かの容疑者にたいする入念な取り調べでも、犯行の決め手となるたしかな証拠は出てこなかった。つづいて今年の五月三十日、ライムハウスのセント・アン教会の地下埋葬所へ通じるドアのそばで、通称〝ネッド〟、本名をエドワード・ロビンスンという浮浪者が死体で発見された。当初は、泥酔して地下埋葬所へ下りる急な階段を転げ落ちたものと見られていたが、法医学鑑定の結果、絞殺されていたことが判明した——死体にも、現場周辺にも、やはり殺人犯はなんらの痕跡も残していない。犯人を割り出す手掛かりになりうるものとしては、浮浪者のオーバーのポケットから見つかった一葉の写真のみで、相当ひどい皺が入っているものの、どうやら幼い子供の写真のようだ。この事件と、半年前のトマス・ヒル殺害とを結びつける理由はどこにもなかった。警察で〝流れ者〟と呼ばれるこの地域の住人たちの間では、口論は日常茶飯だし、ときには暴力沙汰も珍しくなかったから、エドワード・ロビンスンもそうした揉めごとの犠牲になったと考えるほうが、実際のところは無難だった。ところが、徹底した聞き込みでも、口論や喧嘩があったという証言は取れなかった。死体からは指紋も唾液も検出されず、またしても困惑した法医学者が、この二つの事件には「同質の要素がある」と、結論づけた。そして今年の八月十二日、ウォッピングのセント・ジョージ・イン・ジ・イースト教会の裏手で、ダン・ディーという少年の死体が発見された。明らかになったことは、被害者が友達と落ち合ってタワー・ハムレッツ・エステートのそばでサッカー試合を見物するため、前日の午後六時頃にオールド・グラヴェル・レーンの自宅を出た、ということだった。十一時になっても息子がもどらないので、心配になった両親は警察に届け出たが、教会の境内にある廃屋のそばで、警官が少年の死体を見つけたのは夜明け前になってからだった。今回も絞殺で、素手によるものと思われるが、首にも体にもやはり指紋は残っていない。戸別の聞き込み、徹底的な現場検証、入念な法医学検査もむなしく、なにひとつ明らかになっていない——この遺憾な事実をホークスムアは最後につけくわえて、話を終わった。

思わず微笑をもらしながら語り終えると、気分はいたって平静になっている。彼は声を落として、「な、ウォルター、われわれは大事件のお蔭で生きているようなものなんだ」と言って、さらにつけくわえる。「ただ、それがどういう大事件なのか、さっぱりわからんだけでな」

「犯人はきっと狂人じゃないですかね」

ホークスムアは机のうえに置いた自分の両手を見つめた。「そうと決めてかかるのはやめろ」

「でも、ゴミ野郎だってことは、まちがいないでしょう」

「だが、ゴミには掃除機が必要だし、掃除機もゴミを求めておる」ホークスムアは右手の指で机をトントン叩いた。「話してみろ、ウォルター、そのほかにどんなことが考えられるかね」

「というと、事件のストーリーを推理しろということですか?」

「ストーリーがあると仮定しなければ、犯人を探し出すことはできんだろうが」右手は動きを止めた。

「どこから始めたらいいか、ちょっと」

「そう、始めがむずかしいんだ。だが、ひょっとすると、始めなんてものはないのかもしれん。とても見通せないほど、それほど遠い昔のことなのかもしれん」立ちあがると、机から離れて窓辺に寄った。細い煙の柱が雲のなかへ立ちのぼっているのが見える。「なあ、ウォルター、もろもろのものがどこから来るのか、私にはさっぱりわからん」

「どこから来る、ですか?」

「きみはどこから来たのか、私はどこから来たのか、こういったものはみんなどこから来たのか」

眼下の街並みを指してみせた。さらに語を継ごうとしたものの、極り悪くなってやめた。いずれにしろ、もはや理解の限界に近づいていた。この世の動きや変化はすべて、首尾一貫した流れを成しているのかどうか。それは、キルトがさまざまな模様から成っていても、全体として一枚の織物であるのに似ているのか。それとも、もっと微妙な仕組みがあるのだろうか。風船が膨らむとき、その表面のすべての部分がおなじ割合で伸びるにもかかわらず、膨らめば膨らむほど全体として脆くなっていくようなものだろうか。そして、一つの要素が突然消えると、残りの部分もいっしょに消え失せてしまうのか。それはすべての要素がぶつかりあって内破し、目に映る光景と呼び声と悲鳴と音楽の断片がいっしょくたになって、どんどん小さくなっていき、時間そのものが解体されていくようなものなのだろうか。ホークスムアの頭のなかに、遠ざかっていく列車の映像が浮かび、しまいにはそのエンジンの匂いと煙だけがあとに残った。

彼は窓からふりむき、ウォルターに笑顔を見せた。「すまん。ちょっと疲れているだけだ」廊下から物音が聞こえてくると、急いで机のそばへもどる。「新しい人員がほしいから、そのことを報告書につけくわえておいてくれ。あの連中はなっとらんし、やりかたも気にくわん——」捜査本部のあの無秩序、だらしなく煙草をくわえた警部補の姿が、眼前によみがえった。「——このつぎは、現場の物はなにひとつ動かしてはならん、と言っておけ。絶対に動かすなと」

ウォルターが腰をあげると、ホークスムアは片手をあげて制した。「殺人犯は消えはしない。殺人事件は解決不可能なものではない。そんなことにでもなったら、世の中めちゃくちゃだ。自分を抑制しようとする者なんぞ、一人もいないようになってしまうぞ」ほんの一瞬、この世の真実の絵の表面に付着した油や芥を拭い落とすことこそ、自分の仕事なのだという気がした。教会建築に用いられた石の真実の肌理を見るためには、黒ずんだ石の表面を磨かなければならないのだ。

ウォルターは一刻も早く立ち去りたがっている。「じゃあ、つぎはなにをすればいいんですか」

「なにもしない。本件を一個のストーリーとして考えてみろ。始めの部分がわからなくても、先を読みつづけるしかないんだ。つぎになにが起こるか、知るためにはな」

「ホシをどうも見失った臭いですね」

「どうってことはないさ。どうせ、またやるに決まっている。それがやつらの常道だ。まちがいない」

「ですが、またやる前に止めなきゃなりませんよね」

「頃合を見てな。頃合を見よう」ウォルターは怪訝そうに上司の顔をちらりと見て、逡巡している。

「私だとて、むろん止めたいさ。だからといって、こちらから奴を探し出す必要があるとはかぎらん。奴のほうから私を探し出すかもしれんのだ」一呼吸置いて、「ところで、いま何時だ？」

七章

今、何時でしょうかしら、ダイアー様？　あたくしの時計は止まってしまいましたの。

ほどなく六時になります、と答えながら、黒いカージー織の外套を脱ぎ、玄関口傍の釘に掛けた。

ベスト夫人は、もうそんなお時間、と息を呑み、通りに面した扉から入ってきた私を階段上より見下ろしつつ、胸に手を当てた。一瞬だが、この痘痕面（あばたづら）の売女めが、とこちらは心中で毒づく。

時の過ぎ去るのは瞬く間ですわね。少しでも取り戻せたらね、ダイアー様、いろんな風に何度もやり直せたらよいでしょうにね。

時を元へ戻すことはできませんよ、ベスト夫人。空想上でならば別ですが。

あら、詩人たちがおりますわ、ダイアー様、詩人にならできますわよ。而（しか）して夫人はまたも私を見つめ、溜息混じりに、今の生活がもっと楽しければ、昔の思い出なんか必要ないでしょうにねえ、などと云う。喋りながら手摺に触れ、声を張り上げた。まあ、こんなに埃が！　昨日、掃除したばかりですのに！

この際、夫人には愛想よくしておこう。一体、この広い世間に、他に誰が信用できるというのか。

お具合でも悪いのですかな、と私は訊いてみた。

ええ、どこがどうという事はないのですけれど、話し相手のいないのが悪いのですわ、と答えながら、階段を降りてくる。犬と猫を相手に慰めを求めるしかないのですもの、御覧の通りの哀れな後家ですからね。おまけにこの古い家は、あちらこちらで耳障りな音がして苛々させられます。そう云って笑い、私を小突いた夫人の息からは、酒の匂いがした。

いやいや、ベスト夫人、このような古い家には、霊廟にも負けぬくらいの幽霊たちが住みついておると云いますから、お喋りの相手に事欠くことはありますまい。

あたくしが求めておりますのは、言葉ではなくて行為ですのよ。だって、ダイアー様、あたくしの体は尼僧服を着るようには出来ていないんですもの。

その言葉に覚えずたじろぎ、どう応えればよいものやら迷っているところへ、ちょうどナット・エリオットが吾が部屋から出てきたので、それに呼び掛けた。おい、この怠け者め、台所へ降りてきて夕食の支度に掛からぬか。すると夫人も、ナットに声を掛けた。あの殿方の事をダイアー様に申し上げなさいよ、ナット。

誰の事ですか、と私は尋ねた。

その方、名乗らなかったわよね、ナット？

お言伝もありませんでした、とナットが言い添える。

私は、はたと思い当たった。かの気紛れ悪党、無能な測量技師、例の脅迫状の差出人であるヘイズ氏が、私を煩わし惑わそうと、留守を見計らって吾が下宿を訪れたのに相違あるまい。彼奴(きやつ)宛ての手紙を故意に落とした時から、こちらは七日間にわたって監視を続けている。向こうも、可能な限り私を尾け回しているのに違いない。

こちらの想念をよそに、ベスト夫人はひたすら喋り続けている。その騒々しい声が鐘の音のように響いてくる。これからは、選挙の話で持ち切りになるのじゃありませんこと、ダイアー様？（全くその通りですとも、とナットが熱を入れて云い添える）。ウォンリー夫人に街なかで会ったのですけれど――あの角の家の持ち主なんですのよ（その家なら知ってます！　とナット）あの方のお話にはびっくりさせられましたわ。政治という熱病には、女でさえも罹るようですわね（ナットが顔を顰め、処置無しとばかりに、どうすれば治るのでしょうね、と問いかける）。階段の最下段に坐り込んでしまったナットを見て、夫人は笑い出した。そうねえ、オペラ見物にでも出掛ければ、そんな病気など吹き飛ぶのではないかしらね。そうじゃありませんこと、ダイアー様？　そこで夫人は、歌い出した。

歳月は船に帆かけて流れ去れど
友よ、愉快に、陽気にやろうぞ
時は盃よりあふれいずれど
友よ、飲み干せ、一滴余さず

では、こちらは食事としましょう、と夫人の歌の節に合わせて、私は陽気に応じた。空きっ腹で寝床に入れば、夜中に起き出す事と相成りましょうぞ。

あら、それなら、どうかお寝間着を忘れず着てくださいませよ、と夫人が云う。

ナットは台所に入り、こちらは吾が部屋へと天国の階段を昇って行けば、軽く一押しされただけで、地獄へと転落するような心地がした。ヘイズよ、ヘイズよ、貴様は何を知っているのか？　私はどうすればいいのだ？　やりかけたこの務めはいつ終わるのか。終わりなど思いも及ばぬ事なのか。部屋に入り、すぐさま便器へ向かえば、山ほどの糞便に苦しむ事となった。

そして翌日、新たな打撃に見舞われた。建設局内では本音を表に出さぬ術を心得、ウォルター・パインの前ですら、それが彼にどのような影響を与える事になるかは知らぬが、以前より内に籠るようになっていた。悪党ヘイズは相変わらずこちらの様子を窺っており、この日の朝はたまたま仕事部屋にやって来、私がウォルターと作業を進めておる傍で、設計図面を調べていた。そして云うのには、セント・メアリー・ウールノスの新教会堂では、木の蛇腹をぐるりに巡らせ、天井には板を張らずに梁（はり）を剝き出しとし、鐘楼の階段にはポートランド石を用いると、そのように理解して宜（よろ）しいのですかな？

いかにも、それが私の構想だよ、ヘイズ殿。

飾り尖塔も設けぬと？

必要あるまい。当初の計画にあった尖塔は、いかにも華奢過ぎるのでな。

まあ、とにかく、設計は貴殿のお仕事ですからな。ところで、この件と作事が大幅に遅れておる事を、サー・クリスは御存知なのでしょうな？

尖塔の件についてはとうの昔に報告しておる、と腹立ちを押し殺して答えた。作事の遅れについても、石工の死によって作業が中断された事は、サー・クリスも御承知だ。元の建物がいかに非道い状態であったにしても、私が与えられた期間内に教会堂を完成させるだろうと、これまたサー・クリスは承知しておられる（それはこういう話である。石工の息子トマスがスピトル・フィールズの教会の塔から転落死した事が、父親のヒル氏に尋常ならざる結果を齎した。彼は自室で卒中に見舞われ、石炭の火の燃え盛る暖炉に倒れ込み、背中と脇腹に致命的な大火傷を負って、卒然とこの世を去ったのである）。

まあ、美事成就するもせぬも、凡てダイアーさん次第ですからな、と蛇の如く陰険なヘイズはなおも云い、ウォルターに笑い掛けてから部屋を出ていった。

その笑いにこちらは向かっ腹を立て、もはや己れを抑える事ができずに口走っていた――大概の人間が己れの運命を予知できぬのは、神の摂理だな、ウォルター。何しろ今この部屋に、間もなく死ぬ事確実な者がおったぞ。

人は皆、死ぬものと決まっておりますが、とウォルターは訝しげにこちらを見る。

それはそうだ。だが、その者が病んでおるか健常者であるかは、上辺だけでは見分けがつかぬだろうが、と私は応じた。

六時に仕事場を出た時、廊下でヘイズが別れの挨拶に頭を下げたが、こちらはおざなりな一揖を返すだけにした。外は霧のたちこめる夕間暮れ。だが、鷹の如き目を持つ彼奴ならば、私の後を尾けられぬ程見通しが利かぬわけではない。そこで全速力でホワイトホールを北へと向かい、ストランド大通りに曲がり込んだ。足音は途絶える事なく追ってくる。一度振り返ったものの、悪党めは素早く姿を隠した。よかろう、それならば、貴様を相手に一踊り踊ってくれようか。いずれ地獄で、貴様は古(こ)諺(げん)に云う老嬢の如く猿の手を取り、踊りを踊る事を学ばねばなるまいからな、と私は呟いた。更に足を速めてセヴン・ダイアルズへ向かったが、彼奴がこちらを見失うまいとしている事はわかっているから、最早振り返ってみるには及ばない。しかし、セント・ジャイルズ街まで来たところで、いきなり通りを渡ったため、彼奴は馬車の流れに遮られ、そのまま通りの反対側に留まった筈である。それからグレイプ・コートを急ぎ足に通り抜け、酒亭〈赤門亭(レッド・ゲイツ)〉の半分だけ舗装された入口に着いた。扉の傍に佇んで、体を包んでいた霧が離れてゆくのを待った。それから意気揚々と店内へ足を踏み入れたのだったが、カウンター脇に置かれた手紙を見た途端に、危うく床にへたり込みそうになった。その表書きに、グレイプ・コート脇の〈赤門亭(レッド・ゲイツ)〉気付、ダイアー殿宛——取扱注意、と記されていたからである。私の出現する場所を一体誰が予言できようか。しかも、今日この日に現れる事を？震える手で封を切ってみれば、戦慄すべき文面が目に飛び込んできた——「お主が噂の的となるであろう事をここにお知らせする。だから今度の月曜日までに建設局から去らねば、事態は絶対確実に悪くなると知れ」

恐ろしい不安が胸中を渦巻いた。私は苦悶の呻きを漏らしても構わぬ店の片隅へ、蹌踉(よろ)めく足取りで移った。給仕に注文を問われても答えずにいたら、傍までやってきてこちらの腕に手を触れる。こちらはビクッと怖気に震えた。旦那、御注文は、と笑いながら尋ねる給仕に、強いエールを一杯頼み、これを飲みながら考えた。私の許へ送られてきた糞の如き手紙からして、あの犬のヘイズめの正体はわかっている。至る処に糞便を垂れ流すやつだから、彼奴の臭いを嗅ぎ当てるのは造作もない事。以前に、あの男が私をここまで尾けてきた事があったのだとすれば、この店に手紙が置かれていたのも怪しむには足るまい。それにしても、追う立場にあるつもりの彼奴が、実のところ私に追われている身だとは、何とも愉快ではないか。二人共に同じ中心点に繋がれている吾らの事、始めはお互い逆方向へ向かったとしても、いずれは円周上にて出会う事になるのは必定。死刑を宣告された囚人が絞首刑を逃れられぬが如く、彼奴は私から逃れられないだろう。風が正しい方角に吹いてさえいれば、彼奴は己れの策略に対し策略によって報いを受けよう。（次いで私は、こうも考えた。）あの悪党め、ちくりちくりと仄めかしてはいるが、私の務めの事を実際にどれほど知っているのだろうか。ミラビリスやジョーゼフの事は知っているのか。生贄の血は闇の内に密かに流されたのだから、彼奴が嗅ぎ付けている筈はあるまい。しかし、ブラック・ステップ・レーンが暴徒に襲われる前、もしも彼奴があそこまで私を尾けてきた事があったとすれば、由々しき事にもなりかねない。

　酒場の喧噪と空気の悪さに徐々に毒されてきて、吾が思考は乱れに乱れ、その山の如き重量に、哀れな吾が心は沈みに沈んでいった。と、聞こえてきたのは、どうやら扉の閉まる音のようだった。それに続いて、敷居を越える足音がし、女の声が、「またあなたなの？」と、問いかけ、それに対する谺さながらに、「まだ、もどられませんか？」と、男の声が響く。凄まじい耳鳴りに襲われ、恰も忘我状態から醒めるかのように我に返った私は、動顛して周りを見回した。だが、ここで自ら戒める――外界の物事を映す鏡になんぞなったりして、時間を潰している場合か。おまえの務めは急を要するのだ、酒場のストーヴの端などに坐っている暇はなかろう。早々に己れの部屋に戻って、ヘイズの命運を絶つ算段をするがよい。酒場の喧噪は、恰も遠のいた如くに聞こえない。お互いに頷き合っている客たちの姿は、過熱した燭台で燃え尽きかかっている、悪臭を放つ蠟燭の芯のようである。ストーヴの端の肘掛け椅子にゆったりと坐っておる、あの肉の骸の如き御仁は？　あれは私ではないか。私は立ち上がり、踉跟めく足を踏みしめて酒亭を出た。セント・ジャイルズ街を横切り、更にその先へふらふらと歩き続けたが、分別を見失う程に酩酊していたわけではない。下宿に帰り着き、汗を拭って床に入った。体中が火照り、脈拍が速い。その後も余り眠れず、半睡半醒の寝苦しい夜を過ごした。

翌日、目覚めてみれば、頭は軽やかになっていた。そこで気紛れを思いつく。今日一日寝間着のまま過ごし、誰にも会わない事にしたらどうであろう。だが、すぐに別の考えが浮かび、気分も明るく起き出す決心がついた。服を着、最上等の鬘を箱から取り出したところへ、ナットが私を起こしにやってきた。部屋に入ってきた小僧に声を掛ける――よう、大将（そう呼び掛けられて、当のナットは脚が竦んだように立ち止まった）、こちとら、五十ギニーにも換え難い名案を思いついたところでな。

それは何で御座いますか、と性急に聞きたがるが、こっちは教えてやらぬ。落ち着きのないナットの思念は、たちまち他の方向へと走る。昨晩、ベスト夫人からお言伝がありまして、トランプでカドリールをしませんかと、親方にお尋ねするように云われたのですが、親方はお帰りにならないし、代わりにおいらが返事をするわけにもいきませんし、待って待って待ち草臥れ、真夜中頃になって、物音が聞こえ――

――うるさいぞ、ナット、今朝はおまえの無駄口なんぞに付き合っておる暇はない。他に片付けなければならない用事があるのだ。そう云って、私は己が身をひしと掻き抱いた。

意気揚々として仕事場に入ってゆくと、ウォルターの奴、己れの幽霊を目にした如く顔色蒼褪め、窓外を眺めておる。彼に挨拶をしてから、私はヘイズの部屋へと赴いた。彼奴め、私を見て、「おお、なんと、彼が来た！　彼が来たぞ！」と、内心うろたえておるのが、手に取るように読み取れたが、こちらは能う限り慇懃に歩み寄り、ひとつお頼みしたい事があるのだが、と切り出した。ヘイズは一揖し、私に出来る事なら何なりと、と応え、どういうお頼み事ですかと訊く。そこで、話してやった。かの石工が、息子の死を嘆き、自らも命を断つ事になる前、セント・メアリー・ウールノス教会のロンバード街側に面した外壁造りをおざなりにしてしまったため、壁の高さはまだ七、八フィートも足らぬままになっておる。この壁を完成させれば、足場を凡て取り壊し、取り去る事ができるのだ。これ以上の遅れは許されぬ。貴殿はかの石工とは緊密に共同で作業を進めておられたのだから、彼の仕事を検分した上、壁の仕上げに何が必要かを確認して頂ければ有り難いのだが、と云うと、これに答えて、悪党ヘイズめ、私も作事の遅れは気になっておりましたので、お任せ頂けるならば、この件に関しては御満足のゆくように致します、と云う。重ねて礼を述べると、ヘイズもまた、私からの丁重な申し出に礼を云った。かくして私は、微笑によって奴を破滅へ引きずり込む事となったわけである。今でも眩暈(めまい)に悩まされておられるのか、と問うてみると、何と喜ばしい事に、はあ、少々煩わされております、との返事だった。

奴は最早、死者も同然、俎(まないた)の上の鯉、デザートに供された道化者である。私は仕事部屋に戻り、踏み付けられる泥濘さながらに臓腑(はらわた)を揺さぶって、呵々大笑した事だった。私の突然のはしゃぎ振りに戸惑ったウォルターが、いかがでしたか、と訊くので、上出来、上出来、と答えておいた。

これをご覧になれば、もっと笑えましょう、とウォルターが書状を差し出す。メアリー・ウールノスの教区牧師からの手紙てす。

プリドンからか。

さようです。あの異教のガラクタ（と教会の説教では、云っておられますが）を除去する日が決まったら、必ずや知らせてもらえるものと思っておられるようです。

あの男は愚か者だ。「ガラクタ」と云うたか。それこそガラクタ運搬人の振鈴の音が聞こえたら、彼奴をまっさきに手押し車に放りこんでくれよう、と私は答えた。

あのプリドンという牧師は、聖職者の皮を被った偽善の塊だからである。古物の外套をまとい、長靴下はだらしなく伸びきっているが、その顔は血色よく肥え太り、目は油断なく光を放っている。教会で説教壇に立ち、神の事を語ってはいるが、神については何も知らぬ。水の上を飛び回る蜉蝣が水の事を知らず、太陽の熱を受けて額に汗する無知の輩が、太陽について碌に知らぬ、というのと大同小異である。聖職者の中でも、あの男ほど礼拝統一法に忠実に従っている者はあるまい。というのも、チャールズ二世の御代（一六六〇～一六八五）には、刑罰法規の施行にあれほど熱心でありながら、ジェイムズ二世の時代（一六八五～一六八八）になると、それの廃止に躍起となり、次なるウィリアム三世の時代（一六八九～一七〇二）には、イングランドにいるオランダ近衛騎兵隊を本国へ帰還させよと熱烈に説いていたのが、現在のアン女王時代（一七〇二～一七一四）になるや、吾らが同盟国オランダにたいし、彼ほどに愛想よく、慇懃を尽くす者は滅多に無いくらいのものだからである。ウォルターは小用に立ったが、部屋に戻ってくると、プリドンの云う通り、あれを除去されるのですか、と訊いた。

話は幾らか遡る。一六六六年の大火の折、セント・メアリー・ウールノス教会堂は炎に焼かれ、その南北側面、屋根、東西両端の一部に多大な損傷を被ったため、委員会の権限によって、修復すべき教会に認定された。元々は正方形および丸形の石材によって造られた教会堂だったのだが、私は、ロンバード街に面した崩壊した部分を正面にして、これを敷石を用いて再建した。しかし、その前に、先ずは基礎を検め、固めておく必要があった。人夫たちが教会堂の側面を掘っていた時、砂礫に混じって数個の人骨が発見された。そこに埋められていると思われる遺体を掘り出そうと、人夫たちがなおも作業を進めるうち、やがて古い礼拝所の一部に行き当たった。端的に述べてしまうと、要するに初期キリスト教教会堂を発掘したのである。その特徴は、半円形の至聖所、ないしは十字の形に近い内陣である。基礎は「ガラクタ」ならぬ割栗のケント石で築かれ、ローマ式の凝った造りで、極度に堅いモルタルで固めてあった。それから銘刻文が見つかったが、それは「DEO MOGONTI CAD」と「DEO MOUNO CAD」(MOGONS神ないしMOUNUS神に跪拝せよ)というものであった。それを目にした私は、この上ない喜びを感じた。何故なら、ウィリアム・カムデンが記録している伝承によれば、太陽神たるマゴンが、ロンドン市のこの区域に福をもたらした、とされているからである。

プリドン牧師は、教会に隣り合った住まいに引き籠って、人夫たちの作業を見張っておったのだが、私が遺跡を検分するために到着するや、急いで表へ飛び出してきた。そして礼拝所の発見された穴をおずおずと覗き込み、お許し願えるなら、この愚にもつかぬ代物を見物仕りたいものですな、と云い出した。煉瓦や材木が落ちてくるやもしれぬので、怪我をされぬよう、革製の防護頭巾を被られるがよろしかろう、と云ってやると、坊主め、ぎょっとなって後退りおった。そして曰く、主なる神が吾らの心に安寧と静穏をお与えくださり、かような偶像崇拝に陥る事のなきようし給うたのは、なんと仕合わせな事でありましょうか！　そこへ、人夫が私のところへ別の石を運んでくると、牧師の鼻持ちならない弁舌がハタと止まった。その石の表面の泥を拭ってみると、ＤＵＪという銘刻が現れた。

　それは何で御座るかな、と牧師が尋ねる。また新たな世迷い言か何かですかな？

　神の名ではありませんな、と私は答えた。ＤＵは、古代ブリトン人のことばで、「暗い」という意味です。ここは往昔、夜闇に生贄の儀式が行なわれた場所だったのかもしれません。

　それを聞くや、幾分反り身になって、そういう宗教的狂態には同意しかねますね、と高飛車に出た。闇の宗教などという事はすべて過去のものですよ、ダイアー殿、今は理性的な神がおられる事が自明となった時代。土埃が衣服に降りかかってきたので、二人とも穴の傍を離れて少し歩きだした。その間、私は沈黙を守っていた。牧師の方は喋り続ける、ＤＵなどというのは、幼子の片言に過ぎぬでしょうが。こちらは、ごもっともな御意見、と応じたが、牧師は最早、説教壇に登っているかのように調子づいて、滔々とまくし立てはじめている。神がその被造物である森羅万象を、因果という自明の道によって導かれる事は、自然というものの紛れもない単純さを考えれば、すぐに証明できるはず。

　それなのに、何がＤＵですか、ダイアー殿。ここでプリドン師は、片腕を挙げて振り動かしたが、私の目には、チープサイド周辺の路地や裏小路が見えるだけである。牧師は急いで先を続ける。いかさま、現実の街は私の論旨の序論に過ぎないが、だが天を仰いで御覧なさい（と、空を見上げて、一段と声を張り上げる)。望遠鏡の助けを借り、数多の世界が重なり合う様子を見れば、心地好い驚きに満たされましょう。それらの世界が軸を中心に静かに穏やかに回転しつつ、然も華麗荘厳の気を漲らせております。吾らが啻(ただ)に感興のみならず理性に照らしてみればですな、ダイアー殿、愚かな異教の徒に憐みを感じ、この地に彼らが来た事を遺憾に思うはずでしょう。

しかし、大火の前、セント・ポール大聖堂の北に当たって、パードン教会墓地の壁に――

知りませんな、そのような墓地の事は。

――その教会墓地には、「死の舞踏」の美事(みごと)な壁画があったのですよ。何やらあのDUを思いだしませぬか。

なんとも無分別な仕業ですな、と善良な牧師は答えた。一旦囚われると、それは憂鬱(メランコリー)の質を惹き起こす事になる。儀式というものは須(すべか)らく明晰な理性によって説明される方が宜しいのです。

では、「奇蹟」をどう説明されますかな。

ああ、「奇蹟」ね。牧師はグレイスチャーチ・ストリートの方へ歩きながら、私の腕を取った。「奇蹟」は神による実験に過ぎませんな。

しかし、キリストは死から蘇られたのではないですか。

それは正に真実です、ダイアー殿。しかしながら、このての論争に決着を付ける方法を説明する、別の真実を貴方に教えて差し上げましょう。いいですか、キリストは三日と三夜、墓の中におられたとされておりますね? その通りです、と私が答えると、牧師は続けた。にも拘らず、聖書の記述によれば、キリストは金曜日の夜に埋葬され日曜日の夜明け前に蘇られた、とされております。

いかにも。

さて、ダイアー殿、この謎をいかに解かれますかな。

確かに謎ですな。

牧師は軽く笑った。なに、天文学者さえいれば、簡単に説明はつきます。ユダヤのある半球での一日と二夜は、反対側の半球での二日と一夜という事になる。その双方を合わせれば聖書の記述通りとなります。つまり、キリストはこの全世界のために苦難を受けられたのですからな。牧師はいかにも楽しげな口調でそう語った。

恰も無限の叡智を秘めたかのような一瞥をこちらにくれてから、唐突に足を止め、一本指を已れの耳に当ててみせた。お聴きなさい、子供らの口から迸る信仰の言葉が聞こえます、さよう、幼子たちの声です、と云う。私たちが角を曲がり、クレメンツ・レーンに入ると、三、四人の童らが歌いながら、こちらにやってくる。

ふるい教会の柵に来て
しばしの憩いをとりました
ふるい教会の墓地に来て
おおきな鐘の音を聞きました
ふるい教会の戸口に来て
足を止め、もすこし休みました

その童謡にどっと記憶が甦り、私は不覚にも涙を流しそうになったが、どうにか平静を保ち、童らに頰笑みを投げた。この時プリドン師は、一人の少女に目を留めた。いかにも淫婦の卵かと見える小娘だったが、牧師は明るい気さくな調子で彼女の頭を撫で、聖書の教えを守る良い子でいろよ、と諭した。それに対して、かの小娘、いきなり牧師の大事な急所をグイと摑むや、握り潰さんばかりに振り上げ、仲間と一緒に逃げ去ったものである。この人殺し、人殺しめが、と牧師は喚き、堪え切れずに私が声高に笑い出すと、横目でこちらをチラリと見やる。ややあって己れを取り戻し、いくぶん鹿爪らしく、食事の時間だな、と云った。月曜日は鳥獣肉の日でしてね、肉がなければやってゆけぬ！さあ、食事だ！

　牧師は直ちに住まいへと引き返し、私も進んでそれに同道した。教会に関する用事が残っていたからである。家に入るや否や、牧師殿は台所に呼ばわって、鵞鳥の焼き物（ロースト）二人前を遅くとも一時までに支度するよう申し付ける。暫しの後、「お食事の支度が整いました！」の声がし、すかさず牧師は椅子を立ち、程なくキャベツ、人参、蕪の山に囲まれた鵞鳥を前にしていた。料理を平らげ、大きな噫（おくび）を二つ放った後、やっと人心地ついた牧師は、ひどく大儀そうに口を開き、さっきの小娘を今度の説教の主題にするつもりです、と云った。所詮吾ら人間は、普遍的原形の欠陥だらけの不完全な写しにしか過ぎぬ事を、あの幼さで早くも立証したではありませぬか。女は深き濠（ほり）の如きもの、その家は死へと傾き、その道は悪魔へと通じております。あの娘、日ならずして街の女になるのでしょうな。

ふむ、それが街で育つ、ああいう娘らの運命なのです。無知蒙昧の庶民の常です。あの娘も既に、男どもの頭の中では、もう幾度も凌辱されておるに違いないでしょう。私自身は妻帯の経験はありませぬがな。そう語りながら、牧師は忘我状態に入りそうになったが、また話の本筋を思い出し、フランス産葡萄酒をもう一杯傾けて、話を続けた。近頃では、無知蒙昧の民衆が至るところで騒ぎを起こしております。奴らの聞くに耐えぬ怒号咆哮のお蔭で、家におりながら自分の声も聞こえぬ有様です。御覧なさい、窓に二重の鉄格子を取り付けておりますでしょう——と鶩鳥の小骨でそちらを示した——奴らがこの近隣の家々を襲っておるというのに、警吏の連中は手前の尻を掻いておるだけという有様ですからな。

葡萄酒で血が熱くなるのを感じながら、私はそれに応じた。街には暴挙と愚行ばかりが横行しているというのに、人の徳や公衆の利益などに就いて語って何になりましょうか？（牧師はまたも噫を発した。）人間は理性的な生き物ではありませんよ。肉欲に溺れ、熱情に盲い、愚行にうつつを抜かし、悪徳に凝り固まるのが人の常。

プディングはいかがですかな、ダイアー殿。

人間は糞尿に塗れて誕生し、そのために糞尿の色と臭いとを身に帯びて生きる昆虫にも等しい。こちらが喋っている間、プリドン師は皿のスープを吹き冷ましていたが、ここで口を開いた。仰せの通り民衆は穢い。だからこそ、市民攻府体制に就いては神に感謝せねばなりません。人は墓場に入れば皆平等、氏素性の高貴さなどこれからの世では顧慮されなくなるかもしれませぬが、しかしながら世の秩序と経済の維持のためには、身分と地位の格差があるという事が必要です。お手元の楊枝入れを取って頂けませんかな。

私はナイフを置いて、喋りを続けた。そのうちに暴徒どもは「熊いじめ」どころか「障害者いじめ」をやりだし、面白半分に猛牛を街に放ちますぞ。タイバーン公開処刑場では、死刑執行人の吊した罪人が脚をばたつかせていると、女子供が我勝ちに群がって、罪人の脚を摑んで引っ張り合いをする。更には罪人の衣の切れ端を取って、それに接吻したり、唾を吐き掛けたりするのです。

ふむ、さても悲しい時代ですな。そこの楊枝入れを取って頂けませんか、ダイアー殿。

それも喜ばしい事ではある、と私は調子を変えて続けた。あの連中は、吾ら自身の姿を映して見せてくれる、時代の鏡なのですからな。

いや、いや、ダイアー殿、万物は移ろいゆくもの、吾らも皆やがては変わりましょう。次いで牧師は時の本質について語りたい様子だったが、こちらは正にその時に追い立てられ、牧師が楊枝に手を伸ばしたのを潮に、お暇(いとま)をする事にしたのであった。

そして今、そのプリドンからの手紙をウォルターから渡された。私には殆ど読めぬ、とウォルターに云う。セント・メアリー・ウールノスの傍で眼鏡を落とし、割ってしまったのでな。返事はおまえが代筆してくれ、ウォルター、善良な牧師殿に、あの異教の祭壇が病原菌を撒き散らす恐れはありませぬ、と教えてやれ。吾らはロンドンでも屈指のキリスト教教会の傑作を建立中なのですから、とな。ウォルターはペンを執ったが、続きのあることを察して、待っている。そこで私は訊いてみた。石工の助手に、銘板は硬い石で造り、適当な時期に塡(は)め込むように、と伝えたか？

伝えました、と答え、ウォルターは溜息を漏らした。

銘板を塡め込んだら、誰もそばへは近寄らぬようさせるのだ。後は私が手ずから、銘文を刻みたい、私の銘文をな。ウォルターは窓の方を向き、私に顔を見せまいとしたが、その頭で何を考えておるかは手に取るようにわかった。私の云いなりに従えば、人から私の腰巾着と見られ、軽蔑と不審の目を向けられるのではあるまいか、と恐れているのだ。何をそのように鬱ぎ込んでおるのだ、と尋ねてみた。

私が？　鬱ぎ込んでなどおりませぬ。

おまえのその態度を見ただけでわかる。だが、そう憂鬱になるには及ばんぞ。今は私の事を良く云う奴はいないかもしれぬが、私の業績は、決して忘れられる事はないのだ。決してな。

そこで、ウォルターが唐突に振り向いた。あ、すっかり忘れておりました。サー・クリストファーからのお言伝で、平面図と立面図を至急御覧になりたいとの事です。明日、委員会に行かれますそうで、図面にお目を通しておかねばならぬからと。

誰がそれを伝えてきたのだ？

ヘイズさんから聞きました、と答え、幾分か顔を赤らめる。

それで、サー・クリスはどこにおられる？

講演をされるので、クレーン・コートへお出かけとか。ヘイズさんに、あちらへ図面を届けて頂くように云いましょうか（と言いかけ、私の顔色に気付いて）、それとも、私が届けて参りましょうか。

いや、私がすぐに持っていく。サー・クリスには他の用もあるのでな、と答え、さらに念を押さずにはいられなかった。ヘイズ殿の事など気に留めるでないぞ。自分自身以外は誰も信用するなと、前にも教えただろうが。

　かくして、いささか心穏やかならぬ想いで、クレーン・コートまで馬車を走らせる仕儀となった。そこは、あのグレシャム派である王立協会（ロイヤル・ソサエティ）の面々、即ち学者と称するペテン師、あの犬どもが、チーズにたかる蛆虫を解剖し、原子について語り合う集会場である。どいつもこいつも小便を引っかけてやりたい程のはったり屋で、彼奴らの会合に顔を出し、彼らのいうところの観察と考察、推測と意見、可能性と概念、世代と堕落、増加と減少、計器と数量云々云々に就いての駄弁に耐えるくらいならば、まだ仕事場に籠っていた方が遥かにましだ。しかしながら、サー・クリスに会うのは、何にも増して必要な事であった。私が直に図面を見せれば、サー・クリスはその場で承認してくれるだろうが、その手間を怠れば、後の機会になって図面をとっくりと検分、とことん粗探しをやられるだろうからである。

　サー・クリストファー・レンは来ておられるか？　クレーン・コートに着き、人相の悪い玄関番にそう尋ねた。

　最重要のお歴々と会っておられるので、お目通りは無理です、と玄関番は答え、見下すような目付きをして、外国からの賓客も御一緒です、と付け加えた。こちらは最重要の書類を持って来たのだ、と応酬し、鹿爪らしい顔を作って（唇を強く噛んだのである）ずかずかと通っていった。

　ホールには大勢の人がいた。中には見覚えのある顔もある。私は人目につかぬように階段の降り口に歩み寄った。見つかれば、おや、ダイアー殿だ、ケチな建築屋風情なぞ、吾らの談話に加える縁（よすが）もない奴、などと陰口をきかれるのがオチだ。サー・クリスの声が聞こえたが、不意の怖じ気に襲われ、傍に行く気になれず、展示室兼図書室（三室をぶち抜いた部屋である）に足を踏み入れた。椅子に腰を下ろし、気持ちを落ち着けるため、ぐるりの書物を眺め渡した。『通気調整についての考察』が『地震に関する仮説』に倚りかかり、こちらは危うく『火と炎についての論考』の上に転げ落ちそうになっている。これらの合理主義者らが賢しげな論争に勤しむ様を思い、私は笑い出しそうになった。書棚から新教の論客ギルバート・バーネット博士の『世界の新秩序』を取って開いてみると、どこの賢人が記したのか、扉に「モーセを論破する書」と書かれている。正に鼠取り作りを技師と比較するにも等しい。

　展示室は湿気と炭塵の臭いに満ちていた。急に右脚が引き攣ったので、勢いをつけて立ち上がった途端に、頭を何やら生き物らしいものにぶつけた。思わず悲鳴を上げそうになり、怖々頭上に目をやると、針金で宙に吊された奇妙な鳥の剥製であった。ここの珍品のひとつですよ、という声が隅から聞こえたので、目を細めて暗がりを覗くと、変った風体の物憂げな面持ちの老人が、針金に留められた鳥を指差している。それは埃及真雁と申して、最早この世から消滅したと思われておる鳥です。老人はこちらへ歩み寄り、こうも云った。しかしながら、詩人の言葉にもありましょう。

　ひとたび構想されたれば消え失せる事なし
　完璧なる種なれば永遠に保たるる

まさしく永遠、永遠に保たるる、ですな、と云いながら、垂れる鳥の翼を指で撫でてから、尤もこれは空気力学の研究にも大いに役立つものではありますが、と急いで付け加えた。云うべき言葉が見つからないので、私も鳥の翼に触ってみた。老人は続けて、ここには、その他にも自然界の多くの遺物が展示されております、と云う。こちらの瓶に入っておるのは、生きた人間の腸内から発見された蛇、それから、ほら、あちらの箱には、人の歯と肉の中で繁殖する虫。その傍の木箱にあるのは、あらゆる種類の苔類と茸類で、そちらの棚のは草本類の標本。また、あちらの隅に見えるは（と向きを変え）猿です。インド亜大陸から来たもので、背丈が人間くらいある。こちらの展示ケースの中にあるのは、バルバドス諸島近海にて採取された宝石です。自然界の謎はいずれは謎でなくなるでしょうな（老人はちょっと洟を啜り上げた）。そうそう、忘れておった。堕胎児を保存液に漬けたのが着いたばかりですが、御覧になりましたかな？　まだ見ていない？　このホムンクルスは必見ですぞ。そう云うと、老人は私の腕を取り、卓上のガラス瓶の前へ引っ張っていった。見ると、瓶の中には胎児が浮かんでいる。万事支障がなければ、明日にも解剖し検分する事になっております、と老人は云う。わし自身としては、これの数理的比率に関心を持っておるのですがね。

　この胎児には目が無いが、それでも私を見ているような気がする。私は内心の動揺を隠そうとして、声を大きくして訊いた——こちらにあるのは、どういう道具類でしょうか？

　それは、それ、わしらの商売道具ですよ。これは検湿器という、大気の湿りと乾き具合を計るための、実用的な発明品です。老人は軽く咳払いをすると、得意げに講釈を始めた。月面望遠鏡、白雲母レンズ、哲学の秤、測角羅盤、静水秤、その他諸々に就いての説明が続けられ、その間私の思念は別の方向へと漂っていった——なんと実り無き詮索、なんと虚しい徒労だ。万物の始原と深淵を探り出せるものと、浅墓にも信じ込んでおるではないか。だが、そのようなやり方で自然を発見する事はできぬ。世界のパズル遊びに現(うつつ)を抜かすよりは、この迷路の糸を解(ほぐ)してゆく事を試みる方がましであろう。

ところで、光学の心得はおありかね？　顔をこちらの顔の間近に寄せて、老人は尋ねた。幻像(ヴィジョン)を見るか、とのお尋ねですか、と応じてやると、老人はハタと黙り込んでしまって、返事をしようとせぬ。実用・有益なる学問と称されているものに関心を持たぬ者は、単なる口先だけの曖昧模糊学の徒と見られ、相手にされないのが常だからである。しかしながら、有用である事が原則であるのならば、パン屋や腕のいい馬医者と張り合ってみればよいのだ。老人が立ち去りかけたので、私も私自身の考察を近々に公表するつもりでおります、と云ってやった。

ほほう、と老人は耳を欹(そばだ)てる。それはどういうものですかな？

指を火傷する事なく蠟燭の炎でチーズを炙る方法に関する考察、とでも云いますかな。眼をドングリのようにする老人を尻目に、私は展示室を後にし、静かに階段を降りていった。

サー・クリスの講演はまだ始まっていなかったが、私が部屋の後方から入ってゆくと、彼は空気ポンプによる実験を聴衆に披露しているところだった。生きた黒猫をガラスの箱に閉じこめ、ポンプで空気を抜いて待つことしばし、やがて猫が痙攣状態に陥り、悶絶寸前というところで、再び空気を送り込む。猫がけたたましい声を上げながら、私の脚を掠めて逃げ出してゆくと、一同やんやの喝采を送ったが、サー・クリスはそれに対し一揖(いちゆう)を以て応えるでもなく、やおらポケットから数枚の紙片を取り出した。

聴衆は糞の山にたかる蝿の如くざわついていたが、それが鎮まると、サー・クリスは口を開いた。

光輝ある学術団体としてのこの「王立協会（ロイヤル・ソサエティ）」の源を築かれたのは、ベーコン氏であり、ボイル氏であり、ロック氏であります。吾々がここにこうして集うのは、かの先輩たちの存在あったればこそであります。何となれば、吾々は先輩たちの驥尾（きび）に付く事で、実験哲学こそは人類が暗黒と迷信を克服する道具である事を学んだのであり（サー・クリスの話を聞きながら、私は胸の裡で「自分の背後を振り返ってみろ」と、叫んでいた）、化学、解剖学、数学のみならず、力学、光学、静水力学、気力学を通じて、自然の営みを理解し始めておるからです（「だが、自分の堕落に就いては理解しておらんではないか」）。これは啻（ただ）に啓蒙的なる一世代のみの手柄ではありませぬ。大気中では、風と気象についてのより正確な解明が、ベーコン卿やデカルトやボイル氏やその他の人々によってなされており、この地上では、コロンブス、マゼラン、その他の冒険者により、新大陸が発見され、博学多才のキルヒャーによって、地下に埋もれた世界の全容が発掘されております（「地獄から聞こえる嘆息に耳を傾けてみよ」）。そして、植物学はボーアンおよびゲルハルトによって大きく改革された外、イングランドの草本に関する最新の研究が、吾が協会のもう一人の英才メレット博士（「オッチョコチョイの莫迦者でもあるが」）によって発表されました。博物学は今や、乳腺や淋巴管、新しい幾つかの分泌腺、神経の形成および血液の循環の類いにまで、豊かな研究材料の山を見出しております（「『不浄なる者はいよいよ不浄をなす』というのは、『黙示録』にある言葉だ」）。吾々の拠り処は合理的実験と因果関係の観察であります。往昔（むかし）の人たちは事物の表層と外面に穴を穿（うが）っただけでしたが、人の心の奥底に残る事を得たのは幾何学と算術との揺るぎない基礎の上に構築されたものだけです。それ以外は未整理の山と迷路にすぎません（「それこそ真赤な嘘だ」）。斯様に往昔の人たちは多くの秘められた真理のヴェールを剝ぐ役割を、この吾々に託したのであります。吾々は太陽の黒点を観測し、太陽がその軸を中心に自転している事を知りました。吾々は土星（サターン）と木星（ジュピター）には側面を護衛する星々があり、火星（マーズ）がさまざまな顔を見せ、水星（マーキュリー）と金星（ヴィナス）には角（つの）があるのを目撃しました（「それらを包む虚空の計り知れぬ膨大さにも、おまえは心臓が止まらぬか？」）。そして遂に、天文学が磁気学を新たなる助っ人とすることにより、真の科学は遂に潮の干満と地磁気の方向に関する秘密を解明したのであります（「おお、波と夜の恐ろしき事」）。恐怖は頭の弱い者を惑わすにすぎないが、お化けは人の頭が考えついた拵（こしら）え物であり、主に古い学問の華やかなりし過去の時代に花開いていたのであります（「時の意味を理解せぬ癖に、過去の時代を語る資格があるのか」）。人は揺籃の中で既に恐怖を知り始め、その恐怖は墓場まで続いたのでありました。しかし、真の哲学が現れた時代より後、斯様な恐怖はそよ風程も吹く事は殆どなくなり（「それでも、大半の人間にとって、この世の存在など吹けば飛ぶようなものでしかないのだぞ」）、最早誰も、吾々の祖先を震え上がらせた類いの話に怯える事はありません。物事は凡て、真実の因果関係の道筋を粛々と進行してゆくのであります。これこそ、科学実験の賜物である。確かに新しい科学は、未だ真の世界の発見を完了してはいないが、世界に住む野蛮な存在を既に退治してしまったのです。却説（さて）、そこで、吾が王立協会の次なる大任務に就いて述べますと（「聴衆は椅子の上でもぞもぞ尻を蠢（うごめ）かしているぞ。早く帰りたくて、睾丸が淫売を求めて疼いているのだ」）、それは即ち、厳密なる事実の判定と定義にあります。ヘンナの色は樹木によるものなりや、角（つの）は根を張り成長するや否や、木を石に変える事の可能なるや、小石は水中にて生育するや否や、石化泉の性質や如何に。斯様なる疑問はまこと吾らの興味を掻き立てる（「学童向けのただの子供騙しに過ぎぬ」）。実験の全工程が反復され、その過程の偶然性と規則性を観察し、而して吾々の目に明らかなる事物をも批判の眼を以て繰り返し検分する事が肝要です（「このニコラス・ダイアー様が、観察すべき事物を提供して進ぜよう」）。諸君、現代は学問と探求の時代、詮索と勉励の時代、刻苦砕膽（さいたん）の時代である。吾々は来るべき世代のための灯台となり、後世の人々は吾々の残した仕事を見てこう云うでしょう、世界はあの時代に新たに始まったのだ、と。御清聴、感謝します。

　いつものように、拍手喝采の間、サー・クリスは彫像の如く不動の姿勢を保っていた。それから、聴衆がそれぞれに退場してゆくと、挨拶にやって来る人たちを親しみを込めて迎える。私は部屋の後方に立って待っていたが、サー・クリスは一向に気づいてくれる様子がない。そこで、図面を手に、震えながら彼に近づいていった。あ、ニックか、今はそれどころではないぞ。が、兎に角こちらへ来い、面白いものを見せてやろう、とサー・クリス。私は言葉を喪った（こっちは苦労して、この立面図を届けに来たのだ）が、少人数の人とサー・クリスに従って奥の部屋へ行った。講演では触れなかったが、実に珍しい傑作でして、とサー・クリスは云い、カーテンの前に吊された風景画を指し示した。これより御覧の如く発条（ゼンマイ）仕掛で動くもので、活動画と呼ばれております。そう云って手を叩くと、今まで尋常の絵と見えていたものの中の船が動きだし、海の向こうへと消えてゆくと、今度は乗合馬車が街から出て行く。馬の動作も車輪の動きも極めて鮮やかで、馬車に乗った紳士がこちらに挨拶をする様子。私は立ち上がって、声高にサー・クリスに向かって喚いた――「以前にもこれと同じものを見た事がありますが、どこで見たのかわかりませぬ」驚く一同の視線を浴びつつ、私は部屋を飛び出し、クレーン・コートへと出たが、呼吸が乱れている。そのまままっすぐ下宿へ帰り、深い眠りに陥ちたのだった。

夕暮れ時になって、ナットに起こされた。扉の外から顔を覗かせ、恐れながら、親方に話があると仰有る紳士が下に見えておりますが、と云う。

私は寝台から跳び起きた。さては、かの奸物ヘイズが、私に洗い浚い告白させようと吾が宿まで押しかけて来おったか。能う限り声を大きくして、お通ししろと命じ、額の汗を亜麻布の手巾で素早く拭った。しかしながら、階段を昇って来るのは聞き憶えのある足音であったので、直ぐに落ち着きを取り戻した。緩やかながらも決然たる足音と共に、サー・クリスが首肯しながら入ってきた。様子を見に来たのだよ、なにせ突然に飛び出してしまったものだからな、と云い、私の顔をつくづくと眺めてから、笑みを浮かべた。気分が悪くなったか、気が遠くなったかしたかと案じたのだ、協会はアルコールとか化学実験の臭気が充満し、空気不足に陥る事がよくあるのでな。

私はバツの悪い思いでサー・クリスの前に立っていた。気分が悪くなったのではありませぬ。用事があったので失礼致しました。

そなたの持って来たセント・メアリー・ウールノスの図面に目を通さなかった事が悔やまれてな。(私が本物の病人であるかの如く、にこやかに、穏やかな声色である) それで図面は、今ここにあるかね?

あります、と私は答え、書き物机の抽斗から立面図と平面図を取り出した。

サー・クリスはそれを引ったくって、これは新しい製図用紙かね、と尋ねた。普通のものより表面が粗いようだが。

私はいつもそれを使用しておりますが、と答えたが、サー・クリスの耳には届かぬ様子。素早く図面を検分してから、Aと記された小塔は美事だな、蛇腹は化粧漆喰を用いるのだろうな、と訊いた。

はい、そのつもりです。

よろしい、よろしい。で、階段は？　階段が見当たらぬが。

そこには書き入れておりませぬが、階段は八段です。踏み段の幅十四インチに、蹴込みの高さは五インチ。

ふむ、それでよい。そなたの図面は上出来だ、ニック、これならば暴風にも堪え得る事は疑いない。ここで、やや間を置いてから、あの大火が無かったならば、朽ちた古い教会堂が残っていたわけだな、と漏らした。時間を持て余してでもいるかのように、やおら肘掛け椅子に腰を落ち着ける。わしの前からの持論はな、大火は天の恵み、疫病もまた同様、という事だよ。大火は吾々に自然の秘密を理解する機会を与えてくれた。あれがなければ、吾らは唯、大自然に圧倒されるばかりであっただろう（私は図面の整理に没頭し、何も云わなかった）。人々は街が炎に呑み込まれるのを、動揺も無く、しっかと見据えておった。今でも憶えておるが、疫病や大火が過ぎ去った後、人々は何と早く元気を取り戻したことか。忘却こそは時の齎す偉大な神秘であるな。

私も憶えております、と応じ、こちらもサー・クリスと向き合って坐った。民衆は炎に喝采を送っておりました。疫病流行の折には、屍体の傍で歌ったり踊ったりしておりました。あれは、元気どころか、狂気でした。まだ憶えておりますが、あの狂熱と死とは――

――あれは幸運なる偶発事だったのだ。あの事から、吾らはこの一世代で、実に多くを学んだのだからな。

疫病と大火は「偶発事」ではなく「実体」である、と云われていました。内なる野獣の表出であったのだと。それを聞いて、サー・クリスは嗤った。

その時ナットが顔を見せた。御用は御座いませんか、親方？　お茶か葡萄酒は如何でしょう？　茶だ、茶をもらおう、火のお蔭で非道く喉が渇いたぞ、とサー・クリスが喚く。ナットが下がると、サー・クリスはすぐに、いや違う、それは違うぞ、と続けた。疫病や大火の原因を「罪」に帰するのは間違いだぞ。あの惨事を招いたのは人間の不注意であり、不注意ならば改める事が出来る。ただ恐怖のみがその邪魔をするのだ。

恐怖は吾らが建築術の磁力となるのです、と低声で呟いた。だが、サー・クリスは己れの考えに没頭し、私の言葉など聞いていない。

吾々はいずれ火を支配する事が出来るようになるだろう。火は熱せられた硫黄体の分解現象であるからして、空気を飽和させる事で完全に消す事が出来る。尤もこれは将来の話だがな。疫病に関しては、あの当座のわしの日記に、風と天候の他、気温や気圧といった大気の状態が記録されておる。これらを纏めれば、伝染病に就いての解明が得られよう。

伝染病で死に掛かっておる人たちに、その話を聞かせてやれば、さぞかし慰めになる事でしょう（そう応えたところへ、ナットが紅茶を運んできた）。あれは一六六四年の末と一六六五年の初頭、二度にわたって巨大な彗星が現れた折、恐れ戦いた人々がありました。

よく憶えておるぞ（サー・クリスは、召使いの童（わっぱ）には一言も無く、茶皿を手に取った。）それがどうした？

彗星は大きな鈍い音を発し、それが災厄を予告していたのだ、というもっぱらの噂でした。

そんなものは学童の無駄口に過ぎぬぞ、ニック。今や吾らは恒星群の中での彗星の位置を予知することが出来るのだ。軌道と、距離と、運動と、黄道に対する角度と、これだけ分かれば充分。

こちらの顔が陰になっているのを幸い、私はなおも云い募った。しかし、大火のあった一六六六年という数字には、「黙示録」に予言された野獣の数字が含まれており、従って不吉な凶事を指し示しておったのだ、と云う者もおりますが。

何も恐れる必要のない処で恐れるという事こそ、人類にとっての最大の災厄に他ならぬ。占星術やら迷信やらに囚われる気質が、強き心を喪わせ、勇気を挫き、自ら惨劇を招き寄せる原因となるのだ。（ここでサー・クリスは口を噤（つぐ）み、私を見つめたが、こちらは余裕のある処を見せ、どうぞ先をお続けくださいと促したので、彼は話を続けた。）抑々（そもそも）彼らはそのような災難事を避けられぬ宿命の如く思い込み、その故に自ら進んでそれの被害者となってしまうのだ。空想に現（うつつ）を抜かす輩が天の諸現象に解釈を付ける事が出来ると信じ込み（サー・クリスの弁舌は熱を帯びてきて、彼は紅茶の受皿を下に置いた）、時や季節や国の盛衰に就いて予言めいた戯言（たわごと）を云い、疫病や火災の原因を人間の罪とか神の審判とかに帰するに至っては、それこそ人類の理性と名誉への恥辱に他ならぬ。それが確固たる人の行動の足を掬（すく）い、不安、狐疑、逡巡、恐怖で惑わす事になるのだ。

私はあの活動画が恐ろしかったのです、と何の考えもなく口にした。それで飛び出してしまったわけでして。

あれは只の発条（ゼンマイ）仕掛だぞ、ニック。

ならば、この世界という巨大な機械仕掛について、どうお考えです？　人間はただ機械的に動いているだけですが、いかなるものも危険を免れる事はできませぬ。

執念と勇気のある者には、自然も屈する筈だ。

屈するどころか、逆に滅ぼしてしまうでしょう。自然を管理したり支配したりはできませぬ。

だがな、ニック、些（すく）なくとも吾らの時代は、残骸を排除し、基礎を築くぐらいの事は出来る。だからこそ、わしらは自然の原理を学ばねばならぬのだ。それがわしらの最善の設計図となるからだよ。

いいえ、学ばねばならぬのは、人間の気性と本性に就いてです。いずれも腐り切っておりますから、腐敗を理解するための最善の手引きとなりましょう。この地上の事物を理解するのに必要なのは、直覚力であって、理解力ではありませぬ。

暫しの沈黙があって、サー・クリスが云った。召使いの少年は台所におるかね？　いたく腹が減った。

向かいの〈煮炊き料理亭（ボイリング・クックス）〉に行かせ、肉料理でも見繕（みつくろ）ってこさせましょう。

それこそわしらの全問題を解決する明答であるな。

サー・クリスが椅子の座で尻を蠢（うごめ）かし、放屁の臭いが漂ったところで、私はナットを呼び、用を言い付けた。そこでナットは、サー・クリスに深々とお辞儀をし、何の肉に致しましょうか、牛肉ですか、羊肉ですか、仔牛肉ですか、豚肉ですか、それとも仔羊肉で？　と尋ねる。

羊を頼むよ。

脂肪の多い部分と些ない部分とでは、どちらで？

多い方だ。

焼き具合はどのように？

芯まで焼いたのがよい。

承知致しました。それから、お食事にふさわしいよう、ロールパンに塩と辛子も少々添えさせましようか？

さっさと行け、ナット。さもないと、こちらの旦那様に解剖されてしまうぞ、と声を殺して叱ると、ナットは怯えた表情を浮かべ、慌てて部屋を飛び出していった。

哀れな小童（こわっぱ）です、どうか容赦してやってください、と私は云った。

あの子は疱瘡を患っておったのではないかな？

その通りです。

サー・クリスは納得顔で、後ろへ凭（もた）れかかる――あの子の顔でわかったよ。それから、わしの耳に狂いがなければ、やや吃音の名残があるようだが？

非道い吃音に悩まされておりましたが、私が治してやりました。

どのような方法で？

魔術を用いました。

その話をひとつ王立協会で喋って貰いたいものだな、とサー・クリスは笑いながら云った。尤もその場合は、途中で帰ったりしないようにして貰わねばならぬがな。

暫くして、ナットが肉料理を運んできた。小童めは、部屋の隅に留まって私たちの食事を眺めていたい様子だったが、私は手を振って退出させた。話を少し戻すと（サー・クリスは食べ終えると、また話しだした）、吾々はなかんずく、昔は、前兆とか予言とかいうもので物事を片付ける傾向の強い国民性を持っておったが、今は実験尊重の時代にふさわしく、観察と証明と理性と体系的方法から成る新科学を学び、人心を無益な動揺で満たす実体なき影を振るい落とし、靄（もや）を雲散させるに絶好の時代なのだ。（ここでサー・クリスの雄弁は中断した。）

激しい雨が降りだしていた。椅子を立って鎧戸を閉めると、室内はひどく暗くなった。だが蠟燭を灯す程ではあるまいと思い、私は心を鎮めようと努めながら、サー・クリスに反論した。今は靄を振るい落とす時代だとの仰せですが、人間は靄の中を歩いておるものです。現代の栄光であると持ち上げておられる理性だとて、所詮は変幻自在の海神プロテウスやカメレオンの如く、各人各様にその姿形を変えるものです。いかに愚劣な考えでも、千の理屈を並べ立て、知恵の域にまで高からしめる事の出来ぬものは御座いません。（サー・クリスが片手を挙げ、掌をこちらへ向けて制しようとしたが、私は構わずに続けた。）己れの理性や己れの発明発見を信じきっておる、厚かましい哲学者や実験主義者という手合いは、私に云わせれば、己れの糞を石炭の中に埋め隠そうとする猫並みでしかない。なにしろ自然の真実の状態を、己れの実験室の塵で覆い隠そうとしておるのですから。一例を挙げてみましょうか。胎児が子宮内でどのように形成されるものか、彼らは理解しておりません。それで、時として母親の空想が胎児に傷を負わせる事があるというと——

——そのような話は作り事に過ぎぬぞ、ニック。そう云ってから、サー・クリスはナットを呼び、明りを持ってくるように言い付けた。ナットは直ちに蠟燭を持って来、角燈に立てようとしたが、慌てた余り蠟燭を取り落としてしまい、そこらじゅうに煙が充満した。そういう話は当てにならぬ、とサー・クリスは続ける。ただ、そのような事が真実であるかどうかを確かめるには、わし自身の観察に頼るのだ。わしは経験を信じておるからな。

経験と云われますが、経験は理性と両立するとお考えですか？（サー・クリスは賢しげに頷いた。）しかし、経験が理性とは相容れない場合があるのではありませんか？　真実の潜む深海は底無しであり、そこに投げ込まれるもの凡てを押し流してしまうでしょう。

蠟燭の炎が揺らめいたかと思うと、また燃え立った。サー・クリスはかぶりを振る。そんなものは知ったかぶりの空疎な独断に過ぎんぞ、ニック、そのような言葉の迷宮に迷い込んではならぬ。

サー・クリスの喋る間、ナットは床に踞み込み、目の玉を大きく見開いて成り行きを見守っている。そこで私は云った。現代が体系の時代である事は承知の上ですが、信仰や恐怖を通じて知る真実からは、いかなる体系も成り立ちませぬ。天然磁石の効果とか、潮の満ち干、あるいは惑星の運動であるならば、図を描いて説明する事も出来ましょうが、いかなる根拠を挙げ立てたところで、地獄の淵を覗きこんだ人や聖なる幻を見た人の真実を説き明かす事は出来ますまい。それと（と、躊躇いがちに付け加えた。）悪霊が人の心に歓喜や恍惚を齎すと云う人々に就いても同様です。壁に映ったナットの影を見ると、童が震えているのがわかった。

霊などというものは存在しない、とサー・クリスは静かに云って、立ち上がり、窓辺に寄ると表の通りを見下ろした。

彼の様子を探ろうとしてみたが、その顔はこちらからは見えなかった。それなら、ベドラムにいたあの狂人をどう解釈されますか、と私は声を張り上げた。あの狂人は私の名前を正しく言い当てたばかりか、さらに——凡てをぶちまけそうになり、危ういところで自制した。雨が熄(や)み、室内が急に静まり返った。私は気を取り直し、そう云っても、私などは、たかだか教会の建築者に過ぎませぬがね、と付け加えた。

サー・クリスは隅に蹲(うずくま)るナットに一瞥をくれた。二人が薄暗がりで探り合うように見つめ合うのを、私は見た。それから、サー・クリスはおもむろに口を開いた。ふむ、ニック、そなたの如く様々な製作の事で常に頭が一杯の者には、憂鬱や鬱ぎの虫が取り憑く暇など無いだろうな？

私の機嫌を取ってくださるには及びませんよ、と応じ、立ち上がって、また腰を下ろした。

そなたは自分の殻に閉じ籠り過ぎておるのだ、ニック。

私が閉じ籠り過ぎならば、貴方とて研究室に閉じ籠り過ぎでしょう。私が奇妙な突拍子もない情熱を抱いていると仰有るなら、御自分も原子とか分子とかから成る世界とやらを拵(こしら)え出し、虚空に勝手な仮説を描いておられるのですから、さしたる違いはありませんでしょう。貴方の世界や宇宙などは、哲学的空想物語(ロマンス)に過ぎませぬ。それでどうして、私を乱心者呼ばわり出来るのでしょうか。

そなたの心は病んでおる。が、わしが治してやれるやもしれぬ。血液の成分構成を知っておるからな、乱心と霊感との違いは、わしのほうが良く心得ておるのだ。

ナットの影に目をやると、童の頭がゆっくりこちらを向くのが見えた。宜(よろ)しいでしょう、と私はサー・クリスに応じた。それでは、貴方のあの顕微鏡とやらはどうなのでしょう？　あれの助けを借りて見えるものは、恐ろしげな物の形や姿ばかりではありませぬか。ガラスに息を吐き掛け曇らせて見たら、その中に潜んでおる蛇やドラゴンの姿が見えはしませぬか？　そこには数学的美も幾何学的秩序もありません。この汚濁の地上には、死と疫病との素が在るばかりです。

サー・クリストファーは歩み寄ってくると、こちらの顔に見入りながら両肩に手を置いた。そなたの言葉は混乱しておるぞ、ニック、己れ自身の健康の為だ、言葉は秩序立てて用いよ。人の理性が解明出来ぬ程までに晦渋(かいじゅう)で、理性が到達出来ぬ程までの高みにある真実などというものは、存在せぬのだ。理解できる事ならば、統御する事もできる。それが真実だ。その事をしかと胸に刻み込んでおれば、万事うまくゆく。

私はいくらか平静に戻っていた。では、理性が別れを告げたら、その時はどうなりましょうか？
何故そのような事を尋ねるのだ？

またしてもサー・クリスに対する腹立ちが戻って来た。貴方が情熱を傾けておられるのは、「真実」に対してではなく、「実験」に対してだ。そのようにして「実験」を素に「真実」を捏造(ねつぞう)されておるわけだ。

埒(らち)もない事を云うでないぞ、ニック。

私はナットを眺めながら続けた。しかし、貴方が合理的哲学を追い求めておられる傍らで、世間全般の営みは吾々が争いと奪い合いの日常にある事を示しております――只管(ひたすら)まっしぐらに氷上を滑ってゆく人々に似て、先を行く仲間が氷の割れた穴に落ちて沈むのを目にしていながら、同じ穴を目指して突き進んでおるようなものです。それを聞いて、ナットが笑い声を上げた。

だからと云うて、その愚かさを正当化する事にはならんぞ。

地獄は存在します。神々や悪霊や怪異も存在するのです。貴方の尊ばれる理性は只の玩具に過ぎず、貴方の不屈の精神も、そのような恐怖の前では単なる狂気の沙汰でしかない。

彼は私をじっと見た。ぺしゃんこにされた者らしくない沈着な眼差し。そなたは随分と不躾な烈しさを持っておるな。もそっと礼儀を弁えて貰いたいものだ。だが、わしらのこれまでの友誼の歳月は、そなたの憂鬱の気性の吐露ぐらいで消し飛ぶようなものではない。

仰せの通り、私は憂鬱の気性です、と穏やかに答えた。この気性は千辛万苦の体験を経て増幅されてきたのですが、その事を貴方は御存じない。

今は知ったぞ、ニック。この時、時計が十時を打った。サー・クリスは窓辺に寄り、雨が完全に熄んだのを確かめた。家々の上空に浮かぶ月を眺め、すっかり長居してしまったな、とやや間を置いて口をきいた。非道く荒れた一日であったが、今は晴れ上がって、良い月夜になったな。それから、サー・クリスは親愛の情を込めて私の手を握った。隅に居たナットが起立し、サー・クリスを階段の方へと案内した。

私は寝台に腰を下ろし、床を見つめた。サー・クリストファーが出ていって下の扉の閉まる音がすると、ナット！　ナット！　と声を張り上げて呼んだ。部屋に駆け上がってきたナットに対し、私は声を潜め、囁くが如くに云った——

ナットよ、私は喋り過ぎてしまった、すっかり喋ってしまった。

　小童は進み寄って来て、私の肩に頭を凭せ掛け、気になさることはありませんよ、と慰める。あの旦那は善いお方ですから、親方に悪いようにはなさいませんとも。

　彼が喋っている間も、私は胸の裡で、どうすればいい？　どうすればいいのだ？　と繰り返していた。ここで古代ローマの建築家ウィトルウィウスの言葉が蘇ってきた——「小っぽけなる人間よ、石に比して如何に儚(はかな)き」すると、斯様な惨めな気分もすぐに変わるのだと思った。気分とは移ろい易きもの、過ぎ去ってしまえば、最早思い返す事すらない。吾が名は塵となって吹き飛び、この小さな部屋を温めておる吾が情熱も永久に冷え、はたまた、今のこの時代すら後世にとっては夢に過ぎぬものとなろうとも、吾が教会堂は生き続けるのだ。迫り来る夜より尚暗く、尚確乎として、存在し続けるであろう。

　ナットは喋り続けている。親方、氷の上を滑っていく哀れな人たちのお話を聞いて、おいらは笑わずにいられませんでしたよ。幼少の頃、どうやって覚えたのか記憶に無いのですが、ある唄を思い出したのです。親方に喜んでいただけるなら、歌ってさしあげましょうか。そう云うなり、ナットは矢庭に窓の前に立ち、歌いだした。

三人の子供がそこらあたりで滑ってた
　とっても薄い氷のうえを
ところがとうとう氷が破れて

みんなのこらず水の中

子供をもってる世間の親御さん
まだ子無しのおかたたち
子供を墓場へやってはならぬ
家でおとなにさせなさい

終わりはどうだったか、ちょっと思い出せません、とナットは途方に暮れる。だが、遂に私は、ナットの目の前で涙を流した。

私の話を続けるとしよう。悲しみは過ぎ去り（結局のところ、サー・クリスからのお咎めは何も無かった）、こちらは気楽に構えて奸物ヘイズに対処し、目的を果たす時の到来を待った。そして先に述べた一件より三週間後、夕刻の六時頃であったか、彼奴の仕事部屋を訪れ、御一緒に一献（いっこん）いかがかと、いとも丁重に誘いをかけてみた。ヘイズ奴（め）は、仕上げねばならぬ仕事が山積みでしてとか云ったものの、セント・メアリー・ウールノスの教会堂の事で折り入って話があるのだと念を入れるや、あっさりと乗って来た。こちらは心の裡で（さてもさても生贄の祭壇へ引かれる羊の如く、いそいそと参るがよい）と毒づいてやった。先ずは悪党をブリッジズ・ストリートの王立劇場（シアター・ロイヤル）の傍にあるヒッポリトの店へ連れてゆき、口開けとしてフランスはボルドー産のクラレットを一壜開けた。ヘイズは根が卑しい欲深だから、私の奢りの葡萄酒を飲む程に一層喉の渇きを訴える。そこでドルアリー・レーンの〈雄鶏と鵲亭〉(コック・アンド・パイ)へ足を運び、二番手三番手の空壜を卓上に並べていった。そこから、さらにキャサリン・ストリートに面する〈悪魔の旅籠亭〉(デヴィルズ・タヴァン)へと席を移したが、その間ずっと、私は終始怠りなくヘイズの杯に酒を満たし続けた。次いで馬車に乗り（ヘイズは泥酔して歩けぬ状態であった）、行き着いた処がセント・ポール・チャーチヤード近くの〈ブラック・メアリーの穴倉〉(ホール)という店であった。店の壁はべたべたと指紋で汚され、蠟燭の炎の焼け焦げや木炭で描いた下手な落書だらけである。床板はあちらこちら罅割れて(ひびわ)古い厩さながら、窓は茶色い包装紙で塞がれ、隅々は塵埃と蜘蛛の巣の溜まり場になっている。暖炉の棚には、毛氈苔酒(ローザ・ソリス)のひょろりとした壜が五、六本ばかり並べられていて、重症の淋病に効く即効薬であるとの広告張り紙が見える。錆びついた火床にちろちろと火が燃え、炉端には大振りの陶器の尿瓶(しびん)が置いてある。店に入った時に、吾らを迎えたのは、煙草と小便と垢じみたシャツと不潔な屍体との入り混じった臭いであったが、酔いの回ったヘイズはたいして気にも留めぬ。なかなか良い店ですな、と云いながら千鳥足で店内へ入り、それにしても、こんな処を選んだ憶えはないがな、などと呟く。

　そやつを卓子(テーブル)まで引きずってゆき、現れた給仕にブランディーを所望した。どういうわけですかな、酒を飲むと物が二重に見えるというのは、とヘイズが云う。例えばこれ（とパイプを手に取り）、これも私には二本に見える。なんとも不思議千万ではないですか。

　幻視を防ぎたかったら、「悪魔除け」(フーガ・ダエモヌム)と称する植物を身に着ける事だな。

何ですと？（目を細めて私を見ながら、喋り続ける。）それにしても、世の中は様々、実に様々でありますな、ねえ、親方。例えば、私なら「まだチーズがあれば食いたいな」と云うところを、北方の人間はこう云いますな（口を魚の如くに歪め）「まんだチーズんありば食いてえでぃや」と。そして西方の人間ならば（顎をぐっと引き）「もちっとチーズが残っちょるなら食らうけんの」と云いますな。ヘイズの眼は潑剌たる光を放っておる。意気が揚がっておるうちに、もっとブランディーを飲ませねばと、こちらは胸に一物。ヘイズのだべりは続く。しかしですな、規則というものは必要でしょうが、ダイアーさん、そうでしょう？　規則は無くてはならん。そう云うなり、椅子にぐったり身を預け、その目から光が喪われた。

私の処に手紙が来てね、と水を向け、彼奴の酩酊加減を試してみた。

私の処にも来ましたぞ。

こちらに来たのは、私を脅迫する手紙でな。

あなたを脅迫する手紙？　ヘイズは酔眼をぼんやりとこちらに向ける。この悪党め、酔っても抜け目がないわ——というのが私の考えた事であった。彼奴は椅子に引っ掛かった鬘を取ろうと手を伸ばし、尚も笑みを浮かべて見守る私の目の前で、反吐（へど）をぶちまけた。続いて、急に目醒めた如く辺りを見回し、壁に小便を浴びせる酔漢どもに目を留めると、己れも仲間入りせんと立ち上がる。とはいうものの、足元がふらつきよろよろするばかりで歩く事が出来ぬ。遂には道具を引っ張り出すや、卓子の下に放水しおった。私が杯に酒を注ぐと、いやいや、もう結構、もう結構、胃が苦しいので、と断る。またしても立ち上がり、据わった眼を真正面に向け、扉の方へ歩きだした。こちらも歩きだし、どちらへ行かれるか、と問うと、下宿へ帰ります、との答え。するとロンバード・ストリートを行かれるのだな？　と重ねて訊くと、左様ですと答えるので、それならば手を貸してさしあげよう、と申し出た。

夜は既に更け渡り、吾らが表に出た時は、時計が十一時を告げた。馬車の御者に姿を見られぬよう、ヘイズの腕を取って裏路地から裏路地へと通り抜け、教会へと向かった。彼奴は俗に云う〝へべれけ〟状態であり、暗く人気のない小路を些かも逆らわずに歩き続けるばかりか、声を張り上げて歌い出す程であった。ロンドンの橋の童唄をご存じですか、え、どうです？

粘土と木ではながれるよ
ながれるよ　ながれるよ
粘土と木ではながれるよ

――続きは忘れてしまいましたわ、と云いつつ、腕を私の腕に絡ませてきた。やがてロンバード・ストリートに出ると、こちらの顔を見上げて訊く、どこへ行くのですかね、ニックさん？

家へ帰るところだよ、と答え、足場の組まれたセント・メアリー・ウールノス教会堂を指差してみせた。

ここは家ではない。少なくとも生きた人間の家じゃないね。

そう云ってケラケラと笑い出すから、私は手で彼の口を塞いだ。静かにしろ、夜番に聞かれるぞ！

するとヘイズの云うには、夜番はおりません、夜番はここの現場を辞めましたよ。ちゃんと御自分がそう書いておきながら、どうして知らぬのですかね。さらに続けて、私は足場に登りたいな、足場に登って月を見たいな。

いやいや、それより新しい作事の仕上がりを見てみようじゃないか、と私は穏やかに促した。斯し て吾らは共に笑い声を上げながら、抜き足差し足して、配管工事の進行中の場所まで行った。工事の進行具合を見ようと、暗くて殆ど見えぬにも拘らず、ヘイズが腰を屈めたところへ、私は一撃を加え、両手を彼奴の首に掛けて囁いた——貴様には死ぬ想いをさせられた、今、その借りを返してやるぞ。彼奴は悲鳴ひとつ上げなかったが、私が叫んだかもしれぬ。その憶えは無いが。かつてパリに住むイングランド人の話を読んだことがあるが、彼は眠ったまま起き上がり、扉の鍵を外し、剣を執ってセーヌ川まで行くと、そこで出会った少年を殺し、そのまま目醒める事もなく寝床へ戻ったという。私の場合もそれに似て、吾に返ってみれば、ヘイズは導管の下に横たわっており、屍体は寄せ集めの板切れで覆われていた。私は己れの所業に戦きながらも、恐怖から目を背けるため、教会の真新しい石材の方に目を上げた。斯様にして石壁の陰に暫しの時を過ごした後、寒さを覚えたので、足速に歩いてロンバード・ストリートへと引き返した。

グレイスチャーチ・ストリートに入ったところで、警吏と擦れ違った。夜は暗いですよ、松明をお貸ししましょうか、と声を掛けてきた。こちらは、勝手知ったる道、明りも夜警も無用だと答えたが、その間もズボンの中に失禁しかねぬ程怯え上がっていた。好きになさい、ではお気を付けられて、と警吏が漸く行ってしまう。私は恐る恐る後ろを振り返り、彼の姿がグレイト・イーストチープへと消えてゆくのを見届け、そこは土地鑑のある強みで、彼から遠ざかる方角へ駆けだした。そしてクリップルゲイトで馬車を止めて乗り込むや、さながら悪魔に追われる如く、急げ急げと御者を急き立てた。そして座席に身を預け、ふと気が付くと、吾が手には死んだ男の亜麻布の手巾を握りしめている。驚いて、御者席の後ろにある垂れ布の隙間から、手巾を投げ捨てた。斯様にしてドルアリー・レーンまで戻り、とある居酒屋に入ったものの、走ったのと恐ろしさとで、テムズ川に放りこまれたかの如く、全身汗みずくとなっていた。居酒屋の穢(きたな)らしい壁に凭れ掛かっていると、呼吸の乱れが治まった途端、異様に気分の昂ぶるのを覚えた。そこで強い蒸留酒を頼み、たちまちにして酔い痴れた。

何時ぐらいになっていたか、仮面を着けた女が卓子にやってきて、いかにも開けっ広げに声を掛けてきた——ねえ、大将、あたいと一発やらかさない？ そして扇子で私の顔を扇ぎ、体ごとしなだれ掛かってきて、私の杯を取って口を付けた。

そういう事をして恥だとは思わんのか？ 傍らに坐った女に、私は尋ねてみた。

心配御無用よ、大将、恥なんてもんはただの餓鬼脅しさ。あたしゃ堅気の女と同じように真面目に商売やってんだし、肝腎要のとこじゃ、去勢された男みたいにお堅いんだからね。ねえ、大将、接吻してよ。そうすりゃ、あんたにもわかるよ。

しかし、神を恐れる気持ちはないのか？

女はちょっと身を引いた。ふん、そんなのは嫌いだよ。

そこで私は女の手首を摑み、鞭は持っておるか、と囁いた。

女は私の目を覗き込み、笑った。あんた、折檻してもらいたいのね、大将。そっちのほうなら、あたしゃちょっとした熟練者さ。さらに愉快なお喋りの後、娼婦は彼女の部屋のある淫売宿へ私を連れていった。女の後から階段を昇り、いささか疲れを覚えている私に、女が声を掛ける。さあさあ、どうぞ、入って楽にしてて頂戴な、あたしゃ体をきれいにするからね。そして女は私の目の前で乳房を洗い、腋の下に香料を振りかける。服を脱いだ体からは、老いた山羊の如き饐えた匂いが臭ってきたが、私は壁の方を向くと、指の一本たりとも動かさず、されるが儘に身を任せた。あんた、この遊びは初めてらしいね、と女が云う。だって、あんたの体、傷ひとつなくてまるで〝新鮮〟だもの。

八章

背中の皮が剝がされる。夢のなかにがっちり捕らえられ、わななき、悲鳴をあげると、悲鳴はかたわらで鳴りつづける電話のベルに変わった。体をくの字に曲げたまま、ホークスムアは凍りついたようになっていた。受話器を手に取って、耳に押し当てた。「教会のそばで少年の死体が投げ捨てられているのが発見されました。死後いくらも経っていない〝新鮮な〟死体のようです。そちらに車が向かっています」とっさには、ここがどういう場所の、どこの家で、年代はいつなのか、わからなかった。それでも、口中にいやな味を感じつつ、のろのろとベッドをぬけだした。

暖かい車に乗りこむと、当面なすべきことを考える。ブルームズベリのセント・ジョージ教会のまえを通り過ぎながら、撮らせる写真のことを考えてみた——死体の位置と姿勢を記録し、着衣の折り目や皺まで克明に写し、手に握られた物や口から流れ出た体液を記録に残しておくための写真。車がハイ・ホーボーンから、ホーボーン・ヴァイアダクトを通り、サー・クリストファー・レンの像のまえを過ぎたとき、警察無線から意味不明の音が三度発せられ、ほんの束の間、運転手の顔がパッと輝いたように見えた。その先のニューゲイト・ストリートを進みながら、現場付近の地図と見取り図の必要な縮尺の程度について考えたが、運転手の背中を見ているうち、夢に出てきた短いことばが脳裏によみがえってきて、急に落ち着きをうしなった。そこからエンジェル・ストリートに入り、オフィス・ビルのガラスが朝日を反射してきらめいたが、すぐに雲が太陽を覆って、ガラスの表面には他のビルが映った。セント・マーティンズ・ル・グランドに入ったときには、童謡の文句が頭に浮かんだ。しかし、メロディーのほうは思いだせない――夜番の見張りをたてようか、たてようか、たてようか……

車がサイレンの音を響き渡らせつつ、チープサイドを経てポウルトリーに入るころには、ホークスムアはまもなくおこなう遺留品の捜索のことに注意を集中できるようになった――繊維、髪の毛、灰、紙の燃えかす、ことによると凶器（もっとも、凶器が見つかるはずはないだろうとは、わかっているのだが）。こういうときの彼は、好んで科学者にでもなったつもりになる。緻密な観察と理づめの推理によってのみ、個々の事件に適切な判断をくだすことができるからである。彼が化学や解剖学、さらには数学にまで通じていることを誇りに思っているのも、そうした知識を働かせることで、他の連中のように臆することなく、難問を解き明かせる場合があるからだ。たとえ途方もない難事件であろうとも、原因と結果の法則が作用していることに変わりはない。たとえば、殺人犯の残した足跡をつぶさに点検することで、犯人の心理を推察することができる――とはいっても、犯人の身になって考えるというのではなく、理性と方法の原理に基づいて、といえばいいだろうか。平均的な男性の歩幅は二十八インチとされているので、それによってホークスムアは、急ぎ足で約三十六インチ、駆け足で約四十インチという計算をしていた。こういう客観的な根拠に立って、犯人の慌てぶり、怯え、疚(やま)

しさまで推し量ることができるのだ。そのへんのことを呑み込んでさえいれば、あとはお手のもの。セント・メアリー・ウールノス教会へ向かいながら、ホークスムアはもっぱらこうしたことばかり考えていた。これから被害者の死体に対面し、初めて犯罪現場に踏み込むのだという興奮の高まりを、そのことによってごまかしてしまおうとする方便でもあった。

ところが、ロンバード・ストリートとキング・ウィリアム・ストリートとが合流する教会前まで来てみると、いましも一人の警官が白いビニール・シートをめくりあげ、カメラマンがカメラを構えているのが、目にとびこんできた。

「やめろ!」ホークスムアは車から跳び出すなり、どなった。「まだ手をつけるんじゃない! 照明の外へ出るんだ!」

二人をセント・メアリー・ウールノスの石段から追い払ったが、死体のほうは見ずに、鉄門のまえの舗道に立ち止まり、教会堂を見上げた。丸みを帯びた窓には、玉石状の厚く色の濃いガラスがいくつもびっしりと嵌まっていて、その上方に小さめの四角い窓が三つ、秋の日差しに映えている。そのまわりのれんがは、炎に焼かれでもしたように、ひび割れ、変色している。上へ上へと視線を這わせていくと、傷んだ六本の柱はやがて二基の太い塔へと変わっていく。まるで巨大なフォークが教会堂を貫き、大地に串刺しにしているかのように見える。そこでやっと、八段ある石段の四段目に横たわる少年の死体に目をやった。門を開けて歩み寄ると、いくつもの入り交じった思考が彼の平静を掻き乱した。明け方の雨がぱらついているというのに、彼は黒っぽいコートを脱ぎ、すでに敷かれているビニール・シートのうえに置いた。

大きく見開かれた少年の目は、パーティーの余興で友達をおどかそうと、怖い顔でおどけているように見えるが、その一方、口はあくびをするときのようにポッカリ開いている。目はまだ光っていた。いずれは筋肉が弛緩し、目もどんより濁って永遠の眠りにつくはずだが、まだ生気を失っていない少年の目の凝視に出会って、ホークスムアは狼狽した。彼は証拠物件を集めるのに使う粘着テープをもってこさせた。少年のうえに身をかがめ、切り取ったテープを首筋に押し当てた。顔を近づけると、死体の臭気が鼻をつき、テープを通して指先に死体の感触がつたわった。首にさわりながら、顔をそむけずにいられず、そのそむけた目に石の銘板が見えた。「サクソン時代建立　一七一四年　ニコラス・ダイアーこれを再建」という文字が刻まれている。長い歳月に摩滅して消えている文字もあるが、ホークスムアはわざわざ判読してみる気もなかった。すばやく身を起こし、冷や汗も雨と見分けはつくまい、と思いながら、粘着テープを警官に返した。「首にはなにもついてないな」と、警官に言う。それから、残りの四段をのぼりきり、静まり返った教会堂に足を踏み入れた。内部が暗いところを見ると、あの窓は鏡のように光を反射しているだけなのだろう。チラリとうしろを見て、だれも見ていないことをたしかめ、隅の洗礼盤に歩み寄ると、臭みのある水を両手にすくい、顔を洗った。

教会堂を出たところへ、さきほどの若い警官が近づいてきて、ささやいた。「あの女が第一発見者です。警官が通りかかるまで、ここにいたんだそうで――」説明しながら、あごをしゃくって、門を入ったすぐ手前の古びた石に腰掛けている赤毛の女を示した。ホークスムアは女のほうには関心のあるそぶりを見せず、キング・ウィリアム・ストリート側に面した教会堂の側面を見あげた。

「この足場はなんのためだ？」

「発掘のためです。発掘をやってるんですよ」

ホークスムアは黙っていた。それから、警官のほうをふりむくと、「気象情況は記録してあるかね」

「雨が降ってますが」

「雨ぐらいわかってる。そんなことじゃなく、気温を正確に測っておくんだ。死体の冷えぐあいを知りたい」空を見あげた。天を仰ぎ見る目と頬に、雨が落ちかかる。

ホークスムアの指示によって、現場周辺はすでに立ち入り禁止処置がとられている。かならず集まってくる弥次馬の目に、警察の作業をさらさないようにするため、門と教会堂のまわりに大きなキャンヴァス地の幕が張りめぐらされていた。こうして死体を中心に置いた活動場所を確保したところで、ホークスムアは全面的な捜査活動にとりかかった。被害者のズボン、靴下、セーター、シャツを調べるために、さらに粘着テープを使用する。靴についている泥と、すぐそばの地面の泥とが、比較用サンプルとして採取され、靴はポリ袋に入れられた。死体はいまや裸にされ、アーク灯に照らされて青白く光っている。脱がせた着衣はそれぞれ別の袋に収められ、ホークスムアが手ずからラベルを張って鑑識係に手渡した。両手には、爪の間の異物を採取したのち、袋がかぶせられ、テープで留められた。その間、まわり一帯の地面で、繊維や足跡や汚れの跡の捜索が進められている。いささかでも捜査チームの関心を引いたものがあれば、通し番号をつけられ、記録されてから、クッションのついた運搬ケースに収められていく。作業のあいだ、霧雨は切れ目なく降りつづいていたが、ホークスムアはコートを着ないまま、低声でひたすら囁きつづけている。警察捜査にまったく無知なものから見れば、彼が正気を失って、死体のそばで独り言をつぶやいているように見えるかもしれないが、実際は小型テープレコーダーに所見を吹きこんでいるのである。

「以上終わり」と、締めくくったところに、検屍医が到着した。小柄でずんぐりしているが、セント・メアリー・ウールノス教会の石段をゆっくり上ってくるところは、押し出しのよさを感じさせる。ホークスムアに軽くうなずいてみせ、「では、ガイシャを見せてもらうよ」と言い、少年のかたわらに膝をついて、茶色の小型かばんを開いた。しばし沈黙。手の指が震えている。

「こんな朝早くから、すみませんな」ホークスムアが話しかけたが、こちらはすでにメスを取り出し、一刀のもとに腹部を切り裂いていた。そして肝臓のそばに体温計をさしこみ、背筋をのばして自分の作品に見入る。かすかに口笛を吹いて立ちあがり、ホークスムアに話しかけてきた。

「私から説明するまでもないでしょう、警視正」

「いや、説明してもらいたいね。最後は時間のことを知りたいし」

「ははあ、時間は人を待たず、か」検屍医はあとずさり、傷んだ柱を眺めた。「りっぱな教会ですな、警視正。もうこんなりっぱなものは、だれも建てちゃくれないが……」尻切れトンボに語尾が消え、ふたたび死体に見入っている。

「だれのことをいってるのかね、いったい」ホークスムアが応じたときは、検屍医はすでに膝をついていた。急にアーク灯が消えたものだから、しきりに目をしばたたいている。おたがい呼吸が合わず妙にぎごちなさを感じたまま、検屍医が二度目の体温測定にかかっているあいだに、ホークスムアは幕の外へ出て、通りをポウルトリー側へ渡った。ここの交差点から、教会の正面全体が見える。教会のまえはこれまでも通ったことがあるが、ちゃんと注意して眺めたことはなかった。こうして注目してみると、周囲の建物がすぐそばまで迫ってそのなかに埋没してしまいそうなのに、異様なほど周囲とは際立って見える。通行人は教会堂の壁だと意識せずにそばを通っているから、結果として、巨大な教会でありながら、見過ごされたままになっているのだろう。これが初めて建立された当時の人びとの目には、明確な意味をもって堂々とそびえていたはずだが、この殺人事件がなかったら、ホークスムアですらそのことには気づかなかっただろう。これまでの経験では、被害者の死体を初めて目にしたとき、そのまわりの背景が現実感を喪失してしまうことがよくある。森に隠された死体のまわりにそびえる木々、死体を岸辺にうちあげた川の流れ、犯人が死体を放置していった郊外の路上の車や生け垣――そういったものが、急に意味を喪失して、まるで幻覚のように見えることがある。その反対に、この教会は、死を擁したために、より大きさを増し、より際立って見えるようになった。

彼は石段のところへもどった。検屍医が彼をつかまえて説明する。その後で、ホークスムアは警察官たちを招集した。

「目下の状況を説明しておく」彼が静かに話しだすと、太陽が建物群のうえに昇った。「ガイシャはもうモルグへ運んでよろしい。そこで検屍医の先生に検屍解剖をやってもらう。いうまでもないが、これまでに先生の関心を引きそうなことがわかっていたら、なんでもいいから、この場で申し出てくれ」

ホークスムアは死体のほうを見やった。左右の手首と足首に、それぞれ札がくくりつけられている。死体はポリエチレンの袋に入れ、袋の両端を密閉してから透明な運搬用シートにくるみ、担架に乗せてロンバード・ストリートの角に駐車している警察車へ運び込まれる。さして多くはない人だかりをかきわけて担架が進むと、女たちが嘆きの声とも恐怖の声ともつかぬ声をあげる。若い女がビニール・シートに触れようと手をのばしたのを、担架を運んでいた警官が荒々しく払いのけた。ホークスムアはそのようすを見て思わず微笑し、それからきびすを返した。死体発見者である赤毛の女の話を聴く番だ。

こんどは多少の関心をみせて、女のようすをうかがう。彼女は古い教会の手摺のそばに坐って、この状況では自分を見ているものなどいないと思ったか、ハンドバッグからコンパクトを取り出した。首を左に右にすこしずつ傾けて、髪の形を整える。ついで立ちあがったが、濡れた石に坐っていたため、ワンピースの尻の部分に大きなしみがついている。ホークスムアが彼女に関心があるのは、他殺死体にでくわした人間の反応に関心があるからである——たいていは、他殺死体が表している苦悶と退廃から身を護ろうとするかのように、その場から逃げだすのがふつうだが。彼の説によると、死体を発見したものは、それだけで運命の共有者となりうるはずであり、そのことに罪の意識を感じることで、発見の過程を完成させることができるのである。だが、この女は現場に残っていた。女の話を聴取した警官に、ホークスムアは近づいていった。

「聴くだけのことは聴いたかね?」

「聴くには聴きましたが、たいした収穫はありません。手掛かりになるようなことは、なにも知らないようです」

「こちらもご同様だ。時間のことは?」

「雨が降っていた、としか記憶にないようです」

ホークスムアはあらためて女を見た。こうして近くから見ると、口元にはどうも締まりがなく、教会の双塔をいっしんに見つめる目が、妙にうつろだった。彼女が逃げだされずに、人が来るまで死体を眺めていたわけが納得できた。

「いま何時かもわからないみたいですよ」警官が敷衍したところで、ホークスムアは女のほうへ歩きだした。

脅かさないようにゆっくり近づいてから、声をかけた。「さてと、死体を見つけたときには、雨が降っていたんですね？」

「雨が？　降ったり、やんだり」女にまともに見据えられて、ホークスムアはたじろいだ。

「そのときの時間は？」穏やかにたずねる。

「時間？　なかったわよ、そんなものは」

「そういうことか」

女が笑いだした。二人でとてもおかしな冗談を言い合っているつもりか。「こういうことよ」そう言うと、ホークスムアをこづく。

「どういう男でした？」ホークスムアも調子を合わせてみる。

「赤毛だったわ、あたしみたいな」

「そう、すてきな赤毛ですね。とてもいい。で、そいつは話しかけてきましたか」

「あんまりしゃべらないのよ、それが。なんていったのか、あたしにはわかんないな」

もしかして、殺された少年のことを言っているのだろうか。「それからどうしましたか、そいつは」

「動いてたみたいなんだけどね。わかる？　そうかと思うと、こんどは止まってるわけ。ここ、なんという教会？」

ホークスムアも度忘れし、あわてて教会堂のほうをふりかえった。また向き直ってみると、女はハンドバッグのなかをのぞきこんでいる。「じゃ、メアリーさん、近いうちにまた会ってもらえますね？」とたんに女が泣きだした。ホークスムアはばつの悪い思いをしながら、彼女のそばを離れ、チープサイドの通りへと歩きだした。

捜査がどのくらい長びきそうか、ふだんなら直感で見当がつくのだが、今回ばかりは別だった。頭を冷やそうとしているうち、ふっと第三者の目で自分の姿をとらえることになり、こんどの仕事がいかにも不可能なように見えてきた。この少年殺しが単純にかたづきそうにないのは、これといった特異性がないからだ。時間を逆の方向に（そもそも、時間には方向があるのか？）たどって、これまでの経過をさかのぼってみても、いっこうにはっきり見えてこない。事件の因果関係は、少年の出生の当日の、その特定の場所にまで連鎖しているのかもしれないし、もしかしたら、もっとそれ以前の闇にまで繋がっているのかもしれない。また、犯人にしても、なんのために、どういう経緯から、あの古い教会にやってくることになったのだろうか。これらのことすべてが、ばらばらでありながら、どこかで繋がり合っていて、ある大きな全体像の一部をなしているはずだが、その全体像はとてつもなく大きすぎて、とうてい把握できそうにない。そうなると、手に入るだけの証拠をもとに、過去像を作りあげるしかないかもしれない。が、その場合、未来像も作り物になるのではないだろうか。まるで、前景と背景でまったく別の図が現れる、だまし絵を見ているようなものだ。そんなものを、いつまでも見ていられるわけがあるまい。

来た道をひきかえして教会までもどった。そして、ウォルターがずっと彼を見守っていたことに気づき、むかっとした。連れ去られていく赤毛の女にも聞こえるように、わざと声を大きくして話しかけた。「きみは事件が何時に起こったと見るかね？」

「わかりません。警視正を呼んでくるようにいわれて来たんですが」早朝の陽射しをうけて、ウォルターの顔はひどく白けて見えた。「捜査本部までお連れするようにといわれまして」

「それはご苦労」

車でスピトルフィールズへ向かいながら、ウォルターがラジオを警察無線に合わせると、ホークスムアは身をのりだしてダイアルを他へまわした。ウォルターは笑った。「雑音が多すぎる」

「同一犯人ですか？」

「同一犯行だ」ホークスムアの地口に、ウォルターは笑った。「だが、いまはその話はしたくない。時間をくれ」

ラジオからポピュラー・ソングが流れてくると、ホークスムアは窓外に目をやった。その目に入ってきたのは、ドアが閉まりかけ、少年が路上に硬貨を落とし、女が首をめぐらせ、男が声をあげて呼んでいる光景だった。どうしてこういったことが、いまこの瞬間に起こるのだろう、という疑問が浮かぶ。ひょっとして周囲に現出する光景は、夢とおなじように、彼自身が一瞬一瞬創造している世界なのであって、彼が通りすぎると同時に、また元の闇へと消滅してしまうのではなかろうか。しかし、その一方で、それが現実であることもまた、彼は理解していた。それはけっして消滅してしまうことはなく、つねに変わらず起こりつづけるだろう。さっき目にした女の涙とおなじく、いつものおなじ光景、つねに新たにくりかえされる光景なのだ。

ウォルターは他のことに気を奪られていた。「警視正は幽霊を信じますか？」むっつりと窓外の光景を見ているホークスムアに、そうたずねかけた。

「幽霊？」

「はい、ほら、幽霊とか、霊魂とか、ああいうもの」ちょっと間を置いて、「こんどの事件現場が、みんな古い教会だからなんですが。なにしろ、おっそろしく、古いから」

「幽霊なんてものはいない」ホークスムアは手をのばしてラジオを消し、太い息とともにつけくわえた。「われわれが生きているのは、合理社会だからな」

ウォルターはちらりと上司のほうに目をやった。「こういっちゃなんですが、ちょっと自信なさそうに聞こえましたよ」

ホークスムアは不意をつかれた。自分の声がなんらかの調子を帯びているとは思っていなかったからだ。「疲れているだけさ」そう答えた。

スピトルフィールズの捜査本部に着いた。連続殺人事件に関する調査と問い合わせいっさいは、いまでもここで処理されている。電話がひっきりなしに鳴り、制服私服いりまじってそこらじゅうを動きまわり、おたがい声をかけ合ったり冗談をとばしたりしている。ホークスムアはかれらの存在に神経をいらだたせた。なにをするにしても、まずはその理由を知っておきたい。いまのうちに捜査の全権を掌握しておかないと、どうにも収拾がつかなくなることは自明だろう。一席ぶつことにして、部屋の隅に設置中であるビデオセットのまえに立った。

「諸君」大声を張りあげる。喧噪は鎮静し、みんなの視線はホークスムアに集まった。ホークスムアは気分が落ち着いてくるのを感じる。「諸君には三交替制で捜査にあたってもらい、各交替組に捜査班長を一名置く。さらに、毎日、捜査会議を開く――」一呼吸入れた。電灯がちらちらしている。「異常な殺人事件になるほど解決は易しい、とよくいわれるが、私はそんな説は信用しない。なにごとも簡単ではないし、単純なものはなにもない。諸君には捜査というものを複雑な実験とおなじように考えてもらいたい。変わるものと変わらないものとを見極め、的確な質問をし、しかも誤った答えを恐れず、なにより観察を重んじ、経験に頼ること。筋の通った推理だけが、捜査を正しい方向へ導くことができるのだ」設置中のビデオ装置を婦人警官がテストしているため、さまざまな殺人現場――スピトルフィールズ、ライムハウス、ウォッピング、それと新たにくわわったロンバード・ストリート――の映像が、しゃべっているホークスムアの背後の画面につぎつぎと現れ、彼の姿は教会堂を背にしたシルエットとなって浮かびあがる。「人間だれしも、人殺しになる要素をそなえている。また、殺しの手口から、犯人についてじつに多くのことがわかる。せっかちな人間は手早くかたづけるだろうし、優柔不断な人間はもっと時間をかけるだろう。医者は薬を使い、肉体労働者ならレンチかシャベルだ。諸君もこの事件に関して自問してほしい。素手ですばやく殺すのは、どういうタイプの人間か。それからもうひとつ、犯行後の犯人の動きについても頭に入れておいてもらいたい。たいていの殺人犯は、自分のしでかした行為に愕然とする。そこで、発汗作用が起きる。ひどい空腹やのどの渇きに襲われることもある。被害者とおなじように、殺害の瞬間に失禁するやつも少なくない。

ところが、この事件の犯人の場合、そういったことはいっさい見られない。汗も、排泄物も、指紋も、なにひとつ残していない。だが、それでも変わらないことがひとつある。殺人犯人というものは、自分のやった犯行を思い出そうとするとき、その直前と直後に自分のとった行動を正確に憶えているものだ——」そういうとき、ホークスムアは、犯人が思い出せるように助け舟を出してやるのだ。禁断の扉を開け、敷居を越えてしまった者の秘密を、ぜひとも聴きたいからである。裁きを下しているのではないことを、犯人にわからせるため、口調はあくまで優しく、ときにはためらいがちですらある。告白の途中で立ち往生したりせず、ゆるゆると歩み寄ってきてもらいたい。共に秘密を分かち合えたときは、犯人を抱擁してやり、抱擁することで犯人を運命の手へと委ねてやるのだ。犯人が恐れと罪の意識をさらけ出した末、いっさいを自白してしまうと、彼は妬ましくなる。重荷を下ろし、晴れやかに彼のもとを去っていく犯人が、妬ましいのだ。「——ところが、実際の殺害の瞬間のことは、まるで憶えていない。憶えていないから、かならず手掛かりを残すことになる。そこがわれわれの付け目なんだ。解決不可能な犯罪はいまだかつて存在しない、というものもある。だが、はたしてそうだろうか。もしかしたら、これがその最初の例となるかもしれないではないか。私の話は以上だ」

ホークスムアが静かに立っているまえで、今朝の捜査班長をつとめる刑事が、その場にいる警察官たちをいくつかの組に割り振っていった。その騒ぎで、マスコットとして飼われている猫がだれかに蹴とばされ、けたたましい声をあげながら、ホークスムアの右脚をかすめて逃げ出していった。ホークスムアのほうは、そのとき、コンピュータのキーボードをにらんでいるウォルターのそばへ歩み寄るところだった。

肩越しに気配を感じたウォルターは、「こいつを使わずに、これまでよくもやってこられたものですね」と、ふりむきもせずに言った。「昔の先輩方のことですが」微かな音だが、人体の鼓動のようにホークスムアを不安にさせる音をたて、小さなスクリーン上に文字と数字が動いた。ウォルターが上気した顔をあげた。「よく分類整理されてるでしょう? じつに単純明解です」

「どこかで聞いたような科白だな」そう答えつつ、ホークスムアは身を低くして、犯罪の種類別に分類された前科者と容疑者の住所氏名を見ていった——同一手口の部——扼殺の項——犯人が被害者に馬乗りになるか、そのうえに膝をついて首を絞めるタイプ。

「でも、こっちのほうがもっと便利ですよ。これでどんなに苦労が省けることか」違うコマンドを打ちこんだが、キーボードのうえの指はほとんど動いていないように見える。興奮してはいるものの、ウォルターにしてみれば、彼が求める秩序と明快さのごく一部分しか、コンピュータは表示していないように思える——細かいグリーンの数字がつらなって、朝の光を受けながら薄く光るさまは、外の世界を計算できる無限の可能性を秘めていることなど、どこにもうかがわせない。その世界の輝きはこんなものではない、と思っているウォルターの目のまえのスクリーンに、モンタージュ写真の顔があらわれ、ちかちか光った。影の部分がグリーンに塗りつぶされているため、まるで子供の描いた絵のように見える。

「なるほどね」と、ホークスムア。「犯人は〝緑の男(グリーンマン)〟かね。そうすると、仕掛け人はロビン・フッドかな」

この情報索(さが)しにすっかり飽きてしまったホークスムアは、そろそろセント・メアリー・ウールノスへもどって捜査を再開するか、と考えた。正午になろうというころ、ウォルターとともに現場にもどった。教会は秋の陽射しを浴びて変貌し、またもや見慣れない姿を見せていた。キング・ウィリアム・ストリートに面した側へ歩いていってみて、教会堂と隣の建物のあいだに空き部分があることを初めて知った。その空き地は部分的に透明なシートで覆われている。

ホークスムアはあらわになった地肌をのぞきこんで、身を引いた。「これが発掘現場か」

「ゴミ捨て場に見えますけどね」ウォルターは見まわしながら、言った。深く掘られた溝、板切れを渡した、いくつもの小さな穴、明るい茶色の粘土、発掘の境界に無造作にばらまかれたように見える煉瓦や石ころ。

「そうだが、こいつはいったい、どこから来たんだろう。なあ、ウォルター、『土を土に、塵を塵に……』」

だれかに見られていることに気づき、ホークスムアの声はとぎれた。ゴム長靴に真赤なセーターというなりの女が、発掘現場の向こう隅に立っている。

「こんちは！」ウォルターが呼びかけた。「私たちは警察の者なんですが。そこで何をしてるんですか？」ウォルターの声は反響することもないまま、掘り返されてまもない土のうえを越えていった。

「見に下りていらっしゃい！」女が応じた。「でも、ここにはなにもないわよ。ここは昨晩のままだから」それを強調するかのように、しっかり地面に張りついているビニール・シートを蹴ってみせた。

「さあ、どうぞ！」

ホークスムアは気後れを見せたが、このとき子供たちの一団がキング・ウィリアム・ストリートへと角を曲がってくると、気が変わったように金属の梯子を下りていった。掘られた穴を慎重に避けながら進んでいく。湿った土の匂いが鼻をついた。舗道の高みよりも、ここの地中のほうが静かだった。考古学者のそばまで来ると、彼は声を落として話しかけた。「ここで何が見つかりましたか」

「そうね、燧石（すいせき）塊とか、建築石材の断片とか。ほら、そこが建物の基礎に掘られた溝よ」説明しながら、手の平の皮を剝いている。「そちらは何を見つけたの？」

ホークスムアはその質問を無視した。「どれぐらい深く掘ったのですか」足元の暗い穴をのぞきこみながら、たずねた。

「うーん、ちょっとややこしいんだけど、いままでのところ六世紀まで達しているわ。これがほんとの掘出し物。わたしの見るところ、どこまで掘っても尽きないって感じね」

掘り返されたばかりらしい土を眺めていると、ビニール・シートに映ったこちらの顔が、じっと見返している。

「あれが六世紀だって？」その自分の映像を指さして、ホークスムアはたずねた。

「そのとおりよ。でも、そんなに驚くほどのことじゃないわ。ここには昔から教会堂があったんだから。いつの時代にもね。まだまだ、いろんなものが見つかるはずよ」その確信は、彼女が時間を岩壁とおなじようなものとして見ていて、登山家のようにその岩壁を下っていく夢をよく見るからだ。

ホークスムアは穴のそばに膝をついた。土をつまみあげて指先ですりつぶし、自分自身が何世紀もの深淵へと転落していって、土や塵と化してしまうところを想像してみた。それからようやく口を開いた。「危険じゃないですか、こんなに教会堂に近いところを掘っては？」

「危険？」

「つまり、崩れませんか？」

「崩れ落ちてくるってこと？　いいえ、そんなことないわ、いままでのところ」

教会堂を支えている木の土台に注目していたウォルターも、話にくわわってきた。「いままでのところ？」と、訊き返す。

「そういえば、こないだ骸骨が一体見つかったけど、あなたがたが興味をもたれる類いのものではないわ」

しかし、ウォルターは興味を示した。「どこで見つけたんですか」

「あそこの、教会堂のすぐそば。水道管が通っているあたりよ。それもかなり新しい骸骨だったわね」ホークスムアは女の指さすほうに目をやった。錆色をした土が見える。彼は目をそらした。

「新しい、というと、どれぐらい？」ウォルターがたずねる。

「二、三百年前ね。でも、まだ検査が終わってないの。教会堂を建て直したときに、事故かなにかで死んだ人夫のものかもね」

「ふむ」ホークスムアが口をはさんだ。「推測ですな。推測なら、いくらでもできる」そこを引きあげるために、ウォルターをうながして地上に上がると、ふたたび往来の喧噪が耳に入ってきた。通りの向かい側にそびえるオフィスビルに目をやると、明りのついた小さな部屋が並び、そこに動きまわる人の姿が見て取れた。

なおも殺人現場の入念な調査をつづけている警察官たちと、ウォルターが油を売っているとき、ホークスムアは一人の浮浪者に目を留めた。ポープス・ヘッド・アレーの角で、セント・メアリー・ウールノス教会の北側の壁と向かい合ってひざまずいている。初めは教会に祈りを捧げているように見えたが、よく見ると、午前の雨でまだ濡れている路面に、白いチョークでスケッチの仕上げにかかっているらしい。ホークスムアはゆっくり道路を渡り、膝をついている浮浪者のそばに立った。もつれてタバコの葉のような固まりになっている髪が目に入り、虫酸が走った。浮浪者が描いているのは、男の絵だった。円いものを右目に当てているところは、小型望遠鏡かなにかを覗いているようだが、プラスティック片とも聖餐用パンとも見える。浮浪者はホークスムアにぜんぜん注意を払っていなかったが、ふっと顔をあげたとたん、二人の視線がまともにぶつかった。ホークスムアが口を開きかけたとき、ウォルターが大声で彼を呼び、車のほうに手招きした。

そばに行ってみると、「もどりましょう」と、ウォルターは言った。「自首してきたやつがいるそうです」

ホークスムアは手で顔を三度ぬぐった。「そんなバカな」つぶやきが漏れた。「いくらなんでも、早すぎる」

その若い男は、狭い控え室にうなだれて坐っていた。ホークスムアは、男の手が小さく、肉にくいこむほど爪を嚙んだ跡があるのを一見し、すぐに犯人ではないことを見て取った。

「私はホークスムア、事件の捜査主任です。こちらに入ってもらえるかな?」そう言うと、取り調べ室のドアを開けた。「入って、そこに掛けて。警察の扱いはちゃんとしてましたか、ミスター・ウィルスン?」ぼそぼそと答えが返ってきたが、ホークスムアは耳を傾ける気はない。男は小さな木の椅子に腰をおろし、気持ちを落ち着かせようとするつもりか、前後に体をわずかに揺すっている。この時点で、ホークスムアはうんざりした。この拷問室に入って、室内を見まわす気もしない。「マシュー・ヘイズ殺害の件について取り調べをおこないます」静かに切り出す。「彼の死体は、十月二十四日土曜日の午前五時半ごろ、セント・メアリー・ウールノス教会で発見された。少年の生きている姿が最後に見られたのは、前日の十月二十三日金曜日。きみは自分から出頭してきた。この事件について何を知っているのかね」二人がテーブルをはさんで見合っているところへ、ウォルターがノートを持って入ってきた。

「何をいえっていうの？　もう話したよ」

「とにかく、私に話してもらいたい。急ぐことはない。時間はたっぷりあるんだから」

「時間なんてかからないよ。おれが殺したんだ」

「誰を殺した？」

「その少年をさ。わけは訊かないでくれ」男はまたもや、うなだれた。だが、相手がなにも言わないので、顔をあげてホークスムアを見た。先をうながしてくれ、もっと話せと言ってくれ、と訴え掛けてでもいるようだった。背中を丸め、両膝をさすっている。ホークスムアはこの男の思考が、何もない部屋に閉じこめられた蠅の群のように、脱出しようとして右へ左へ飛びまわっている光景を思い浮かべた。

「いや、わけを聞かせてもらおうか」ホークスムアは静かに言った。「なぜ殺したのか知りたいね、ブライアン」

ホークスムアが彼の名前を知っていることにも、男は反応を示さない。「それがありのままなんだから、どうしようもないだろう？　しかたないよ。それだけのことなんだから」

ホークスムアは男を観察した。固く握りしめられた指には、ニコチンがしみついている。着ている服はいかにも小さすぎる。頸動脈が脈打っているのをみて、とっさに手を触れてみたくなった。その気持ちを抑え、熱のない口調で訊いた。「では、人を殺すチャンスがあったら、どういうふうにやる？」

「ただ捕まえて殺すだけだよ。殺してやらなきゃならないんだから」

「殺してやらなきゃならない？　ちょっといいすぎじゃないか」

「どうしてかはわからない。そこから先は――」何か言いかけたところで、初めて背後にウォルターが立っているのに気づき、口をつぐんだ。

「つづけて。水を飲むかね、ブライアン？」身振りでウォルターにこの場を外すように合図する。

「さあ、聞いているから、つづけて。いまは、きみと私二人だけだよ」

だが、その瞬間はすでに過ぎていた。「ここから先はあんたが何かする番だよ」男は床の小さな割れ目をいっしんに見つめている。「おれはもうしゃべったんだから、もう責任はすんだんだ」

「私の知らないことは、なにひとつしゃべっていない」

「じゃあ、あんたはなにもかも知ってるってことだ」

この男が犯人でないことは明白だが、そもそも自首してくるやつには無実のものが多い。これまでも取り調べ中に、犯してもいない罪を犯したと自白し、これ以上の罪を犯さないうちに捕まえてほしい、と言いだす手合いはいくらもいた。そういう連中は、一目見ればそれとわかる。その特徴は、せいぜい微かな目のけいれんとか、世渡りのぶきっちょさていどであることがある。あるいは、ホークスムアがときに呼ばれて行ってみることもある、かれらの住む小さな部屋だ。ベッドと椅子だけしかない部屋。かれらはその部屋のドアを閉めきって、ひとりごとを声高にしゃべり、そこに夕方から夜にかけてずっと閉じこもり、その部屋で自分の人生を見つめ、わけのわからない恐怖に襲われ、怒りにとらわれる、そういう部屋だ。そういう手合いを見ていると、ホークスムアは自分もいずれこうなるのではないかと思う。自分もかれらに似ている、そうなる資質をそなえている、自分とかれらを隔てているのは、ちょっとした偶然にすぎない、という気がするのである。彼は若い男の頬が小刻みにひきつっているのに気づき、火の消えかかった石炭が息を吹きかけられて、また赤く燃えだすさまを連想した。

「だが、きみはなにもしゃべっていない」彼はほとんど意識せずに、そう言っていた。「実際にあったことを話してもらいたい」

「どうせ信じてもらえないのなら、話してもしょうがないからね」

「信じるさ。話してみろ。しゃべりつづけるんだ。やめちゃいかん」

「少年の後をつけながら、確実に二人だけになるまで待った。あの通りを——新聞に出てたあの通りを——歩いてった。あの子もおれがつけてるのに気がついてたけど、べつになにもいわなかったな。ただ、じっとおれを見ただけで。あの子が生きていけるなんて、どうしていえる？　あんなふうにやってもらえるんなら、おれだって死んでもかまわないね。おれのいっていること、わかるかなあ？」

「ああ、いいたいことはわかる。これまで何人殺したんだ、ブライアン？」ウォルターが水の入ったコップを手に入ってきたところで、男は笑みを見せた。「あんたが知っているより多いよ。ずっとずっとね。おれは眠ってるときにやれるんだ」

「教会のことは？　教会のことは知ってるのか？」

「教会って？　教会なんて出てこないよ、眠りのなかには」

だんだん腹が立ってきた。「くだらん。まったくくだらん話だ。自分でわかってるのか？」男がウォルターのほうに向き直り、コップに手をのばしたとき、首筋に彼が自分でこしらえたどす黒いみみずばれが見えた。「もう帰っていい」

「つまり、もう用はないってこと？　逮捕しないのかい？」

「そうだよ、ミスター・ウィルスン、もう用はないね」男と目を合わせる気になれなかったので、立ちあがって取り調べ室を出た。ウォルターがにやつきながらついてくる。「家まで送ってやれ」ホークスムアは一人の巡査に命じた。「なんなら、警察の時間を無駄にさせたことで、罰金を科してもいいぞ。好きなようにしろ。私のほうは用済みだ」

腹の虫がおさまらないまま、捜査本部の置かれた部屋に移り、刑事の一人のそばへ行った。

「何か私に見せるものはないかね」

「証言記録があります」

「目撃者がいたということか」

「ええと、言い方を換えるなら――」

「換えないでもらいたいね」

「つまりその、供述書がありまして、目下はそのウラを取っているところで」

「それを見せてくれ」

コピーの束が差し出された。ホークスムアはそれを一枚ずつ、ざっと目を通していった。「午前零時頃、長身の白髪の男がロンバード・ストリートを歩いているところを見たという証言あり……午前三時、言い争う声を聞いたという女性の証言。片方は高い声で、もう片方は低い声。教会の方角から聞こえてきた。一人は酔っているような口調だった……その約三十分後、小太りの男がロンバード・ストリートを、グレイスチャーチ・ストリートの方角へ急いで行くのを見たとの証言あり……午後十一時頃、チープサイドで少年の歌うのを聞いたと、婦人が証言……黒いコートを着た中背の男が、セント・メアリー・ウールノス教会の門を開けようとしているのを見たという男性の証言あり……家へ帰るところだ、という声を聞いたという女性あり。その時刻は不明とのこと」一見して目撃証言風だが、そのいずれもホークスムアの興味を引かなかった。とかくこのての話というものは、新聞記事がすでに暗示している漠然とした犯人像から作りあげられた架空の人物を提供してみせるだけだ。ときには、大勢の人びとが同一人物を目撃したと通報してくることすらある。あたかも共同幻覚がそれ特有の客体（オブジェ）を創造し、それがしばらくのあいだ、ロンドンじゅうをうろついているような塩梅（あんばい）である。かりにいま、教会のそばで事件の再現を演じてみせたりしたら、さらに大勢の人が通報してきて、事件の内容と時間について各人なりの解釈を述べるにちがいない。そうなると、実際の事件は、いっそうぼやけ、霞（かす）んでしまい、人びとが自分勝手に空想した殺人犯人と被害者像を描くための平板なカンヴァスと化してしまうだろう。

さっきの刑事が、こんどはおずおずと申し出た。「通常の郵便物もありますが、それもごらんになりますか？」

ホークスムアは首肯し、目撃者の供述書をまとめて返し、差し出された束に目を通していった。犯罪を告白する手紙があるかと思えば、犯人が捕まったらこういう目にあわせてやりたい、と仔細に述べたてた手紙もある（なかには、そのやり方が犯人の手口をまねたようなものも、いくつかあった）。ホークスムアには、いわばおなじみの投書ばかりで、読んでいて楽しくすらある。他人がいっしょうけんめい想像力を働かせているのを見る楽しみ、とでも言おうか。だが、それほど人情が感じられない手紙もあり、そういうのには腹立ちをおぼえることがある。たとえば、もっと情報をよこせと要求してくる手紙とか、賢しげに助言をしてくる手紙がある。いまホークスムアが読んでいる手紙には、子供たちのあいだでは殺し合いがよく起こることを、警察は知っているのか、殺された少年のクラスメートを尋問したらどうか、とかく子供は嘘つきだから、厳しく問い質せ、などと書いてある。また別のは、死体はバラバラにされていたのか、そうだとしたら、どういうぐあいだったたか、と質問している。ホークスムアはその手紙を置き、親指の爪を嚙みながら、正面の壁をにらんだ。ふたたび机に視線を落とした時、別の手紙が目に留まった。上端に「忘れないこと」という文字が印刷されているところからすると、ありきたりの罫線入りメモ用紙に書いたものらしい。十字印が四つ記されていて、そのうちの三つが三角形をなしているのに対し、残りのひとつはいくらか離れているため、四つを線で結んだ図は矢のように見える。

どこか見覚えのある形だった。そこで、はたと気がついた。十字印が教会を意味する記号（十字架）だとすれば、これは連続殺人の起こった場所をなぞったものだ——三角形の頂点がスピトルフィールズで、底辺の両端がセント・ジョージ・イン・ジ・イースト教会とセント・アン教会、そして西にあるのがセント・メアリー・ウールノス教会。図の下に、鉛筆による走り書きがあった。「私が噂の種となるだろうということを、ここにお知らせする」その次の行は、ほとんど読めないほど薄れている——「哀れなり、死にゆくものならば」。つづいてメモ用紙をめくったホークスムアは、次のページのスケッチを見て、身を震わせた。ひざまずいた男が、白い円いものを右目に当てている絵——セント・メアリー・ウールノス教会のそばで、浮浪者が描いていたスケッチではないか。絵のしたには、活字体の大文字で「万物の建築家」と書かれている。なんのことだろう、と訝りながら、手紙をこっそりポケットに忍びこませた。

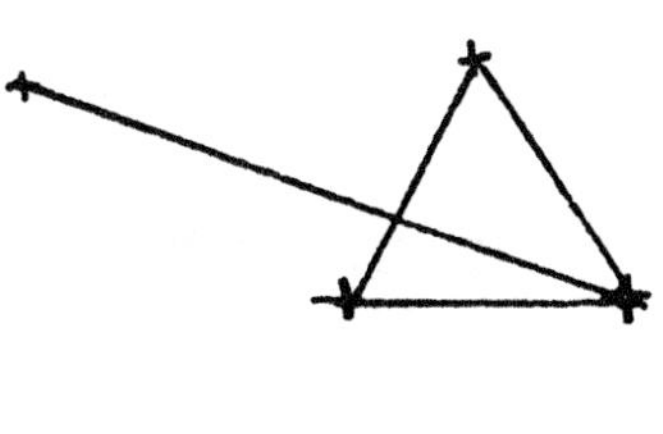

「で、これをどう解釈する？」これはウォルターにたいする質問。ホークスムアのオフィスで、二人は机をはさんで坐り、目のまえの矢形の図をにらんでいた。

「まったく見当がつきません。コンピュータに掛けてみれば——」

「浮浪者の件はどうだ？」

ウォルターはとまどった。「同一人が描いたことも考えられますね。ひょっとすると、この図は浮浪者の印かもしれませんよ、『ここには希望なし』とかなんとかいう意味で。分析させせましょうか？」

「浮浪者の一人も殺されている。そこに関連があるかもしれん」ある全容が浮かびかけているのだが、それがどうもはっきりしない。ホークスムアはいらだった。

「私の見たところ――」

「そのきみの見たところをいってみろ、ウォルター、さあ、何が見える？」

ウォルターはめんくらった。「私はただ、論理的に考える必要がある、といいたかっただけなんですが」

「ああ、いいだろう、とことん論理的にいこうじゃないか。じゃあ、論理的に答えてみろ。こいつはどうやって教会のことを知ったんだ？」

「十字が教会の印とはかぎりませんよ」

ホークスムアは耳を貸さない。「私は教会のことを言及したことはない。外部の者にはな。もちろん十字は教会の印にきまっているさ」

最後の一言は、ウォルターに向けられたものだ。ホークスムアの視線に射竦められ、ウォルターはもっと前向きな意見をつけ足そうとして、そわそわした。「その浮浪者は現場にいた、というわけですかね」

「いたにきまっている。そこが気になるところだ」

夕靄がたちこめるころ、ホークスムアはオフィスを出た。満月に近い月がバラ色の暈をかぶっている。ホワイトホールの中央官庁街を北へ向かってから右折し、ストランド大通りに入ったとき、自分の吐く息が靄と混ざり合っていることに気づいた。背後で、「しゃべりすぎてしまった！」と言う声が聞こえたが、首をめぐらしてみても、冷たい夕靄のなかを近づいてくる二人の子供しか見当たらない。子供たちは歌を口ずさんでいる。

そこで男は牧師に訊いたとさ
おいらも死んだらこうなりますか
いかにもさよう、と牧師は答えた
あんたも死んだらそうなりますよ

だが、これは幻聴だったにちがいない。すぐに、「ガイにペニーを！　ガイにペニーを！」という、募金を呼び掛ける声が聞こえてきたからだ。子供たちの押している乳母車のなかを見ると、藁人形がペンキで描かれた顔をのぞかせている。「それをどうするのかね」一人がさしだした手の平に、小銭を三個落としてやりながら、ホークスムアはたずねた。

「火をつけて燃やすんだよ」

「まあ、待ちなさい。まだダメだぞ。ここではダメだ」さらに先へ進み、キャサリン・ストリートへ曲がったところ、足音が後をつけてくるように思えた。吐息とともに、さっとふりかえってみたが、背中を丸めて行き交う人びとの姿が見えるだけだった。また歩きだすと、ほどなく足音は復活して、靄のなかでいっそう大きく響いた。「引きずりまわして一踊りさせてやろうか」そうつぶやいて歩みを早め、いきなり左折してロング・エーカーに入り、セント・マーティンズ・レーンから大量に吐き出されてくる車の流れをぬって横切り、すぐ近くの狭い路地にとびこんだ。改めてふりかえってみると、もはや追ってくる気配はない。ホークスムアはニヤリとした。

じつを言うと、後をつけていたのはウォルターだった。上司の言動に不安を抱きはじめていたからだが、それは特に、彼がホークスムアとは密接な立場にあり、ホークスムアの評判しだいで彼の将来が左右されるのはまちがいないからである。職場内には、ホークスムアを「時代遅れ」だとか、「過去の人」とすら考えている連中がいる。彼がホークスムアの興味をコンピュータに向けさせようとしたのは、そういう意見を緩和させるためだったのだ。だが、ここ数日のようにホークスムアの言動がおかしい——突然、怒りだすかと思えば、おなじく唐突に黙りこんだり、まるで事件から逃げ出すかのように、一人でぶらりとどこかへ行ってしまう——と、連続殺人事件の捜査がまったく進捗しない状況と照らし合わせて、心配にならざるをえない。ホークスムアは個人的な問題で悩んでいるのに相違ない、とウォルターは信じていた。おそらく酒も飲んでいるだろう。ウォルターの取り柄は、なんと言っても臆せずに行動することだ。こうしたことについてみずから納得し、結果的に自分自身の出世の道を確保するためには、身を入れてホークスムアを見守っていくしかない。ホークスムアのほうは、尾行者をまいたと信じていたが、それは誤りだった。グレイプ・ストリートのアパートにもどった彼は、部屋の窓辺にたたずんで、ついさっき耳にした歌の一節を思い出そうとしていた。そのあいだずっと、ウォルターは下の通りからようすをうかがい、血色のすぐれないホークスムアの顔を見守っていたのだ。

九　章

私は表の通りを見下ろしていた。太陽が向かいの見窄（みすぼ）らしい貸家の並びの上に昇ったが、頭の中では、昨夜のヘイズの最期の事、娼婦との熱い闘いの事が渦を巻き、何も目には入らぬ。あれこれの情景が奔流の如くに私を呑み込みそうになった時、誰かの視線に見られているのを感じて、吾に返った。振り返ってみると、部屋に忍び入ってきたナットであった。お顔の色がすぐれませんね、親方、と云う。

下がっていろ、と私は囁くが如く云った。気分が悪いのだ、暫く独りでいたい。

ガウンに血がついておりますよ、親方、なんでしたら――

失せろ！　だが、その瞬間、私は折に触れて書き留めておいた文書の事が念頭をよぎった。ヘイズは死んだとはいえ、あれが証拠となって私の命取りにもなりかねぬ。ナット！　ナット！　退出しかけたのを呼び止め、尋ねた。寝台の下にある小筐（こばこ）の事を知っておるか？

今日も見ましたし、こちらにお仕えするようになってからずっと、毎日見ておりますよ。あれから随分になりますが、筐はいつもそこの下――

ナット、無駄口を叩くのはいい加減にして、この鍵で筐を開けろ。中に帳面が入っておるから、それを出してくれ。布のある下の方を探るのだ。表紙が蜜蠟引きになっておるので、それと分かろう。そして、塵芥（ごみ）集めの馬車がやって来たら、それを渡すのだ。塵芥屋どもが帳面を覗いてみようなどという気を起こさぬよう、臭い物をたっぷり塗りたくっておくのだぞ。ナットは命じられた通り筐の中を掻き回し、「見当たりません、こっちの隅にもありません、ここにもありません」などと呟いていたが、仕舞いには深刻げな顔で立ち上がり、失くなっております、と云った。

無いだと？

ここにも、そこにも、どこにも見当たりません。失くなってます。

呻（うめ）き声を発して窓ガラスに顔を押し当て、この新たな展開について考えていたが、やがて虱（しらみ）の如く跳び上がった。仮令（たとい）背中の皮がずたずたに裂けていようと、仮令小筐の中にあった秘密の文書が行方知れずであろうとも、斯様な日に仕事場に顔を出さぬわけにはゆかぬ。そこで、激痛を我慢しつつ服を着替え、スコットランド・ヤードまで馬車を走らせた。だが、さほど急ぐ必要もなかったようだ。ヘイズが顔を出さぬ事で騒ぎ立てる者はいなかったからである。彼は常日頃、現場に出掛けて職人らに指示を与える事が多く、始終あちらこちら動き回っていたので（氏が独身者で、心配する家族も無かった事もあり）建設局の連中はただ、ヘイズさんはどこに行くか伝言を残してはおられませぬか、扉に伝言の紙片か何か無かったですか、という事を訊くだけであった。まさかヘイズ殿は人殺しでもしたのじゃあるまいな、と冗談を云う者があり、これに大笑いした者のうちでは、私の声がいっとう大きかったのではなかろうか。

セント・メアリー・ウールノス教会堂の導管の下から屍体が発見されたのは、正午を過ぎてからであった。この事を私に知らせたのは、ヴァンブラ氏である。金棒引きの最たる者であるヴァンブラは、疾風に舞う枯葉の如く吾が仕事部屋に駆け込んできた。彼は帽子を取り、慇懃なる挨拶の言葉を喚き、(と同時に胸の裡では私を嘲弄しているのである)、不本意ながら悪い知らせをお伝えせねばなりませぬ、と云った。それから椅子の腕に尻を落ち着けた様子は、聖日の牧師を思わせる重々しさで、ヘイズさんが亡くなられました、無惨に殺されたのです、と告げた。

亡くなった?

いかにも。ウォルターはどこですか?

私は平静を保っていた。ヘイズ殿が亡くなった? それは初めて聞いた。いかにも信じられぬという態で、椅子から立ち上がった。

それはちと妙だな。屍体を発見したのはウォルターですぞ。どこですか、ウォルターは? あの男の話を聞きたい。

私はたちまち坐り込み、震えながら、彼とはまだ会っていないが、すぐにも姿を見せるでしょう、と答えた。

あの者の行動には大いに関心がある。どうか私に、直々に尋問させてください。

ヘイズ殿はどのようにして亡くなったのですか。

貴方の教会堂に尽くして命を落としたのです。セント・メアリー・ウールノスの基礎を検分しておった時、下手人に襲われたのですからな。

ロンバード・ストリートの？

確かそうでしたな、ダイアーさん。彼は訝しげな目付きで私を見た。それも道理、私の脳裏にはヘイズの屍体を見下ろしているウォルターの姿が浮かんでおり、最早何を喋っているものやら、自分でもわからぬ状態だったからである。

ヘイズ殿の死因は何でしたかな？

窒息死です。

窒息？

首を絞められておった。紐で繋がれた熊の如くにね。教会が穢されるとは、この世の中は何という時代になったのでしょうかね。

こちらを見るヴァンブラ氏の顔には薄笑いがあった。「笑いも極まれば死を生む」とか。これには極どい冗談で返す——お手前の世代時代をお忘れならば、鏡を見てみることですな。

これを聞いたヴァンブラ氏、手前の首に巻いたクラヴァトの飾り紐にそっと手をやる。そして云うには、ほう、悲しむ振りの渋面は捨てられましたか。率直に申して、私もあの男は余り好きではありませんでしたよ、と抜かす。

私は結構好きだったな、とこちらは切り返す。ヘイズ殿の事を悪しかれと望んだ事はなかったですよ。では、事の真相を確かめに立ち上がるとしようか、と云いつつ、再び立ちかけたところ、突如、眩暈に襲われた。室内に橙花水の香りが漲り、ヴァンブラが小さな口をぱくぱくさせているのは見えたが、不明瞭な言葉しか聞き取れず、私は項垂れて床の塵を凝視していた。

吾に返ってみると、ヴァンブラは歯を剝き出して微笑している。ヘイズさんの死に力を落とされたようですな。だが、どうにもならぬ事、人は皆死ぬものと決まっておりますから。もっとも（と、ドン・キホーテ振りをちらつかせずにいられぬ様子）これ以上に望ましくない事は生涯ありますまいが。その彼の方をちらりと見遣ると、そっと立ち去ろうとしている。道楽者連中の言い草ではないが、相方が余りに醜女であったので、つれなく退散、というところか。利かん気の奴には背中に鞭を喰らわすのが最善の教訓であるように、愚かな奴には軽蔑を示すのが最善の対処法、という事であろう。では失礼、御用があればいつでも参りますよ、と声を張り上げて廊下へ出ていった。その言葉どおり、彼奴め、今後は樫に絡みつく蔦の如く私にへばり付き、私が破滅するまで抱き締めて放さぬつもりであろう。

足音が聞こえなくなるや否や、ウォルターが清書に使っている小机へ跳んでいったが、彼が何処へ行き、今現在何処に居るかを明らかにするが如き紙切れ一つ見当たらぬ。書類庫には錠が下りていたが、常日頃ウォルターの動向を見守っている私は、鍵が釘を打たれていない板の下に隠されているのを知っている。造作もなく鍵を取り出して書類庫を開けてみれば、中には明細書と計算書の束があるばかり。その時、小さな紙片が床に落ちたので、踞んで拾い上げたところ、明らかにウォルターの筆跡にて、O MISERY THEM SHALL DYE（哀れなり、死にゆく者たち）という文字が記されていた。これの意味するところを読み解くべく、私は暫し考えてみたが、部屋の外で人の動き回る音や話し声が騒々しくなってきたため、室内に閉じ籠っているわけにもいかぬ。陰口叩かれぬうちにと思い、仲間入りするために廊下へと出た。リー氏、ストロング氏、ヴァンブラ氏の三人が話し込んでおる傍へ寄っていくと、口々に、ウォルターはどこにおりますか？　部屋におりますか？　あの男、どうしたのでしょう？　などと質問を浴びせて来た。

　多分、取り調べを受けているのだろうが、じきに戻って来るでしょう、と私は答えた。ヴァンブラは私の顔を見ようともせず、無関心な態度で私の言葉が切れるのを待ち、ヘイズの急死についての話を蒸し返し、下手人は誰だろうか、とかその他の瑣事について喋々する。私の方は別の事を考えていた。やや間を置いてから、ヘイズ殿はその倒れておったという場所に葬ってやるのが妥当ではないだろうか、と私が口に出すと、皆もそれに同意し、あれ程建設局の仕事に忠実だった人だから、それが相応しいでしょうと云った。その後外に出た私は、ウォルターの記していた言葉が妙に心に掛かっていて、改めてあの言葉の意味を考えてみた。それにしても、いかにも突然にウォルターが屍体を発見したというのは、どういう事であろう？　行きつ戻りつ、うろうろと歩き回るだけで、正面からの風が川の臭気を吹きつけてくるので、考える事もままならず、とうとうまたもや自室に戻った。そして部屋の扉を閉めた途端、ロンバード・ストリートを怯えたように走って行くウォルターの姿が目に浮かんだ。

　紙の上にあの言葉——O　MISERY　THEM　SHALL　DYE——を書いてみたが、その意味を解き明かす鍵は見つからぬ。そのうちに、ふと「語句転綴」という事が思い浮かび、文字を並べ換えてみていると、戦慄すべき結果が現れたのである——DYER　HAS　SMOTE　ME　ILL（ダイアーの手に掛かり果てたり）という文が出来、残りのYHはヨリック・ヘイズの頭文字に当たるのだ。私は動顛して己れの出した解答を凝視した。死の直前まで泥酔し浮かれていたあの奸物が、どうして己れの運命を予言できようか。しかしまた、これがウォルター自身の書いた言葉であるのならば、いかにして彼は、死者と接触できたのか。まさにヘイズの霊が乗り移ったとしか考えられぬ。それに斯様な厄介な語句転綴（アナグラム）などというものを、いつのまに拵え上げたというのか。根拠の無い懸念が次から次へと浮かんでくる。ウォルター、ウォルター、私の云っておる事は狂気の沙汰ではないか、と声に出して問い掛けた時、扉を叩く音が聞こえたので、私は鞭に怯える犬の如くに跳び上がった。が、それは自惚れ屋ヴァンブラであった。またもや慇懃に御辞儀をし、彼の云う事には――ヘイズさんは芝居見物が大層お好きだった人ですからして、御遺体に屍衣を着せ終わり教会区の職員に引き渡したら、故人を偲ぶために皆で劇場へ繰り出そうと思っておりますが、ダイアーさんも、御一緒に如何ですか。

　歯に衣着せず云ってやろうかとも思ったものの、自惚れが胼胝（たこ）に成るほど凝り固まった奴だから、何を云われても痛痒を感じず受け流すだけであろう。それで、こちらも、それは結構ですな、と応じておいた。

　話を本筋に引き戻す。事件に関して検屍陪審が招集され、当事者（とヘイズは呼ばれた）の死に至った経緯の審理が行われ、ウォルターの他にも可能な限り目撃者が集められ、尋問された。しかしながら、大勢（たいせい）の見る処では、どの証言も極めて不明確でしかなかった。或る者は、真夜中頃、ポープス・ヘッド・アレーの外れで、黒の外套に身を包んだ丈の高い男が人待ち顔でいるのを見たと述べ、他の者は、新しい教会堂の傍（そば）で酔漢を目撃したと主張し、かと思うと黄昏時に騒々しい歌声を聞いたと信じている連中もいた。いずれも時間については曖昧であり、確かな事実ではない事は明らかであった。このように世間は自ら悪霊を創り出し、そうなると人々の目にはそれが見えるのである。

そうした一方では、奸物ヘイズの遺体は清められ、髭を剃られ、屍衣を着せられた。そして一日だけ、棺の中に横たえられて、その間は屍体の変容を隠すため顔と首にフランネルの四角の布を掛けられていたが、その後は、チープサイドからポウルトリーを通って運ばれ、セント・メアリー・ウールノス教会の東壁の傍に埋葬された。大の葬式嫌いであるサー・クリスは、墓の中に目をやる事もなく、溜息を吐き吐き、建てられたばかりの壁を眺めていた。ヴァンブラ氏は沈痛なる面持で列席者を見渡していたが、順繰りに棺の上にマンネンロウの小枝を捧げる時には、祈禱の文句を楽しげに唱和した。塵を塵に返し、塵を塵に返し、と繰り返す。次いでこちらに身を乗り出し、手で口元を隠しつつ、そういえば、貴殿が祈っておられるのを、ついぞ見掛けた事はありませぬな、ダイアーさん、と囁きかけてきた。

私は真実の宗教を信じておる者でね、と何げなく答えた。

ふむ、ふむ、とニヤニヤしながら云う、その方面の事であれば、ヘイズさんの方が今や専門家になったというわけですな。

往路と同じように整然と行列を作って、チープサイドを引き返す中にも、やはりウォルターの姿は無かった。悍ましい屍体を発見した驚愕のあまり、憂鬱病に取り憑かれたのであろうと、皆に思われていた。それでも吾らは皆（サー・クリスを除いてだが）、「どっこい生きている！」というあの歌の文句に元気づけられ、浮かれ気分となったのである。つまり、その日の五時、一同揃ってニュー・インを通ってラッセル・コートを横切り、劇場へ繰り出したという次第。ヴァンブラ氏は床屋詣での後とあって、鬘の髪粉と玉石鹸と香水との匂いを撒き散らし、さながらバミューダの微風か匂い袋かと紛うばかり。これぞまさしく生意気を絵に描いた青二才、生まれ落ちた童子のまま、死ぬまで大人に成りきらぬという奴である。早く着き過ぎて開幕までにはまだ間があったので、ロビーをそぞろ歩きしてみると、そこは派手と奢侈との寄り合い場所、というか老いも若きも晒し物にされる競売場といった趣であった。それというのも、ポケットに手を入れて歩き回る人々の間に、淫売宿の女たちが立ち交じっていたからだ。いずれも身繕いし化粧を施しているものの、肌は老いて黄ばみ、ただ吐き気を催させるばかり。ふと見れば、あの運命の夜に出会した娼婦の姿が目に入った。こちらは慌てて女に背を向け、柱に貼られた宣伝ポスターに一心に眺め入っている振りをする。

おや、まあ、と声を上げて、女はこちらに歩み寄ってくると、ポスターの仮面を付けた黒い悪魔に話しかける。この大将ったら、あたしらをじろじろ見たり、歯ぎしりしたり、あたしらが目でも向けようものなら食ってしまいかねない勢いだよ。ねえ、大将、あたしに背中を向けたりして、この前の時とおんなじじゃないか、と云って笑う。こちらは身震いし、全身がカッと火照る。女は私の汗ばんだ手を握り、ほら、この手、この強い手が悪さを働くんだからね、と続ける。こちらが口を開く事もし得ぬうち、案内係が人々の間を縫ってふれてまわる――開幕はお手許の時計でかっきり六時、どうぞお入りください、お入りください！　すると娼婦は、じゃあ大将、また日を改めて、それとも夜を改めて、かしら？　と云い残し、笑顔を見せて立ち去った。

しばし気を鎮めて息を整え、平土間の客席に足を運んだ。皆は早くも席に着いている。これがまた最良の席とは云い難い。前の席に坐った紳士らはたっぷり髪粉をまぶした鬘を被っているので、彼らが観客たちの様子を見ようと、後ろを振り返ると、その髪粉がワッとこちらの目を潰しにかかる。さっきの娼婦との遣り取りで動顚していたので、最初は彼らが専ら私を見つめているのだと思い込んでいたが、彼らの視線には何らの思惑も意味も無い事がわかり、ほどなく不安は消え失せた。そこで幾分か気を楽にして腰を落ち着け、集まった人々を眺めやれば、色目遣いの作り笑い、当世風の下卑た笑い、おどけた会釈――この世は仮面舞踏会に過ぎぬとはいえ、登場人物たちは己れの役柄を知らぬため、それを学ぶために劇場に通わねばならぬという次第。平土間の観客が己れ自身の姿と向き合う事の出来るように、卑猥な台詞を連発し、舞台上に極悪非道を繰り広げ、罵詈罵倒悪口雑言の限りを尽くすべし、というわけだ。野卑と猥雑の極(きわみ)こそ真実に近づくという事だろう。

さて幕が開くと、暗い室内で、男がトランプの一人遊びに興じている。男の頭上には黒く縁取られた雲が十ばかり浮いており、昇ったばかりの腐食したような月がある。それから暫く、私は客席に居ながら、この書割の世界に入り込み、それに囲まれて過ごす仕儀となった。そこで吾がオール・プライド(誇りまみれ)卿がドール・コモン(品無し人形)嬢を連れ去ると、背景が引かれ、そこは一転、拷問部屋となる。オール・プライド卿が喋っている――そなたの望みはこの飾り紐か(と鞭を指す)、袖口の裁断か(と短刀を指す)、それとも長靴下か(と首吊り縄を指す)。私は再び子供時代に返り、輝かしい世界に見入っていたのだが、ここに至って、数人の伊達男気取りの連中が平土間から舞台へ駆け上がったので、呪縛は破られた。伊達男どもは役者に立ち交じり、多すぎる道化役者を演じる如くで、芝居は混乱に陥った。こちらもぶち壊しに浮かれ騒ぐのは、元々嫌いではない。何にしろ逸脱した様子を見物するのは楽しいもので、こっちも一緒になって大笑いした。そのような次第で、騒ぎが鎮まって芝居が再開されても、こちらはただ白けるばかり。その空虚な絵空事、邪なる偽善、不埒な慣習等々を、小賢しい台詞回しと取り留めもない陽気さで糊塗して、独創性も何も無い空疎な内容を誤魔化しているだけの事。観ていても一向に面白くない。記憶に留めておく価値のある一場面とてなく、礼拝の前の即興前奏曲の如く、二度と思い出す事も繰り返される事もない。

そしてこの仮装舞踏会紛いの芝居が終了し、駄弁屋ヴァンブラが吾らを酒場〈灰色熊亭〉へと誘った。そこは機知も脳味噌も欠いた気紛れ屋連中が、今見物してきた芝居について、ブランディー片手に埒もないだべりに花を咲かせる場所である。給仕がやってくるのを待っている間、ヴァンブラ奴が、芝居の御感想は如何ですかな、と声張り上げて訊いてきた。

忘れました。

最早？

何と云われたのかな、と私は問い返した。周囲を飛び交う会話の騒々しい事、ヴァンブラが何を云っているのか殆ど理解できぬ程である。酒場の常連は、腑抜けの心と弱虫の魂魄を持ちながらも、口ばかりは大砲さながらで、煙草の臭いと饐えた口臭を撒き散らしながら、何か耳寄りな話は？　今、何時？　今日はやけに寒いね！　などと喚いている。これ即ち、『愚者の病院』の舞台の幕開きとなる。

登場人物

ジョン・ヴァンブラ　当世流行の建築家

ニコラス・ダイアー　何の取り柄もない隣人
サー・フィリップ・ベアフェイス　廷臣
マネートラップ　仲買業者
街の紳士連、道楽者、暴れ者、召使いたち

ヴァンブラ　（杯を執る）最早忘れましたか、と訊いたのです。
ダイアー　（腰を下ろす）憶えているのは、太陽が平べったいキラキラした円盤で出来ていた事と、太鼓か鍋かを叩いて雷の音を出しておった事ぐらいだな。
ヴァンブラ　（傍白）何と子供みたいな事を！　（ダイアーに対し）あれはただの舞台装置。この虚飾の世界のペンキのようなものですな。
ダイアー　しかし、考えてみれば、太陽は巨大で荘厳な天体であり、雷は最強かつ恐ろしい現象だから、軽々しく扱うなどもってのほか。なにしろ恐怖は最も高等な感情ですからな。それと、今ひとつ、あのへぼ劇作者は何故(なにゆえ)をもって宗教を茶化していたのだろう？　身の程知らずな。
ヴァンブラ　いかにも。主の御加護を祈りますか。アーメン(アーメン)ハハハハハ！　しかし、率直に云わせていただくなら、あの作者は正しい。宗教などは、頭の固い政治家が仕組んだペテンに過ぎませんよ。浮わついた一般庶民の気紛れを圧えつけるために、人間の凡ての行動を処罰する者の像を拵え上げたというわけです。
ダイアー　（傍白）合理主義のハイカラ気取りが！

ヴァンブラ　この話をした事はありましたかな？　キリストの磔刑についての説教を聴いた、ある後家さんが、後で牧師の処へ来ましてな、大層慇懃に尋ねるには、その悲しい出来事があったのはいつの事ですの？　そこで、千五、六百年ほど昔の話です、と牧師が答えたところ、後家さんはホッとした安堵顔で、そんな昔の話なら事実ではないかも知れませんわね、神様に感謝しなくては、と云ったとか（笑う）。

ダイアー　（低声で）利害のみが貴殿の世界の神だが、それとても偽善への犠牲になりかねぬ。

ヴァンブラ　（傍白）おや、俺の事を知っているらしいぞ！（ダイアーに対して）それはどういう事です？

ダイアー　なんでもない、なんでもない。

（気まずい沈黙が流れる）

ヴァンブラ　教会堂の進行具合は如何ですか、ダイアーさん。

ダイアー　（警戒して）うまくいってますよ。

ヴァンブラ　次はグリニッジに建てられるとか。

ダイアー　（額の汗を拭いながら）先にブルームズベリ、続いてグリニッジにね。

ヴァンブラ　ほほう、なるほど。（やや間を置いて）さっきの芝居は大受けでしたな、え？

ダイアー　今夜の見物客は、どうも低級の極みで、流行を追い駆ける類いの興味しか持ち合わせておらぬようでしたから。

ヴァンブラ　そうとばかりも限らぬでしょう。美事な発想と他の追随を許さぬ比喩に富んだ言葉回しがありましたよ。（ダイアーをじっと見る）せめてその点は私の意見に同意されませんかな？

ダイアー　いや、同意できぬな。台詞が安直に過ぎる。言葉は暗中から模索して手塩に掛け、技巧を以て練り上げ、念入りに仕上げるべきもの。何事も仕事の完成には、辛苦と時間を掛ける事こそ肝要なのだ。（傍白）教会堂とて同じことよ。

ヴァンブラ　（杯を口につけたまま噎せる）御大層なお説だが、私には通じませんぞ。（給仕に対し）おい、ブランディーを注いでくれ！（ダイアーに対し）優れたる技巧とは、極く取るに足らぬ事も耳に快く響かせ、全体に斑なくユーモアをちりばめ、自然かつ正しい言葉遣いに仕上げる事でしょう。

ダイアー　（蔑むように相手を見る）機知をエジプトの蛙のようにウジャウジャ群がり泳がせようってわけかね。私が作者なら、言葉の水流をうんと濁らせ、平易でもなく馴染みもないものに仕上げてみせよう。私なら、絢爛豪華な台詞回しを選ぶね！

ヴァンブラ　（遮って）なんという学者のお説教だ。頭の悪い者には考えもつきませんなあ。

ダイアー　（耳を藉さず）私なら、異妖なる語句や尋常ならざる術語を用いる事で、恐怖や畏敬や欲望を、激烈なる稲妻の如くに甦らせてみせよう。

ヴァンブラ　（むっとして）私が求めるのは単なる言葉ではない。実質のある物をこそ求めますな。

ダイアー　物とは何ぞや。グレシャム派によれば、物の役にも立たぬ。盲目の原子に過ぎぬではないか。

ヴァンブラ　（笑う）そんな話は、立ったまま飲んでいる）

（二人ともまた黙り込み、立ったまま飲んでいる）

ヴァンブラ　（軽く会釈する）今、傍を通った御仁の様子を御覧なさい。ついこないだまで、例の花柳病専門病院に入っておったので、歩き方が妙でしょう。（当人に呼び掛け、笑顔を向ける）サー・フィリップ！　サー・フィリップ！　（ダイアーにだけ聞こえるように）ほら、剣をズボンの腰帯の高さに括りつけておるでしょう。大工が前掛けに差した二フィート尺さながら、歩いている時も微動だにしません。（サー・フィリップ・ベアフェイスに）宮中に出仕しておられたと聞きましたが、何か御座いましたか？

サー・フィリップ　確かに、驚くようなニュースがあったよ。

ダイアー　（傍白）お前さんが縛り首にでもなったら、驚いてやるさ。

サー・フィリップ　シュレージェンでの情勢が大いなる動揺を惹き起こしておる。ピーターバラ伯が罷免されて以来、彼の地における吾が国の政策はなっておらん。確かにゴールウェイ卿は勇敢なる将軍で、才幹優れたお人だが、（口を噤み、用心深く周囲を見回す）運に恵まれねば、どうにもなるまいが。（声を潜める）卿に関する〈スペクテイター〉誌の記事を読んだかい？

ダイアー　（傍白）ヴィネガー・ヤードで、同誌主幹のジョーゼフ・アディスンが男色家らと一緒にいるところを見た事があるが、あれこそ男根優れたお人だな。

サー・フィリップ　（声を潜めたまま）前途には果てしなき諍い（いさかい）と内紛があるばかりだ。おや、マネートラップの旦那が来ている。あの男からニュースを聞いてみよう。おい、マネートラップの旦那（と話し掛ける）、金融界（シティ）の情報はどんな具合かね？

マネートラップ　シュレージェンからのニュースにぶるってる人たちもおりますな。だが私には、その裏が読める。株価は下落しましょうが、ここは買いですな。

ヴァンブラとサー・フィリップ　（声を揃えて）買いだと？

マネートラップ　さよう、買いです。徐々に下落した後は、さらに上昇しますよ。昨日の南海会社株は九十五と四分の一ポンド、そして銀行株は百三十ポンドでした！

サー・フィリップ　妙なニュースもあるものだな。

紳士連および召使いたちの合唱　どんなニュース？　どんなニュース？　（続いて歌いだす）

破産、駆け落ち、窃盗、賭博
ピーターズバーグやフランドルから妙なニュース
フランクフルトやザクセンからの速達便には
無駄話、汚職、色事、中傷

（サー・フィリップとマネートラップ、語らいながら退場。ヴァンブラとダイアーはそれぞれ離れて喋る）

ダイアー　（歌に聴き入った後）詩歌は既に衰退し、見る影もなく堕落していると、先程云わなかったかな？　今やイタリア歌劇の音楽さながらの低迷ぶりで、吾らが幼少の頃に聞いた歌ほどの味わいも無い。文士も建築物と同じで、古代のものほど素晴らしい。現代は不毛の時代、いずこにも出来損ないばかりが溢れておる。

ヴァンブラ　いやいや、古代の寓話も宗教も、殆ど消耗し尽くされていますよ。これまでさんざん詩人や建築家に使われてきたのだから、いい加減で放免してやる時期でしょう。仮令(たとい)歌の文句であろうと、現代を写していなければ。

ダイアー　(傍白)この話題に余程刺激されたと見え、目の色も顔付きも変わっておるな。(ヴァンブラに対し)貴殿の云う通りに現代を写すならば、外観のみで判断を下し、馴染みのある絵ばかりを悦ぶ手合いと、なんら変わるところが無くなるだろう。まさしくグレシャム派と同じで、知っているもの、目に見えるもの、触れられるものだけを扱う事となる。そうなると、劇作者は騒々しい鐘の音やどぎつい照明を使って、観客をアホウ鳥かカモに見立てて捕らえるというわけだな。

ヴァンブラ　(傍白)真顔で人を嘲弄する気か。(ダイアーに対し)うまいことを云って、巧みに云い抜けましたな。では、そうやって古いアリストテレスやスカリゲル、さらには彼等の注釈者たちを、残らず高き棚より引き下ろし、その衣蛾の群を自分の上衣にまとわりつかせ、その布地に産卵させて、散文のための挿話、語り、深慮、教訓、情緒、独白、比喩、幕間(まくあい)、大詰め等々を産みつけさせようという算段かな?

ダイアー　(傍白)やけに凝った弁舌を振り回して、こっちの云った事を踏みつけにしようという肚(はら)だな。(ヴァンブラに対し)これだけ云っておく――いかなる芸術でも技能でも、まず以て古代の人には及びもつかない。

ヴァンブラ　(床に唾を吐く)しかし、知の限界は未だに究められてはおりませぬ。吾々は可能性を探る事をせぬままに、過去に成就された事にのみ頼って判断を下す事が多過ぎます。独創的な人々は自由の領域へと飛び立たねば。

ダイアー　そして墜落するわけだ。彼らの翼は蠟で拵えたものに過ぎぬからな。何故に貴公らの理性は、単なる自然を前にしてひれ伏してしまうのかね？　吾々は過去を糧にして生きておるのだよ。吾々の使う片言隻語にも、過去が宿っておる。大通りや路地にも谺しております。従って、石畳の上を歩けば、かつてその同じ道を歩いた人々の事に想いを馳せずにはいられぬのだ。今より以前の時代は、さながら日蝕の如くに、現代の技巧技術の時計を黒く塗りつぶしており、その暗黒に過去の幾つもの世代が犇めき合っておる。その〝時〟の闇から吾らは生まれたのであり、再びその闇へと立ち返ってゆくのだよ。

ヴァンブラ　（傍白）この〝時〟談義はどうした事だ？（ダイアーに対し）うまい事を云いますなあ。しかし、吾々の時代は全く新しい。世界がこれほど活力と若さに満ちていた時代はありませんぞ。過去の模倣はすべからく、生命無き髑髏に過ぎない。それは著述に於いても建築に於いても同じ事。いくらウィトルウィウスの教えを読んだとて、建築技術は身につかず、いくら墓を飾り立てたとて、立派な風格が身に備わるわけでない。それと同じ事で、著述が人を喜ばせるならば、それは書き手自身の力量に依るのです。それこそがその人固有の富であり、著述家はそれを、蚕が己れの内臓から糸を紡ぎ出すように紡ぎ出すのです。おっと、内臓の話をしたら、ちょっと催してきた――

（ヴァンブラが便所へ行き、二人の会話は途切れる。その間、ダイアーは酔客たちの会話に耳を傾けている）

道楽者　女と掛けて蛙と解く、その心は？

連れ　はて、その心は？

道楽者　味わえるのは下半身だけ、となｌ。ハハハハ！

連れ　では、これはどうだ。無教養な田舎者がノーフォークの巡回裁判所に呼ばれ、係争中の土地を巡って証言を求められた。裁判官が問うて曰く、お前の所有地の南側を流れておる小川は、何と呼んでおるかね？　すると田舎者が答えるには、閣下、うちの川の水は、呼ばなくても流れ出て参ります。ハハハ！

（ダイアーは顔を顰め、別の一隅で口角泡を飛ばしている、酔っぱらった二人の紳士の方に目を移す）

第一の紳士　誓ってそう聞いたのか？

第二の紳士　間違いない。奴の顔だった事は大勢の人が見ている。新聞に出ていたことだ。卵が卵であるが如く確実な事だよ。

第一の紳士　うーむ、その卵という奴だが、あれを見ただけで不愉快な夢を見るのだよ。その後何日間も気分が晴れなくてね。

第二の紳士　貴公がなんで卵が嫌いか、その訳がわかるか？

第一の紳士　いや、どうしてかな？

第二の紳士　貴公の父君がしばしば卵を投げ付けられていたからだよ！

ダイアー　（独白）まるきり腐り果てた虚ろな音響箱ではないか。見るもの聞くもの、凡て堕落し果てているようだ！　（卓子に戻ってきたヴァンブラに向かって）何の話をしていたのだったかな？

ヴァンブラ　古代の人々を賛美しておられたのですよ。
ダイアー　うむ、そうだった。古代の人々はいつの時代にも変わらぬ普遍の情熱に就いて書き記した。だが貴殿は、活気や新味や驚きをしか求めない。古の人々は、自然が暗黒の部屋である事を知っていた。それ故、仮令吾らの時代の劇場が崩壊して塵となろうと、彼らの芝居は生き残る。彼らの書き残した悲劇は腐敗堕落を写しており、人間は今も昔も変わらぬものだからだ。この世は今も非道く病んでおる。先の疫病流行の時の事だが――
ヴァンブラ　（笑う）あんな病気の事は、綺麗さっぱり忘れました。
ダイアー　こういう話がある。疫病患者が若い乙女を追い回して無理矢理接吻し、病気を伝染してやったぞ、と喚いた。そして、これを見ろ！　と叫ぶと、肌着の胸を開き、死病の徴を見せたのだよ。その悍ましさ忌わしさは、万人の心に響く筈。
ヴァンブラ　（傍白）とかなんとか云って、貴様のその嫌悪感には、一抹の楽しさが混じっているではないか。（ダイアーに対し）なーるほど、ということは、糞便にまみれたアイルランド人の如く、汚らしい裏通りや炭鉱を歩き回るが良いと、云うわけですな。
ダイアー　そうです。そのような場所でこそ、真実は見つかる。
ヴァンブラ　ということは、厠より漂ってくる臭気も、貴殿にとっては、祭壇で焚かれる香に等しいと、云うわけですな。あの匂いこそは、昔も今も変わりはありませんからな！
ダイアー　それとも、壁の表の落書きや内部の粘土塗りを丹念に眺めて、その斬新さから霊感を導き出すべきだと云うのか？

ヴァンブラ　（苛立ちを募らせる）矢鱈と引用をひけらかすほど、鼻持ちならぬものはありませんよ。貴殿が古典を尊重するのは、単なる剽窃のための弁解に過ぎない。

ダイアー　それは違うな。（立ち上がり、覚束ない足取りで歩き回り、また椅子に戻る）偉大なるウェルギリウスの作品すら、ほぼ凡てが借り物です。『詩選（エクロガエ）』はテオクリトスから、『農事詩（ゲオールギカ）』はヘシオドスとアラトスから、『アエネーイス』はホメロスからの借り物。アリストテレスはヒポクラテスに、プリニウスはディオスコリドスに、それぞれ多くを負っているし、かのホメロスとて、何人かの先達を土台にした事は間違いないだろう。貴殿の云う多様さや斬新さなど、度し難い妄想以外の何物でもない。模倣に依って――

ヴァンブラ　（笑う）剽窃する！

ダイアー　（真面目な表情で）模倣に依ってのみ、吾々は秩序と重厚さを得る事ができるのだ。

ヴァンブラ　（溜息を吐く）言葉、言葉、言葉か。ハムレットじゃないが、そんな言葉から生まれるのは、さらなる弁舌ばかり。それが表すものは実際には何も無く、ただの大言壮語と虚仮威（こけおど）しの思想だけですよ。どうか、私にも理解できるように話して頂きたいものですな。言葉とはそのためにこそ在るのではないですか。

ダイアー　平易に喋れと云いたいようだが、そうなると貴殿などは私の言葉に吹き飛ばされてしまうだろうよ！（ヴァンブラが眉を吊り上げるので、ダイアーは声の調子を落とす）現実とは、それ程わかり易いものではないのです。霧が、それを摑もうと赤児が差し延べた手を逃れる如く、現実は貴殿の手を擦り抜けてしまう。

（給仕登場）

給仕　御用は御座いませんか、御用は？　珈琲かブランディーは如何？　淹れたての一杯ですよ。

ヴァンブラ　ブランディーを貰おう。喋り過ぎて喉が渇いた。

（頭を冷やすために、鬘を脱ぐ。ダイアーはその髪に目を留める）

ダイアー　（傍白）鬘の下は妙に黒々としているが、清水でも使っておるのか。

ヴァンブラ　（ダイアーを凝視する）何の話でしたかな？

ダイアー　（聞かれたかと、慌てる）自分でもわからなくなった。（口籠る）色々な思念に悩まされてな。

ヴァンブラ　ほう？　その悩みを聞きたいものだ。ヘイズさんの事を云っておられるのかな？

ダイアー　あの出来損ないが！（自制する）いや、ウォルターの事を気遣っておるので。

ヴァンブラ　貴殿の悪いところは――

ダイアー　悪い？　何が？　云ってくれ！　さあ！

ヴァンブラ　貴殿の悪いところは、いつも何かを恐れておられる事ですな。生来の貴殿の気性でしょうが。

ダイアー　（性急に）そんな話はもう結構だ。（まずい沈黙を破ろうとして、ぎごちなく）先刻の話題を続けると、ミルトンはスペンサーを模倣し――

ヴァンブラ　云うまでもなく、貴殿はミルトンの楽園よりも、地獄の方に魅かれるのでしょうな。

ダイアー　スペンサーは師のチョーサーを模倣した。世界は連続する寓意と暗黒の想念により成り立っている。

ヴァンブラ　で、貴殿の寓意(アレゴリー)とは？

ダイアー　（かなり酔っている）古代の人々のように、象形文字と影の中に築くもの。

ヴァンブラ　（遮って）やっと貴殿の教会の話になったな！

ダイアー　違う！　いや、そうだ、その通り。寓意物語に見られる如く、そこには、目に見えぬ扉へと通じる見知らぬ形象や通路が潜む。吾が教会は別のものの強い力を覆う衣装なのだよ。（ブランディーで体が熱くなるにつれ、口調も熱くなる）吾が建築物を私は隠れたるもので満たしたい。ちょうど象形文字が宗教の秘儀を、俗人の目から隠すようにな。その手続きの秘術については、修道院長トリテミウスの博覧強記の『暗号書記法』に述べられて……（急に不安げに言葉を切る）

ヴァンブラ　臆する事はありませんよ。

ダイアー　（声を落とす）しかし、この方法はガラス絵と同じく、今は殆ど行われず、大部分が廃(すた)れてしまっておる。吾らの持ち色はさほど豊かではないのだよ。

ヴァンブラ　充分に豊かな色を持っている場所もありますよ。

ダイアー　どういうことかな？

ヴァンブラ　研究所では、なんでも塩類を用いて青を赤に変じ、赤を緑に変じさせておるとか。

ダイアー　話を全く理解しておらぬようだな。

（気まずくなった二人、他の客の方を見遣るが、最早真夜中を過ぎ、給仕が卓子を拭いているだけで、酒場に客の姿はない）

ヴァンブラ　疲れたな。椅子駕籠（セダン・チェア）を呼んで帰るとしようか。
（ニコラス・ダイアーは酔って微睡（まどろ）んでいる。ヴァンブラは舞台前面へ進み出て、観客に歌いかける）

唄

この男のなんたる愚かな狂熱か
古の人に託（かこ）つけ事を成就せんとは
知恵と理性とのみが喜ばれる当世に
昔の習慣を引きずり出そうとは

では、お寝みなさい、ダイアーさん。
（深々と一礼して退場。ダイアー、急に目覚め、しきりに辺りを見回す。蹌踉（よろよろ）と立ち、観客に向かって歌う）

唄

かの哀れむべき徒輩（やから）は何者ぞ
理知を信じ、自然を写すとや
鈍なる理性で暖をとるかや

暗闇にて見ゆるは火のみなるに

（ダイアー退場）

給仕　（ダイアーの背に呼び掛ける）おや、納め口上は無いのかい？

その通り、この後には仮装舞踏会が続くから、口上は無い。ヴァンブラの高言に腸が煮える思いで下宿へ帰り着くと、頭に手巾を巻きつけ、毛糸の帽子のあちらこちらを引き裂き、外套と長靴下にも同じような細工をし、目論見通りの恰好が出来上がった――世間の嘲弄を身に集めた、乞食の風体である。その恰好で、夜中の二時、家中が寝静まった頃合、角燈も持たずに街をぶらつくため部屋を抜け出した。ベスト夫人の寝室の前を通り過ぎると、あら、あれは何の音かしら、と夫人の声。すると男の声が（とすると、夫人は新たなお相手を見つけたらしい）犬か猫だろう、と答える。こちらは玄関に至り、最早邪魔されることなく、扉を開けて外に出た。表通りを歩いてゆくうちに、非道くふらついていた頭は冴えてきた。乞食の恰好をしていると、足が再び大地にしっかと根を下ろした心地がする。かくして恐れも迷いも跡形もなく消え失せた。

午前三時、左手に月を見ながらトッテナム・フィールズ傍の古家に来たところで、片隅に身を潜めて頭を垂れた。別の乞食が寄ってきたが、私の形を見ただけで、興味無げに立ち去った。私は気を奮い立たせ、モンタギュー・ハウス脇の草地に足を踏み入れた。ブルームズベリの吾が新たな教会堂の直ぐ裏である。閑寂な夜だったが、風が女人の溜息の如き低音を奏でている。ここで草の上に横たわり、胎児の如く縮こまって、遠く過ぎ去りし日々に想いを馳せていると、風に運ばれて口笛の音が聞こえてきた。身を起こして膝をつき、すぐにも跳び出せる姿勢で窺うと、草地を横切ってこちらへやって来る少年の姿が目に入った。ブルームズベリの教会堂へまっすぐ向かう様子なので、それならばこちらが付き添ってやろう。私は立ち上がり、笑顔で歩み寄ると、声をかけた。まあ、坊や、こんばんは。可愛い坊や、御機嫌いかが？

少年は肝を潰し、あんたは一体誰？　と訊いた。

あんたの綺麗な乙女、陽気なみそさざい(レン)だよ。あちらの教会まで連れていってくれないかねえ。あそこの暗がりで抱き合おうじゃないか。

教会なんか見えないよ、と少年は云った。だが、その言葉も虚しい。最早、木に縛り付けられた死んだ小鳥も同然であったからだ。暫しの後、私は闃寂(げきせき)とした野原を昔の唄を口ずさみながら、下宿へと戻っていった。

それから五日後、あの美少年を捜す尋ね人広告が目に留まった。「去る金曜日、クイーンズ・スクェアのウォールソール親方の元より遁走した若者、年齢十二歳ばかりのトマス・ロビンスン。着ていた服は上下揃いの濃い灰色、外套の袖に黒の縁取り、鬢の毛は茶色、片手に赤い傷痕あり。上記ウォールソール宅ないしグレイプ・コートの〈赤門亭(レッド・ゲイツ)〉まで連れて来てくださった方に、謝礼五ポンド。事情はいっさい問わず」賢明ですな、ウォールソール殿。問わねば嘘を聞かされる事もありますまい。謝礼無しで教えて差し上げよう。その若者の傷痕は今や数が増えておりますぞ。

斯様なわけで、ブルームズベリとグリニッジの教会堂建立の作事に、心も軽く専念する事が出来るようになった。そうではあるが、ウォルターは未だ建設局に戻らず、聞けば心気症性の憂鬱が昂じ、地中にも沈み込みかねぬ程の状態だという。そこで数日後、セント・マイクルズ・レーンの東、クルックト・レーンの下宿にウォルターを訪ねてみた。見るからにだらしない女家主が、声を潜めて云うには、あの方は熱病でね、治る見込みは無いのではと心配で（と、銀貨でも持っている如く、両手をギュッと握り締めた）、突拍子も無い事を口走るかと思うと、折檻される幼子みたいに泣いたり喚いたり、どうすればよいのでしょう？

女家主が案内したウォルターの貧相な部屋は、荷馬車の車夫らの住む荒屋の如くに、汗と小便の臭いが鼻を衝いた。私の姿を見たウォルターは、寝台の上で身を起こそうとしたが、それを私は両手で押し留め、いやいや、ウォルター、そのままでよい、そのままで、と囁いた。するとウォルターが恐怖の色を露に見せたので、私は当惑し、私がわかるか、と尋ねてみた。

わかるか？　はい、よくわかります。

具合はどうだ？

頗る悪いです。私など、どうなろうと構いませんよ。そう云って口を噤み、溜息を吐く。

私は態と明るく軽口を叩いた。そんなら、ウォルターよ、どうなるのだ？　永久に溜息ばかり吐き放しではおられまい。自分ではどうするつもりかな？

わかりませぬ、私には。首でも括る、とか。他にましな事ができそうにもないし。

話してくれ、ウォルター、何があったのだ？　口に出せぬ程の秘密なのか？　おまえが人を殺したとは思わぬが。

だが、こちらの予期に反してウォルターは笑わず、よくわかりませぬ、と答える。それももう、どうでもよい事です。

どうでもよい事なのに、首を括るなどと云うのか！　そう云って、感嘆する程蒼白なウォルターの顔から目を逸らし、壁に目を移すと、そこにはロンドンの私の教会堂の様々な下絵や設計図がピンで留められていた。仕事場では口数少ないこの若者の、仕事への献身振りをこの場に見て、私はと胸を衝かれる想いがした。この時、私の図面に囲まれて臥(ふ)しているこの若者が、枕から頭を浮かせ、口を開いて、こう云った。私は親方が建設局の職を辞され、私の事は忘れてしまわれるだろう、と思っていました。

どうしてだ、ウォルター？　おまえの働きには感謝しておるのだ。それを無にする事は出来ぬ。おまえは私の右腕ではないか。

いいえ、辞職して頂きたかったのです。私はお暇を頂きたかったのです。

おまえは頭の中が混乱し、憂鬱の気に満たされておるのだ、ウォルター。安静にして休んでおれ。

だがウォルターは、更に頭を持ち上げる。ブルームズベリの柱(ピラー)はどこまで進行しておりますか？　あれは冷たい地面に建てず、塔の上へ揚げてください！　グリニッジの教会堂の雛形は仕上がりましたか？　斯様に云うと、ペンとインクを執り、紙上にごちゃごちゃと書き付け、真鍮の短定規を用いて幾本もの線を引いた。私には全くわけがわからぬ。

もうやめろ。おまえは病んでおる、病気なのだ。

すると、ウォルターは私を睨みつけた。親方は私が書いた文(ふみ)を読まれたでしょう？

おまえの椅子の下の書類庫に、珍糞漢（ちんぷんかん）な語句転綴（アナグラム）の書きものが入っておったが、別段気にも留めなかった。

ウォルターは一層気を昂ぶらせた。そんな語句転綴（アナグラム）のものなど書きません。私が親方に差し上げた手紙の事を申しているのです。

どうもよくわからぬな。

職場で、私は親方の云うが儘にされていましたので、親方が建設局を辞められるように仕向けようと思いました、と続けながら、血走った目で私を見据える。それでも、親方をあんなに苦しませる気は毛頭無かったのです。私は窮地に陥り、そこから這い出せずにおりました。自由になりたいと希（ねが）いながらも、却って手前の手足を縛ってしまいました。

あの手紙は奸物ヘイズの仕業なのだ（吾ながら何を云っているのか）と、私は云った。おまえの書いた物ではない。

然るにウォルターは、枕の下から封をした手紙を取り出し、私に寄越した。二人の目が合うと、彼は私の目を避けるように頭を枕に落とし、秘密を教えて差し上げましょうか、と云いだした。私は親方の跡を跟（つ）けておりましたが、途中で見失ってしまいました。その夜、ヘイズさんを殺す夢を見て、翌日にあの人の死体を見つけたのです。あれは正夢だったのでしょうか？　私はどうしたらよいのでしょう？

だらしない女家主がまた顔を見せた。あの死体を発見してからこっち、ずっと取り乱しっぱなしなのですよ、と説明する。譫言（うわごと）みたいに、親方とヘイズさんの事を口走って。

大分熱が上がっているようだ、と私は云ってやった。寝台にしっかり括り付けておきなさい。回復する迄には時を要するようだから。

ウォルターは苦しげに呻いている。その顔をもう一遍眺めてから、私は彼に背を向け、そこを出た。病気見舞いから、まこと思いも寄らぬ展開になったものである。狭い階段を下りながら、彼から渡された書状の封を切った。一瞥して、それが例の脅迫状の一つだとわかった。ヘイズ氏の仕業だとばかり思い込んでいたあの手紙だ。ということは、他ならぬ吾が助手が私の身辺に目を光らせ、策謀を巡らせ、私を排斥しようとしていた、ということになる。ウォルターこそ、私を追い払う事を企んだ張本人であったのだ。今や錯乱しているウォルターのこと、他に何を書き留めているか知れたものではない。次に吹く風に、果たしていずれの方角へ翻弄される事になるか。下宿へ歩いて戻りながらも、私は行衛（ゆくえ）定めぬ人の如き心境であった。

翌朝、仕事場へ出ても、ウォルターを見舞った事は一切口にしなかった。わざわざ鞭を手渡して打たれる（これは比喩だが）気はないので、なるべく他の者と交わらず、話をするにも細心の注意を払ったのである。だが、皆はなにかしら疑っている様子で、ウォルターの欠勤が私の所為（せい）であるかのように言挙げしているらしい。私に聞かれぬよう声を潜めてはいるが、地獄から耳を借りて来ずとも、彼奴らの陰謀奸策は手に取るようにわかる。恰も私の吐く息が病菌を撒き散らすか、私の皮膚に疫病の腫れ物でも吹き出ているかのように、私を避けようとしている。その後三日して、サー・クリスからの喚び出しが来た。何の用かは告げられず、私自身は来るべきものが来たと覚悟はしたものの、疑いを招く事を虞（おそ）れて、こちらから尋ねる事は差し控えた。震え戦きながらサー・クリスの部屋に出向いたが、彼はウォルターのウの字にも触れず、専らヴァンブラ氏の仕事の企画について、いかにも気さくに語るのみであった。

こちらは安堵したものの、それも束の間、翌週にはサー・クリスの話に隠されていた意図が明白となったのである。そして私は、最早立ち直れぬ程叩きのめされ、深手を負う仕儀となった。それというのは、〈ロンドン・ガゼット〉に「国王陛下は玆に、サー・ジョン・ヴァンブラをイングランド王室建築監督に任ずる事を欣快とせられた」という告示が掲載されたからである。危うく読み過ごすところだったが、ジョージ新国王がヴァンブラにナイト爵を叙されたとの特筆記事もあったものの、この新人事の件に比すれば取るに足らぬ些事に過ぎない。あの爬虫類まがいの卑劣漢如きが、私を差し置いて取り立てられるとなれば、行く末いかなる事態が到来する事やら。さりとて私は嫌われ者であるから、彼奴に追い付く事は叶わず、ただ瞋恚の炎を燃やすしかない。人の世はいずこも同じ、自尊心と自惚れしか取り柄の無い奴輩が常に尊敬を得、上辺を飾るしか能のないと思われるにも拘らず、あの気取り屋が井の中の蛙ながらも踏ん反り返っている一方で、私は陰で笑いものにされている有様。アン女王が崩御され、サー・クリスは権力者たちの寵愛を失うとなると、私にはいかなる希望も無いだろう。敵の願いは私を追い払い、葬り去る事、そのためには「下手な鉄砲も数撃ちゃ当たる」の諺にある通り、的に当たるまで悪口讒言を投げ続けるであろう。こちらはそれを避けねばならぬ。猜疑し嫉妬する心の深い手合いほど目が利くもの、その連中が今や私に狙いを定めてくるに相違ないのだ。

斯様な思いで気も沈みながら、新たな作事に関して委員会に詳細な報告書を書いた。「委員会各位に謹んで御報告仕ります。『ブルームズベリ教会』の壁は完成し、今は左官による全体の仕上げを待つばかりであります。霜に剝がされぬ内に漆喰が乾き切るよう、冬の天候良好な時期に天井および壁塗り作業を始めるのが適切かと存じます。教会堂は、北はラッセル・ストリートに仕切られ、西はクイーン・ストリートを境界線とし、南東に当たってはブルームズベリ・マーケットと境を接しております。野原（フィールズ）がすぐ近くにあり、夏季には人の出も多い地域であります故、弥次馬を教会堂より閉め出すために、外扉にいかような工夫を施すべきか。西面の塔は屋根より二十五より二十八フィートの高さに達し、これの上には四角の粗石材を用いて、歴史的なる柱（ピラー）を立てる所存です。(ここには記さぬが、柱身（シャフト）の頂点には『神の眼』である七芒（ぼう）の星を置く。ローマ皇帝コンスタンティヌスは一本の石を削って、これに等しい大きさの柱（ピラー）を立て、その頂点に『太陽』を据えた。だが、その幻日（パレリオン）《偽の太陽》は、その輝きを喪わざるをえなかったが、私の造った物は千年の歳月に堪え、星の光が滅する事はないであろう。) 続いて、『グリニッジの教会』の現状につき、御報告仕ります。南壁の石積み、及び東壁と西壁の一部の石積みは、昨年よりも高さ約四フィート迄進捗し、石工たちは道路脇へと延ばす側の多量の石材を既に細工済みであります。(ここでも明かさぬが、駄々をこねる小児並みのグリニッジ王立天文台長フラムスティード博士は、一七一五年四月二十二日の皆既日蝕を予言している。その闇の訪れと共に、鳥が木々の塒（ねぐら）に集まり、人々が屋内で蠟燭を灯す時、私は密かに最後の石を据え、然るべき生贄を捧げるつもりである。) 尚、ブラック・ステップ・レーンに建立致します『リトル・セント・ヒュー教会』に就いて、詳細な経費見積もりを委員会に提出するよう求められておりました。提示された各々の価格を検討致し、ライムハウスおよびウォッピングの教会堂の場合と等しいと判明致しております。薄茶色に塗り潰された部分は、既に取得した土地、黄色で塗られた部分は、個人所有の土地であります。教会堂正面の空地は、年間の地代三ポンドでありますので、二十年分相当の六十ポンドにて、亦(また)、裏店(うらだな)の方は、年家賃七十二ポンドにて、煙草屋、獣脂蠟燭屋、白鑞(しろめ)細工師、織物屋に賃貸しされておりますので、その六年分相当の四百三十二ポンドにて、それぞれ取得可能であります。これらの部分は青色で塗られております。以上、恐惶謹言。N・ダイアー」

　幼少の頃に暫しの歳月を過ごしたブラック・ステップ・レーンの見窄らしい家並みの上に、吾が最後の教会堂が影を落とす。暴徒が破壊し尽くした集会所を、栄光の印として再建するのだ。かくして図形は完成する。スピトル・フィールズ、ウォッピング、ライムハウスが、三角形を形造っている。ブルームズベリとセント・メアリー・ウールノスが、続いて大五芒星形を描き出す。そして、これにグリニッジが加わり、バアル・ベリト即ち契約を司る魔神の住まう六重居を成す。そして更に、リトル・セント・ヒュー教会が、ブラック・ステップ・レーンを巡り七辺図を浮かび上がらせ、この図形の各々の直線は無限の点によって、各々の平面は無限の線によって形成される。その方面に通暁せる人なら、この数の意味するところがわかる筈。七つの教会堂は天体の下半球にある七惑星に、天の七界に、小熊座の七つ星に、昴(すばる)の七星に対応しているのである。地下の家に放りこまれた聖少年(リトル・セント)ヒューの手足、脇腹、胸には、七つの徴が付けられ、それぞれベイデルス、メトゥガイン、アドゥレク、デメイメス、ガディクス、ウクイズズ、ソルの七悪魔(デモン)を表している。かくして永遠に連続する秩序を造り上げた今こそ、私は哄笑しながらその序列に従って駆け巡り、最早誰にも捕らえられる事はないのだ。

十章

それを聞いてホークスムアは笑った。「どういう序列に従って見ようと、きみの勝手だがね、ウォルター、われわれは奴を捕まえてみせるぞ。もっとも、奴は狡賢い」自分の頭を指さしてみせる。「じつに頭が働く」

「時がたてば、わかるでしょう」

「わからんね。時はなんにも教えてはくれん」またしても、挨拶でもするように、無意識に腕をあげた。「さあ、もういっぺん復習(おさらい)だ。死体が発見されたのは、どことどこだ?」

「グリニッジのセント・アルフィージ教会と、ブルームズベリのセント・ジョージ教会です」

空がにわかに晴れあがったことに、ホークスムアは気づいた。空は灰色から青色に変わり、それがふいに見開かれた目を思わせた。「では、あらためて訊くが、順序は?」

「数時間以内に、相継いでいます」

「報告書には、数時間ではなく、数十分の可能性もあるとなっていたな」

「数十分では不可能ですよ」

「そう、分単位では処理できんな」とは言うものの、彼が背を向けて、一分後にはどれだけのことが起こるだろうか。絨毯のほこりが描きだす模様を眺めていると、ホークスムアの頭のなかに、遠くのほうで群衆のどよめくような音が聞こえた。顔をあげると、ウォルターがふたたびしゃべっている。「だからですね――いや、むりだな――つまりその、報告書からは、決定的なことはなにもわからない、ということです」二人の視線は、ホークスムアの机上に散らばっている書類に注がれた。「信じられません」ウォルターがつづける。「こんなことは信じられません」そう言うと、最新の二件の殺人に関する検屍報告書を手に取った。被害者はいずれも絞殺されており、犯行に用いられた縄索は結ばれていなかった――少なくとも結び目の痕跡はない――が、頸部の異常に高い部分を最低十五秒から二十秒のあいだ絞めつづけていたと見られる。縄索はなんらかの丈夫な布を細く巻いたものらしく、前頸部に四本の線がはっきり残っていた。それは側頸部へとのび、とりわけ右側に顕著で、後頸部では薄れていることから、どちらの被害者も左後方から首を絞められたことを示している。皮膚表面の可能なかぎり精密な検査にもかかわらず、検屍医は縄索の生地をあきらかにする織も模様も見出すことができなかった。徹底した法医学検査のかいもなく、犯人に結びつきそうな指紋、痕跡、しみなどは、いっさい検出されていない。

二日前のこと、ホークスムアは警察のランチで、テムズ川をグリニッジ側へ渡った。船着き場に近づいたところで、彼はランチの舷側から身をのりだし、人さし指を油の浮いた水面に浸した。船着き場を出て歩きだし、教会の塔が見えたので、その方向へつづいていそうな狭い路地に入った。入るなりすぐに気づいたことは、軒並み小さな店が連なっていて、どの店にもほとんど明りが点いていないということだった。いずれも古めかしい造りで、舗道に迫り出している。しくじったなと思い、急いで別の路地へと曲がったところ、教会堂の石壁で行き止まりになっているように見えたので、はたと足を止めた。しかし、それは目の錯覚だったようだ。子供が歌を口ずさみながら、向こうへ通っていったからだ。それで、やっと目的の通りに出ると、すぐ目のまえに教会堂がそびえていた。柱廊玄関のそばに金文字で記された銘板があったので、気を落ち着かせるために、それを読んでみる。「この教会堂はカンタベリー大司教アルフィージが殉教したと伝えられる場所に建立され、その後これを再建した……」目は銘板の凝った渦巻き模様をぼんやり眺めていたものの、こういうものにはあまり興味がないだけに、つい注意が群れをなして飛ぶ小鳥のほうに向いてしまう。一本の大木の枝に帰ってくる一羽一羽が、冬空にくっきりと浮かびあがって見えた。

教会堂の横手へまわると、警察官の一団が待っていた。人目を意識するように低声で立ち話をしているようすから、かれらの向こうの草地に死体があるのだと推測できる。ホークスムアはそちらへ行って、死体を見下ろし、自分の死体がこんなふうに見ず知らずの他人に取り囲まれたとしたら、かれらの目にはどんなふうに映るだろうか、と考えてみた。最後の息は、霧のように彼の体を離れていくのだろうか。それとも、子供が紙袋をふくらませ、破裂させるときの空気のようになるのか。そこで、あらためて警官たちのほうに向き直った。

「死体の発見時刻は？」

「今朝の六時、まだ暗いころです」

「死因は――」

「塔から落ちた可能性もあります。はっきりとはわかりませんが」

ホークスムアはセント・アルフィージ教会の尖塔を見上げた。右手をあげて陽射しから目を庇ったとき、教会堂の黒ずんだ石に半分隠れて、天文台の白いドームが見えた。そういえば、あの天文台には、はるか昔に話に聞いてから、ずっと見たいと思っていたものがあるはずだ。ぼそぼそと言い訳をしてその場を脱け出し、丘のふもとまできたところで走りだし、芝草を踏みしだきながら丘の頂まで駆けのぼった。天文台の正面の鉄の門のそばに、守衛がいた。ホークスムアは守衛のまえで立ち止まり、息を切らせながらたずねた。

「子午線は——本初子午線はどこですか」

「子午線かね」老人は頂の反対側を指さした。「あっちだよ」

そこへ行ってみたが、見当たらない。

「子午線はどこですか?」ふたたび訊いたところ、丘をすこし下ったところだと教えられた。そちらに目を転じたが、土と石しか見えない。「あっちだよ!」と、別の一人がどなる。「いや、あっちだ!」と、また別の一人。ホークスムアは当惑してしまった。なにしろ、どちらを向いても、それらしいものが見つからないのだ。

ウォルターは検屍報告書を置き、にやにや笑いかけている。「これじゃ、にっちもさっちも行きません」そう言ってから、つけくわえた。「それは卵が卵であるように確実です」

ホークスムアは、ウォルターがしわくちゃにした報告書の皺を延ばした。「その言い回しは、どこから来たんだ?」

「どこから来たのでもありませんよ、私の知るかぎりでは、ですが。みんなそういいますからね」

ホークスムアは黙りこみ、みんな私のことをどう言っているのだろう、と考えた。「さっきの質問はなんだったかな」

ウォルターはもはや苛立ちを隠そうともしない。「要するにですね、その、これから先どう進むのか、おたずねしたんです」

「先へ進むだけだよ。ほかに道があるか？　引き返すわけにはいかん。引き返せるわけがないだろうが」ウォルターの声に苛立ちを聞き取っていたので、ホークスムアは彼を宥めにかかった。「奴はもうほんの目と鼻の先だ――心配するな、すぐに手が届く。勘でわかるんだ」

ウォルターが出ていった後、ホークスムアは指で机をたたきながら、事件の新たな様相について思考をめぐらせた。セント・アルフィージ教会の境内で子供の死体が発見されたのと同時に、ブルームズベリのセント・ジョージ教会では、リトル・ラッセル・ストリートに沿った教会堂の裏壁にもたれかかる恰好で、別の死体が見つかった。ホークスムアはそちらにも行ってみた。すでに現場で作業を進めていた刑事たちの目には、彼の態度はほとんど無関心なように映った。しかし、それは無関心ではなく、内心の苦悩の表れだったのだ。ホークスムアの見るところ、例の図形はさらに拡大されている。これだけ拡大されてくると、いっこうに捗らない捜査もろとも、そのなかに併呑されてしまいそうな気がする。

もはやあたりは暗くなっていた。大あくびをするホークスムアの顔に、窓外にそびえるビル群の明りが反射する。彼は静かにオフィスを出、警視庁の建物をあとにして、晴れあがった夜の街を、ブルームズベリのセント・ジョージ教会にむかって歩きだした。彼の吐く息が十二月の冷気に触れて白い雲になり、頭上へと昇っていく。ラッセル・ストリートとニュー・オックスフォード・ストリートとの角で立ち止まったとき、一人の浮浪者が、「こんちくしょう！ こんちくしょう！」と口走りながら、彼を睨みつけてきた。ホークスムアは逃げるように歩みを早めて教会へといたり、脇の小さな中庭に入る鉄の門を開けた。白い塔のしたに立つと、平静なときにいつも浮かべる悲哀の表情で、塔を見上げた。つかのま、ひび割れて傷んだ石の塔に登ってみようか、と思った。そして、てっぺんまで達したら、鎖につながれた獣にむかって叫ぶ子供のように、静かな街にむかって叫んでやろうか。急に怒りがこみあげてきたが、それもすぐ近くで聞こえた物音に破られた。ホークスムアは身じろぎひとつしなかった。右手にある木の扉が、風に揺られているように見える。目を凝らしてみると、出入口の上部に「地下聖堂入口」としるした表示が見える。風は扉をゆるやかに揺すりつづけている。急に開いてぶつからないように、そばに寄って手で押さえた。が、木の感触が妙に生温かくて、思わずその手を引っこめた。扉はまた、わずかに開いた。こんどは指先でつまんで、ゆっくり、静かに引き寄せるようにした。そのせいで気づくのが遅れたが、内部からかすかな、長く尾を引く笑い声が聞こえてきた。

必要なだけ隙間ができると、息を止めて身を滑りこませた。木材と古い石の臭気のせいで、のどの奥に早くも金属がかった味が生じている。地下聖堂への通路は暖かかった。不安をおぼえながら、まわりから大勢の人が迫ってくる光景を想像した――彼の体に触れはしないが、こちらの動きを封じるほど間近に迫ってくる。目がまだ暗闇に慣れていないため、そろそろ進んでいくと、行く手で何かの擦れる音が聞こえるような気がしたので、足を止めた。声こそあげなかったものの、その場にうずくまり、両手で顔をおおった。かすかな音はやみ、かわりにささやくような声が聞こえてきた。「ああ、いい、ああ、いい、いい」ホークスムアはさっと立ち上がり、ささやく声のする反対方向へ逃げ出す構えをとった。と、静かになった。気づかれたのにちがいない。シュッという音がして、通路の突き当たりに光があらわれ、ホークスムアはびっくりして頭をのけぞらせた。若い男がくるぶしまでズボンをおろし、石壁にもたれた若い女を抱いているのが見えたのだ。

「失せろ！」若い男がわめいた。「失せやがれ、クソジジイ！」

ホークスムアは安堵して笑いだした。「これは失礼」そう呼びかけると同時に、マッチの炎が揺らめいて消えると、二人の姿はまた闇にのみこまれた。「悪かったな！」

やがて通路から出たホークスムアは、教会堂の壁にもたれかかり、乱れた呼吸を整えた。またしても笑い声が聞こえたが、見まわしてみても、風にあおられた街のゴミが教会の石段にぶつかっているだけだった。

向かい風にさからって頭を下げ、ゆっくりした足取りでグレイプ・ストリートにもどった。玄関の入口で、ミセス・ウェストの部屋の窓を見上げると、暖炉の炎に照らしだされた二つの人影が天井に映っている。とすると、夫人もついに男を見つけたらしい、と思いながらフラットの廊下に足を踏み入れた。暗かったが、すぐに自分宛ての小包が目に留まった。外から投げ込まれたものらしい。ざらついた茶色の包装紙にくるまれている。それを両手で拾いあげ、捧げ持つようにして階段を上り、自分の部屋に入った。オーバーコートも脱がず、装飾のない居間に腰を下ろし、もどかしげに包み紙を破りあけた。出てきたのは小さなノートブックだった。光沢のある白い表紙は、まるで蠟か樹脂でコートされたばかりのように、いくぶんべたつく。開いてみると、いきなり例のスケッチが目にとびこんできた。男がひざまずいて、小型望遠鏡のようなものを右目に当てている絵。ページをめくっていくと、十字の形に配列された詩句やスケッチがあらわれ、間に挟まれた紙に、茶色のインクでいくつかの語句――「星々の威力」「図像の力」「七つの傷」――が記されている。そして終わりのほうには、「哀れなり、死にゆく者たち」とあった。ホークスムアはぞっとして、本を床に放り出した。夜の闇がしだいに薄らぎ、冬の夜明けの灰色に変わるころになっても、白い表紙のノートはそこに放り出されたままだった。そのあいだホークスムアは、セント・メアリー・ウールノス教会のそばでスケッチをしていた男のことばかり考えていた。ぱっちり目を見開きベッドに大の字になっているホークスムアのうえに、あの浮浪者の姿が迫ってくる。あたかも二体の死者の石像が、人気のない教会堂で重なり合って横たわっているように。

「やっぱり、あの浮浪者のことが気になるな」ウォルターが入ってくるなり、ホークスムアはそう言った。

「どの浮浪者ですか?」

「教会堂のそばにいた奴。絵を描いていたあいつだ」熱の入れようをウォルターに気取られまいとして、顔をそむけた。「あの手紙、まだ持ってるか?」ホークスムアの机上に整頓されたファイルを探してみると、手紙はすぐに見つかった。上端に「忘れないこと」という文字が印刷された、メモ帳からちぎった薄っぺらな紙で、すぐにも破けそうに見える。そのとき、ホークスムアの頭のなかで、単純な連想が働いた。より高いところへ昇って、遠くを見渡せるようになったとたん、恐れが消えたようなものである。「あの教会にいっとう近いコマーシャル・ロードにある、あの古い建物の――」

「シティにいっとう近いのは、コマーシャル・ロードにある、あの古い建物の――」

「ライムハウスとウォッピングのあいだにあるやつか?」

ロンドンの街をぬけ、コマーシャル・ロードへと車でむかうあいだ、ホークスムアはまったく平静で、上衣の内ポケットに入れた手紙に軽く指を触れていた。だが目的地に着くなり、車をとびだし、薄汚れたれんがの建物の階段を駆け上がっていった。ロンドンの灰色の空のしたで、駆けていくホークスムアの後ろ姿を眺めながら、ウォルターは憐れみをおぼえた。その後を追い、簡易宿泊所の木のドアを開けると、内部の褪せた緑色の塗装、脂か泥かがしみついたリノリウムの床が目にとまり、消毒薬と腐った食べ物の匂いが鼻をつき、建物内にこもった呼び声や物音が、かすかに耳に入ってきた。すでにホークスムアは仕切りのガラスをたたき、向こう側でサンドイッチにかぶりついている初老の男に声をかけている。「ちょっと失礼。ちょっと失礼」

呼びかけられた男は、のろのろとサンドイッチを置き、見るからにしぶしぶガラス窓を開けて、ボソボソと応じた。「なにかね」

「こちらで働いている人だね?」

「見りゃわかるだろうが」

ホークスムアは咳払いした。「警察の者だが」男に手紙を見せて、「この用紙に見覚えは?」

男はじっくりと眺めるふりをした。「ああ、このてのなら見たことあるな。うちの職員が使ってるよ。なんでか知らんけどね」抽斗を開け、同じ文句が印刷されたメモ用紙の綴りを出してみせた。

「こんなところで、なにを忘れるってのかねえ」

「それじゃ、その筆跡に見覚えは?」ホークスムアがひどく静かだということに、ウォルターは気づいた。

「まあ、おれの字じゃねえな」

「あんたのじゃないことはわかってる。見覚えはないかね?」

「ちょっとねえな」

ウォルターは、ホークスムアがうなずくのを見た。予想していたとおりの返事だったかのように。

「それじゃ、もうひとつ。〝建築家〟とか、それと似たようなふうに呼ばれている浮浪者を知らないか?」

男は目をパチクリさせ、人さし指を立てた。「〝説教師〟、〝さまよえるオランダ人〟、〝巡礼〟ってのならいるがね。〝建築家〟ってのは知らねえな。ぜんぜん初耳だね」

ホークスムアは相手を見据えた。「なかを見てまわっても、かまわないかね」

「どうぞ」男の目がホークスムアの視線を受け止めた。「いまは二人しかいないよ。たぶん病気かなんかじゃねえかな」

ウォルターはホークスムアのあとに従って、廊下を進み、広い部屋に入っていった。合成樹脂板張りのテーブルと金属製の椅子がいくつかあるほか、高い棚にのった大型のテレビが、子供向け番組を映し出している。人のいない通りで売り声を響かせるアイスクリーム・ヴァンのように、いかにもむなしい。ホークスムアはテレビの画面を一瞥してから、そこを素通りし、次の部屋へ入っていった。そこにはビニールで覆われたマットレスが、二列にずらりと並んでいる。マットレスの一つに、浮浪者がうつぶせに寝ていて、もう一人は部屋の隅にうずくまって煙草を喫っていた。

「こんにちは」ウォルターが呼びかけた。「さて、あんたらはなんという名前の人？」二人とも顔をあげもしない。「警察の者だがね。私のいうことがわかるかな？」なおも沈黙。ウォルターは声高にホークスムアに言った。「どうも愛想のない連中ですね」

隅の浮浪者が顔を向けた。「わかってるよ、あんたのいうことぐらい。ちゃんとわかってるさ」

ホークスムアはそちらに歩み寄ったが、あまり近づくことはしない。「ほう、そうかね。で、〝建築家〟と呼ばれている奴を知ってるだろう？」

答えるまでに間があった。「そんな名前の奴は知らんね。そんなのは一人も知らん」うずくまったまま、自分の体を抱きしめている。「他人の詮索はしないこった。根掘り葉掘りはしないこった」自分に言い聞かせているのか、ホークスムアに話しているのか、どちらとも定かでない。そのホークスムアのほうは、荒廃した室内を見まわしている。

「〝建築家〟か！」マットレスに寝ていた浮浪者が、肘枕の姿勢になって、こちらに声をかけてきた。「〝建築家〟ね！　われらみんなに神のご加護を！」

ホークスムアはマットレスのほうに移動し、祈りでも捧げるように手を握り合わせた。「知ってるのか？」

「知ってるのか？　知ってるのか？　ああ、知ってるよ」

「名前も知ってるか？　つまり、本名のことだが」

「『その名はレギオン』さ」そう言って、笑った。彼が横になっていたのは、酔っぱらっているためなのだとわかった。昨夜からずっと酔っているのだろう。

「どこへ行けば会えるかね？」

「刑事さん、ちょっと煙草もってないかい」

「いまはないが、後でやるよ。どこへ行けば、彼に会えるんだ？」

「おれが彼を見つけるんじゃなくて、彼のほうがおれを見つけるんだ。会えるときもあれば、会えねえときもある」

沈黙が流れた。ホークスムアがマットレスの縁に腰をおろすと、上空を飛んでいく飛行機の爆音が聞こえた。「それで、最後に会ったのはいつだ？」

「地獄で会ったんだ。こんがり焼かれてたっけ」

「いいや、地獄に行ってたなんて嘘だ。ほんとのことをいえ」

とたんに男のようすが一変した。マットレスで体を丸め、壁のほうを向いてしまった。「彼と会ったんだよ」酒酔いからくる悲哀に圧しつぶされ、ほとんど口もきけなくなっている。

ホークスムアは男の汚らしいオーバーコートにそっと触れた。「彼と会ったんだな？　見たところ、あんたは強烈なパンチをもっていそうだな」

「あっちへ行け。ちくしょうめ。もうしゃべらねえぞ」

ウォルターがそばに寄ってくるまで、ホークスムアはささやきつづけた。「なにも怖がることはないよ。こっちは脅すつもりはないんだから」廊下ですすり泣くような声がした。

「怖がってねえぞ。おれはなんにもしてねえんだ」そう言うと、寝たふりを決めこむ。それとも、ほんとうに眠ってしまったのか。ホークスムアがだらりと伸びた男の腕を指さし、ウォルターがそれを引っぱる。男はマットレスから転がり落ちた。

「同行してもらおうか」ホークスムアがこんどは声を大きくした。ウォルターが男を立たせる。

「逮捕するんじゃない。おとなしく来てもらいたいんだよ」浮浪者はホークスムアをまじまじと見た。「そのほうが身のためだぞ。ちょっとしたドライヴにでかけるだけだ」

浮浪者を二人で引きずるようにして、サンドイッチを食べながら見守る管理人のまえを通って、簡易宿泊所を出た。外に出ると、浮浪者はライムハウスのセント・アン教会のほうに目を向け、かれら三人のいる薄暗い通りに覆いかぶさるように聳える塔を見上げた。それから目をつぶり、いまにも失神しそうに見えた。「手を貸してやれ、ウォルター」ホークスムアは低声で命じ、ウォルターと二人して浮浪者を車の後部座席に押し込んだ。当の浮浪者本人は、自分がなにをされているのか、わかってもいないし、気にも留めていない。いずれ時がたてば、こんな記憶は消えてしまうのだ。かくして浮浪者は、いまは白壁の小部屋に連れてこられ、テーブルをはさんで同じ男と向き合っている。マジックミラーの向こうでは、ウォルターがメモを取りながら、この場面を見守っていた。

ホークスムア　気分はどうだね?

浮浪者　気分？　ああ、悪くない。悪くはねえよ、うん。モク持ってませんかね？

ホークスムア　悪くないか。それはよかった。（メガネをはずす）それなら、話に入ってもかまわないかな。

浮浪者　うん。ああ、早いとこ話したいね。モクありませんかね、ひょっとして。

（間がある。ホークスムア、煙草に火をつけて渡してやる）

ホークスムア　楽しい気分だな。あんたはどうかね？　（答えなし）さっきは〝建築家〟のことをいいかけていたんだったな。そう考えていいかね？

浮浪者　（心底とまどって）ああ、たぶんそうかなあ。そうだったと思います。うん。

ホークスムア　いいんだね？

浮浪者　（落ち着かない）そう、そうだったな。はい。

ホークスムア　とすると、〝建築家〟を知っているんだな。知っている、といってまちがいないかね？

浮浪者　そういうことだろうな。そういっていいよね。と思うけど。

ホークスムア　彼の名前を教えてもらえるかね。

浮浪者　ああ、そりゃむりだな。名前は知らないもんね。

ホークスムア　だが、会ったんだろ？

（沈黙）

浮浪者　いつ？

ホークスムア　それをこちらが聞きたいんだ。いつ会ったんだね？
浮浪者　あの晩に会ったよ。
ホークスムア　（勢いこんで）どの晩？
浮浪者　だから、あの晩。
（沈黙）
ホークスムア　それで、時間は？
浮浪者　あーあ、なんてことを訊くんだろう。
ホークスムア　（穏やかに）すっかり暗くなっていたかね？
浮浪者　真暗だったよ。
ホークスムア　悪いようにはしないから。思い出してくれ。
浮浪者　そこへ警察やなんかが来てさ。ぜんぜん酔ってなかったとはいわねえけどよ。そこに警察が入ってきたんだ。
ホークスムア　どこに？
浮浪者　あんたとは前に会ったことないかな？
ホークスムア　どこに入ってきたんだ？
浮浪者　あの教会にさ。
ホークスムア　一致したじゃないか！
浮浪者　それ以上は憶えてねえよ。ふざけてるんじゃないよ。それしか憶えてねえんだって。（しばし黙りこむ）いつ帰らしてもらえるんですかね。（間があって）もうたくさんだよ。（沈黙）くたくたに疲れちまった。

ホークスムア　（唐突に）彼の外見はどんなだ？

浮浪者　もう、知らねえよ。（間があって）あの髪だ。ひでえよねえ、ありゃ。タバコの葉っぱみてえだ。それと、彼は絵を描くよ。たまげるような絵をね。あんな絵は見たことねえな。（沈黙）もう行っていいですか？（答えなし）じゃあ、行きますよ。

（立ちあがり、ホークスムアを見てから、ドアを開けて出ていく。入れ代わりにウォルター、入ってくる）

ホークスムア　（興奮して）おなじ男だ。おなじ男だと思わんか？

ホークスムアは、尋問中にウォルターが書き取った短い記録を読んでいた。そのとき、ネオンの光を反射して輝くノートに引き寄せられた小さな蝿が、左のページに止まった。見れば、脚は急に熱せられてたわむフィラメントのように震え、翅が白い紙のうえにその形なりの影を落としている。彼はページをめくって、蝿を殺した。潰れた蝿の体はインクを滲ませて、その瞬間を象徴するしみとなった。その瞬間に、ホークスムアの脳裏に、焚火のまわりで踊るあの浮浪者の姿が浮かんだのだ——煙が衣服にまとわりつき、やがて霧のように彼の姿を包みこんだ……。

「おなじ男だ。そうにちがいない」

ウォルターはホークスムアの考えを読んでいた。「なんらかの行動を起こしてみせるときが来ましたね、ついに」

二人は捜査本部へ行き、そこで慎重にことばを選んだマスコミ向けの声明が出された。それによって、警察は連続殺人事件の捜査に関連し、ある浮浪者の事情聴取をする意向であることが示唆され、その浮浪者の人相特徴が公表された。ホークスムアは各捜査班員に呼び掛け、「簡易宿泊所、公園、それから空き家を調べてもらいたい。ことによると、教会も……」と告げた。

頬に大きな痣のある、若い制服警官が彼のそばにやってきて、言った。「問題なのは、その男のようなのは、けっこういるんじゃないかということですが。そいつに似たのは、わんさといますよ」緋色の烙印にも似た痣から、ホークスムアは目をそらそうとしていた。「それはわかっているが、しかたないだろう……」またも、ことばがとぎれた。こちらが犯人の顔を知っているように、犯人のほうも彼を知っているのだ。

すでに日も暮れかけたころ、彼はブリック・レーンを、スピトルフィールルズのクライスト教会にむかって歩いていった。モンマス・ストリートを抜け、イーグル・ストリートに入ったところで、廃屋の軒並みのあいだに、古い教会堂の東壁が立っている。通りを歩いていくと、街灯がいっせいにともり、急に照明をうけた教会もその形を変えたように見えた。門に着くと、そこからいまは板でふさがれている地下道が見える。教会堂の横手の草木はネオンの光を反射し、みずから光を放っているように見える。門を開け、小道を歩きだしたところで、肩のまわりに白い蛾が飛んできたのにギョッとさせられた。逃れようと大股になったが、しつこくつきまとってくる。ようやく振り切ったときには、すでに教会堂をまわりこんで、大通りと市場を目のまえにしていた。深まる夕闇のなかで、彼は小さなピラミッドに歩み寄っていった。ピラミッドを温めようとでもするように、そこに両手を押し当てたが、その瞬間、そこが不規則に波立っているように感じ——それと同時に、だれかにじっと見られているような気がした。すばやくふりむいたが、その急な動作でメガネを振り落としてしまい、そうと気づく前に踏み出した足で、メガネを踏みつぶしていた。

「これで奴の姿が見えなくなっちまったな」声にだして独りごとを言った。妙なことだが、安堵に似た感情をおぼえている。

機嫌よくコマーシャル・ロードをホワイトチャペルの方向へ歩いていった。途中の横丁では喧嘩の最中で、男がすでに倒れている相手を足蹴にしている。道の端に盲目の女がたたずんで、道を手を引いて渡らせてくれる人が現れるのを待っている。若い女の子が流行歌を口ずさんでいる。そのとき、通りの反対側を彼とは逆の方向、つまり教会のほうへ歩いていく、長身のぼやけた人の姿が目に止まった。商店の軒先や、暗いれんがの壁際に、吸い寄せられるようにして歩いていく。着ている服は古くボロボロ。髪はもつれてタバコの葉のような固まりになっている。ホークスムアは急いで道路を渡り、その浮浪者のすこし後ろを歩きだしたが、緊張のあまり咳をしてしまった。長身の浮浪者はふりかえり、笑みらしい表情を見せると、足を早めた。ホークスムアはあわてて、「待て！　待ってくれ！」と叫び、後を追って走りだした。教会の見えるところまでくると、あいかわらずぼやけたように見える浮浪者の姿は、教会の横手の草地をよこぎって駆けていく。ホークスムアもそれにつづいたが、ピラミッドのそばを通り過ぎようとしたとき、その陰に立っていた少年にぶつかってしまった。こちらを見上げた少年の顔は、驚くほど蒼白く見えた。それに気を奪られたすきに、長身の人影は教会堂の向こう側へまわりこんでしまい、ホークスムアがそこを曲がったときには、すでにその姿は消えていた。逃げていく男に気がついたかどうか、少年にたずねてみようと駆けもどったが、小さな公園にはもはや人っ子ひとり見当たらなかった。草木はさっきの輝きを失っていて、闇のなかで崩壊しつつ土に返っていくように思われる。いま行動しなければ、教会境内の雰囲気にのみこまれ、行く先を見失ってしまうにちがいない。彼はライムハウスをめざして歩きだした。浮浪者が追跡者から身を隠す場所を思いつくとすれば、セント・アン教会近辺の荒廃地と空き家しかない。

タクシーを拾い、ライムハウスの教会に乗りつけた。車を降りたとたん、冷たい突風をまともに顔にくらって、しばし広告板の陰に身を避けた。広告板には、都市の上空にたくさんのコンピュータが浮遊する絵が描かれている。ようやくセント・アン教会へと足を踏みだしたが、こんどは右へそれ、すぐそばの荒れ果てた場所のほうへ向きを変えた。ここの風は、川から直接吹きつけるだけに、なおさら勢いが強く、数百ヤードも離れたところにいる覚醒剤にうかれた連中のわめく声を、切れ切れに運んでくる。さらに歩みを進めていくと、焚火のうえに火の粉が舞いあがるのが見え、もっと近づくと、数人の人影が見えてきた。焚火のまわりで踊っているようす。あいつらは仕合わせだ、なにもかも忘れてしまえるのだから、とホークスムアは思う。彼はそちらへ走りだした。「おい！　おい！」と、怒鳴る。「おまえら、なにをしてるんだ！　ここになんの用があるんだ？」だが、ホークスムアがそばに来ても、かれらは踊りやめようとはしない。踊りの輪にくわわるわけでもないのに、彼は体をつかまれそうになるのを感じ、叫び声をあげてそれを振り切った。そこでやっと、一同は静かになって、質問をはじめたホークスムアを凝視した。「〝建築家〟と呼ばれている男を見た者はいないか？

おまえらの仲間だ。見なかったたか？」かれらはいずれも年寄りで、踊りの魔力が消え去ったいまは、しょぼくれ、くたびれきった老人にしか見えない。おし黙ったまま、ただ炎を見つめるだけで、そのうちの一人がうめきはじめた。ホークスムアは、棒に突き刺した縫いぐるみの熊の頭が、黒く焦げた地面に転がっているのに気がついた。ホークスムアは、彼はじりじりして怒鳴った。「私は警察の者だ！　いますぐに火を消せ！」だれも動こうとしないので、ホークスムアは焚火に突進し、足で火を猛然と踏み消しはじめ、あとは燃えさしの板片と灰だけになってしまった。「あいつはどこなんだ？」退散しはじめた浮浪者たちにむかって、ふたたびわめいた。「だれかあいつの居場所を知らないのか？」だが、あいかわらず反応はない。自分の思いもかけなかった行動に自己嫌悪をおぼえ、彼はきびすを返した。もと来た道を引き返しながら、あらぬほうへむかって捨て科白を投げる。「もう焚火なんかするんじゃないぞ！　わかったか？　火はいかん！」

川岸へと下っていく道を見つけ、黒いコートを強風に飛ばされないよう体にぴったりまといつけて歩いていくと、道ばたに老浮浪者がしゃがみこんでいるのに出くわした。濡れた土を両手で掘っている。よくよく見たが、目当ての男ではない。彼がそばを通り過ぎるとき、浮浪者もこちらを見つめ返し、遠ざかっていくホークスムアをなおもじっと見ていた。ホークスムアは、浮浪者がなにやらわめいているのに気づいたが、川音が間近に迫っていたため、なにを言っているのか判別できなかった。足元を濁った水が流れ、街の明りが夜空をはかなげな紫の色に染めている。だが彼がいま考えているのは、スピトルフィールズで彼の目のまえを逃げていった人影と、ピラミッドの陰で彼を見上げた少年の蒼白な顔のことだけだった。

彼がこの二つのイメージから逃れられずにいる一方で、時は容赦なく過ぎ、混乱は広がるばかりだった。容疑者の人相風体が公表されたのにつづいて、当然、新聞各紙が噂や推測を書きたてていたが、六件の殺人事件の捜査には、なんら実質的な役には立っていなかった。それどころか、浮浪者の特徴が堕落と悪の最たるものを代表する象徴のように受け取った人びともいて、そういう人たちの怒りに火をつけることとなった。モンタージュ写真が公開された最初の日、その男を見たという知らせが全国各地から多数寄せられたが、そのての目撃通報の数は世間の目がほかのことへ転じるまで、たいして減じることもなくつづいた。それよりもっと不幸なことは、無害な浮浪者にたいする日頃の忿懣を「子供殺し」という口実を利用してぶちまけようとする連中によって、多くの浮浪者たちが侮辱されたり襲撃されたりしたことである。ある子供たちのグループは、実際に一人の浮浪者を殺している。酔っぱらって荒廃地で眠りこんでいるのを、火をつけて焼き殺したのだ。こうした事件が相継いだため、ホークスムアが容疑者のおおまかな特徴を公表させたのは、「判断ミス」だったと受け止められることになった——彼の立場をいっそう危うくしたのは、徹底的な捜査と聞き込みもむなしく、問題の男の行方がまったくつかめないことだった。まるで、天外消失してしまったかのように——それも、そういう男がそもそも実在するとしての話だが、と捜査に携わっている刑事たちのなかには、ささやき合うものもいた。

しかしホークスムアは、あの浮浪者が実在することを知っていた。あの夜の追跡のことはだれにもしゃべらなかったが、犯人がかつてないほど近くにいることはわかっていた。後を尾けられていると確信することすら何度かあった。ある晩などは、眠れないままに、こちらも浮浪者に身をやつしてあいつの不意をついてやろうか、と空想したこともあった――もっとも、思いつくと同時に、身震いしてしりぞけたが。そういうことを考えないようにするため、夕暮れ時には時間をかけて街を歩きまわることにしたが、ふと気づくと、前とおなじ道をまたたどっていることがある。たとえば、セント・ジョージ・イン・ジ・イースト教会の裏の公園に足を踏み入れ、旧博物館のそばのベンチに腰をおろしていたりした。そのベンチは、息子を殺された父親から話を聞き、その父親が涙ながらにさしだした本の挿絵を目にした場所だった。こうして教会の横の木立を眺めながら、それ自体が人気のない公園のような静かな人生について考えてみた。このまま木立を眺めながら、ずっと死ぬまで坐っていたらどうだろう。だが、その束の間の平安は、あたかも人生がすでに終わってしまったことを暗示しているようで、彼を落ち着かない気持ちにした。

夜まで歩きまわってから家に帰り、例の白いノートを手にとると、まず硬い表紙を鼻にちかづけて、蠟のかすかな残り香を嗅いでみる。それから、文章の一つ一つを読み返し、そこになんらかの手掛かりを探すかのように、じっとスケッチを凝視する。だが、そこからは、なにひとつ得られなかった。ある晩、彼は腹立ちまぎれに、ノートからページを引きちぎり、床にばらまいた。そして翌朝、目を覚ますと、おろおろしながら散乱した紙を眺め、声に出して独りごちた。「どういう癇癪なんだ、これは？　なんでこんなに腹を立てたんだろう？　なんでだ？」散乱したページを拾い集め、手の平で皺をのばしてから、ピンで壁に留めた。そういうわけで、部屋に坐ってグレイプ・ストリートを見下ろすと、壁に留めた絵図や文字にまわりを取り囲まれる形になった。ほとんど身動きもせず、ここにじっと坐ったまま、彼は地獄を味わっていたのだが、そんなことはだれも知らない。そういうとき、未来があまりにも鮮明に見え、まるですでにあったことを思い出しているようにすら思える。もはや、ことばにするにも鮮明でない過去の替わりに、未来を思い出しているような塩梅なのである。しかしながら、いずれにせよ、そこには未来も過去もないので、あるのはただ、彼自身の言語に絶する苦悩だけだった。

それだけに、〈赤門亭(レッド・ゲイツ)〉でウォルターと坐っていても、ホークスムアはほとんど口もきかず、ただじっとグラスを見ているだけなので、ウォルターが心配そうに顔色をうかがう恰好になった。それでも、ホークスムアは思うままにしゃべろうとして、酒を呷(あお)った。このままでは、世間とのつながりを失ってしまったようで、自分が人形劇で使われる厚紙の人形となり、彼を陰で支えている手が震えるのといっしょに、かすかに揺れ動くだけのような気がするからだった。しかし、ここで、しゃべることさえできれば……彼のしたに隠れている者の発する声ではなく、彼自身の声でしゃべることができれば……

「知ってるか」ホークスムアがつぶやくように言うと、ウォルターは首をのばして聞き耳を立てた。「殺人犯人が自殺するときには、自分も被害者の一人に見えるように工夫するものなんだ。知ってたか？　それからな、犯人が雷に打たれて死ぬケースがどれくらいあるか、知ってるか？　これが多いんだよ。思った以上に多い」そっとあたりをうかがう。「昔はな、もうずいぶんと昔のことだが、殺された被害者の目を見れば、そこに犯人の像が焼きついている、と教わったものだ。ただ、それだけまぢかに寄って、じっくり見なきゃならんがね。もうひとつ教えてやろう。なかには殺される恐怖心が強すぎて、その恐怖から頓死するものもけっこういるんだ。これは知ってたかね？」ウォルターは逃げだしたい気持ちを抑え、そのあまり脚が震えているのを感じると、さっと椅子を立って、飲み物のお代わりを注文しにいった。もどってきたところを、ホークスムアがじっと見据える。「わかるんだよ、ウォルター。感じるんだ。どこかの家に入れば、そこで殺しがあったかどうか、私は感じるんだよ。ちゃんとわかるんだ」ホークスムアが高らかに笑うと、パブのほかの客たちは話をやめ、しんと静まりかえった。

床に落ちてくだけたグラスがかたづけられ、明りに照らされたかけらの一つ一つが、まるで異なる輝きを放っているのにホークスムアは気がついた。この機をとらえて、ウォルターが口を開いた。「この事件からは手を引いたほうがいいと思いませんか？ すっぱり手を引きませんか？」

ホークスムアは警戒の色をあらわにした。「誰にそういわれた？」

ウォルターは彼を宥めようとする。「誰にもいわれませんが、もう八カ月ですからね。休養をとって当然ですよ」

「『当然』とは妙な言い方だな。意味がわかって使っているのか？」

「『必要だ』という意味だと思いますが」

「ちがうね、その資格があるということだ。つまり、私には休養をとる資格があるわけだな」

ウォルターは手の震えに気づいた。ホークスムアはグラスをぎゅっと握りしめている。「どう答えればいいのか、わかりませんが」ホークスムアを見つめるウォルターのまなざしには、親しみがこもっていないこともない。「警視正もすぐに、そのことを夢見るようになりますよ」穏やかに言い添えた。

「いまは夢見ていない、と思ってるのか」声が大きすぎたので、またもやパブ内が静まりかえった。ホークスムアは赤面して顔を伏せた。このときをウォルターは待っていた。「私の見るところ、捜査はまったく足踏み状態だと思えるんですが」

「きみはそんなふうに思っているのか」

「みんながそう思ってますよ」ホークスムアが顔をあげ、ウォルターを鋭くにらみつけた。この瞬間、二人の関係は、微妙だが決定的な変化を遂げた。「事実をつかめていませんからね。そこが問題です」

「きみに事実のことがわかるのか？　つかめていない事実のことが、わかるのか？」ホークスムアの声には凄みがあった。「きみの経験からいって、二人の人間がまったく同じものの見方をする、ということはあるかね？」

「いいえ、しかし――」

「したがって、きみの仕事は、人の見たものを解釈することだ。事実を解釈することだ。ちがうか？」

ウォルターは話の成り行きにとまどい、口答えしないことに決めた。「はい、そうです」

「つまり、解釈しないかぎり、事実はたいして意味がないわけだな？」

「おっしゃるとおりです」

「その解釈はどこからくる？　きみや私から出てくるわけだ。そして、その私たちは何者か？」ホークスムアは声を張りあげた。「いつすべてが失敗に帰してしまうかと、私が心配している、と思っているんじゃないか？　だが、私が心配してるのは、事実のことじゃない。この私のことだ」口をつぐみ、震える両手で顔をぬぐった。「ここは暑くないか？　それとも、暑いのは私だけか？」ハンカチを出して、ひたいの汗を拭きとる。ウォルターがなおも黙っているので、さらにつけ加えた。「私はあいつを捜し出してみせるぞ」

ややあって、ホークスムアは意識せずに、「例のノートのことは話しただろう？」と、しゃべりだしかけていた。だが、すぐに自制すると、「ちょっとごめんよ」とつぶやいて席を立ち、バーのほうへ行った。彼に話しかけられて、三人の女がふりむいて笑った。ウォルターはそれを見守っている。ホークスムアは汗をかき、ふらつきながら、ウィンクして、「忘れられないものを見せてやろう。見たいかね？」と、話しかけている。女三人がまた笑った。「なにかしら？」と、一人の女。「どんないいものを持ってるの？　ちっちゃいんじゃないの、もしかして」キャッキャッと笑う。ホークスムアが上衣のポケットから写真を何枚か取り出し、得意そうに明りのしたで見せると、女たちの笑いが止まった。「そんなもの出さないでよ！」おなじ女が嫌悪もあらわに叫んだ。「見たくなんかないわよ、そんな汚らしいもの！」ホークスムアは自分の手にしたものを眺め、祈りでも捧げるように頭を垂れた。すかさずウォルターが近づいていって、ホークスムアの手にしているのが、殺された被害者たちの写真であるのを見てとった。「もうしまってください、さあ」ウォルターはささやいた。「お宅まで送りますよ」ホークスムアは写真をポケットにねじこみ、あくびをした。その彼をウォルターは家まで送っていった。

電話が鳴りだして、机にむかっていたホークスムアをビクッとさせた。電話をしてきたのは副総監で、即刻会いたいという。椅子から立ちあがるときは、気分はすっかり沈静していた。エレベーターで十三階まで昇るあいだも、落ち着いた気分のままだった。広々としたオフィスに入っていくと、副総監は窓辺に立って、外の灰色の雨景色を眺めている。そうやって憂鬱そうに外を眺めていることで、私にたいする非難の態度を示しているわけだな、とホークスムアは考えた。だが、相手はすぐにふりむいた。

「申し訳ないね、ニック」

「申し訳ない？　なんのことです」ホークスムアの顔に動揺があらわれた。

「こんなふうに呼びつけたことだ」そう言って腰をおろし、咳払いする。「捜査の進みぐあいはどうかね。犯人逮捕まであとどれぐらいだ？」電話が鳴ったが、それを無視して、ホークスムアの答えを待った。沈黙がつづくと、さらにつけくわえて、「私には、どうも進捗しているようには思えないんだがね、ニック」

「いいえ、進捗しています。私には自信があります」ホークスムアは両腕をまっすぐ下にのばし、気をつけに近い姿勢を取っている。

「しかし、あいかわらず何もつかめてないじゃないか。これといって成果はあがってないだろう？」ひたと見据えられて、ホークスムアは視線をそらし、副総監の背後にある窓の外をにらんだ。「きみには、ほかにやってもらいたいことがあるんだよ、警視正。きみの本筋の業務からは多少外れるが――」

「私を捜査から外すとおっしゃるんですか」

「別の事件を担当してもらいたいのであって、この事件の捜査から外したいということではないよ」

ホークスムアは一歩しりぞいた。「私は外されるわけですね」

「それは僻み根性というものだぞ、ニック。きみはいわば基礎工事を、それもしっかりやってくれた。こんどはその基礎のうえに捜査の石を一つ一つ積みあげていく人間が必要なんだ」

「しかし、死体はその基礎に埋められているものなんですよ。これはあくまでも一般的な話ですが」

副総監はいくらか声を落とした。「近頃、きみのことが噂になっていてね。きみがひどい過労状態にあると、かれらはいっている」

「そのかれらとは、誰々のことですか?」そのことばを聞くたびに、群れをなした影があちこちと動きまわる情景を思いうかべてしまう。

「しばらく休みを取ってはどうかね、新しい仕事にとりかかる前に。ゆっくり休養したらどうだ?」

ことさらにホークスムアをまっすぐ見据えてから、副総監は立ちあがった。ホークスムアのほうは力なく見つめ返した。

自室にもどると、ウォルターが待っていた。

「どうなりました?」

「というと、きみも知っていたわけか」

「だれもが知ってましたよ。たんに時間の問題だったんです」ホークスムアはまわりに広大な海原の唸りを聞いた。嵐雲のように渦巻く高波にのみこまれ、必死に両腕をふりまわしている小さな人影を、はっきりとこの目に見た。「お力になりたいと思ったんですが――」ウォルターが言いにくそうに言いかけた。

「いや、聞きたくない」

「――警視正はそうさせてくれませんでした。状勢は変わらざるをえなかったんです」

「なにもかも変わったよ、ウォルター」ホークスムアは机上のファイルを手に取った。「すべてきみに引き渡す。これはそっくりきみのものだ」ウォルターは立って、ファイルを受け取った。机をはさんで向かい合った二人が、たがいに身をのりだしたとき、たまたま指先がぶつかった。

「すみません」あわてて手を引っこめ、ウォルターは接触したことを詫びた。

「きみのせいじゃないよ。不可抗力だ」

ウォルターが出ていったあと、ホークスムアは身じろぎもせずに坐っていた。午後のあいだずっと、自分をあたかも他人であるかのように眺めて、これから先の動向を予測してみようとしていた。時が流れた。彼は自分の両手に目を落とし、この手が切断されて台のうえにのっていたら、自分の手だとわかるだろうか、と思った。時が過ぎ、彼は自分の呼吸の高まったり低くなったりする音に耳を傾けた。時が過ぎ、彼はポケットから硬貨を取り出し、人の手から手へと渡されていくうちに擦り減ってしまっているのを観察した。最後に目をつぶると、自分が前へ滑っていくのを感じ、転落する瞬間に目を開けた。だが、それでもやはり、転落はつづいていた。こうして昼は夕暮れ時へと変わり、ホークスムアを取り囲む影は形を変えた。

ようやくオフィスをあとにすると、グレイプ・ストリートのアパートに帰った。自室に入って腰をおろし、テレビをつけた。暗い部屋で、男がトランプの一人遊びをしている。ホークスムアは身をのりだして、その暗がりをとっくりと眺めてみた。俳優の背後には、椅子、ビロードのカーテン、ほこりをかぶった花を挿した花瓶などが見える。やがてテレビをつけたまま、ホークスムアは隣室に移ると、ベッドに身を横たえた。そのままぐっすり眠り込み、目が覚めたときには、朝日が顔のうえに一条の帯をつくっていた。

十一章

朝日が射し入ってきても目が覚めず、いざ目覚めた時には、此処が何処のどの家か、今は何時の時代のどの年であるか、殆ど判別でき難い有様であった。悽惨な状態から抜け出そうと、外に出て歩きだしてはみたものの、辻まで行っただけで疲労を覚え、引き返す仕儀となった。霧雨が降っており、風邪を拗らせる事にでもなれば、死病を発する事にもなりかねぬ。斯様な不安状態のまま部屋に戻り、身を横たえて、この街の泥濘と悪臭を睥睨して聳立する、吾が新教会堂を想い浮かべた。

八時に床に就いたが、四時間足らず眠っただけで目覚め、嘔吐した。病の所為か、夜になると襲いかかってくる謂れなき恐怖の所為か、定かではない。匙一、二杯のチェリー・ブランディーを飲み、それから七時にナット・エリオットに起こされるまで、眠った。だが、起こされると、またしても嘔吐が始まった。それに加え、尿が鮮血の如き色をしている。溜息を吐きつつ寝台に横になり、独りごちた――私はどうなるのだ？　どうなるのだ？

そこで、激しく震えながら、かの爬虫類騎士殿へ宛て、手ずから書状を認めた。「ジョン・ヴァンブラ殿。お手数を掛け申しますが、委員会にお伝え頂き度。本日は是が非でもスコットランド・ヤードへ参上し、ブラック・ステップ・レーンのリトル・セント・ヒュー教会堂に関し、御説明申し上げる所存でしたが、体調芳しからず、尚一両日は在宅にて早期快復を期したく思いますので。匆々敬白、云々」急ぎホワイトホールまで届けさせようと、ナットを呼ぶと、小僧めは汗みずくで姿を見せた。また一人、訪問客がありましたが、お断りしました。親方のお云いつけ通り、猫一匹通すこっちゃありません。客が「親方は御在宅かね」と尋ねた時には、はい、おられますが、朝食の席に着かれたばかりですので、とか、この時間にお起こしする事は絶対叶いません、とか答えておきましたが、時には、親方は御病気ですと云う事もあります。風向き次第で作戦変更というわけです。何奴がやって来ようと、おいらが阻止してみせます！

喋りつつも、渡し舟の船頭の如く全身を掻き毟っている。おまえは服にいかなる居候を住み付かせておるのだ、と私は声を上げた。待遇が悪いので、おまえを嚙まずにおられぬようだが？

みんな、おいらの友達です。決しておいらを見捨てませんから。

ならば、何故そのように浮かぬ顔をする？　軽石の如き顔付きの癖して、それでは軽石ほどの役にも立たぬではないか。

他に友達がいないのです。そう云って、己れの言葉に不安を掻き立てられ、はたと口を噤み、目を伏せた。私は胸の裡で呟いた――今後は、おまえのそのお得意の姿、不意に黙り込み、途方に暮れて目を伏せる姿を、常に思い出す事になるであろうな。ナットは足先で床の塵を掻き回していたが、それをやめると、親方、ハイエナとはどのような物ですか、と訊いてきた。

それは笑ったり、人の声を真似たりする獣のことだ（人の場合であれば、〝裏切り者〟の謂であるが）。

　ははあ、なるほど、と頷き、ナットは手紙を持って飛び出していった。

　奴らがしきりと訪ねてくる理由は百も承知している。私が病に臥しておるのを見て、優越感を味わいたいという魂胆であろう。先頃のウォルターの死について、奴らは尚も私を疑い、建設局ではこそこそ陰口を叩いている。こちらが人を避けているのが、一層連中の疑惑を深めている様子だが、彼奴（きゃっ）らの面前で狼狽したり舌が縺（もつ）れたりという醜態を見せるわけにはゆかぬではないか。

　そうした私情の問題はひとまず措いて、事実を述べると、ウォルターは己れの寝室の扉で首を吊ったのである。私が彼を訪ねた翌週の日曜日の事、時刻は午前九時と十時の間であったが、女家主が発見したのは夜になってからである。シャツ一枚の姿でぶら下がっておる処へ、夜の七時から八時の間に呼ばれて行った検屍官は、ウォルターが「精神的に健全（コンポス・メンティス）」ではなかったのだと明言している。私の方は精神的に極めて沈着であった。検屍陪審に於いて、錯乱状態のウォルターからヘイズ氏を殺したと打ち明けられたが、彼が自殺するまでは信じられなかったのだ、と証言した。かくしてまたもや、一石で二鳥を仕留めた次第。譬（たと）えて云うなら、建具師の腕前を発揮して木材を組み立て、それに左官として化粧漆喰で仕上げを施したわけである。ヨリック・ヘイズの死がウォルターの所業（しわざ）とされた事で、私は厳しい取り調べを免れる事となり、ウォルターが自ら命を絶ってくれたお蔭で、私が手を下す手間も省いてくれた。彼には私の秘術の凡てを喜んで授けるつもりでいたのだが、彼奴は私を監視し、尾行し、脅迫し、裏切ったのだ。仮令（たとい）彼が身を滅ぼす結果になったとしても、私が罪の意識に囚われねばならぬ理由があろうか。もしも飼犬が吠え掛かってくる事があれば、そやつの尾を踏み付けてやって当然ではないか。

夜の十一時頃、ウォルターは一糸纏わぬ恰好で土中に埋められた。なろうことなら、リトル・セント・ヒュー教会の地下に葬りたいところであったが、それも致し方ない。人事には霧の如く漠としたものがあり、それは小糠雨のように人一人一人の水滴には感知されないが、その凡てを引っくるめて包み込み、茫漠とした全体を形作るのである。それが私の新教会堂の建築を構成しているものなのだ。寝台に横たわって天井を凝視する如く見上げれば、その塔が眼前に浮かび、風が吾が頬を撫でる。誰かの手や腕（それはナットのものかもしれぬが）に触れると、鑿で削られた石材の粗い手触りを感じる。体が熱で火照る時には、教会の側廊に歩み入る様子を思い描けば、ひんやりと冷やされる。これの建立が人の恨みを惹き起こした事はわかっているが、あのような侮蔑に傷つき不平不満を漏らす私ではない。彼奴らの動機が私利であろうと愚考であろうと怨恨であろうと、それはどうでもよい。彼らの敵は彼ら自身であり、私ではないからだ。蛇と竜の王バジリスクが鏡に写った己れの姿に殺されるように、彼奴らは己れらの吐く毒息を浴びて、自ら死に至るであろう。私は私の仕事を完成したのだ。完璧なる石の造り出す形を目の当たりにし、私は世間に対し、最早観念するしかないのだと云おう。

最後の教会堂の完成した設計図六枚を、部屋の壁にピンで留めている。これらの図面に囲まれ、私は再び安らぎを覚える。第一の平面の基本図は、物語の序詞のようなもの。これに続くのが縮小した全平面図で、これが物語における登場人物表に当たる。第三は立面図で、物語中の象徴と主題を表し、第四の正面図が物語の本筋のようなものである。第五図には、多種多様な扉、階段、通路が描かれ、それが多義的表現、言葉の綾、会話、隠喩等に相当する。第六は柱廊玄関（ポーチコ）と主塔（タワー）の正面図で、さながら物語の大団円の如く、その荘厳さによって人の心を打つであろう。

何人の目にも触れぬように隠された筋もある。奥まった場所に、黄銅の頭部を作ってそれに「時は存在する」と語らせた、かの修道士ロジャー・ベーコンの彫像を安置した。この場所が完成した暁には、私はそこから離れる事はないのだ。ヘルメス・トリスメギストスは太陽の神殿を建立し、この神殿内に居ながら誰にも見られぬように、姿を消す術に通じていたのだから。今はこれだけ述べておけば充分であろう。私の物語は、遥かな時を隔ててそれに倣（なら）おうとする人々が現れる、一つの原型となる。今私は、己れの体を抱き締めて、笑っている。私の知らぬ未来の暗き迷宮からの幻像が見えるのだ。そこでは、ブラック・ステップ・レーンに足を踏み入れた人が、沈黙と秘密のヴェールに包まれているものを見付け出そうとしている。今は一先ず筆を擱（お）き、一休みするとしようか——

今は休憩している。この七晩の間、取り留めなき異妖な夢を見続け、襤褸の燃えるような妙な臭いを感じている。吾が身に何らかの変質が訪れている事は間違いなく、霊の声が聞こえるようである。風邪をひいた人が発するような沈んだ声であるが、嗄（しわが）れた声ではない。いとも明瞭に聞き取れるのだ——「ニックよ、ニックよ、いかなる風にここまで運ばれてきたのか？　ニックよ、ニックよ、吾らを知っておるか？」ああ、いかにも知っているぞ、と私が叫ぶと、「ニックよ、ニックよ、今はいつの代か？」と問う声が私の耳の奥に鳴り響く。

私は死の苦しみを恐れない。この世で既に、死の苦痛に劣らぬ苦しみを堪え忍んできたという確信があるからである。とはいえ、私は死ぬ事ができぬかも知れぬのだ。嗤われるなら嗤われてもよいが、奇蹟にも似た驚異をも経験している。昨日の午前十一時頃のこと、朝一番の散歩に出、ホッグ・レーンに至った処で、私自身の霊に出会したのである。服装から鬘まで、凡てが鏡を覗いている如くであった。「おまえは私の知り合いか？」と、呼び掛けると、道行く人々は当惑しているようであったが、そのものは答えようとせず、足早に立ち去ってゆく。大いに驚いたものの、恐ろしくはなかった。それから、つい今朝のこと、この部屋でまたしてもその姿を目の当たりにした――軀付きは私に似ているが、肌着に似た妙な服を身に着け、鬘は着けていない。こちらに背を向けたまま動かず、こちらが首を巡らせば、それに応じて向きを転じ、飽くまでも顔を見せまいとする。私の寝間着は汗が染みて黒ずみ、恰も影が出来たように見える。私は叫び声を上げたらしく、ナットの呼ぶ声がした――親方！　親方！　扉を開けてください、入れてください！

騒ぐな、今入れてやる、と答えた後、動かぬ人影にひたと目を据えたまま、私は扉に歩み寄った。

そのような大声を出されると、ベスト夫人が迷惑されます、と云いながら、ナットが急いで入ってきた。

私は人影の方に顎をしゃくってみせて、ナットよ、今朝は早産児を吐き出してしまったようだ、と云った。

そうですか、とナットは意味もわからぬまま応じる。ではお口を漱ぐ水をお持ちしましょうか？　ベスト夫人の仰有るには――

頼むから黙っておれ。そこに居るものが見えぬか？　そう云って指差せば、人影はこちらに背を向けたまま前に踞(かが)み、口から煙のような吐息を漏らした。正にランプから立ちのぼる煙のように見えた。ナットよ、しかとはわからぬが、生身の人のように見えるぞ。

そこでナットは、何やら聞くなり、見るなりしたらしく、面を朱に染めて、烈しく震えだした。後生ですから、何も見せないでください！　そう一声叫ぶや、顔に冷や汗を吹き出し、蹌踉(よろめ)く足取りで階段へ向かった。人影の薄れてゆくのを見ながら、私は呟いていた――変化を受け容れる準備なら、いつでも出来ておるぞ。

時ならぬ死の苦しみに、寝台上で輾転反側し、のたうちまわる。ナットよ、今月のアンドルーズ氏の暦には何と出ているか？　そう問えば、ナットが『星辰月報』を読みあげる。今月は火星が天蠍(てんかつ)末宮にありまして、蠍(さそり)に咬まれさえしなければ、六日まで順行を続けます。それから先は逆行、つまり後向きに行きまして――

おまえの注釈は要らぬ！

――今月一杯行きまして、翌月二日に金星(ヴィナス)と直角を成します。ナットはヴィナスという名に顔を赤らめ、読み続ける。親方、今のところ、星位は建築に反駁と出ておりまして、ロンドンは財政圧迫と逼迫に喘いでおります。ベスト夫人にもこれを見せてあげましょう。あの方は切迫疝痛とかに悩まされて、先(せん)から腰が痛むとか――

――ナット、陰謀や卑劣な企みの予測が無いかどうか、見てくれ。

彼は一心に読み進み、やがて目を留めた。はい、こちらの『星の伝令』には、ある種の霊の働きがあり、危険の訪れあり、とあります。再び首を垂れて読み耽り、このプア・ロビンの『星辰の声（ウォクス・ステラルム）』には、意味深長な詩が出ています、と述べたかと思うと、真剣な面持ちで立ち上がり、記事を目の前に掲げて朗読に移った。

教会の塔を見た、十二ヤードの深さがある
塵埃を見た、啜り泣く人々の涙から成る
石を見た、燃え盛る炎に包まれた
階段を見た、月のように大きく、もっと高い
太陽を見た、真夜中にも赤く輝く
その恐ろしい光景を見た人を見た

親方、これの答えはどうなるのでしょう？　おいらには見当がつきませんが。

答えはないのだ、ナット。その詩には終わりがないのだからな。

それから眠りに就いた。長患いにある私の体は、天高く浮上してゆき、眼下には時が乱れてしまった哀れな地球の世界がある。反乱軍はランカスターまで迫っており、昨夜はロンドンのタワー・ヒルで火事があり、月夜に一匹の犬が吠えており、ブランディーを飲めば私の発作は治まり、ハノーヴァー家の軍勢はウォリントンに集結する様子で、私の眼下には雲が立ち籠め、反乱軍はプレストンにて蹴散らされ、寝台に衣類を何枚重ねても寒さが浸入してきて遮る事ができず、私の手が敷布に触れる

とウォリントン卿は戦闘中に斃（たお）れ、人に見捨てられた場所の岩蔭に身を隠そうとすると彼らの声が谺となって、ナットの呼ぶ声がすると熱が高まりまた下がり、汗の流れ落ちる如くに雪が降りだし、反乱軍は捕虜となってロンドン市内へ引き立てられ、やっとの事で眼を見開くと、テムズ川は美事に氷結していた。

　この日、熱は治まった。寝台の上に身を起こし、ナット、ナット、どこにおる？　と呼びかけたが、どこへ行ったか姿を見せず、私は独りきりである。新たに完成した吾が教会を是が非でも訪れようと決意していたので、急いで、しかし念入りに服を着替えた。風の冷たさに窓の氷が溶けず残っておる程だから、獣脂の染みが付いてはいたが、両前（ダブル）の外套にしっかり身を包んだ。そうして表の通りへ出た途端、走ってきた椅子駕籠（セダン・チェア）の担ぎ棒を膝にぶつけられ、悪態をつきながら戸口まで引き下がる。何たることか、四輪馬車や荷馬車が足元を揺るがして通り過ぎ、さながら地震か大地の変動かと思うばかり。私が烈しい熱に病臥している間、一体幾日幾晩が過ぎたのであろう？　今は何時か？　近くの路上に蹴球に興じている徒弟たちがいたので、「今は何時かね」と問い掛けたが、返事をしない。恰も私の姿が透明となって人の目には見えず、声も耳に入らぬかのようである。板や梯子を抱えた人夫たちが家路を辿る様子なので、私は一日の終わりに目を覚ましたのだとも思えるが、それも定かではない。レスター・フィールズを歩いてゆくと、大道薬売りが「どんな病気をお持ちかね？　どんな病気だね？」と、喚く。私の病気はおまえの水薬などでは癒せない、と胸中で呟いていたところへ、「そこをどきな、土手っ腹を轢（ひ）き潰されてえのか」と、手押し車を押す男が怒鳴る。後ろへ退ったのは、品の無い女たちの群の中であった。擦り切れた手巾（ハンカチ）を持ち、青い前掛けを着け、私も同様だが、どこの血筋か知れたものではない顔付きをしている。クランボーン・ストリートを歩いてゆくと、料理人たちが店先でぶつぶつ溢(こぼ)している。ポーターズ・ストリートでは、車輪のついた屋台が並び、木の実や牡蠣が山と積まれている。これら一切がいずれは消え去り、凡てが崩れ塵に返るだろうが、吾が教会堂はいつまでも残る。ここからホッグ・レーンに入ったところで、古着屋が私の腕を取り、「なんか欠けてるな、と思われる品はありませんかね、旦那」と問う。私に？　そう、私にはこの世が欠けている。私は幽霊の如く彷徨(さまよ)っているだけだ。

　市内の喧噪に心を掻き乱され、疲れ果てた。立っている事もままならぬ程で、辻馬車に乗ったのだが、フェンチャーチ・ストリートまで至ったところで、路上に転覆した荷馬車に行き当たり、已(や)むなく辻馬車を降りた。四囲(あたり)にはまたしても姦(かしま)しい呼び声が押し寄せる。「でっかい鰻だよ、さあ、買った買った」との声に、あたかも谺を返す如く、「台所用品の入り用はないですかね、お嬢さん？」と呼び掛ける声。これらの売り声を独り言のように真似ながら、私は石畳の上を歩いていった。ライム・ストリートに入った辺りで、空は一層暗く冷え込みも増してきた。子供を負ぶった老女が、「筆記用のインクはいかが、上等のインクはいかが」歌うように声を張り上げる。その昔懐かしい響きに、こちらも子供時代に返ったような気分になった。すると、生まれてこの方ずっと耳にしている「修繕するものありませんか、修繕するものありませんか」という声が聞こえてくる。それも最早これが聞き納めかと思うと、レドゥンホール・ストリートを歩きながら、つい涙を零(こぼ)してしまった。セント・メアリー・アックスを通ってロンドン市壁(ウォール)まで行き、苔に触れようと腰を踞(かが)めると、苔の上に涙が落ちた。そこからビショップスゲイトを過ぎ、懐かしのベドラムを経てムアフィールズに出ると、狂人たちの歓声が聞こえるような気がした。私とは違って、〝時〟の事など頭から考えもしない連中である。ロング・アレーに差し掛かり、大店（おおだな）の楽譜屋の前を通ると、店先に人々が群がって最新の曲に合わせて踊っており、赭（あか）ら顔の威勢のいい小男が売り台を叩いて拍子を取っている。私は先へ進む。

　そして、グレイト・フィールドと呼ばれている地域に入り込んだ。青い上着に凧（たこ）型の縁無し帽を被った小童たちが、傍を駆け抜けてゆく。「私が戻ってくるまでに、おまえたちも死んでいる事だろうな」と胸の裡で呟きながら、ブラック・ステップ・レーンへの入口から小路を覗き込む。淡々とした足取りで歩みを進めてゆくと、遂に吾が教会堂の聳え立つ姿が見えた。それは恰も雷鳴の轟きの如く、私の胸をすら叩きのめした。私の目には、かつて見た事のある如何なるものよりも偉大に見えた。毛糸の帽子に灰色の長靴下の男が、通り過ぎてから、驚いたようにこちらを振り返った。巨大な石の建造物を前にして、私はそれ程までに恍惚となっていたのである。石段を上り、リトル・セント・ヒュー教会のポーチに歩み寄ってゆくと、最早喧噪は聞こえなくなった。教会堂は直ぐ頭上に聳え、私はその影の中に立っていたが、目が薄闇に慣れるまで動かずに待った。それから扉を開き、敷居を越える。「そもそもの最初から、私は汝の恐ろしさを、心乱れながらも堪え抜いてきたのだ」そう云いながら足を進め、側廊に立って目を上げ、更に視界がはっきりするまで見上げていた。〝時〟の果てまで走り終えた今は、安らぎだけを覚えた。光の前に跪くと、私の影は世界を覆い尽くした。

十二章

影はゆっくりと顔のうえを這っていき、口と目を覆った。ひたいだけが陽射しを受け、目が覚めるまでに生じた玉の汗が光っている。眠っていても、体のぐあいが悪いのはわかった。眠りのなかでは、血がコインのように体から溢れ出る夢を見ていた。下の通りで言い争う声に起こされた彼は、両手で耳をふさぎながら膝立ちの姿勢になって、気が狂ってしまったのだろうか、と考えた。「いや、まだ狂ってしまうはずがないじゃないか」そう口に出し、自分の声を耳にして笑みを浮かべたとたん、ドアを三回ノックする音がした。両手を下ろし、息を殺していると、さらに三回ノックの音がした。彼はようやくベッドを離れ、のろのろと廊下に出て、呼びかけた。

「どなたですか」

「あたしですよ、ホークスムアさん！」

ホークスムアはドアを開け、目をそらしたまま、ミセス・ウェストの声を聞いた。「呼ばれたような気がしたものですからね。お呼びになりました？」答えずにいると、夫人は一歩進み出た。「ゆうべ、男の方が訪ねていらしたんですよ。あたしがちょうど空壜を外に出していたところでね、腰をかがめるのもままならないというわけじゃないから。で、その方がずっと呼び鈴を鳴らしているもんだから、ホークスムアさんはお出かけですよ、といっておいたんです。それでよかったかしら？　でね、いまさっき呼ばれたから、そういえばあなたはそのことをご存じないのじゃないかしら、と思ったの。それで、上がってきたんですよ」しゃべっているあいだ、好奇心あらわに彼の表情をうかがっている。「大事なことかもしれないからと思いましてね」

なおも答えず、微笑しただけでドアを閉めかけたところで、ふと思いついた。「そうそう、ミセス・ウェスト、私は家をあけますので――」

「ゆっくり休養なさるほうがいいわよねえ」

ホークスムアは訝しげに夫人を見た。「そうです。私は休養をとる資格があるんです。ですから、だれかが来たら、そう伝えてもらえますか？」

「伝えますわ」夫人はこぶしを固く握りしめた。

彼女が手摺に体重を預けながら階段を下りていくのを、ホークスムアはじっと見守りつづけ、その姿が見えなくなって、ようやくドアを閉めた。寝室にもどり、両腕を見ると、眠っているあいだに引っかいた痕が長くのびている。その瞬間、同僚たちにたいする憎しみがどっと溢れてきた。彼の成功を望まず、彼を欺き、裏切り、ついに勝利をおさめたやつら。息が詰まり、あわてて窓辺に寄り、窓を開け放った。十二月の空気は冷たく、身をのりだしていると、体の熱が水蒸気のように逃げていき、やがて平静をとりもどした。この高みから通りを見下ろしてみると、人びとはそれぞれの運命によって刻印され、自分の目には見えない糸に引っ張られていくように見える。一人一人の顔を眺めやりながら、顔とはなんだろう、顔が生まれた源はなんなのだろう、と考えていた。

いまこそ、かれらの仲間になるべきだ。忍び足で廊下に出ると、歩きながらコートをはおり、靴を履いて、ゆっくり階段を下り、表の通りに出た。霧雨が降っていた。曲がり角まで来たところで、ちらりと雲を見上げ、いきなり引き返すことにした。〈赤門亭(レッド・ゲイツ)〉のまえを通りながら、水滴でくもった窓を見やると、ビールと蒸留酒(スピリッツ)の看板のしたに自分の姿が映っている。ガラスに映った人物はこちらを見返し、ふたたび歩きだした。ホークスムアは手で顔をぬぐい、「おまえは私の知り合いか?」と呼びかけた。そして、通りすぎる人たちが驚いて足を止めるのもかまわず、わめきながら道路を走りだした。「私の知り合いか? 知り合いなのか?」答えは得られず、遠ざかっていく姿を追いかけようとしても、街の雑沓に行く手をさえぎられ、取り囲まれてしまう。結局はまた引き返して、グレイプ・ストリートのフラットへもどった。ひどい疲労感をおぼえ、だれに見張られていようと、だれが待ちかまえていようと、もはや気にならなかった。ベッドに身を横たえ、片手で目を覆ったものの、開いたままの窓から往来の騒音が入ってきて眠れない。そこで、目を開いた。もうひとつ思いついた疑問。教会は、なぜあんな形に建てられるのだろう。教会、教会、教会、教会、教会――くりかえすうちに、ことばは意味を失った。

「ちょっとおー! ちょっとおー!」室内でわめいていると思えるような声がする。何の声なのか、目覚めてすぐにはわからなかった。「ホークスムアさん!」

彼はベッドから跳び起きた。「なにごとです? どうかしましたか?」と、叫びながら寝室のドアに体を押しつけ、うずくまる恰好になった。万一ミセス・ウェストが入ってこようとしたときの用心である。

「お宅のドアがあいていたものでね。どうしてだろうと思って。家をあけるとおっしゃってたから……」やや間があってから、「ちゃんと服を着てらっしゃるの？」

夫人はまだドアのすぐ向う側にいる。ホークスムアは怒りのあまりドアを殴りつけたくなった。「ちょっと待っていてくださいよ！」そう怒鳴ったとき、自分がコートを着て靴を履いたままなのに気づき、驚いた。眠っているあいだに、どこへ行っていたのだろう？　彼はドアを開き、夫人のそばを抜けてバスルームに駆けこみ、蛇口から冷たい水を出した。顔を洗いかけたが、手を止めて流れ出る水を凝視した。「家をあけますよ」夫人に声をかける。「ついにね」

「どこへいらっしゃるの？」

「さあ、わかりませんね」ホークスムアはつぶやいた。「どこへ行けばいいのか」室内を歩きまわる夫人の足音が聞こえる。静かにバスルームを出ていくと、夫人は居間の壁のまえに立って、そこにピンで留めてある白いノートから破り取ったページを眺めていた。彼女の髪がいまもって艶を失っていないのに目が止まり、つい手を出して撫でようとして、彼女がスケッチからスケッチへ目を転じるのに、首を動かさず、体全体で向きを変えていることに気づいた。「首をどうかしたんですか？」嫌悪を押し隠しながらたずねてみた。

「ああ、なんでもないの。関節炎のせいでね。慣れてますから」彼女は詩や語句の添えられたスケッチから目を離さない。「それじゃ、まだお出掛けにならないの？　これはみんな、あなたの絵？」

「私の？　いや、私の絵じゃありませんよ」ホークスムアは笑おうとした。「私が取り組んでいるストーリーでね。結末はまだわかりませんが」

「あたしはすてきな結末が好きだわ」

「それは、すてきな死に方が好きだわ、というのとおなじことですよ」

夫人はとまどって、「あら、そう？」とだけつぶやくと、身をひるがえして出ていこうとした。

「それはそうと、この絵はあなたにはどう見えますか？」ホークスムアは出口へむかう夫人の行く手をさえぎった。「なんか妙なところがありませんか？」彼女がどう答えるか、真摯（しんし）に興味があった。

「そんなこと、あたしに訊かないで。なんにもわからないわ」

ほんとに困惑しているようだ。そこで、「いや、心からまじめに受け取らないでください。ちょっと訊いてみただけですから」と、言ってやる。

「心」ということばに、夫人は身を震わせ、年齢の重みからしばし解放された。

「ホークスムアさんのしるしは何座？」

「しるし？　しるしのことなど、何も知りませんが」

「ほら、星座のことですよ、生まれたときの。きっと、あたしとおなじ双魚座（うお）でしょう。内気で無口だから。ちがうかしら？」彼は答えず、スケッチに視線をもどした。「金星（ヴィナス）が双魚宮に入るときには、あたしたちにとっていい年になるそうですよ」

ホークスムアは赤面した。「いまから、そんなことがわかるわけがない」

夫人は溜息をつき、あらためて帰る姿勢になった。「それじゃあ、ホークスムアさん、楽しんでらっしゃい」ウィンクしてみせる。「もっとも、まずは行き先が決まらないとね」

窓の下枠に積もったほこりに、指で自分の名を書いてから、消した。ラジオのスイッチを入れたが、聞こえてきたのは、「どんな風に運ばれてここまで来たか？ どんな風に運ばれてここまで来たか？」と、ささやく声。部屋の中心に坐っていると、ときおり目の隅に動く影が見えたりするが、それも水に映る影のようにおぼろで、そちらに顔を向けると、たちまち消えてしまう。夕闇の迫るころ、彼は白いノートに記されていた詩のひとつを朗読した。

扉を見た、炎にむかって開く
穴を見た、どんどん高くなる
子供を見た、ぐるぐるまわる
家を見た、地の下に立っている
人を見た、まるきり存在しない
手をあげて、見ろ、それはおまえだ

ホークスムアの声が部屋じゅうに反響し、マントルピースからコインがいくつか転がり落ちた。詩の文句はさらに記されていたが、どこまでもつづくように思えたので、興味を失ってしまった。テレビをつけると、こちらに背を向けた人物の映像があらわれ、ホークスムアは身をのりだして熱心に見入った。色合、さらに明度を調節してみたが、映像ははっきりしない。彼はいつまでも画面を見つめつづけた。

そのうち、朝の礼拝の中継がはじまっていることに気づき、今日が日曜日であることを知った。司祭が信徒たちを見下ろしている。「そこで、現代の生活は複雑であり、危険に満ち、将来の見通しは暗く、わたしたちは祖先から遠く離れてしまったと、思っておられるかもしれません。しかし、わたしはみなさんにこのことを申しあげたい。昔から、いつの時代にも、人びとは自分たちの時代を暗く危険に満ちていると感じ、未来を恐れ、先祖とのつながりを失ってしまったと感じていたのです。だからこそ、人びとは神に救いを求めました。影があるからには、かならず光があるはずだ、と考えたのです。みなさん、わたしたちは神の御恵みがあれば、永遠を見ることができます。しかも、すばらしいことに、この永遠は〝時〟と交わり合っているのです。それは、いまこの教会でも感じることができ――」ホークスムアの注意は、閉まった窓の外へ逃れようとしている蠅に奪われ、テレビに視線をもどしたとき、司祭の話は先へ進んでいた。「――母親が愛情のこもったまなざしを、わが子に向ければ、その目の放つ光が子供に安らぎをあたえ、子供を育(はぐく)みます。この教会でわたしたちのあげる声もまた、それによって光を発することができ、影を追い払うことができるのです。みなさん、この光を見ることを学び、この光にむかって歩を進めなければなりません。この光こそ〝神の光〟の反映なのですから」

静まりかえった信徒たちの姿が画面に映しだされ、ホークスムアは教会の内装に見覚えがあるような気がした。つづいてカメラは教会の外観をとらえ、映像は鐘塔から石段のところまで下がって、柱廊玄関(ポーチコ)の奥にある銘板で止まった――「スピトルフィールズ　クライスト教会　一七一三年　ニコラス・ダイアーによって建立」と、読める。いまこそわかった。これまでのことがみな夢のように思える。彼はふたたび、セント・メアリー・ウールノス教会のまえに横たわる死体を見下ろし、「サクソン時代建立　一七一四年　ニコラス・ダイアーこれを再建」と記された銘板を読んでいた。グリニッジの教会の銘板にも、そんな名前が記してあったはずだ。これがどういう調和(シンメトリー)を形造っているのかを、彼は悟った。

例の図の意味が明らかになるにつれ、ホークスムアはその中心に埋没しそうになってくる。テレビの画面がすごい速度で回転しはじめ、いくつもの異なった映像に分裂した。教会はこれまで、彼にとって不安と怒りの源泉だったが、いまやその一つ一つを歓喜にも似た驚嘆とともに眺め、それぞれの力強い働きを感じ取ることができた。クライスト教会の巨大な石、セント・アン教会の黒ずんだ壁、セント・ジョージ・イン・ジ・イースト教会の双塔、セント・メアリー・ウールノス教会の沈静、セント・アルフィージ教会の堂々たるファサード、ブルームズベリのセント・ジョージ教会の白い柱。それらの名において実行された犯罪について想念をめぐらしていくと、それらがより大きな実体をもって迫ってくる。それでもなお、ホークスムアは図がまだ完全ではないことを感じた。彼はほとんど嬉々としてその完成を期待した。

翌朝、家を出たときは、いっそうの冷え込みだった。白い霜に窓ガラスがくもった公共図書館に行き、百科事典を開いて、「ニコラス・ダイアー」の項目を見つけた。そこには、こう書かれている――「(一六五四～一七一五頃)。英国の建築家。サー・クリストファー・レンの最も重要な弟子であり、スコットランド・ヤードの建設局におけるレンおよびサー・ジョン・ヴァンブラの同僚であった。一六五四年、ロンドン生まれ。出自は不明だが、レンの書生になる以前は、石工の徒弟であったと思われる。レンのもとでは、セント・ポール大聖堂の監督官など、いくつかの公職に就いている。ダイアー独自の最も重要な業績は、一七一一年の新ロンドン教会建立委員会の主任建築家に任命されたことから生まれた。この委員会のために建築が完成した教会堂はダイアーによるものだけであり、彼はみずからの設計になる教会を七堂建立することができた。スピトルフィールズのクライスト教会、ウォッピングのセント・ジョージ・イン・ジ・イースト教会、ライムハウスのセント・アン教会、グリニッジのセント・アルフィージ教会、ロンバード・ストリートのセント・メアリー・ウールノス教会、それと最高に華麗なムアフィールズ側のリトル・セント・ヒュー教会がそれである。これらの建築物は、巨大な抽象的造形におけるダイアーのすぐれた能力をよくあらわしており、繊細な（ロマンティックといってもいいほどの）塊(マス)と影の線をしめしている。しかしダイアーは生涯、弟子や門人を取らなかったらしく、その後の建築様式の変遷は、彼の作品が後代に影響をおよぼさず、賛美者もほとんどいなかったことを示している。一七一五年冬、痛風が原因で世を去ったと考えられているが、その死や葬儀に関する記録は残っていない」

ホークスムアは、そこに書かれていることから想像できる過去を読み取ろうと、そのページを睨んでいたが、目のまえにはただ闇がひろがっているばかりで、何も見えてはこなかった。

ホークスムアが図書館を出たときは、すでに通りは人で混雑していた。彼はグレイプ・ストリートのフラットにもどった。そして、寒さが厳しいにもかかわらず、汗ばみながら白いノートのページを残らず破り取り、きちんと順番どおりに重ねると、もどかしげにポケットにねじ込んだ。次になすべきことに精神を集中しようとしたが、思念はふらふらとさまよい、いまだ見ぬリトル・セント・ヒュー教会の影へと飛び去っていく。自分ではそれと知らぬまま、偶然から結末に到達したものの、この予期しなかったクライマックスの行方は当てにならず、ここで勝利を奪われないともかぎらないのだ。自分の意思がすっぽりぬけた空白に、なにやら動くものの形を感じながら、彼は黒いコートを着たまま椅子に坐り、連なる建物の屋上のむこうにある太陽を見つめていた。やがて首をふり、せめてこんどは殺人を未然に防ごうと、駆り立てられるように椅子から立ちあがった。だが、表の通りに足を踏み出すやいなや、不安が襲ってきた。だれかにぶつかられ、またもやフラットへ引き返そうとしたとき、幸か不幸かブルームズベリとフェンチャーチ・ストリート間のバスが来たので、何も考えずにそれに乗り込んだ。座席に小さくなって坐ると、目のまえに子供が胸に顔をうずめて眠っていた。きみが年取ったら、そういう恰好で眠るんだろうな、とホークスムアは胸のうちでつぶやく。ひたいが燃えるように熱く、窓ガラスに押し当てて目を外に向けると、街の通りを急ぐ人びとの口から霧が立ち昇るのが見えた。

フェンチャーチ・ストリートで下車し、そのあたりに教会の尖塔が頭をのぞかせているにちがいないと思ったが、冬の光を浴びてきらめくオフィス街の高層ビルしか見当たらない。グレイスチャーチ・ストリートの角に、焼き栗を売っている男が立っていた。ホークスムアがコンロをのぞきこむと、なかで燃えている石炭が、街頭の雑踏を吹きぬける風に煽られて、赤々と火勢をつよめたり、弱まったりしている。彼は焼き栗売りに、「リトル・セント・ヒュー教会はどっちかね？」と、声をかけた。

相手は売り声を止めることもなく、ライム・ストリートの方角を指さした。「熱い焼き栗はいかが！　熱い焼き栗だよ！」という売り声におっかぶせるように、「おお！　おお！」という合いの手が入り、つづいて「新聞！　新聞！」とわめく声がくわわる。ホークスムアが生まれてこのかた、ずっと耳にしてきた呼び声だ。彼はだんだん憂鬱になりながら、ライム・ストリートを北へ進み、セント・メアリー・アックスに入った。レコード屋のまえを通りかかり、ポピュラー・ソングがやかましく鳴り響いている店内に目を向けると、若い男がカウンターを指でたたいて拍子を取っている。それに気を奪(と)られたため、歩道から足を踏み外し、彼を避けて急ハンドルを切った車に驚いて、跳びすさった。

「いま何時ですか?」と、そばを歩いている老婦人に訊いてみたが、彼がまるで透明人間になったかのように、彼女の視線は彼を素通りしている。人の波に流されてビショップスゲイトまで来たホークスムアは、屋台の物売りに教会へ行く道をたずねた。「壁(ウォール)に沿っていくんだよ」男はそう答え、おもむろにウォームウッド・ストリートの先のほうを指さした。「壁(ウォール)に沿っていくんだ」示されたとおり、ロンドン・ウォールに近づいていくと、刈られたばかりの芝か摘み取られた花のような匂いが漂ってきた。真冬には珍しい匂いだから、古い石壁のそこかしこに生えている苔が発しているのに相違ない。ロンドン・ウォールの途中でムアフィールズのほうへ曲がったところ、道路のまんなかで逆上した女がわめいていたが、ことばは往来の喧噪に掻き消されて、何を言っているのかわからなかった。足元の舗道が揺れるのを感じながら、ホークスムアはロング・アレーを急ぎ足で進んでいった。ブルーの帽子にブレザー姿の子供たちが、笑いながらそばを通っていったとき、その元気のよさに釣られてふりかえると、真正面にブラック・ステップ・レーンが見えた。彼が身じろぎもせずに佇立(ちょりつ)していると、毛糸の帽子をかぶった男が通り過ぎてから、驚いたようにふりむいてこちらを見た。ホークスムアはリトル・セント・ヒュー教会にむかって歩きだした。

それは寂れた一画に奥まって建っていた。あたり一帯に転がっている丸石のあいだからは、雑草がのび出していて、教会の壁に接した敷石はひび割れ、くぼんでいる。正面から見上げると、建築に使われた巨大な石もおなじく風化していることがわかるし、表面が闇で塗りつぶされたかのように黒ずんでいる箇所もある。ポーチの上部に円い窓が一つあって、それがまるで眼球のように見え、ホークスムアが歩み寄ると、弱々しい陽光がそこに反射してきらめいた。ゆっくりした足取りで石段を上り、頭上にうずくまった恰好の石像の落とす影で足を止めた。内部からは物音ひとつ聞こえてこない。いかにも古びたれんがから、錆びた鉄鎖が下がっている。ふと空を仰ぐと、一つの雲が目に止まり、それが一瞬、人の顔に見えた。それから扉を開いて、敷居を越えた。ポーチに入ってからふたたび足を止め、暗がりに目が馴れるまで待った。身廊（ネイヴ）へとつづく木の扉の上部に、地下の穴ぐらに横たわる少年の絵があるのが見えてきた。ほこりをかぶっているものの、絵のしたに刻まれたことばは、ちゃんと読み取れる――「我は汝のためにこの苦難に堪（た）えたり」湿気の匂いを嗅ぎながら、ホークスムアは首を垂れてから、堂内に足を踏み入れた。

とたんに、あたりに生命が蘇ったように思えた。扉のきしむ音、石のうえを歩く彼の足音が、堂内にこだましたからだ。そこは広々とした方形をしていて、頭上の漆喰天井は浅い皿のように湾曲し、着色されない通常のガラスを用いた円窓からの光を反射している。身廊に立って見渡すと、三方を古い石の円柱に支えられた階上廊（ギャラリー）が囲んでいる。祭壇のうえには黒ずんだ木の天蓋があり、そのまえには鉄の柵が設けられている。木と石と金属に押し込められるような暗がりから、安堵の場となるものを探し求めたが、何も見当たらない。教会堂の静寂がみなぎり渡り、彼は小さな椅子に腰をおろし、両手で顔をおおった。そして、いっそう濃くなってくる闇に身をゆだねた。

かたわらに、彼自身の〝姿〟があった。それは深い物思いに沈み、溜息をついている。彼は手をのばして彼に触れ、彼は身をわななかせた。いや、彼が触れたのではなく、かれらが彼に触れた、と言うべきだろう。かれらはおたがいをへだてる空間に目を向けて、落涙した。陽が昇り、また沈み、教会堂は震えた。床には薄明りがイグサをばら撒いたように射していた。おたがいに向き合っていても、かれらの視線は相手を素通りして、それぞれが石のうえに投げかける図柄を見ていた。形のあるところにはその反映があり、光のあるところには影があり、音のあるところには反響（こだま）があるからだ。片方がどこで終わっていて、もう一方がどこから始まるのか、まったくわからないだろう。そして、かれらが口を開いたとき、その声は一つになっていた。

――私は眠り込んでいたにちがいない。私を迎え入れた人影が、すべて夢のなかの出来事のように思えたからである。みんなが光を背にしているため、かれらの顔はうかがえず、わかるのは左右に頭を動かしていることだけである。かれらの足はほこりにまみれ、前後に体を揺すって踊っているのが見えるだけだ。私がそのなかに進み出ると、かれらは指をつなぎ合わせ、私のまわりに輪を作った。私たちは歩み寄ると同時に、なおいっそう離れる。かれらの発することばは、私自身のことばでありながら、私自身のことばでなく、いつのまにか私は滑らかな石からなる曲がりくねった道をたどっていた。後方をふりかえれば、かれらはものも言わずに見つめ合っている。

さらに夢のなかで、自分の姿を見下ろすと、自分がボロをまとっているのが目に入った。私はふたたび子供に返り、永遠への入り口で物乞いをしているのだった。

跋

生死にかかわりなく実在人物との相似はまったくの偶然にすぎない。『魔の聖堂』執筆準備の段階で、多くの文献資料等を参考にしたが、ここに描かれたのは私独自の創作になる歴史脚色である。私の目をロンドンの諸教会の奇妙な特徴に向けさせたのは、イアン・シンクレアの詩"Lud Heat"を読んだのがきっかけであった。末尾に記して感謝の意としたい。

訳者あとがき

一言でいうなら、これはロンドン版『帝都物語』である。装いはミステリー・ストーリーだが、そのミステリーを解こうとすると、作中のホークスムア警視正のように迷路に入り込まざるをえない。迷路はここでは、三層につくられているようである。時間の迷路と、ことばの迷路と、地理の迷路と。その三層が奇矯なかっこうに拗じくれ、入り組んで、あたかも縺れて解けなくなった綾取りの糸のように見える。綾取りの糸を縺れさせたのは、マーリンならぬ、現代の魔術師ピーター・アクロイドである。

アクロイドは一九四九年十月十五日にロンドンで生まれているから、現在ただいま四十七歳（一九九七年二月当時）。イギリス小説界では、マーティン・エイミスやジュリアン・バーンズやサルマン・ラシュディらと肩を並べ、いま最も注目されている作家である。ケンブリッジ大学を卒業し、アメリカのイェール大学で特別研究員を務めた後、〈タイムズ〉〈サンデー・タイムズ〉〈スペクテイター〉の紙誌に書評やテレビ・映画評を書くいっぽう、文明評論を発表し、小説家としては一九八二年に出版した『ロンドンの大火』（未訳）が処女作となった。以来現在までに発表された著書は、小説が八冊、伝記が三冊、詩集が一冊、評論が三冊となかなかに精力的、俗にいう脂ののりきった活躍ぶりである。

アクロイドがいかに注目されているかは、小説『オスカー・ワイルドの遺言』にサマセット・モーム賞（一九八三）、伝記『T・S・エリオット』にウィットブレッド賞伝記部門最優秀賞、および王立作家協会のウィリアム・ハイネマン賞が与えられ（一九八四）、つづいて小説の第三作にあたる本作『魔の聖堂』（原題〝HAWKSMOOR〟）が、ウィットブレッド賞小説部門最優秀賞と、ガーディアン賞を獲得している（一九八五）ことからだけでも容易に推測できるだろう。

この『魔の聖堂』を書くために、作者は大英博物館の図書室に四カ月間、毎日通いつめたという。プロットを繋いでいる要の数珠は連続殺人、それも少年ばかりを狙ったらしく見える連続殺人事件である。それをロンドン警視庁から出張ってきたホークスムア警視正が追うというストーリーは警察ミステリーだが、事件の鍵をにぎっているのは二百五十年にわたる〝時間〟である。それも過去から現在へと流れる単純な時間ではなく、聖堂建築家ニコラス・ダイアー流にいえば「己れの尾に嚙みついている蛇」のごときもの——ここで敢えていってしまえば、時間が〝犯人〟のミステリーである。そしてその犯人の潜んでいる〝磁場〟が、ロンドン市中に点在する古い教会堂、という図式になろうか。

時間の迷路が置かれているこれらの教会堂は、現在もロンドン市中のそれぞれの場所に実在する。他の多数の教会とはかなり違った、特異な姿を見せて峙立するこれらの聖堂は、いずれも十八世紀の建築家ニコラス・ホークスムア（一六六一〜一七三六）の手になる、イギリス・バロックといわれる様式の建築物である。すでにおわかりのように、このニコラス・ホークスムアがじつはこの小説の影の（ダイアー流にいえば、真の）主役でもある。クリストファー・レンの弟子として建設局副監督を務めるニコラス・ダイアーと、連続殺人事件の捜査主任ホークスムア警視正とは、あの十八世紀の聖堂建築家の分裂した生まれ変わり（ドッペルゲンガー）にほかならない。

その仕掛けを読み取るヒントは、小説が幕を閉じた後にさりげなく付された、作者自身の跋――「生死にかかわりなく実在人物との相似はまったくの偶然……」という読みようによっては人を食った文章にある。小説の終幕まぎわに、思い当たることがあって、ホークスムアが図書館で百科事典を調べ、彼の二百五十年前の分身（と、本人が気づいているわけではないが）ニコラス・ダイアーについての記述を見つける箇所がある。そこに記されている略歴は、おおよそは実在のニコラス・ホークスムアのものと一致するものの、巧みに作者によるフィクションが紛れ込まされているのである。まず、建築家の生年と没年が意図的にずらされている。生まれた年を七年早めているのは、ロンドンの大疫病流行（一六六五）とその翌年の大火による焼失（一六六六）およびその後の復興を、ダイアーがしっかり見据えられる年齢に達している必要があったからだと思われる。さらに生誕地も、実在のホークスムアのノッティンガムシャーからロンドンに変えられているが、その理由は説明するまでもないだろう。没年はずらしたというより、ぼかしたといったほうがいいかもしれない。

十八歳でクリストファー・レンの書生兼助手となり、焼失後のセント・ポール大聖堂の再建にその当初からかかわった、という事実はおおむね小説中のダイアーそのままである。彼自身の設計になる後期バロック様式の、スピトルフィールズのクライスト教会、ウォッピングのセント・ジョージ・イン・ジ・イースト教会、ライムハウスのセント・アン教会などなど、小説の冒頭に文章の途中から切り取ってきたように置かれた短いプロローグにあるように、今日もその姿を目にすることができる

（これまでに何度か修復されているものも少なくないが）。バロック建築史でも、やや特異な存在として扱われるこれらロンドンの教会堂の所在地を地図のうえで線でつなぐと、奇妙な図形が浮かび上がってくるのも事実。作者の目をそのことに向けさせるきっかけとなった、と跋で述べられているイアン・シンクレアの詩のことは浅学にして知らないが、こちらの問い合わせに答えてくれたアクロイドの説明によれば、「特にニコラス・ホークスムアの教会堂を引き合いにして、ロンドンの『聖なる幾何学』について瞑想した」詩とのことである。

とはいうものの、ここにも巧妙にフィクションが仕掛けられている。ダイアーの設計になるとされている七堂のうち、ムアフィールズ側にあるというリトル・セント・ヒューなる教会だけは実在しないのだ。もっとも、惨殺されたリトル・セント・ヒューの殉教伝説はアクロイドの創作ではない。ものによっては「リンカンの聖フーゴ」とも表記されている、この聖少年ヒューについては、チョーサーの『カンタベリー物語』（「修道女付添司祭の物語」）やマシュー・パリスの『英国大年代史』でも言及されているそうである（『ブルーワー英語故事成語大辞典』）。伝説の内容については多少の異同はあるものの、十三世紀ごろの話として、十歳の少年が異教徒の手で惨殺され、その遺体が奇蹟を現出させるという基本的な筋ではおおむね一致している。

古代ドルイド教徒の末裔ともいうべきダイアーの魔陣（「聖なる幾何学」）を封じ込めるための、いわば止めの呪力に殉教の少年聖者が要石の役を担わせられるのは、まさにうってつけといっていい。だからこそ二百五十年の時の流れを超えた、男児連続殺人の怪もそれなりに納得がいくのである。しかしながら、当の要石の教会は実在しない。いや、いささか我田引水的言辞を許してもらえるなら、実在しないのが当然だといいたい。このうえリトル・セント・ヒュー教会まで存在していたら、あまりにも辻褄が合い過ぎて、むしろインパクトが半減するのではないか。実在の教会堂にまぎれて、一堂だけ架空の聖堂を据えることで成就される呪力。それこそがフィクションの力というものであろう。小説家ピーター・アクロイドの勝利である。

実在と架空ということのついでにいえば、クリストファー・レン（一六三二～一七二三）とジョン・ヴァンブラ（一六六四～一七二六）は、もちろん実在の人物である。レン（みそさざい）という可愛らしい姓をもつサー・クリスは、天文学者、物理学者、建築家として当時一流の博学多才の碩学で、ニュートンやボイルやアイザック・バロー等とも親交のあった、十八世紀啓蒙思潮の先駆者の一人である。建築家としては、大火後のロンドンの復興を任され、彼が手掛けた教会は新改築すべて入れると五十三堂にのぼるといわれるが、現在ではロンドン中心部近くならどこからでも見えるように建てられた丸屋根のセント・ポール大聖堂の設計・建築者として最もよく知られる。

いっぽうのジョン・ヴァンブラ（あるいは、ヴァンバラとも）のほうは、同じ後期バロック建築でも、教会よりはむしろ華美な城館の建築で知られ、現存するヨークシャーのハワード城やあのウィンストン・チャーチルが生まれたブレニム・パレス（いずれの場合もホークスムアが助けている）が有名。ただ生存時のヴァンブラの情熱は、むしろ演劇にあったように見える。芝居（多くは喜劇）を書きまくり、それを上演することに熱心で、モリエールの戯曲の翻案劇の紹介には特に血道を上げていたようだ。この小説の九章に見られる軽妙な一幕劇のよってきたる源は、じつはそこにあった。いいかえれば、あの劇の筋書きを書いた作者はヴァンブラ自身だ、という伏線が暗示されていると解していいだろう。

だからといって、小説中の人物像が実在人物の姿にどれほど近いのかというと、そこはちょっと眉に唾をつけてみる必要がありそうだ。ここに至って、跋の文言がその効用を発揮する。それの証拠として一例を挙げると、七章でセント・メアリー・ウールノス教会のプリドン牧師が、キリストの死から復活までの日数の謎を、天文学を援用すれば簡単に解けると得々と述べるくだりがあるが、あれはクリストファー・レンが一六五七年、ロンドンのグレシャム・カレッジの天文学教授に就任した際の公開講義で披瀝した持論そのままなのである。それを一教区牧師の軽い立ち話にすり替えて空惚けてみせるところが、いかにもアクロイド流といえる。

歴史上の人物を登場させ（それも端役ではなく、正面切った役柄をふりあて）、その虚実ないまぜの展開によって読者を幻惑する手法は、じつをいうと前作『オスカー・ワイルドの遺言』ですでに実験済みであった。それが『魔の聖堂』でいっそうの磨きをかけられたといっていいだろう。しかもこの手法は、つづく『チャタトン偽書』（一九八七）、『イングリッシュ・ミュージック』（一九九二　未訳）、『ディー博士の家』（一九九三　未訳）、『ダン・リーノとライムハウスのゴーレム』（一九九四〔邦訳『切り裂き魔ゴーレム』〕）でも、くりかえし使われ（ヴァリエーションはあるものの、基本的には同じ手法）、効果を発揮しているのである。

そうだとすると、なにが事実でなにがフィクションかなどと、訳者あとがきに名を借りて得意顔に暴き立てるのは、作者の意図を裏切っていることになるかもしれない。翻訳者にあるまじき冒瀆行為ではないかと、忸怩たるものを感じないこともない。お気づきだと思うが、脚註、割註にかぎらずいっさいの訳註を排したのは、その思いがあったればこそである。小説に訳註は要らない、というのが常日頃の私見ではあるが、それでも往々にして、已むを得ざる場合も（日本の読者に馴染みのない歴史記述や衒学的色彩の濃い場合など）ないとはいえない。しかしこの小説の翻訳では、註はいっさい付けない建前で一貫してのぞんだ。どうにも意味が通じ難い箇所では、文章を損ねない程度に前後にことばを補うことで折り合いをつけている。ご了解いただきたい。

言い訳はこれくらいにして、この文の冒頭で触れた「三層の迷路」ということに、そろそろ戻らねばならない。時間の迷路については充分に述べたので、つぎはことばの迷路ということである。いうまでもなく、これは時間の迷路ともかかわっている。簡単にいうと、ダイアーの一人称で綴られる奇数章は、十八世紀の文章英語（こちら流ならば擬古文といえばいいか）で書かれていて、現代のロンドンが舞台になる偶数章はむろん現代口語で綴られている、ということである。それに対応する翻訳文としては、奇数章を一昔前（たとえば夢野久作らが活躍していた頃）のやや時代がかった文体にし、偶数章を今様の文章にしたうえ、特にお願いして書体を区別し（奇数章は教科書体、偶数章は明朝体を用いて）印刷してもらうことで、それらしい体裁を整えることとした。奇数章の場合、いわゆる旧かなづかい、本漢字という方法も考えないではなかったが、慣れない下手くそがやると、いたずらに読みづらくするだけがオチだろうと、これは遠慮することにした。

これで恰好だけはついたが、事はそれほど単純ではない。アクロイドはたんに時代がかるために文体を使い分けたのではないだろう。二種の文体はそれぞれ綴字法と構文法が異なるというだけでなく、同じことば遣いや語が、十八世紀と現代では意味にずれが生じている場合があることを巧妙に利用している。同一語が置かれた時代と場所によってその力点を変える。それを利用し、二百五十年前のことば遣いを現代口語のなかに紛れ込ませ、あるいはその逆の操作を用いることで、奇妙な効果（異化といってもいい）を起こさせる。それは随所に挿入される童謡や流行唄（はやり）の類いに、より効果的に使われている。昔から巷間に歌われる童謡にも、時代や地方によってのヴァリアントがある。それればかりではなく、作者はそのうえに小説のプロットに即した改竄をくわえたりもしている。ここにも伝承とフィクション、虚と実との混然となった迷路が現出する。

その象徴といっていいのが、あらゆる場所に入り込んでくる「遍在する塵」である。塵は聖書や祈禱書の文句にあるように、灰や土とおなじく「死」を指しているが、ダイアーが戯れ言にいうように、「塵は不滅」でもある。それは時間の流れに、あたかも風洞を穿ち、時代を超えてあらゆる方向に自在に飛翔しているように見える。そして、いたるところに付着し、払っても払ってもまとわりつく。それは「ことばの塵」であり、さらにいうならば「ことば＝塵」と解することも可能だろう。それがこのことばの迷路におけるアリアドネの糸である、と断定してしまうのは穿ち過ぎだろうか。

問題は以上のようなことばの迷路が、訳文のうえにどう反映できるのかということだが、それを論じていると、このうえさらに「翻訳論の迷路」にまで迷い込むことになりそうなので、敢えて踏み止まることにする——とかなんとかいいながら、本心はこちらの手の内を見られたくないというのが正直なところです。

話が長くなるので、三つめの「地理の迷路」に移る。最初にこれを「ロンドン版『帝都物語』」と書いたが、もうすこし敷衍すると、疫病と大火によって壊滅し近代都市へと生まれ変わる、ロンドンの死と再生の物語、と見ることもできるだろう。ダイアーの聖堂が呪力の磁場であるなら、それが働くためのいくつかの〝極〟が地理上に設定される。一つは、ミラビリスの信徒たちの集会所があるブラック・ステップ・レーン。それはダイアーが生まれ育ち、疫病の発生地ともなったイースト・エンドの貧民地区を含み、ヴィクトリア朝時代の血腥い犯罪の温床となり、ダイアーがリトル・セント・ヒュー教会という金字塔を打ち建てる磁場の中心でもある。

第二の極は、ダイアーの仕事場である建設局が置かれ、二百五十年後にはホークスムアの勤めるロンドン警視庁となるスコットランド・ヤード（現在の警視庁所在地は別のところにあり、ニュー・スコットランド・ヤードと呼ばれるが、すでにこの地名は警視庁の代名詞と化している）。第三の極は、ドルイド教その他古代信仰の磁場ということにされる環状巨石群ストーンヘンジ（これだけはロンドンから遠く外れるが）。そして、物理的時間の起点であるグリニッジを第四の極とすることもできるが、ホークスムアは本初子午線を求めて、そこに〝磁場〟を見出すことができない。これらの極と磁場との関連を暗示するかのように、おそらくは惑星（または地球）のメタファーである球形の磁石が時空を超越して出現する。

翻訳でカタカナが頻出すると煩瑣な印象をあたえかねないが、ロンドンの地名を微細に記述していくアクロイドの筆致も、この地理の迷路を構成する要素をなしている。その煩瑣さは、作者の意図するところ（思う壺）でもあるように見える。実証好きなお方は、なんならロンドンの地図を広げながら読み進まれると興味が倍増すること請け合いだが、その場合、できるだけ詳細な地図を、それも十八世紀（なければ、それに近い古いもの）と、現在の地図との二種を用意する必要がある。ロンドンは比較的昔の地名が残っているところだが、それでも綴りが変わったり、消滅したり、改称されたりしている場所や通りがないわけではない。

一例だけ挙げると、一八一一年にイースト・エンドの住民を震撼させ、ド・クインシーにインスピレーションを与え、その後も数々の著作に題材を提供してきた「ラトクリフ街道殺人事件」の舞台となった、ラトクリフ・ハイウェイがある。その有名になりすぎた不名誉な名称が嫌われた(この小説中でも、真偽はともかくとして、語源をレッド・クリフ《血染めの岸壁》だとする箇所がある)ためか、現在ではたんにザ・ハイウェイとしか呼ばれない。それをむろん承知のうえで、アクロイドは現在の地名のなかにラトクリフ・ハイウェイという旧称をさりげなく滑り込ませる。つまりは、ここでも時間の迷路とことばの迷路とが、重層的に絡まりあっているというわけである。

ことばと時空との重層迷路に踏み込んだ読者が、はたして出口を見つけることができるのか、換言すれば、このミステリー・ストーリーの結末をどうつけるか(ホークスムアはどうつけたのか、あるいは果たして解決はあるのか)は、読者各人の判断に委ねられているようにも見える。


これまでに刊行されたピーター・アクロイドの著作をジャンル別に列挙しておく。〔編集部注=一九九七年以降の邦訳情報を追加した〕

(**小説**)
"The Great Fire of London"(1982)

“The Last Testament of Oscar Wilde”（1983）『オスカー・ワイルドの遺言』三国宣子訳（晶文社）一九九〇

“Hawksmoor”（1985）　本書

“Chatterton”（1987）『チャタトン偽書』真野明裕訳（文藝春秋）一九九〇

“First Light”（1989）『原初の光』井出弘之訳（新潮社）二〇〇〇

“English Music”（1992）

“The House of Doctor Dee”（1993）

“Dan Leno and the Limehouse Golem”（1994）『切り裂き魔ゴーレム』池田栄一訳（白水社）二〇〇一

（伝記）

“T. S. Eliot”（1984）『T・S・エリオット』武谷紀久雄訳（みすず書房）一九八八

“Dickens”（1990）

“Blake”（1990）『ブレイク伝』池田雅之監訳（みすず書房）二〇〇二

（詩集）

“The Diversions of Purley and Other Poems”（1987）

（評論）

"Notes for a New Culture"（1976）
"Dressing Up"（1979）
"Ezra Pound and His World"（1980）

小説中の引用文の翻訳について。ド・クインシーからの引用部分は、『トマス・ド・クインシー著作集　I』（国書刊行会）中の「藝術の一分野として見た殺人」（鈴木聡訳）を利用させていただいた。童謡の翻訳では、すでに述べたようにアクロイドによる改作が多いが、元歌が残っている部分については、谷川俊太郎訳（『マザー・グース』1、2、3、4《講談社文庫》より）を参考にし、あるいは部分的に借用した箇所もある。なお、聖書の翻訳では日本聖書協会発行のもののうち、文語体の部分が『舊新約聖書』（昭和二五）を、口語体の部分は『聖書』（一九八五）と『聖書』新共同訳（一九八八）から引用した。

本書の翻訳は前出版部次長だった佐々木信雄さんに依頼されたものである。佐々木さんの在籍中に完成できなかったことをお詫びし、仕事を引き継いで付き合ってくださった木村達哉さんにお礼申し上げる。なお、最後にこちらの質問状にたいし、いとも明快なお答えをくださったピーター・アクロイド氏に感謝します。

一九九七年二月

矢野浩三郎

※著作リスト補遺（一九九六年以降に発表された小説作品）

Milton in America（1996）
The Plato Papers（1996）
The Clerkenwell Tales（2003）
The Lambs of London（2004）
The Fall of Troy（2006）
The Casebook of Victor Frankenstein（2008）
Three Brothers（2013）
Mr Cadmus（2020）

このほか、トマス・モア、シェイクスピア、ディケンズ、ポー、チョーサー、ウィルキー・コリンズ、ニュートン、ターナー、ヒッチコック、古代エジプト、古代ギリシャ、ロンドンの歴史、英国史、テムズ川、英国の幽霊など、様々な人物や主題を扱った多くのノンフィクションや、『カンタベリー物語』『アーサー王の死』の再話本などがある。

このうち伝記の邦訳に左記がある。

Shakespeare: The Biography（2005）『シェイクスピア伝』河合祥一郎・酒井もえ訳（白水社）二〇〇八

著者紹介
ピーター・アクロイド　Peter Ackroyd
イギリスの小説家・伝記作家・批評家。1949年、ロンドン生まれ。ケンブリッジ大学卒業後、イェール大学特別研究員を経て《スペクテイター》誌編集者となり、書評・評論・詩など旺盛な執筆活動を開始し、1982年、小説第一作『ロンドンの大火』を発表。『オスカー・ワイルドの遺言』（83。晶文社）、『魔の聖堂』（85）、『チャタトン偽書』（87。文藝春秋）、『原初の光』（89。新潮社）、『切り裂き魔ゴーレム』（94。白水社）など、主に歴史的事件や人物に取材した作品で数々の文学賞に輝いている。ノンフィクションの著作に、都市ロンドンの歴史を綴った大作『ロンドン：伝記』（2000）、『T・S・エリオット』（みすず書房）、『ディケンズ』、『ブレイク伝』（みすず書房）、『シェイクスピア伝』（白水社）他の伝記などがある。

訳者略歴
矢野浩三郎（やの こうざぶろう）
翻訳家。1936年生まれ。明治大学文学部卒業後、出版社、海外著作権エージェンシー勤務を経て、矢野著作権事務所を設立（現・日本ユニ・エージェンシー）。ミステリ・怪奇幻想文学を中心に翻訳家としても活躍。訳書にスティーヴン・キング『ミザリー』（文春文庫）、ケン・フォレット『大聖堂』（SB文庫）、ジョルジュ・シムノン『モンマルトルのメグレ』（河出文庫）、『定本ラヴクラフト全集』全10巻（監訳、国書刊行会）他多数。2006年没。

編集＝藤原編集室

本書は1997年に新潮社より刊行された。

白水uブックス　250

魔の聖堂

著　者　ピーター・アクロイド
訳　者 © 矢野浩三郎
発行者　岩堀雅己
発行所　株式会社 白水社
東京都千代田区神田小川町 3-24
振替　00190-5-33228　〒 101-0052
電話　(03) 3291-7811 (営業部)
(03) 3291-7821 (編集部)
www.hakusuisha.co.jp

2023年11月30日　印刷
2023年12月25日　発行
本文印刷　株式会社理想社
表紙印刷　クリエイティブ弥那
製　　本　誠製本株式会社
Printed in Japan

ISBN978-4-560-07250-9

乱丁・落丁本は送料小社負担にてお取り替えいたします。

白水uブックス

海外小説 永遠の本棚

エドワード・ゴーリー 挿絵

アーモンドの木

ウォルター・デ・ラ・メア 著　和爾桃子 訳

子供の目に映った世界、想像力と幻想の世界を繊細なタッチで描き、世界中の読者に愛されてきた英国の作家・詩人ウォルター・デ・ラ・メアの珠玉の短篇全七篇。

トランペット

ウォルター・デ・ラ・メア 著　和爾桃子 訳

深夜の教会に忍び込む少年たち、三百五十年の歳月を生きる老女。人生の苦味や儚さを精緻な筆で描く傑作選。

クローヴィス物語

サキ 著　和爾桃子 訳

辛辣なユーモアと意外性に満ちた〝短篇の名手〟サキの代表的作品集の初の完訳。全二十八篇。序文A・A・ミルン。

けだものと超けだもの

サキ 著　和爾桃子 訳

名作「開けっぱなしの窓」他、生彩ある会話と巧みなツイスト、軽妙な笑いの陰に毒を秘めた短篇の名手サキの傑作、全三十六篇。

平和の玩具

サキ 著　和爾桃子 訳

「平和の玩具」「セルノグラツの狼」他、サキの没後に編集された短篇集を完訳。全三十三篇。

四角い卵

サキ 著　和爾桃子 訳

短篇集『ロシアのレジナルド』『四角い卵』に、その後発掘された短篇を追加収録。新訳サキ短篇集第四弾。

白水uブックス

海外小説 永遠の本棚

フラッシュ　或る伝記

ヴァージニア・ウルフ 著　出淵敬子 訳

愛犬の目を通して、十九世紀英国の詩人エリザベス・ブラウニングの人生をユーモアをこめて描く、モダニズム作家ウルフの愛すべき小品。「犬好きによって書かれた本というより、むしろ犬になりたいと思う人によって書かれた本」。

ケイレブ・ウィリアムズ

ウィリアム・ゴドウィン 著　岡照雄 訳

慈悲深い主人には暗く恐ろしい秘密があった。社会の矛盾や不条理をあばく告発小説であると同時に、犯罪の秘密に端を発して、追う者と追われる者のサスペンスと心理的闘争を迫真の筆で描いたミステリの古典。

ピンフォールドの試練

イーヴリン・ウォー 著　吉田健一 訳

転地療養の船旅に出た作家ピンフォールドは、出所不明の騒々しい音楽や怪しげな会話に悩まされる。次々に攻撃や悪戯を仕掛ける幻の声と対峙する小説家の苦闘を描く異色ユーモア小説。ウォー晩年の傑作を吉田健一の名訳で。